コクと深みの名推理⑯

沈没船のコーヒーダイヤモンド

クレオ・コイル　小川敏子 訳

Dead Cold Brew

by Cleo Coyle

コージーブックス

DEAD COLD BREW
by
Cleo Coyle

This edition published by arrangement with
The Berkley Publishing Group,
an imprint of Penguin Publishing Group,
a division of Penguin Random House LLC
through Tuttle-Mori Agency,Inc.,Tokyo

挿画／藤本将

沈没船のコーヒーダイヤモンド

憂い事はすべてコーヒーに沈めてしまいなさい。

不詳

酒で悲しみを溺れさせようとしても、悲しみは泳ぎが得意なのよ。

アン・ランダース

謝辞

本書*Dead Cold Brew*は〈コクと深みの名推理〉シリーズの第十六作目です。長年ご愛読いただいている読者の皆様はご存じのとおり、このシリーズはすべて夫マーク・セラシーニと共同で執筆しています。才能あふれる彼は執筆ばかりでなく、人生においても最良のパートナーです。

マークとわたしは、悲劇的な運命を遂げたイタリアの客船アンドレア・ドーリア号に以前から強い関心を抱いていました。本書のミステリは架空のものではありますが、難破して沈没したことは事実そのままです。この船の悲劇の詳細については、《ライフ》誌（一九五六年八月六日号）を始め、多くの資料を参考にさせていただきました。

この件についてさらに知りたいという方には、アルヴィン・モスコー著*Collision Course*——おそらく歴史的読み物としてもっとも読みごたえがある一冊——と、リチャード・ゴールドスタイン著*Desperate Hours*——生存者と目撃者の証言からこの事故について解き明かした一冊——、そしてケヴィン・マクムーリー著*DeepDescent*——危険を顧みず、沈んだ船の残骸を探索するスキューバダイバーたちの取り組みに焦点を当てた一冊——をお勧めします。

ニューヨークの街ならではの「秘密の場所」も、この物語では重要な役割を果たしています。

ガス・カンパーナの宝石店とバックハウスは、ペリー通り九十三番地に実在する建物をモデルにしています。ニック・カーのウェブサイトScouting New York:sountingny.com/the-secret-courtyard-on-perry-streetで写真をご覧いただけます。

実はペリー通りのこの建物、一九二六年に作家H・P・ラヴクラフトの短編『彼』に登場しています。この短編は*The Call of Cthulhu and Other Weird Stories by H.P.Lovecraft* (Penguin 21th Century Classics,1999) に収録されています。

本書の第二の秘密の場所は21クラブのなか。禁酒法で酒が禁じられていた暗黒の時代も含め、ニューヨーク市の歴史の生き証人とも言える場所です。この歴史的なスピークイージー(禁酒法時代の非合法な酒販場所のこと)では、いまでは誰でも合法的にカクテルを楽しむことができます——もちろん、飲酒がゆるされる年齢に達していれば、ですが! そしてこのクラブの厨房は、いまもなお街でもっとも有名なドリンクのひとつを提供しています。くわしくは、21club.comで。

本書に登場するニューヨークの秘密の場所については、わたしたちのウェブサイトcoffeehousemystery.comでさらにくわしく紹介していますので、ぜひお越しください。

本シリーズを通じてコーヒーのインスピレーションを与えてくださった、ニューヨークを本拠地とするコーヒー会社〈ジョー〉およびグリニッチビレッジの本店（joenewyork.com）、シカゴ、ロサンゼルス、ニューヨークの〈インテリゲンツィア・コーヒー〉（intelligentsiacoffee.com）、ハワイのビッグアイランド・コーヒー・ロースターズ（bigislandcoffeeroasters.com）に深く感謝申し上げます。

ニューヨーク市警の皆様との交流は、つねに最高だと実感しています。わたしたちの質問に回答いただき、また、日々命をかけてわたしたちの暮らしを守ってくださることに感謝を捧げます。本書はあくまでもアマチュア探偵が活躍するフィクションであり、本来の規則とは多少異なる場合があることをお断わりしておきます――エマヌエル・フランコ巡査部長の言葉を借りれば、「証人側の訂正」とでもいいましょうか。

わたしたちの本をつくってくださる版元の皆様にカフェインたっぷりの拍手喝采を送ります。とりわけ、わたしたちの担当編集者ケイト・シーヴァーには貴重な助言をいただき、この物語をさらに強力なものにしてくださったことに感謝申し上げます。また、わたしたちの執筆を応援してくださった編集アシスタントのキャサリン・ペルツ、シニア・プロダクション・エディターのステイシー・エドワーズとコピー・エディターのマリアン・アギアルのご尽力にも心から御礼申し上げます。また、デザイナーのリタ・フランジーとクリスティン・デル・ロサリオ、そしてパブリシティー担当のロクサーヌ・ジョーンズには、ハードワークをこなしていただいたことに、厚く御礼申し上げます。

また、個性あふれる魅力的な表紙を描いてくださった画家キャシー・ジャンドロンには最敬礼を捧げます。

長年、著作権代理人を務めてくださるジョン・タルボットには、抜群のサポートとプロフェッショナル魂を発揮してくださることに心からの感謝を。

そして、どうしても感謝を伝えたいのは、友人、家族、読者の皆様、メール、ウェブサイトのメッセージボード、ソーシャルメディアを通じてお便りをくださる皆様です。一人ひとりのお名前を挙げることはできませんが、皆様の励ましは書き続ける力を与えてくれます。限りない感謝の気持ちを贈ります。

わたしたちのバーチャルなコーヒーハウスはいつでも皆様を歓迎します。マークともども coffeehousemystery.com のコーヒーハウスのコミュニティへの皆様のご参加を心よりお待ち申し上げます。レシピ、コーヒーの話題に加え、登録していただいた方にはわたしたちからのニュースレターをお届けします。

ニューヨークにて

クレオ・コイル

主要登場人物

クレア・コージー……………………ビレッジブレンドのマネジャー
マテオ・アレグロ……………………同店のバイヤー。クレアの元夫
マダム……………………………………同店の経営者。マテオの母
マイク・クィン………………………ニューヨーク市警の警部補。クレアの恋人
カーラ……………………………………ロースクールの学生。ビレッジブレンドの新しい常連客
フィンバー・サリバン（サリー）…ニューヨーク市警のベテラン警察官
グスタヴォ（ガス）・カンパーナ…高級宝石商。マテオの名付け親
アンジェリカ・カンパーナ…………グスタヴォの妻
パーラ……………………………………グスタヴォとアンジェリカの娘
ソフィア…………………………………グスタヴォとアンジェリカの娘
ハンター・ロルフ……………………ソフィアの夫
サル・アーノルド……………………弁護士
エドゥアルド・デ・サンティス…ナイトクラブのオーナー
ビクター・フォンタナ………………投資家。レプリカ船を建造した合弁企業のトップ

プロローグ

一九五六年七月二十五日　午後十一時十分

また夫の顔が赤い。ディナーでワインを飲みすぎたからだ。

船内のダイニングルームでアンジェリカ・カンパーナは夫グスタヴォが飲むのを見ていた。彼は上機嫌だった――さっそうとした航海士がアンジェリカのドレスと髪を褒め、彼女の笑顔を引き出すまでは。

グスタヴォの冷ややかなまなざしが黒々とした雲で覆われていく。ふたたび嵐を呼び寄せてしまったのだ。同じテーブルを囲む人々は、誰もなにも気づいてはいない。グスタヴォがプリミティーヴォをあおっても、とがめる者は誰もいない。彼のスーツの上質な素材や、媚《こ》びへつらいに満ちた言葉以外は誰の関心も引かなかったのだ。しかしアンジェリカは見抜いていた。次になにが起きるのかもわかっていた。

船室で、彼女は抵抗した。これまでも、いつも抗《あらが》ってきた。その弱々しい抵抗ぶりを夫は毎回鼻で笑い、こきおろし、暴力をふるった。

子どもじみた難癖、男としてのうぬぼれ、〝罰を与える〟ための屁理屈を押しつけられ続けた彼女は、それを素直に受け止めていた。しかしついに愛の光が、真の愛がもうひとつの真実をあきらかにした。

〝自分にはなんの落ち度もない。人として歪んでいるのは夫のほうだ。彼はわたしを苦しめて楽しんでいる〟。

悲惨な戦争で孤児となったアンジェリカは十代で花嫁となった。この人こそ自分を救ってくれる人だと信じていた。そんな相手から浴びせられる口汚い罵《のの》りの言葉、強烈な平手打ちに彼女はひたすら耐えた。神にゆるしを乞い……自分自身の死を乞い願うところまで追いつめられた。しかし赤ん坊が生まれて、彼女は変わった。力を与えてくださいと願うようになった。人生を終わらせるのではなく、自分自身と幼い娘のために新しい人生を築くチャンスをくださいと祈った。

やがて夫はアンジェリカに飽きて愛人をつくった。暴力が止んで、生きるのが少し楽になった。ところが数カ月前から、ふたたび嵐の日々が始まった。

あの晩、いまわしい深い霧に包まれた優雅なアンドレア・ドーリア号の船上で彼女は必死に祈った。ほっそりした手首は夫の太い指で締めつけられ、彼のもう一方の手は「売春婦みたいに媚《こび》を売った」ことをきつく〝懲らしめる〟ために高く振り上げられていた――。

しかし、その一撃を彼女が浴びることはなかった。金属が引き裂かれる音が耳に突き刺さり、グスタヴォの手はぴたりと動きを止めた。次の瞬間、すさまじい衝撃とともに夫と妻の身体は吹き飛ばされて鋼鉄製の隔壁に激突した。

激しい衝突でグスタヴォは妻を罵るのを止めたが、悪意が消えたわけではない。救いを求めてにじり寄る妻を、彼は突き飛ばした。

ついさきほどまで、アンジェリカは夫の罵詈雑言《ばりぞうごん》が一等船室の外にまで聞こえるのではないかと怯えていた。いま船の廊下には猛《たけ》り狂う水の音と恐怖におののく人々の絶叫が響いている。

怒号と混沌が渦巻くなかで女性の叫び声が聞こえた――。

「ラ・ナーヴェ・スタ・アッフォンダンド！」船が沈んでいる！

船体が激しく傾き、一等船室のドアの下から冷たい海水が噴き出すのを見て、アンジェリカは転覆するのではないかという恐怖に襲われた。アンドレア・ドーリア号は赤ん坊のバスタブのなかのおもちゃのように揺れたものの、力強い外洋船は傾いた状態でいったん落ち着いた。さきほどまでの凄まじい衝突音もおさまり、静寂のなかでアンジェリカの耳に幼い声が届いた。真珠という名のわが子の声――。

「マンマ！　マンマ！」

床が傾いて水かさが増していくなか、アンジェリカはバスルームのドアの前まで行った。夫は子どもをバスルームに押し込んでドアノブに椅子を引っ掛け、開かないようにしていた。その椅子は外れていたが、ノブが動かない。おそらく難破の際の衝撃でドアが歪み、四歳のわが子は狭いスペースに閉じ込められてしまったのだ。このままでは水でいっぱいになってしまう。

アンジェリカは助けてくれとグスタヴォに哀願した。

しかし彼の関心はドレッサーに向いている。太い手を伸ばしていちばん上の引き出しをいきおいよく開けた。それは独占欲をあらわにしてアンジェリカのロングドレスを引き裂いた時の、獰猛な動きと同じだった。

〝あの宝石！　彼にとってだいじなのはあれだけ。美しいダイヤモンドだから、歴史的な価値があるからなどという理由ではない。アメリカで高く売れるから。ただそれだけの理由で〟。

彼の小さな黒い目が爛々《らんらん》と輝いている。ちらっとアンジェリカのほうを見てから宝石の入ったシルクの袋を胸ポケットに押し込んだ。彼女はもう一度助けてくれと夫に嘆願したが、彼は見下すような表情を浮かべ、片手をベストのポケットに入れた。

乗船して早々に彼はこの一等船室のドアに細工をした。その際に使ったのが、宝石職人である自身の道具だった。イタリアの自宅の寝室と同じように、ここでも妻をなかに閉じ込められるように細工を施したのだ。いま彼の手には部屋の鍵が握られている。夫がなにを考えているのか、アンジェリカは理解した。

〝わたしたちを閉じ込めるつもりね！　幼い娘もいっしょに！〟

ディナーの時に夫は若いアメリカ人女性となれなれしくしていた。一族でいとなむ宝石の事業について、そしてその事業をニューヨークで新たにスタートさせる計画について、彼女に自慢げに語っていた。新世界で自由の身で出直したい――それが彼の本音だった。

船の難破を利用して彼はその望みを楽々と叶えようとしている。〝売春婦〟同然の妻からも煩わしい娘からも解放されようとしている。

「そうはさせないわ！」アンジェリカが叫んだ。「行かせるものですか！」

自分は弱い、そして無力だとずっと思っていた。いま、わけのわからない力が身体の奥から突き上げてきた。ロケットが点火されたように、アンジェリカは部屋のなかを飛んだ。これまで虐待に耐えてきた力が一気に弾けたように、彼女の小さな身体が夫の頑丈な体軀《たいく》に激しくぶつかった。

不意を衝かれた彼は驚き、足を滑らせた。

「マンマ！　マンマ！」

幼い泣き声に、アンジェリカの理性が吹き飛んだ。あの子を守らなくてはという本能的な衝動に突き動かされ、けもののように反応した。感覚が麻痺している。救助しようと部屋に飛び込んできた男性ふたりの声も姿も、アンジェリカには届かない。

男たちはあっけにとられている。若く美しいイタリア人の女がビリビリに引き裂かれたイブニングドレスという格好で、いかにもたくましい体つきの中年の男に覆い被さるようにしている。なにが起きているのか、彼らには理解できない。そこに、歪んだドアの奥から幼い女の子の泣き声がして男たちは、はっとした。

ドアめがけて男が駆け出した。がっちりした体格の若いイタリア人で、黒にちかい焦げ茶色のゆたかな髪の持ち主だ。そのままドアを蹴破ってなかに入り、子どもをさっと抱き上げた。そして子どもの親たちのほうを向いて、ようやく事態が呑み込めた。

若く美しい女は夫に馬乗りになって助けているのではなかった。彼の頭を下へと押しつけている。

男たちは顔を見合わせた。どちらも女を止めようとはしない——それぞれ異なる理由で。沈みゆく船の荒れ果てた一等船室で、押し黙ったままふたりはすべてを見届けた。じわじわと水位をあげる黒々とした冷たい海水に、アンジェリカ・カンパーナが夫の顔を押さえつけて溺れさせるところを。

1

六十年後……

激しい雨がビレッジブレンドのフランス窓を打ち、木の窓枠で囲まれた小さな滝ができている。秋のひんやりとした空気を感じてセーターの胸元をかき寄せ、夜明け間近の雲を見ながらわたしは物思いにふけった。

憂鬱な空模様のなか、今日からまた一週間たっぷり働かなくてはならない。けれども雨だから、月曜日だからといって落ち込んだりしない（雨の日や月曜日は落ち込むと歌ったカーペンターズに敬意は表するけれど）。

落ち込むなんて、まちがっている。ようやくニューヨークに戻り、愛するグリニッチビレッジの古巣のコーヒーハウスでマネジャーに復帰し、愛する男性と同じ街で暮らしているのだ。なにもかもこれでよかったのだと実感している。困っていることと言えば、早番のスタッフがそろって遅刻の連絡を入れてきたことくらい。

どうにでもなるのだ、そのくらいのことは。

カーペンターズからカスケーズの「悲しき雨音」に切り替えてリズムを取りながら、昔懐かしい厚板張りのフロアを歩いた。昔のヒット曲を口ずさんで、カフェテーブルの天板に逆さの状態でのせていた椅子を次々におろしていく。

続いてエスプレッソマシンを調整し、乳製品の補充をし、配送されたペストリーを受け取った。煉瓦《れんが》造りの暖炉に火を熾《おこ》して湿気を払おうとした時、携帯電話が鳴った。

「マダムですか？　ずいぶん早起きですね。まだ――」

「午前六時十五分。ちゃんとわかっているわ」

「なにか、あったんですか？」

「それをあなたにききたいのよ」

「なんですって？」

「マテオの様子がふつうではないわ」

思わず笑ってしまいそうになった。「いまさら気づいたというわけですか？」

「朝一番でそういうやりとりはよしましょう、クレア。コーヒーを少なくともポットふたつ分飲まなくては、ウィットについていけないわ。今朝はまだポットひとつ分しか飲んでいないのよ」

「ウィットじゃありません。ずけずけ言っているだけです。コーヒーをまだ一滴も飲んでいないもので」

「それなら無理ないわね。でも、質問にはこたえてね」

「彼は危険をものともしないコーヒーハンターです。その彼の様子がふつうではない。そういうことですね？」

「わたしはあの子の母親ですもの。ピンとくるわ。あなただってジョイのこととなったら勘がはたらくでしょう？」

「ええ、おおいに。でも、それは娘がまだティーンエイジャーの頃のことで……」

そこまで言って、マダムが心配する気持ちが理解できた。マダムはわたしの雇い主であり、マダムの息子はわたしの元夫。考えてみれば、彼の行動はいまだに思春期の延長上にあるみたいなものだ（スリルを追求し、後はやりっぱなし）。

「なるほど、わかりました。どうしたらお役に立てますか？」

「あなたには事実を嗅ぎ当てる嗅覚があるから、その才能を発揮してもらいたいのよ」

断わるという選択肢はない。マテオ・アレグロとはもはや夫婦ではないけれど、彼の母親のはからいで、おたがいにかけがえのないビジネス・パートナーだ。

そうなるまでには、いろいろあった。

マテオと別れたわたしはニュージャージーの郊外に移り、閑静な住宅地で十年暮らして子育てをした。幼かった娘は小学校からハイスクールまでそこで通い、ガールスカウト、女の子たちとの友だちづきあい、おままごとから失恋まで経験した。やがて、成長した娘は自分の意志で都会に戻っていった。マンハッタンの街で暮らし、国内有数の料理学校に通うという選択をしたのだ。

残されたわたしは、あやうく空の巣症候群になるところだったが、ある日、マテオの母親から電話がかかってきた。そして、わたしにはもったいないような提案をされたのだ。アレグロ家の事業に復帰しないかと。マネジャー兼マスター・ロースターとしてだけではない。ビジネスのパートナー、そして後継者として。

そんなわけで元夫もわたしも、もはや過去にはとらわれていない。それがわたしたち二人のためでもあり、娘のジョイのためでもあるから。順調に発展しているコーヒーの事業を娘に遺すことが、わたしたちの心からの願いだ。

こうしてビレッジブレンドとお客さまはわたしの人生の中心となった。若いヒップスター、年配のヒッピー、俳優の卵、投資銀行家、ニューヨーク大学の学生、ニューヨーク市警六分署勤務の大半の警察官まで、多彩なお客さまだ。

コーヒーハウスを支えているのは、世界中から最高のコーヒーを調達してくれるマテオだ。その彼になにか異変が起きているなら、わたしたちのビジネス全体にとって一大事ではないか。

「調べてみます、マダム。約束します」

「お願いね」

わたしはあくびを噛《か》み殺した。

「疲れているみたいね。ちゃんと睡眠はとっているの？」

「昨夜はこの地区の理事会が遅くまで長引いたもので。店のすぐ先の使われていない建物に大型のゴミ箱がいくつもあるので、その撤去を衛生局に要望したんですけど、職員がどうしてもうんと言わなくて。あそこは私有地だからオーナーの責任だと言い張って。その所有者は建物の改修を中断して国外にいるそうです。あそこはティーンエイジャーのたまり場になってしまって、騒いだり、ゴミ箱を足場にして非常階段をつたって屋根にあがったり。でも四六時中警察官がゴミ箱に張り付いて見張るわけにもいかないし。ケガ人が出ないうちに、市は手を打つべきだわ……」

話しているうちに、自分でもうんざりする愚痴になってしまった。辛抱強く聞いていたマダムは、役所の仕事は路線バスみたいなもの、とアドバイスしてくれた。

「少し待てば、ましな運転手がくるわ……」

マダムはそこで話題を変え、声を一オクターブ落とした——深刻な話を持ち出す時の声だ。

「クレア……今朝の新聞を見た？」

「いいえ。ついさっきおりてきて開店準備を始めたところだったので」

「じゃあ、これから読むのね。わたしがついているから大丈夫よ」

「マダムが、ですか？　どういう意味かしら？　新聞になにか載っているんですか？」

マダムは言葉を濁《にご》し、そそくさと電話を切ってしまった。わたしはぐっと奥歯を嚙み締め、エスプレッソマシンを見つめた。ダブルではきっと足りない。絶対に足りない——。

今日はトリプルショットでなければ乗り切れないだろう。

2

十五分後、ブザーが鳴り、正面のドアの前に元夫が立っていた。

マテオは土砂降りの冷たい雨でずぶ濡れになっていたが、その姿はなんともちぐはぐだ。熱帯地域でよく日焼けした肌の色、そしてTシャツの胸元にはデザイナーズブランドのサングラスをひっかけている。

わたしは片手でドアを開け、食べかけのファームハウス・アップルケーキマフィンを口に押し込んだ。やさしいバターミルク風味のこのマフィンは、店で新しく出すためのサンプルだ。わたしのオリジナルのレシピにベーカーがシナモンバニラ・グレーズを加えた（スパイスと甘さを味わえる完璧なキス。ずっと昔、わたしにはマテオのキスもこんなふうに感じられた。彼がそれを――グレーズではなく、キスを――世界中にまき散らそうとしなければ、まだ夫婦でいられたのかもしれない）。

「ちょうどあなたのお母さまと、あなたの話をしていたところよ」指についたグレーズをなめながら、マテオに伝えた。

「いきなり重大ニュースだな。とにかくなかに入れてくれ。それともぼくが溺れるのを見たいのか？」

わたしが一歩脇に寄ると、彼はナイアガラの滝みたいに滴《しずく》をしたたらせて店のなかに入ってきた。

「コスタリカで収穫に立ち会っているはずじゃなかったの？」

「ああ。また戻る予定だ。急な仕事でファン・サンタマリーア空港から夜行便でＪＦＫまで飛ぶ羽目になった……」

彼は身体をくねらせるようにしてフードつきのウインドブレーカーを脱ぎ、黒にちかい焦げ茶色の髪を手櫛で整えた。においを感じたのは、その時だ。アップルやシナモンみたいないいにおいではない。

「それなら、しかたないわね」

「しかたない？」

「あなたがこんなに……刺激的なにおいを振りまいていること。時差ぼけもあるでしょ」

「戻ったのは二日前だ」

「カーサ・ブリアンで配管設備のトラブルでもあったの？」（まさかね。なにしろマテオのファッショナブルな妻は、ファッショナブルな雑誌の編集長として辣腕を振るい、私生活にも一切の手抜きはない）。「トレンドの女王はあなたのために最新の化粧石けんと高級ブランドのコロンをつねに切らさないものね」

マテオは自分のシャツのにおいをクンクン嗅いで眉をひそめた。「後でスポーツクラブでシャワーを浴びるよ」

「至急、浴びたほうがいいと思う。それとも、そういう男臭さがいまのホットなトレンドなのかしら」

「手厳しいね。きみには礼を言ってもらいたいよ。きみのためにバンに荷物を積んできたんだからな」

「倉庫から？　夜明け前にレッドフックに行ったの？」

「だから急な仕事だと言っただろう。きみだってこうして朝っぱらからここにいる」マテオは炎がパチパチと音をたてる暖炉のそばの椅子にずぶ濡れのウインドブレーカーをかけると、わたしをうながしてカウンターに向かった。「さあ、座ってくれ。そして心の準備をしてくれ。きっとぼくに礼を言いたくなるはずだ。ニュースがある。それもビッグニュースだ」

思わず天を仰ぎたくなったけれど、こらえた。マテオから前回聞かされた〝ビッグニュース〟は、パナマの美人コンテストで名誉審査員をすることに関係していた。

マテオは二人分のエスプレッソの抽出にとりかかり、わたしは腕時計を見た。

「本題に入ってもらえる？　朝番のバリスタはみんな出勤が遅くなるの。あなたがつくった大海原みたいな水たまりをモップで拭かなければならないし、開店まであと二十分しか――」

「わかっている。きみがワシントンDCであのデカといちゃいちゃしている間、ここのマネジャーを誰が務めていたんだったかな？」

「なにか話すつもりなら、あと十秒しかないわ」

「よし！」彼はわたしの分のエスプレッソをカウンターに滑らせてよこした。「それを飲んでよく聞け。ビレッジブレンドに依頼がきている。新しい豪華クルーズ客船のための高級シグネチャーコーヒーだ」

わたしは目をみはった。「ほんとうだったのね。たしかに、すごいニュース」

「すごいどころか、ものすごい……」彼がわたしの隣のスツールに座る。茶色い目がきらきらと輝いている。「考えてもみろ、クレア。豪華クルーズ客船には年間何千人もの客が乗り込んで、全員がぼくたちのコーヒーを飲む。ビレッジブレンドというブランドの価値はまちがいなくあがるだろう。きみがつくったビリオネア・ブレンドの少し手頃なバージョンをつくろう。それだけで……」

ビリオネア・ブレンドという世界最高（価格も最高）のコーヒーブレンドは、一世紀にわたってわたしたちが守ってきた事業が世界的な脚光を浴びるきっかけとなった。だから豪華クルーズ客船にコーヒーを提供するチャンスが舞い込んできても不思議ではない。売上の面からいうと、じつは「ビリオネア」と名づけたブレンドは店の純利益にはさほど貢献していない。選《え》り抜きのビリオネアぞろいの少数の顧客だけが、年にほんの数回だけ手に入れることができるブレンドなのだ。

要するにマテオはもっと幅広い層を開拓しようともくろんでいる。はやくもわたしの頭のなかでは、限定品のビレッジブレンドのエスプレッソを満足げに味わいながら大西洋を見つめる船旅の客の姿が浮かんでいた——それとも太平洋？

「その船はいつどこを航海するの？」

「来週、試運転としてニューヨークからノヴァ・スコシアに行って戻ってくる。スタッフだけを乗せて、不備があれば調整する。その後、試験的に旅客を乗せて近距離を航海した後、地中海やアラブ首長国連邦の港で金持ち相手に本格稼働だ」

「限定ブレンドのインスピレーションを与えてくれるものがほしいわ。船の名前は？」

「アンドレア・ドーリア号」

すぐには理解できず、しばらくマテオを見つめていた。我に返って彼の腕を思い切り叩いた。

「痛っ！」マテオが腕をさする。「どうしてだ!?」

「わたしはまだ起きて間もないんですからね。これから店も開けなくてはならない。おかしな冗談で時間を無駄遣いしてしまったわ」

「冗談なんかじゃない！」

なにを言い出すのか。もしかしたらカフェインではなくてドラッグかなにかのしわざ？

「ブレンドの傑作をつくって大西洋の深海に沈んでいる船で提供するつもり？」

「クレア、気は確かか？」

「あなたこそ！」筋肉が盛り上がっているマテオの両肩をつかんだ。「アンドレア・ドーリア号には、わたしたちが生まれる前から誰も乗船していないわ。ニューヨークに向かう航海中に衝突して海底に沈んでしまったから！」

3

大学教授がチンパンジーに熱力学を説き聞かせるような忍耐強さでマテオはわたしに、かつてイタリアン・ラインが誇った大型客船とは別の船だと説明した。

「これはアンドレア・ドーリア号のレプリカとして新しく建造された船だ。わかるか？」

「レプリカ？」わたしはあぜんとして座り直した。「沈没した船を、なぜ復元するの？　縁起が悪いわ！」

「よしてくれよ。きみのおばあちゃんが乗り移ったみたいな口調だ。いつから旧世界の迷信を信じるようになったんだ」

「あら、わたしはいつだって新世界のちゃらちゃらした言葉よりも旧世界の迷信を信じているわ」

「わかった。とにかく今回のブレンドの依頼は名誉なことだ。初代アンドレア・ドーリア号はイタリアの誇りだった」

「よく聞くせりふね。エスクイリーノ界隈のレストランが、『プレーゴ、プレーゴ。わたしどものパスタはイタリアの誇りです！』と自慢するみたい！」

「アンドレア・ドーリア号とローマのツーリスト相手のレストランを同列に並べるなんて無茶苦茶だ！　あの船は海に浮かぶ宝石だった。食通をうならせる料理と一流のサービス。乗船しているのは著名人ばかり。王族もいた。甲板に飾られている絵や彫刻も本物だった。沈没ですべてが失われた。復活させたいと思わせるだけのみごとな船だった。そしてある裕福な投資家がそれをやると決めた」

マテオが自分のスマートフォンを振ってみせる。「これを見ればわかる」

彼が画面を数回タップすると、案内映像があらわれた。かつてのアンドレア・ドーリア号に限りなく近い、それでいて超現代的な――Ｗｉ‐Ｆｉ、スパ、フィットネス設備、その他、今日の旅行客が期待する各種アメニティがそろった――豪華客船をつくる夢が叶ったのだと、語り手は滑らかな口調で述べていく。

「この、話している人物は？」

「ビクター・フォンタナ。船を建造した合弁企業のトップだ。投資家だが、ヨーロッパではプレイボーイともっぱらの評判だ。そのうちきみも直接会う機会があるだろう。向こうはこちらをよく知っている。フォンタナはぼくたちのビリオネア・ブレンドを定期的に購入するお得意様だ。それで今回のチャンスがめぐってきた」

マテオが映像を一時停止した。「これが彼だ」

ビクター・フォンタナはカジュアルエレガンスな装いで、評判どおりの印象だ。四十歳前後だろうか、鷲鼻《わしばな》で顎のラインはとてもノーブル。自信があるからこそのリラックスした物腰と鋭い知性。最近接することの多いハイテク企業の魅力的な幹部たちも、こういうタイプが少なくない。

彼のアクアマリン色の目には意志の強さがにじみでてギラギラしているが、それをうまくやわらげているのがハリー・ポッターみたいな少年ぽいメガネと〝サーファーカット〟にした茶色のもじゃもじゃとした髪、そしてクシャクシャの笑顔だ。

「フォンタナはこの計画を昨年の七月に発表した」マテオの説明が続く。「初代のアンドレア・ドーリア号が沈没してからちょうど六十年後に当たる年に、新しい船の進水式をおこなう。予定よりも数カ月遅れていたが、新しい船の上部構造がついに完成した。いまは艤装がおこなわれている。彼は世界に船をお披露目する準備のまっさいちゅうだ」

「でも、なんだか……あまり縁起がよくないわ」

「儲けるチャンスじゃないか。一生に一度のチャンスだ。ビジネスの意思決定をきみは迷信まかせにするのか？」

「そんな言い方しなくても」

「そんな言い方をしているじゃないか。論理的に考えるか、それとも石を投げたりルーン占いをしたり手相を見てもらったりするか、選んでくれ。さあ、どっちだ？」

議論の余地がないことは、よくわかっている。船の復元プロジェクトについてわたしがどう思うかはともかく、魅力的なオファーだ。その船ではまちがいなくどこかのコーヒーが提供される。なぜ、みすみすそれをあきらめなくてはならないのか。

渋々、了解のサインを送ると、マテオがパチパチと拍手した。「賢明な判断だ！」

「そう早まらないで」彼がすぐにも飛び出していきそうなので、湿ったTシャツをぐっとつかんで引き留めた。「きいておきたいことがある。まず、船を復元するのだとしたら、ギャレーのメニューもオリジナル通りかもしれない。初代のアンドレア・ドーリア号では、どんなコーヒーを出していたのかしら？」

マテオが浮かした腰をスツールに戻した。「ぼくが知る限り、残っているメニューには『イタリアンおよびアメリカンコーヒー』とある」

「それだけ？　もっとくわしいことは？」

彼が肩をすくめる。

「それなら、自分でリサーチするしかないわね」

「そんな時間はない！　いいか、これは豪華客船だ。乗るのはいいものを知り尽くして舌が肥えている上客ばかりだ。だからあくまでも品質にこだわったブレンドにしよう。豊穣で甘美なエスプレッソ、華麗で複雑な味わいのフレンチプレス、滑らかで澄んだ水出しコーヒーとしても使えるブレンドにするんだ」

「それができるなら、風邪の万能薬を発明して人生の意味を解き明かす論文だって楽々書ける」

「無理難題だということは認める。しかし、二週間ある」

「たった二週間!?」

「まにあわなければ、ほかのロースターにチャンスを奪われる」

「ほかのロースター?」

「あれ、コンペ形式だと言い忘れたか? 参加するロースターは五社、うち四社はヨーロッパのロースターだ。アメリカからエントリーがゆるされたのはぼくたちだけだ。だから二重の意味で名誉なことなんだ」

「あきれた。わたしたちに決まったみたいな言い方だったのに」

「決まったようなものだ。あとはアンドレア・ドーリア号ブレンドさえつくればいい。投資家たちの心をわしづかみにするブレンドをな。それを審査員たちに披露すれば、決定だ」

「そんな……」

「きみならできる。だいじょうぶだ。それに、ぼくがビリオネア・ブレンドのプロジェクトに全面的に協力したのを忘れないでほしいね。あれにどれだけ時間をとられたことか。おまけに期待したような利益にはまったく結びつかなかった。今度はぼくがきみに頼んでいる。力を貸してほしい。なんとしても収益をあげたいんだ。ぼくたちは儲けを叩き出す必要がある」

マテオに言われるまでもない。スタッフの昇給、インフレ、税金の支払いもある。それにマダムの勘が当たっているなら、マテオはなにかのトラブルを抱えているはず。それが金銭的なトラブルだとしたら(この展開だと、その可能性は大いにある)、わたしには断われない。

「わかった。でもリサーチはやるわよ。それだけは譲れませんからね」

マテオは一瞬考えて、うなずいた。「それならぼくのゴッドファーザーに相談したらいい。ぼくの名付け親のグスタヴォ・カンパーナに」

「グスタヴォ？　宝石商のガスね？」

「彼は最後の航海に乗り合わせていた。沈没したアンドレア・ドーリア号の生存者なんだ……」

カンパーナ一家はニューヨークで評判の宝石店をいとなんでいる。選りすぐりの顧客――ミュージシャン、俳優、スーパーリッチ――のために、きわめて独創的なジュエリーをつくる店として知られている。

著名人からの熱いまなざしをよそに、当のガスは職人としての立場をつらぬいて、ひたすら技を磨いてきた。高齢になったいまも変わらず魅力的な人物だ。これまで何十回も話をしたことがあるけれど、まさかあの壮絶な海難事故の生存者だったとは。

「ガスから沈没の話を聞いたことはあるの？」

「いや、彼はひとことも言わない。おふくろがこっそり教えてくれた。今は亡くなってしまったが奥さんのアンジェリカ、娘のパーラとともに助かったそうだ。パーラは事故当時、まだ幼かった」

「あなたにも打ち明けていないことを、わたしに話してくれるかしら？」

「どうだ……明日、いっしょに彼を訪ねてみないか。前回のおふくろの誕生日パーティーに焼いたカノーリ・カップケーキを一箱持っていこう。あの時、ガスは残った半ダースを持ち帰ったんだ。だからきっと話してくれる」

「やってみましょう。わたしがおいしいものを差し出せば、かなりの確率でころっといくはず」

「きみのおいしいもの？」マテオはわざとらしくにんまりして首を伸ばし、わたしのVネックのセーターの胸元をのぞき込む。「確かにころっといきそうだ」

「殴ってほしい？」

「前戯としてなら」

わたしは思いきりマテオを向こうに押しやった。

「さて、行くよ……」彼はウインドブレーカーに手を伸ばす。「ガスがアンドレア・ドーリア号のコーヒーについてなにもおぼえていなくても、がっかりするなよ。乗っている船が沈もうって時に豪華な料理のことなんて、たいていはどうでもいいからな」

「わかっている」

「それならいい。じゃあ、また――」とちゅうまで言いかけて、マテオはウインドブレーカーのポケットに突っ込んでいた新聞に気づいたようだ。「おっと忘れるところだった。きみの恋人のデカは元気か？ やつがドラッグストアでまとめ買いしているアフターシェーブのにおいがしないから、どうやら今朝はいないようだな」

「マイク・クインのことを尋ねているなら、徹夜で張り込み中。今日は会う予定よ」

「てことは、元気なんだな？」

意外な言葉だった。たしかにマテオは渋々ながらもマイクのことを認めるようになっている。とはいえ、元気かどうかを気にする間柄にはほど遠い。その感想をそのまま口に出してみた。

「ぼくが心配しているのはきみだ。きみがあのボーイスカウトに首ったけなのを知っているから、この件がこたえているだろうと心配した」

「この件？」

ポケットからぐっしょり濡れたニューヨークのタブロイド紙を取り出して、マテオが一面を見せた。標的が描かれている。その中心にはニューヨーク市警の紋章。そして背景には血だまりのような赤いインク。

見出しにはさらに恐ろしい言葉が並んでいた……。

『ニューヨーク市警狩りのシーズン開幕　三日で四人の警察官が標的に！』

4

マテオが新聞を手渡した。「犯人はつかまっているのか？　記事にはくわしいことが載っていない。クィンから聞いているか？」

黙ったままのわたしの表情からマテオは察したようだ。

「なにも知らなかったんだな」

「ええ。あなたのお母さまはこのことを言おうとしたのね。でも今朝はスタッフの出勤がみんな遅れるから、新聞を買いにいく暇も読む暇もなかった」

「これを置いていくよ」濡れたままのウインドブレーカーを着たマテオはぶるっと震えた。「そうだ、シャワーを浴びないとな。スポーツクラブで。天然のシャワーで溺れそうになるのはもうごめんだ。じゃあ、明日」

「明日？」わたしは見出しを見つめながら、たずねた。「明日、なにがあるの？」

「ガスに会いにいく。ちゃんとおぼえているか？」

「そうね、そうだった！」

「カノーリ・カップケーキも忘れるなよ。ぼくも一個か二個、なんなら四個ごちそうになろう」

マテオが正面のドアから出ていくと、さっそくわたしは新聞を広げて記事を読み始めた――朝番のスタッフが（遅刻して）出勤してくるまで。

「あら、ボス。もう休憩して新聞ですか？　経営者の特権ですね」

エスター・ベスト（ベストヴァスキーという苗字をおじいさんが縮めたそうだ）が黒いスパイダーレースのショールを外しながら声をかけた。さらに丈の長いミリタリーコートを脱ぐと、豊満なヒップと自作の詩がたくさんプリントされた〈ポエトリー・スラム〉の半袖のTシャツがあらわれた。エスター・ベストはこの店のアシスタント・バリスタ。魅力的な顔にはめずらしく笑みが浮かんでいる。わたしは彼女の皮肉を受け流すことにした。

エスターに続いて、店でいちばん若いバリスタのナンシー・ケリーがよろけるように入ってきた。ふだんは中西部の農場育ちの女の子みたいに潑剌《はつらつ》としているのに、今朝は元気がない。小麦色の三つ編みは半分ほどけているし、両目は充血して腫れぼったい。

「コーヒーを」かすれた声だ。「どうかナンシーにコーヒーを」

「疲れているの？」わたしはたずねた。

「ろくに寝ていないんです。遅刻もそのせい。それもこれも」ナンシーはそこでぐっとエスターを睨みつけた。「ルームメイトが一晩じゅう不気味な詩の朗読を聴いていたから。不気味な男の不気味な声が延々と続いていたわ」

「あれはアレン・ギンズバーグよ」エスターは爪をチェックしながら言う。「落ち込んだ時にはいつもギンズバーグの詩を聴くことにしているの」

「どうして？　正気でいたくないから？　あのうるさいのが詩なの？　ああ、やだやだ。仕事が終わったら耳栓を買わなくちゃ。悪夢はわたしに数々の傑作を書かせてくれたわ」

「あら、いいじゃない。悪夢はわたしに数々の傑作を書かせてくれたわ」

「はい、もうそこまで！」わたしはぴしっと言った。「ひとりはペストリーケースにペストリーを並べて、もうひとりは正面の入り口に雨用のマットを敷いてちょうだい」

「でも、もう嵐は過ぎましたよ、ボス。外を見てください。日が射してきました」

「そうね。マットは出さなくていいわ。とにかく、マテオがぼたぼた垂らした雨の滴をすべてモップで拭き取ってちょうだい。どちらを分担するのかはコイントスで決めて。八分後には開店しますからね」

それでも言い合いはおさまらない。愛すべきバリスタ二人組はひそひそとした声でやり合いながら仕事に取りかかった。ふたたび新聞を広げたところで、またしても邪魔が入った。またもや店のスタッフだ。長年わたしのアシスタント・マネジャーを務めているタッカー・バートンだった。

「なぜこんなところにいるの？　あなたの出勤時刻は十時間後よ」

「確かにこの店の出勤時刻はね……」マテオが残した水たまりを見てタッカーは顔をしかめ、エスターのモップがぶつからないように身をかわした。「あと二時間後には、別口の仕事に取りかかるもので。それに備えて濃いコーヒーを飲んで魔法の力を蓄えておこうと思って」

「芝居関係の仕事ね？」

タッカーがつかつかとエスプレッソマシンへと歩いていく。

「丸一日かけてオーディションですよ」

「また公共広告の仕事？」エスターだ。「今回はなにを呼びかけるの？　塩の危険性？　砂糖？　呼吸の害？」

「アービング・プラザでおこなうチャリティーショーの監督に起用されたんだ。ガンと闘う子どもたちのために、スーパーヒーローが活躍する派手なショーをする」

「それはつまり、タイツ姿の男たちのコーラスライン？」

タッカーが片手を振って否定する。「ミュージカルやレビューのたぐいはよろこばれないだろう。観客になる子どもたちは片っ端から映画を観ているからね。迫力たっぷりの戦いのシーンを存分に提供するつもりだ」

「ゴム製の大道具に装置、バラバラに分解できる小道具？」

「その通り」

「なんだかわくわくする」ペストリーケースの向こうからナンシーが大きな声をあげる。

「ダークな雰囲気のバットマンも登場するの？　たくましくてセクシーなスーパーマンは？」

「どちらもマントをひるがえして登場する」タッカーが力強くこたえる。「ホットなニューヒーローのパンサーマンとチビパンサーという強力なコンビも登場する。アイアンマン、マイティ・ソー、強靭《きょうじん》な肉体を持つキャプテン・アメリカも見つけなければならない」

ナンシーがタッカーにすり寄る。「スーパーマンにぴったりの人材を見つけるお手伝いをしてあげてもいいわ。ロイス・レインになったつもりで、うっとりする人を選んであげる」

タッカーがモップのようにもじゃもじゃの髪をかきあげた。

「ここはグリニッチビレッジだからカッコイイ人材を見つけるのはたやすいさ。求めているのは〝演じる〟ことができる役者だ」

「しかもタイツが似合わなくてはね」エスターは辛辣《しんらつ》だ。

タッカーはエスプレッソをごくごくと飲む。「それもだいじだ」

ナンシーがなおもスーパーマン発掘プロジェクトに加わりたいとせがんでいると、店の正面のドアに取り付けた小さな鈴が音を立てた。

「もう開いてますか？」切羽詰まった表情の若い女性がたずねた。ニューヨーク大学のロゴつきのバックパックはパンパンに膨らんでいる。「あと三十秒でロースクールの初めての授業が始まってしまう。コーヒーを飲まないと、どうにかなってしまいそう」

「ここはディカフェ状態のあなたにふさわしい山の頂！」エスターが厳かに言い放つ。「〝どうにかなってしまいそう〟という表現も適切である」

「〝どうぞ、お入りなさい〟という意味よ」わたしは『閉店』の札を裏返して『開店』にして、法律を学ぶ女子学生に声をかけた。彼女が店のなかに入っていったところで、今度はよく知っている人物がやってきた。

「おはよう、クレア。早いですね」

サリーことフィンバー・サリバン刑事が快活なテナーで呼びかけた。彼はニューヨーク市警の勤続二十二年のベテラン警察官。麻薬取締官として勲章を授与されたわたしの恋人の腹心の部下だ。

店に入ったサリーとハグをしていると、正面のドアにもうひとり、男性が近づいてきた。人望が厚く現役の刑事でニューヨーク市警の有名な薬物過剰《O》摂取《D》捜査班を率いるマイケル・ライアン・フランシス・クィン警部補だ。

光あふれる戸口いっぱいに肩幅の広いシルエットがあらわれ、コーヒーハウスの隅々にまで、彼の威厳あるまなざしが注がれているように感じられる。こんなふうにわたしの人生も彼の勇気と深い思いやりで満たされている。

「おはよう、クレア」

「おはよう、マイク」

ニューヨーク市警のマークがついた上着は徹夜明けでしわくちゃだ。がっしりした顎を濃い砂色の無精ひげが影のように覆っている。けれどもバタフライナイフのような鋭さのある青い目には睡眠不足による疲労は感じられない。それどころか茶目っ気のある甘い微笑みを浮かべている。

「キスする前に、あなたのその口からききたいことがあるわ」

わたしが手にしていた新聞を広げてみせると、たちまちマイクの微笑みが消えた。

「『ニューヨーク市警狩りのシーズン開幕』」わたしは見出しを読み上げた。「『三日で四人の警察官が標的に』あなたからはいっさい聞いていなかった。さあ、奥までどうぞ。くわしく聞かせて。いますぐに」

5

「落ち着け。過剰反応するな」

「過剰反応？　なにに対して？　あなたが所属している集団を狙った狩りがおこなわれていて、次々に銃弾に倒れている事実に？　それとも、あなたがひとことも話さなかった事実に？」

マイクは降参だとばかりに両手を上げた。「マスコミは新聞を売りたいから、複数の単発的なできごとを大袈裟に騒ぎ立てている。それだけのことだ」

「それだけってことはないでしょう」

「そうだな。しかし、サリーとわたしの身にもなってくれ。五つの区で合成ドラッグを売りさばいている悪辣《あくらつ》な売人につながる末端売人の身柄を拘束して、大物の逮捕に必要な情報を引き出した。十二時間かけてな。きみの心配を払拭する前に、コーヒーとやさしさを少々味わうことはゆるされるかな？」

銃撃事件について、くわしい説明を聞きたいのは山々だけど、マイクの言い分もよくわかる。

二人をカウンターの前の椅子に座らせて、わたしはエプロンをつけた。熱々で湯気を立てているシティサンライズ・ブレンド——わたしの新作のブレンドだ——と焼き立てのマフィンを手早く出すと、二人はさっそく飛びついた。

「さて……」わたしは矢継ぎ早に平らげる二人を前にして、カウンターに両肘をついた。「この銃撃事件について、なぜ騒ぐ必要がないのか、教えてもらえるかしら」

サリーはスニッカードゥードル・マフィンの半分を口いっぱいにほおばっているのでろくにしゃべることができず、マイクを指さした。マイクはニューヨーク市警のロゴつきの上着からマフィンのかけらを払い落とし、説明を始めた。

「最初の事件はブルックリンのビル内のパトロール中に起きた。建物内の階段を定期的に巡回していた。そのさなかのできごとだ。担当していた新米警察官が、たまたま武装強盗と鉢合わせした。その警察官は負傷し容疑者は捕まった。年に数件はこういうことがある」

「わかった。二件目は？」

今度はマイクの口いっぱいにメイプルグレーズド・オートミール・マフィンが詰まっている。代わってサリーがこたえた。

「次に撃たれたのは交通巡査です。彼女はクイーンズで駐車違反の切符を切っていた時に——」

「肩に被弾した。だが、大事にはいたっていない」マイクが口いっぱいにほおばったまま割り込んできた。「処置後、復帰している」

サリーとマイクの表情が一瞬険しくなり、すばやく視線を合わせた。

「なぜそんな顔をするの？」

「そんな顔？」マイクが問い返す。

「ごまかさないで。その女性警察官は誰に撃たれたの？」

「ここに出ている」マイクがタブロイド紙をトントンと叩いた。「犯人は逮捕されていない。おそらく、その界隈で抗争を起こしているギャングのしわざだろう」

「では三人目と四人目は？　ざっと記事に目を通したけれど、昨夜、警察官が二人撃たれたという事実だけで、くわしいことはほとんど載っていないわ」

二人ともこたえようとしない。ますます怪しい。マイクは平然としているけれど、サリーの顔にはわずかに汗が浮かんでいる。さらに問いつめようとしたところで、サリーのスマートフォンが鳴った。

「フランからだ。妻はいまロチェスターの母親のところにいるんです」ほっとした様子でサリーがマイクに視線を向けた。「外で話します……」

席を立ちながら、サリーはこの時期だけのピーカンパイ・マフィン（ミニ・ピーカンパイとブレックファスト・マフィンを足して二で割り、美しくカラメルシロップで覆ったもの）をひとつつまんだ。「じゃあまた。クレア！」

「奥様によろしく。それから、ベイリーズ・チョコレートチップ・クッキーのレシピをようやくタイプしたと伝えておいてね。今夜、eメールで送るつもりよ」

「妻に代わってお礼を言います――わたしからも」サリーはウィンクをしてマフィンを持った手を振った。「先週の日曜日、一皿まるまる食べてしまうところだった!」

彼が正面のドアから出ていくと、すかさずマイクが笑いを嚙み殺したような表情で言った。「まるまる一皿たいらげていたじゃないか。ちがうか？」

「半分よ。残りの半分はあなたが食べたわ」

「お代わりをもらおうかな。もう一杯飲みたい」マイクがカップを差し出す。「それから、かわいいサイズのパンプキン・マフィンも、もうひとつ頼む」

注文通りのお代わりを出して、話を続けた。「で、どこまで話は進んでいたかしら？」

「ベイリーズ・アイリッシュクリーム・クッキーか？」

「撃たれた三人目と四人目の被害者よ」

マイクはわざとらしく肩をすくめた。「その二件は昨夜起きた。詳細については公式のブリーフィングをまだ受けていない」

「公式のブリーフィング？　でも、非公式にはなにもかも聞いているんでしょう？」彼の表情からはなにも読み取れない――たいていの人には。でもわたしはちがう。「なにを隠しているの？　わたしに知らせたくないことがあるのね？」

「落ち着け。さもないとハラスメントで告発するぞ」

「茶化さないで！」

「いいか、この街には警察官が三万五千人いる。毎日一人ずつ撃たれたとしても、きみが知る誰かが被害者となる確率は限りなく低い。ニューヨーク州の宝くじに当たる確率のほうがおそらく高い――」

鋭い音がして彼が話を中断した。まちがいない、あの大きな音は銃声だ。ハドソン通りに面した建物に銃声がこだました。続いて、あちこちから悲鳴があがり、人々がいっせいに駆け出す足音。わたしとマイクは凍りついた。

やがて異様な静けさが訪れ、感覚が麻痺していくような錯覚にとらわれた。その静寂を切り裂いたのは甲高い女性の声だった。哀願するような、悲痛な声だ。

「ああ、たいへん！　誰か、九一一番に通報して。警察官が撃たれたわ！」

6

「なかにいろ、クレア!」マイクはそう言い残して正面のドアから飛び出した。

彼の指示には従わなかった。誰かが負傷しているなら助けなくては。だから彼に続いてドアの外に出た——が、そこで足が止まってしまった。

鎧戸《よろいど》を閉ざしたままの寒い店内とは裏腹に、嵐のあとの太陽の光はあまりにも眩《まぶ》しかった。目が慣れる前に、誰かが後ろに強く引っ張った。

「どうして出てきた」マイクの声はやさしくはなかった。

何度もまばたきしてチカチカしたものが消えたとたん、マイクの手に握られた大きな銃が目に入った。

マイクはビレッジブレンドの戸口の奥まったスペースにすっぽり身を隠し、片膝を突いてかがんでいる。わたしはさらに引っ張られて彼とドアの間に押し込められた。

「なにが見える?」

マイクはこたえない。スマートフォンに向かって立て続けに警察内の暗号で呼びかけている。だから首を伸ばして、盾としてわたしを守っている彼の広い肩越しに通りの様子をうかがってみた。

まっさきに見えたのは、停まっている車、ゴミ箱、郵便ポストなどの陰にうずくまって身を隠している人たちの姿だ。たまたま通りかかったのだろう。

四車線のハドソン通りは、ふだんのラッシュアワーと変わらず車が流れている。いっぽう、ビレッジブレンドの脇の細い通りでは配送用のバンが停まったまま交通を遮断している。運転席の側のドアは開きっぱなしで、ドライバーはやはり戸口に身を隠している。

バンの前の舗装道路には人が横たわっている。ニューヨーク市警のロゴマークのついた上着、そのまわりに赤い水たまりができている。

「サリーだ」マイクが押し殺した声で言う。手が白くなるほど力を込めて銃を握っている。

まさか……。もっとよく見ようと腰を浮かせるわたしをマイクがぐっと押さえ込む。

「撃ったやつはまだこのあたりにいる」周囲の建物の上階の窓と屋根に彼が鋭い視線を向ける。

「サリーは撃たれている。出血しているわ。放っておけない！」かすれた声に力を込めた。

「いまバックアップを要請した。救命救急士と特殊部隊《SWAT》を。犯人の位置さえ確認できれば、容赦なく撃つ」

サイレンが聞こえた。警察？ 救急車？ かなり遠くを走っているようだ。

ふいに叫び声があがり、わたしたちはすぐに、そのわけを理解した。ローズピンクのジョギングスーツ姿の若い女性が建物から出てきたのだ。手元のスマートフォンに視線を落とし耳にはイヤホンをしているので、自分に向けられた声に気づかない。そして、進んで標的になろうとするように、危険地帯へとすたすたと歩いていく。さらにまずいことに、警察官が横たわり出血しているのに気づいたとたん、彼女はコブラににらまれたネズミみたいに立ちすくんでしまった。

「あれでは撃たれてしまう――」

思わずマイクが前に出ようとした。が、その瞬間、銃声がしてマイクの頭のすぐ脇の窓枠が砕けた。ふたたび彼が店のドアのところに引っ込む。わたしたちの頭上から窓枠の破片がぱらぱら降ってきた。

固まっていたジョギングスーツの女性は、その一発ではっと我に返った。くるりと向きを変えて駆け出し、オリンピック選手顔負けのスピードでいま出てきたばかりの建物に入った。

いくらでも撃てたはずなのに。なぜ犯人は引き金を引かなかったのだろう？

そこで新聞の見出しがよみがえった。そこにこたえがあった。

〝警察官だけを狙っているから！〟

サリーに視線を向けると、動いた様子はない。コンクリートの血だまりはさっきよりも大きくなっている。

だから決めた。この結論が正しいものでありますようにと祈りながらマイクに言った。

「動かないで。あなたが標的だから。わたしは大丈夫」

そして通りに向かって駆け出した。

7

ほんの数ブロック先のハドソン川から吹きつける冷たい風が骨身にしみる。コートも着ないまま、わたしはパンツ、薄手のセーター、エプロンだけで耐えている。けれども、震えているのはそのせいではない。

いまにもライフルの凄まじい銃声がするのではないか、銃弾が命中するのではないか、その弾が体内を焼いて引き裂きながら奥へと入っていくのかと覚悟しながら、一歩また一歩進んでいく。背筋のあたりがひりひりする。うなじに的を貼りつけているみたいな気分だ。時の流れが異様に遅い。それでも足を前に出した。

背後でマイクが叫んでいる——いや、猛然とわたしを怒鳴りつけている。しかしこのタイミングで自分の行動を検証している余裕はない。

サイレンの音はなかなか近づいてこない。ラッシュアワーの混雑に足止めされてハドソン通りの先のほうでつかえている。

ようやくサリーのところに着いた。まったく動かない彼のかたわらに膝を突くと、コンクリートが氷のように冷たい。うつぶせに倒れている彼の肩をゆすって名前を呼んだ。

反応はない。

マイクがまたもや通りに出ようとした——が、戸口から前に出たとたん、銃声がしてビレッジブレンドの赤煉瓦のファサードに銃痕ができた。

「伏せて!」わたしは怒鳴った。「やはり警察官だけを狙っている!」

「確実にそうだと言い切れるのか?」

マイクに切り返されて、はっとした。確かに、彼は銃撃戦を山ほど経験している。その彼からわたしは教わっているのだ——。

「『頭を冷やして明快に考えれば命が救われる。感情に走れば死を招く……』」

いまはその言葉にすがるだけだ。マイクになったつもりで冷静さを保とうと必死になっていると、またもや銃声がした。今度は近い。その分だけ、敵の位置の見当がつけやすい。ビレッジブレンドの真向かいの建物の屋上だ。弾が誰にも当たらなかったのはさいわいだった。マイクはすかさず応戦してわたしを守った。

そばに標的になりそうな人物はいない。やはり犯人はサリーを狙ったのか。息の根を止めようとしたのかもしれない。だとしたらここで応急手当てをするよりも、配送のバンの陰に移したほうがいい。しかしサリーを仰向けにしてみて、すぐに判断を変えた。

目の焦点が合っていない。まぶたはぴくぴくと痙攣《けいれん》し、肌には血の気がなく、今朝の空気と同じくらい冷えきっている。

いつのまにかわたしの両手に血がべっとりついている。いそいで確かめるとサリーの左肘の上におぞましい穴があいている。傷口を強く押さえても、指の間から後から後から血が噴き出す。これを止めなければ、救急車が到着する前にサリーは出血多量で死んでしまう。

わたしはエプロンのひもをほどいて力まかせにはずした。とたんに舗装道路からじかに冷気が背骨をはいあがってくる。ビレッジブレンドの青いエプロンを手早く引き裂き、サリーの傷口に巻いて、傷の少し上の位置にエプロンの紐を巻きつけた。

応急の止血帯をぎゅっと締めるとサリーがうなり声をもらした。

「しっかりするのよ、サリー！　すぐに助けが来るから……」

じっさい、すでに到着している車がいるようだ。数秒後には流れ出る血のいきおいが衰えて、赤い滴が落ちる程度になった。

止血帯を強く押さえながらも、ビレッジブレンドの真向かいの建物の屋上から目を離さずにいた。人の気配はない。するとふたたび屋上から銃声が響いた。すかさずマイクも数発撃つ。威嚇して相手の動きを封じるつもりだ。

そこでやっと周囲を見わたす余裕ができた。ほかにケガをしている人はいないだろうか。その時、すぐそばの建物の屋根でなにかが動くのが見えた。廃墟となって不用心だとわたしが地区の理事会で議題にした、あの建物だ。

建物の大型ゴミ容器を使ってティーンエイジャーたちが非常階段から屋根にあがると苦情を出したのだ。けれどもこんな朝っぱらから、たむろして騒ぐとは考えにくい。

ひらひらと黒いものが揺れるのが見えた。が、すぐに消えてしまった。

大声でマイクに、あのビルが見えるかとたずねた。廃墟のビルはビレッジブレンドがある四つ角の少し先なので、マイクの位置からはよく見えないかもしれない。が、マイクはろくに聞いていない。真向かいの建物の屋上に視線を向けたままスマートフォンで通話している。さきほど銃声がした場所だ。その視線が空に移った。

なぜ、空に？

とつぜん轟音《ごうおん》がしてニューヨーク市警のヘリコプターが、真向かいの建物の上空に飛来した。かなりの低空飛行なのでブレードの回転で電線が揺れ、窓とドアがガタガタと音を立てた。ヘリコプターがつくりだす下降気流が、まだ現場に残っている数人の歩行者を直撃した。サリーの手当てを続けているわたしも竜巻のような風に直撃されて、目を開けているのがつらい。

ＳＷＡＴチームの制服姿の男たちがヘリコプターから身を乗り出して屋上を見ている。サリーを撃った犯人の姿をさがしているのだ。

肩になにかがそっと触れたので、思わず飛び上がった。見ると張りつめた表情の救急救命士が二人、サリーのもとに駆けつけたのだ。

男女の救急救命士は腰をかがめてわたしに話しかけた。口が動いているのは見えるけれど、ホバリングしているヘリの音がなにもかもをかき消してしまう。けれども彼らがなにを言おうとしているのかは伝わった。わたしは急ごしらえの止血帯を外して、救命処置に取りかかってもらった（なんとしてもサリーを救ってほしい！）。

震えながら立ち上がると、防弾チョッキ姿の警察官たちが向かいの建物に駆け込んでいくのが見えた。声を張り上げて彼らの注意を引こうとしてみたけれど、あたりは騒然としていてなにも通じない。

あれは、やはり二回目に発砲した犯人にちがいない。わたし以外は誰も気づいていないのだ。わたしは交差点を突っ切って廃墟となっている建物に向かった、まちがいなく後からマイク・クィンが追いかけてきてくれると信じて。

8

無人の建物に近づくと、上のほうでガラスが割れて砕ける音がした。

建物の窓にはすべて板が打ち付けられ、正面のドアには南京錠がかかっている。ビルの脇の錆《さ》びついた非常階段の最上部からビールの空き瓶が一本落ちてきた。それが大型のゴミ容器に当たって割れ、上のほうでは黒いものがひらりと揺れた。

旗？　ちがう！　あれはマントだ。非常階段の最上段で、黒い服を着た人物の背中でマントが揺れた。筋肉が盛り上がったたくましい体型だった。そばに駐車している車の陰にさっと身を隠すと、その人物がロープにつかまり赤煉瓦のファサードの窪みに沿ってすいすい降りてくるのが見えた。そのまま真下のゴミ容器に着地してカーンと虚ろな音を立てた。身体を固定していたロープを外し、引っ張りおろす。

肩にかけたライフル銃の長い銃身が見える。

わたしは後ろを向いてマイクの姿をさがした。いない。わたしを追いかけてこなかったのだ。ほかに誰の姿もない。わたしはたったひとり、サリーを撃った犯人からほんの三十ヤード（三十メートル弱）の距離にいる。

警察官を呼びにいっていたら犯人の姿を見失ってしまう。

唯一の目撃者として、この場に留まって犯人の正体を確認しなくては。手探りで携帯電話をさがしてみたが、店のカウンターに置きっぱなしにしたのを思い出して舌打ちしたくなった。

できるかぎり音を立てないように立ち上がり、その体勢で犯人の姿を頭のなかに焼きつけた。彼がゴミ容器から飛び降りて川のほうへと走り去る姿を。

これでよし。だいたいの特徴はつかんだし方向も確認した。マイクのところに戻ろう！

「いったいどこにいたんだ、クレア？」

サリーが撃たれた現場ではサイレンが響いて騒然としている。それでもなんとかマイクの声は聞こえた。「目をそらした隙にきみは消えていた！」

「二発目を撃った犯人を見つけたのよ！　二人目の犯人はこの目でしっかりと見たわ」

わたしの身体はぶるぶる震えている。全速力でビレッジブレンドに戻ってきたので、はあはあと息も荒い。それを見てマイクは自分の上着を脱いで裏表をひっくりかえし、わたしにかけた。万が一に備えて、ニューヨーク市警のロゴを隠したのだ。

「二人目はいない。ＳＷＡＴによれば、ビレッジブレンドの向かいの建物の屋根全体に花火が仕掛けられていたそうだ。そして――」

「それなら、わたしが見たのはあなたを狙った犯人よ！」

マイクがスマートフォンを持ち上げる。「その人物の特徴を教えてくれ。いますぐ。捜査網を敷く」

「ほんの一瞬しか見えなかったけれど、ライフルを携帯していた。男はハドソン川の方角に走っていった」

「よし、いいぞ。服装はどうだ。どんな風貌だったのか教えてくれ。背格好、人種、傷跡、顔立ちはどうだ？　どんな情報でもいいから捜査の現場に情報を流す」

いつのまにか制服警察官たちに取り囲まれていた。彼らはじれったそうに、わたしが特徴を挙げるのを待っている。

「パンサーマンみたいな格好だったわ！」わたしは大きな声で言った。

マイクが目を丸くしている。「誰だと？」

「コミック誌のスーパーヒーローですか？」若い警察官が声をあげた。「冗談ですよね？」

「いいえ！　マントとマスクをつけて、がっしりした体格の男がロープを使って器用に下に降りたのよ。この目で確かに見たのだからまちがいないわ」

「パンサーマンを？」

わたしはいきおいよく首を上下に振る。マイクはそれを見て、集まった警察官たちの様子を確かめた。ほぼ全員がわたしに注目している――〝頭を撃たれた〟気の毒な人を見るみたいな目で。

「だが、ほんとうにパンサーマンの格好をした人物を見たとなると——」

「ほんとうもなにも、確かにこの目で見たわ」

9

サイレンを鳴らして走る警察車両のなかで、わたしとマイクは話を続けている。彼の青い目は道路をじっと見据えている。〝なかなか快適ね。朝のラッシュ時間帯のマンハッタンを、こんなスピードで駆け抜けることができるとは〟。

わたしはマイクとともにフロントシートに座っているから、それも快適だ。パトカーに乗るのは初めてではないけれど、そのうちの一回は、犯人として後部シートに座らされて尋問室に連れていかれた（今回のシートからの眺めとはまるでちがっていた）。前方を走行する車は次々に車線変更し、バスとタクシーは停止し、歩行者たちはあわてて脇に退いて病院へと飛ばすわたしたちの車を通してくれる。

「おおぜいの警察官を動員して六十分間捜索したが、収穫はなかった。捜査網を敷いたが、パンサーマンの格好をした人物は見つかっていない。衣装、マスク、ロープ、ライフルが捨てられた形跡もない。川岸もこの一帯の船もすべて捜索した。周辺の建物も。歩行者に心当たりがないかをたずね、普通の服装であってもパンサーマンの体格に一致する人物はボディチェックをした。この結果をどう説明したらいいんだ？」

「どうにも」

「トラウマで思考や記憶力に問題が起きる場合がある。きみの心がつくりだした幻影である可能性も――」

「自分が見たものが現実かどうか、ちゃんとわかっている。頭がイカレているわけじゃないわ！」

「なぜそう受け止める？　イカレているとは言っていない。ただ、ストレスが認知機能に影響を及ぼしているのではと……」

彼が急ハンドルを切った反動で、シートベルトを締めているにもかかわらず、わたしの身体は助手席側のドアに押しつけられた。

「まさかあなたに信じてもらえないなんて！」

「そうじゃない！」

サイレンの音に負けまいと、おたがいに声を張り上げている。こんなにうるさい環境でも警察官は冷静にものを考えられるの⁉　いくら声を張り上げても、わたしの言葉に説得力が増すようには感じられない。

「監視カメラは？」マイクにたずねてみた。

「刑事たちは周辺一帯の交通監視カメラをチェックしているが、収穫はない」

「カメラでとらえられる範囲は限られているわ。犯人は裏通りを使って建物の地下に入ったのかもしれない。秘密の回転扉みたいなものがあるのかも」

「パンサーマンの洞窟に通じているのか？」

「フェンスをよじのぼって個人宅の庭に隠れた可能性もある」

「木の上にいるかもしれないな」

「警察流のジョークはやめてね。警察官がいくらさがしても、見落としているところがきっとあるのよ。セント・ルークスの壁に囲まれた庭は？　チャムリーズにも中庭があるわ。こっそり隠れることができる場所はウエストビレッジ全体にいくらでもある！」

「そこまではまだ手が回らない状態だ。この周辺の民間の防犯カメラの録画映像を入手して手がかりをさがしている。そして唯一の目撃者であるきみにも、さらに協力してもらう必要がある」

「似顔絵を描くわ。紙と鉛筆があれば、自分で――」

「ああ。絵はいいアイデアだ。しかし描くのはきみではない」

「描けるわ。学校では美術を学んでいたのよ」

「警察の似顔絵画家は単に絵を描くだけではない。ふつうの刑事と同様に彼らも訓練を受けた捜査官だ。彼らが描かなくては公式の似顔絵とはならない。ニューヨーク市警の似顔絵画家と病院で会うように要請する」

「わかった」声が小さくてマイクに届いていないかもしれないと思い直し、大きくうなずいて見せた。

二分後、マイクが六分署の上司との会話を終えたタイミングで車は病院に到着した。なかに入ると、混雑したロビーをマイクは受付めがけて強引に進んでいく。わたしは全速力で追いかけた。

「銃で撃たれて搬送されたニューヨーク市警のサリー・サリバンを」

受付の女性が怪訝《けげん》そうな表情を浮かべて聞き返す。「サリー、ですか？」

「フィンバー・サリバンです」すかさずわたしが訂正し、固く握ったマイクの拳にそっと手を触れた。「一時間ほど前に救急車で搬送されたはずです。容態を知りたいんです」

「サリバンさんは救急病棟にいます。申し訳ありませんが、これ以上のことは――」

マイクがさっさと歩き出した。方向を確かめもしない。ＯＤ班を率いる彼はたびたび訪れているので、その必要がないのだ。

救急病棟に着くと、わたしはマイクよりも先にエレベーターを降りてナースステーションに向かった。

「すみません、銃で撃たれて運び込まれた人のことでうかがいたいんですが」ニューヨーカー特有の早口でたずねた。「名前はフィンバー・サリバン、ここにいると言われたので」

白衣姿の女性は手元のファイルを閉じて、視線をわたしに移した。無表情のそっけないまなざしだ。

「ミセス・サリバン？」

「いいえ、わたしは――」

「ミセス・サリバンはロチェスターの親戚を訪れている」マイクが説明する。「すでに連絡して、彼女はこちらに向かっている」

看護師がマイクを見る。「で、あなたは？」

「サリバン刑事の上司――彼が所属する班の責任者だ」彼が警察バッジをさっと出した。

「わたしはサリーの友人です」

「友人には法律上の地位はありません。あなたは――」

「コージーです。クレア・コージー。救急車が到着するまでわたしがサリーの手当てをしました。彼の容態を知りたいのは当然じゃないかしら」

「これ以上の情報はお伝えできません。ご家族を通してください」

「でも彼の奥様はここにはいない」

看護師はわたしの言葉を無視してマイクに話しかけた。「あなたは警察の――」

「クィンです。クィン刑事です」

「ではクィン刑事、警察の公務でいらしているのであれば、主治医と面談できます。こちらのデスクでお待ちください」

それからわたしをじっと見据え、こうつけ加えた。「廊下の先に休憩室があります。刑事さんを待つのでしたら、そちらでどうぞ」

10

十五分後、休憩室のなかでわたしは落ち着きなく行ったり来たりしていた。がっくりきていた。看護師の言葉が頭から離れない。

「『友人には法律上の地位はありません』……」

彼女はまちがってはいない。責めるつもりもない。けれども、変な角度から撃ち込まれた弾が出所を失って身体のなかを飛び跳ねるように、あの言葉の痛みが消えなかった。そして自分が傷ついている理由を直視したくなかった。

やがて似顔絵画家が到着した。助かった。これでひとまず自分自身の不安や心配事を棚上げできる。

そうよ、いまはこれに集中すればいい。しっかり協力しなくては！

しかし似顔絵画家のバリー・シトゥコ巡査部長は、それほどの意欲を燃やしているようには見えない。少なくとも、見たところそうは感じられない。考え事に夢中で上の空といった様子で研究者のようなたたずまいだ。こんなタイプの警察官には、あまり出会ったことがない。

だいいちこんなに分厚いレンズのメガネをかけて、どうやってポリスアカデミーの視力試験を突破したのだろう。ひげを剃ろうなんて思いつかないのだろうか――何日も。白いものが交じる髪が梳《と》かされた形跡はない。おそらく寝起きのままだ。警察バッジはピカピカに磨いてあるけれど、青い制服はしわくちゃで、全体にうっすらと粉砂糖がまぶされている。ここに来るとちゅうでかぶりついたドーナッツから散ったのだろう。

彼は自己紹介をすませると椅子をわたしからほんの数センチの位置に移動させ、バックパックをおろして腰掛けた。そしてバックパックのなかからタブレット型コンピューターを取り出した。

「まず、あなたが容疑者の顔をどの程度よく見たのかを確認します。性別、年齢、人種を確定できますか？」

「駐車している車の陰にかがんで隠れていたので、じっくり見たわけではありません。でも犯人はがっしりとした体軀でした。腕は筋肉質で、脚は引き締まっていたわ。胸部もたくましかった。身体の動きはすばやくて、しかもしなやかだった――ネコのように。顔にはマスクをかぶっていました」

「では、これを持ち出すまでもないな」シトゥコ巡査部長はタブレットを脇に置いた。「次の質問もいらないな」

「どんな質問かしら？」

「その人物は有名人に似ていたかどうか。セレブ、俳優、スポーツ選手、ロックスターの誰かに」

「有名人に似ていました。そっくりだったわ。パンサーマンに」そこでわたしはしばらく間を置いて、大きく息を吐き出した。「きっと、わたしの頭がおかしいと思っているでしょうね」

シトゥコ巡査部長は首を横に振った。「頭がおかしい人物がいるとすれば、マントをつけてネコ科の動物になったつもりで駆け回り、警察官を狙撃した人物だ」

「わたしの言うことを信じてくれる、ということね。時間の無駄だとは思いません？」

「とんでもない、ミズ・コージー」

シトゥコ巡査部長はバックパックに手を伸ばし、なかから昔ながらのスケッチブックと鉛筆を数本取り出した。「いっしょに絵を描いてみませんか。最初にその人物があらわれてから逃げるまでの間に、あなたが記憶したすべてを聞かせてください。鉛筆で紙にポートレートを描きます……」

十分後、できあがったものをわたしたちは見つめていた。

「確かに、これはパンサーマンだ。顔を見ていないのが、なんとも残念だ。アダム・ウェスト、マイケル・キートン、マット・アフレック、オーストラリア人のなんとかいう俳優もいたな。とにかく過去四十年にパンサーマンを演じた俳優のどれかに絞り込めたのに」

「ベンよ。ベン・アフレック」

「そのパンサーマンはベン・アフレックに似ていましたか？」

「いいえ。顔は見ていません。さっき言ったとおり。本気で犯人を見つけるつもりなら、からかわないで」

「からかってなどいない。その人物が心底マニアであるなら、パンサーマンの細かな特徴にまでこだわる傾向が強い。コロラド州の映画館で起きたオーロラ銃乱射事件のケースでは、実行犯はバットマンの世界にとことんのめりこんでジョーカーになりきっていた」

巡査部長は椅子の背にもたれた。「あなたが見たのがパンサーマンではなかった、という可能性があるのはわかりますね。なにかを見誤ったのかもしれない」

彼は一枚目のスケッチを破って小さなくずかごに放った。そしてまた鉛筆を握った。

「もう一度やってみましょう。まず、マントから」

「黒っぽいマントだったわ」

「厚みがあってしなやかなマントでしたか？　パンサーマンみたいに」

「いいえ。具体的にきかれて、それがはっきりしたわ」

「ペラペラだった？」

「素材は少し薄っぺらい感じ……ヒラヒラとひるがえっていたから――」よく思い出そうとして、ふと、マテオがずぶ濡れで店にやってきた姿が頭に浮かんだ。「今朝は雨が降っていた。それも土砂降りだった」

シトゥコ巡査部長がうなずく。「うん」

「だから……わたしが見たのは雨用のケープとかポンチョみたいなものだった、という可能性もある。もしかしたら犯人は雨に濡れまいとゴミ袋を身体に巻きつけていたのかもしれない」

シトゥコ巡査部長はいきおいよくうなずき、眉をひそめてさらにたずねた。

「耳はどうかな?」

「パンサーマンのマスクをつけていたのは確かよ」

「それなら、タイムズスクエアでコスプレしている連中はきちんとしたアリバイを用意しておく必要があるな」

彼がまたスケッチを始めた。できあがったものを見せてもらうと、今回もやはりわたしの記憶とは少しずれている。「とがった耳の位置を下げたんですね。人間の耳の自然な位置に――」

「イヤーマフにしてみました。あなたが見た容疑者が肩に担いでいたタイプの高性能ライフルを使う際に、よく用いられています」

「理にかなっているということね。でもわたしが見たのはこれではありません。長くてとがった耳が上に突き出していたわ。頭の上に、ネコみたいに」

シトゥコ巡査部長がさらに一枚描いて見せてくれた。

「そう、この人よ」

わたしがそうこたえた瞬間、マイクが入ってきたのでいっぺんにパンサーマンのことが頭から抜けてしまった。

「マイク！　サリーの容態は？」

「安定しているが、意識はまだ戻っていない。医師は楽観的にとらえているが、なにしろ大量に出血している……」

身体が震えるのを感じながら、大きく息を吸った。

「フランは驚いているでしょうね」

「彼女の飛行機はラガーディアに着陸したところだ。警察官がひとり付き添って、大急ぎでこちらに向かっている」

マイクがシトゥコ巡査部長に話しかけた。

「バリー、彼女は役に立っているか？」

「すばらしく」

「たいした助けにはなっていないけれど、とても丁寧に対応してもらっているわ」

「逆です。おおいに助かっていますよ。あなたのおかげで狙撃した犯人の位置が特定できた。そこで法医学的証拠をさがすことができる。犯人はがっしりとした体軀でほっそりとした脚、筋肉質の腕、鍛え上げられた胸部の持ち主であり、建物の屋根からロープにつかまっておりることができるほど運動神経が発達した人物であるとわかった」シトゥコ巡査部長はそこで肩をすくめて、続けた。「それに、パンサーマンのマスクをかぶっていたことも判明した」

彼はスケッチをマイクに見せた。ふたりとも、少し複雑な表情だ。

「マスコミにこれをかぎつけられたら、街じゅうがサーカスみたいな騒ぎになるな」マイクが顔をしかめてドアのほうを見る。「外には記者がおおぜい押し掛けている。似顔絵画家がここに来ていることも知られている。まもなく市警本部長が到着する。きみたちふたりを、ここから脱出させたほうがよさそうだな」

11

「これを見たか？」翌日、さっそくマテオからきかれた。

「なにを？」

彼は朝刊を一紙、コーヒーカウンターに放ってよこした。

『警察が行方を追うパンサーマン
ビレッジのスナイパーはコミック誌のスーパーヒーローであると目撃者が証言』

ため息が出た。「全体をきちんと伝えている新聞はひとつもないわ」

マテオは大理石のカウンターに片肘をついた。

「きみがなぜ全体をきちんと知っているのかは、きくまでもないな。きみ自身が当事者だから、だろ？」

彼が新聞を一枚めくる。

「倒れた警察官の応急手当てをする〝よきサマリア人〟を誰かがスマホで撮った。背景に写っているのは、このコーヒーハウスだ。ピンぼけだが、この人物はきみにひじょうによく似ている」

「ノーコメント」

昨日にくらべたら、今朝はなにもかもが順調だ。夜明け前の嵐もなかった。川から凍るような風も吹いてこない。元夫は変なにおいも漂わせていない。なにより、このビレッジブレンドの前で警察官が狙撃されていない。

新聞を持って登場したマテオ・アレグロはきちんと身だしなみを整え、快い香りを漂わせている。わたしはとても落ち着いて冷静だった。叫び声が聞こえるまでは――。

「あれは火事よ！」

バリスタのエスター・ベスタが突然叫んだものだから、お客様がぱっとこちらを向いた。わたしは反射的にカウンターの下に飛び込みそうになった。が、どうやら料理の話をしているらしい。

エスターとナンシーはルームメイトとしてイーストビレッジで暮らしている。昨夜、その建物の非常階段の踊り場でナンシーがバーベキューをしようとして、ひと騒動あったようだ。口を慎みなさいとエスターに注意をしようとした時（前日に警察官が撃たれた騒動があったばかりなのだから）、混み合うカウンター席のお客様がエスターに声をかけた。

「たき火で料理するのは得意よ。コツさえつかめば煙はうまくコントロールできるわ」

「どうぞそのコツをナンシーに教えてあげてくださいな」エスターが哀願するような口調でこたえる。「あと少しのところで隣人を窒息死させるところだった。煙を探知した火災警報器は大音量で鳴り響くし……。ベルビュー病院の心臓病患者につけた心臓モニターの音なんて、あれにくらべたらかわいいものよ」

「でも網焼きの味が恋しくて」ナンシーが哀れっぽい声を出す。「都会暮らしってほんとうに不便よね。屋外でバーベキューができない」

「それならチャイナタウンに行ってリブを注文しなさい」

「あれはまったく別物よ」

カウンター席のお客様もナンシーに同意している。昨日の朝いちばんにやってきた、あの女子学生だった。コーヒーに飢え、適切な表現をエスターに褒められたのをおぼえている。しかもただの学生ではなく、ニューヨーク大学のロースクールで法律を学ぶ学生だ。だからナンシーの弁護に飛び入り参加したのだろう。

「なかなか説得力のある主張だと思う」彼女がエスターに話しかけた。「自分で網焼きにしたステーキに匹敵するものはないもの。チキンもすごくおいしいし、ブルボスも――」

「ブルボス？」エスターがきき返した。

「渦巻き状のソーセージだ」解説したのはマテオだった。

「あら、ご存じなんですね！」ロースクールの女子学生はとび色の髪をさっと後ろに払い、色っぽい笑顔をマテオに向けた。

すかさずわたしはマテオに目配せした。お客様にちょっかいを出さないで。とりわけ若い女性は要注意よ。

彼はわたしの警告に肩をすくめてこたえ、会話を続けた。「南アフリカで食べたよ。うまかったな。パクチーがたっぷり入っていて」

「わたしの故郷では一年中みんなが外で料理をしていたわ」ロースクールの女子学生が続ける。「キッチンを持たずにアウトドア用のファイヤーピットだけで料理を楽しむ人たちもいるくらい」

「でもね」エスターだ。「隣人が九一一番に緊急通報しそうになったら、料理を楽しむどころじゃないわ！」

ロースクールの学生はカーラと名乗り、グリル料理のコツをナンシーとエスターに次々と伝授していく――なにを使うべきか（ライター用のオイル、炭）、なにを使ってはいけないのかを。

「聞いた？」エスターはナンシーの肩を叩いた。「カーラの言う通りにしなさいよ。二度と古新聞を燃やしてグリルをしようなんて思わないで。のろしをあげてジャージーシティの先住民に連絡をとりたいというなら、しかたないけど！」

ちょうどその時、正面のドアに取りつけた鈴の音とともにお客様の一団が入ってきたので、バリスタ二人は一時休戦して仕事に戻った。ふたたび注文の声とミルクが泡立つ音が聞こえてきたので、ひとまずほっとした。

「ちょっと来て」マテオに声をかけて奥の貯蔵庫に入り、すでに用意していたお手製のカノーリクリーム・カップケーキの箱詰めを手伝ってもらった。彼は作業をしながら立て続けに二個味見して指についた甘いマスカルポーネ・フロスティングをぺちゃぺちゃと舐《な》める。その彼に向かって、新聞記事についての真相を打ち明けた。こういう時の彼は、あんがい素直に耳を傾ける。

「で、パンサーマンを見つけてどうなった？」

「彼は川の方向に走り去って消えた」

「消えた？　なるほど、まちがいなく共犯者がいるな」

「なぜ？　わたし、なにか見落としている？」

「かんたんさ。パンサーマンはいつもチビパンサーを連れている。アニメの場合はな」

肘で思い切り彼のお腹を突いてやりたかったけれど、完璧に砂糖をまぶしたわたしのカップケーキがつぶれてしまいそうで、やめておいた。「なんだか後味が悪くて。新聞の一面のパンサーマンの絵がネット上に広まってしまっているけれど、あれはわたしの証言をもとに描かれたものなのよ」

「だから？　それがどうした？」

病院でのシトゥコ巡査部長とのやりとりを話した。

「待合室からシトゥコ巡査部長が出てくるのを記者に見られたのよ。警察の似顔絵画家だと知っていたから、わたしたちがいなくなるのをみはからって記者は休憩室に入り、くずかごのなかのスケッチを見つけた」

「きみの彼氏はこの一連の事件に関して、どういう見解なんだ？」

「昨日病院を出てからマイクにはまだ会っていないわ。電話では話しているし、メールで最新の状況も入ってきている。さいわいサリーは順調で、昨夜意識を取り戻したそうよ。いまは奥様と子どもたちに付き添われて、回復に向かっている。でも朗報と言えるのはそれだけ。マイクは上層部と揉めているらしい。シトゥコ巡査部長は警察をクビになるかもしれない。気の毒に」

「なぜ？」

「わたしの証言をもとに作成したスケッチはけっしてマスコミに漏れてはならないものだったから。とくにあんな形ではね。ニューヨーク市警の上層部にとっては想定外の成り行きだった。市警本部長と市長の主導で記者会見をひらいて事件の概要を発表するはずだったのに、その前に各紙がパンサーマンの格好をした犯人像について報じてしまった。いまや街じゅうで、それどころか国じゅうでタイツ姿の男のジョークだらけ。深刻な犯罪だというのに。マイクが予測した通り、マスコミのせいで街じゅうがサーカスよ！」

わたしはベーカリーボックスに紐をかけ、怒りをぶつけるようにぎゅっと強く結んだ。

「落ち着け、クレア。騒動はそのうち収まる」

「ええ、きっとそうね。すさまじい嵐はたくさんの亡骸《なきがら》を残して去っていくのよ、きっと」

なんとも腹立たしい。わたしは息をはあっと吐き出し、ゆるんだポニーテールを結び直した。

「週に一度の市長のラジオ番組を今朝聴いたら、スーパーヒーローのことで手厳しい内容の電話が三件続けざまにかかってきたせいか、いつもより早く番組を切り上げたわ。その後で市長は市警本部長をきつく叱責し、市警本部《ワンポリスプラザ》にマイクとシトゥコ巡査部長が呼び出された。ふたりとも、まだ解放してもらえない。きっと警察版のむち打ちか宙づりの刑に遭っているのよ。もしかしたらその両方かも」

「ま、悪いことばかりじゃなさそうだ。タッカーから聞いたよ。売上が急上昇らしいな。パンサーマンのファンがコーヒーと自撮り目当てで朝から大行列をつくっていたそうじゃないか」マテオがこくりと首を傾げる。

「だからよけいに落ち込んでしまう。まるでサリーの不幸をお金儲けの種にしているみたいで。こんなことなら、誰にも言わなければよかった」

「気にするな。見たことは事実なのだし、それを報告するのは市民の務めだ。ともかく、きみはラッキーだったよ」

「ラッキー？」

「どの新聞も〝目撃者〟であるきみの身元は特定していない。その幸運が続くよう、そこらへんの木製のものを叩いておくといい」

「木でできたものを叩いて幸運を祈る？　いつから〝旧世界〟の迷信を信じる側にまわったのかしら」

マテオは低い声をもらし、腕時計をちらっと見た。

「雑談はこのへんにしておこう。われわれのコーヒーときみのカップケーキの力でゴッドファーザーの話を引き出せることを祈ろう」

12

ハドソン通りをマテオといっしょに歩きながら、わたしはしきりに携帯電話をチェックした。五回目にチェックしたところで、「いい加減に電源をオフにしたほうがいい」とマテオに言われてしまった。

「携帯電話はしまうけど、電源をオフにはしないわ……」

さらに一ブロック進んだところで救急車の鋭いサイレンが鳴った。とたんに不安になって、またもや携帯電話を取り出した。

「クレア――」

「マイクのことが心配で」

「わかっている、でもな……」マテオがわたしの手を押さえた。「きみが神経をすり減らしてもいいことはない。やつにとっても、きみにとってもな。考えないようにしたほうがいい」

さらに一ブロック進むと、もう携帯電話をチェックしたくてたまらない。それをまぎらわせるためにマテオの妻の近況をたずねてみた。《トレンド》誌の編集長を務めるブリアン・

ソマーは流行に敏感で、つねに豪華なイベントを企画したり派手なセレブと会ったり、飛行機でエキサイティングな場所に飛んでいったりする。

そんな彼女のゴージャスな暮らしぶりを聞いたら少しでも気がまぎれるだろう。それなのに、なぜかマテオはその話題に乗ってこない。なにかあったのかとたずねたら、それもはねつけられた。

「もっと生産的なことについて話そう。たとえばアンドレア・ドーリア号ブレンドだ。いいか、今度の新しい船は温帯地域をクルーズする。だからアイスコーヒーにしてもおいしいブレンドがもとめられる」

「もう聞いたわ。百回くらい」

「そこでだ。これから会うぼくのゴッドファーザーはアイスコーヒーをよく飲む。南部の人間がスイートティーをガブガブ飲むみたいな調子で飲む。だから味見をしてもらって感想を聞こうじゃないか」

「気に入るに決まっているわ。きちんといれさえすれば、目覚めのキスみたいな口当たりよ。ひんやりして、滑らかで、甘くて美しい」

「いいぞ、クレア。コンペのプレゼンではそのフレーズでいこう。審査員のハートをわしづかみだ——いや、味蕾《みらい》をな」

「彼らのハートがメロメロになることを期待しましょう」

角を曲がってペリー通りに入った。一方通行の通りには高い街路樹があり、南北戦争前に建てられた煉瓦と石造りのタウンハウスが並んでいる。四階建ての建物はどれも、建築基準法ができた一八六〇年代よりも前に建てられた。そのひとつである宝石商カンパーナ家の建物はひときわ魅力的だ。

茶色と赤い煉瓦の建物のなかでカンパーナ家のタウンハウスだけは純真無垢《むく》なハトのように真っ白だ。木製のシャッターも窓辺の植木用コンテナも白。コンテナにはスズランが咲き乱れ、その小さな白い花は、カンパーナの名――イタリア語で〝鐘〟を意味する――にふさわしい形をしている。

白い建物の脇からは、ひさしのように煉瓦の白いアーチが延びて、その下には丸石を敷き詰めた狭い通路が奥へと続いている。通路の入り口を守っているのは、凝った装飾の錬鉄製の頑丈な扉だ。

錠のかかっている鉄製の黒い扉の前を通り過ぎて、白い建物の正面に着いた。小さな金色の飾り板がひとつ出ているだけだ――鐘をかたどった図案に『ハウス・オブ・カンパーナ』と書かれたデザイン。こぶりの窓がふたつあり、分厚くて見るからに頑丈そうなガラスの向こうには、ひとめでカンパーナ・スタイルとわかるデザインの宝飾品が数点ディスプレイされている。

正面のドアに窓はなく、建物と同じく真っ白だ。そしてマンハッタンの高級宝石店らしく、ドアは施錠されている。

ブザーを鳴らすと、ドアが開いた。なかに入るとすぐに、若く魅力的な金髪の女性に迎えられた。ベビーブルーのミニドレスを着て、足元は光沢のあるルブタンだ。おそろしくヒールが高く、しかも厚底ときている。小柄な女性なので、少女が母親の靴を履いているようにに見えてしまう。

「マテオ・アレグロです。名付け親のガスに会いに――」

怒鳴り声がして、マテオの言葉がかき消された。男女が大声で言い争っている。声だけが聞こえ、ふたりの姿はここからは見えない。

元夫の表情を見て、ぴんときた。彼もわたしと同じことを考えている。声の主はわからなくても、口論の内容はわかりすぎるほどよくわかるのだ。

「どうして戻ってきたの？」女性が責め立てる。「相手をころころ替えて遊びまわるのに飽きて、長く苦しめてきた妻の顔を見に来たの？」

それに対して男性はおだやかで余裕がある口調だ。「きみ以外の女性に価値などない。それはきみもよくわかっているはずだ……」

低音のせいで独特のアクセントが強調されている。とても魅力的なのに、どこのアクセントなのかよくわからない。ともかく、女性の気持ちをぐっと惹きつける声であるのはまちがいない。

「きみはたいせつな宝物だ。きみの目は嫉妬で曇ってしまっている。わたしの妻はきみだ。結婚してきみに心のすべてを捧げた。裏切ったことなどない。わたしの心はきみのものだ」

「とにかく、あなたは誰にでもやさしすぎるのよ！」

13

マテオとわたしは聞こえていないふりをした。といっても、むずかしい。ショールーム内を仕切る薄い仕切りの向こうで、カップルの口論は止む気配がない。

「よくもいまごろ顔を出せるわね」女性の声だ。「アクアティック・コレクションの完成を控えていそがしい時期に……」

男性はひたすら甘い言葉を繰り出すが、妻の口調はあくまでも冷ややかだ。わたしたちの周囲のジュエリーのテーマ、「水」のように冷たい。

海の波と滝が凍りついたようなガラスの彫刻に、カンパーナのみごとなジュエリーがディスプレイされている。真珠とアクアマリンのネックレスは水の流れを、プラチナとサファイアのブレスレットは波を、白とブルーのダイヤモンドをあしらったドロップイヤリングは水滴をあらわしている。

このすべてを自分のものにできたら、と思うけれど、手が届くものはひとつもない。

わたしたちに応対した若い女性はあたふたしていたが、決まり悪そうな笑みを浮かべて言葉をかけてきた。「すみません、ガスは名付け親なんですね?」

マテオがうなずき、会いたい旨をもう一度伝えると、彼女は大急ぎで著名なジュエラー、グスタヴォに電話をかけにいった。

残されたわたしたちは期待と不安がいりまじった心地だ。さきほどから続いている言い争いが終わることを期待するいっぽう、彼らがここに出てきたらどうしようと不安だった。「プライベート」な言葉を、赤の他人であるわたしたちにすべて聞かれたと彼らが気づいたら、どうなるのか。

期待もむなしく、数秒後にはふたたび男の声が聞こえた。

「もうたくさんだ。だいじなきみを怒らせるために来たわけではない。きみのお父さんに会いにきた」

「なんのために？　今度はなにを売り歩いているの？　ブラッド・ダイヤモンド？　密輸品のロシアの琥珀《こはく》？　ヨーロッパの名家から盗まれた先祖代々の宝物？　ミャンマーの輸出禁制品の翡翠《ひすい》？」

「それよりはるかに価値のあるものだ。情報を持っている。ガスにとって耳寄りの情報だ」

「あなたの言うことに父が興味を示すものですか」

「いいか、よく聞くんだ、ソフィア。きみが正しいと思うことの大半は、正しくない。それは何度も言ったはずだ。今回の件も同じだ。きみはまちがっている」

マテオは小さく唸るような声を洩らした、侮辱的な言葉に対してではない。縁もゆかりもないカップルの言い争いだとばかり思っていた。しかし険悪な夫婦喧嘩をしていたのは、いつも世界のあちこちを飛びまわっている「ソフィア」――ガスの末娘ソフィア・カンパーナだったのだ。

以前はソフィアによく会っていた。まだマテオと結婚していた頃には。その後わたしたちは離婚し、彼女は海外に出かけることが多くなり、会うこともなくなっていた。彼女は海外で結婚した。相手はジュエリー用の原石を扱うスウェーデン人と聞いたが、わたしは一度も会ったことがない。またソフィアの声が聞こえた。さきほどよりも落ち着いた口調だ。

「ハンター、父はあなたとは会いません。あなただって、それはわかっているでしょう。父はあなたと断絶したのよ。わたしにメッセージを預けてくれれば、それを父に伝えることを検討してもいいわ」

「検討なんて言っている場合ではない。それだけの価値ある情報だ」彼の声にはいよいよ熱がこもる。「とにかく伝えてくれ。グスタヴォのためにも、だいじなきみのためにも、きみたち家族のためにも」

「とにかく、父へのメッセージをどうぞ！」

「グスタヴォに伝えてくれ。ローマである男に会った。かなり高齢の人物だ。きみの両親と姉さんが乗船していた沈没する船に彼も乗っていた。そして――」

「お待たせしました！」さきほどの若い接客係の大きな声で口論がぴたりと止んだ（せっかく本題に入ろうとしたところなのに！）。

「ミスター・カンパーナはよろこんでお目にかかるそうです、ミスター・アレグロ。中庭でお会いしたいとのことです。いったん外に出て白いアーチを――」

「わかっている」

彼女がマテオにうなずいた。「門の鍵を開けますね」

ジュエリーが美しくディスプレイされた空間から、マテオは目にも留まらぬ速さで脱出した。

逆にわたしはローヒールのブーツを引きずるようにしてのろのろと歩いた。もしかしたら続きが聞けるのではと、かすかな望みをかけていた。が、もう手遅れだ。一流デザイナーが手がけた竹馬みたいな靴を履いた若い接客係の厳しい視線を感じながら、マテオの後を追って歩道に出た。

14

「興味をそそられたわね」酸素に飢えていたみたいに、わたしは冷たい秋の空気を思い切り吸った。

「かわいそうにな、ソフィア」マテオがうなだれる。「ずいぶん会っていないが、かわいい女の子だった。とんでもないやつと結婚したらしいな」

「ふむ」

「ふむ、だと？　なにか言いたそうだな。ぼくときみもかなり辛辣にやりあったが、あれほどじゃなかった」

「あいにくですけど、まさにあの通りだったわ」

それを聞いてマテオは顔をしかめたが、とうの昔に密閉した缶をいまさら開けて、ひからびた虫を取り出すような真似はしなかった。そのまま頑丈な鉄の扉を開けて石畳の小道を歩き出した。

宝石店の二階に続く螺旋《らせん》階段がある。二階にはガスの仕事場があるが、今日の目的地はそこではない。マテオの後についてさらに歩いていくと、またもや息を呑む光景が待っていた。

マンハッタンのまんなかにこんなに豪華なお宝が隠されていたとは。

それは、周囲を四階建ての建物が囲む静かな中庭だった。ニューヨークの街の騒がしさとは隔絶された空間だ。午後のひざしを浴びた噴水の水しぶきがダイヤモンドのように輝き、大小さまざまな木が美しく配置されたなかで茶色の小さなナゲキバトがクークーと鳴いている。

のどかな光景がひろがる庭の四隅にはクリスタル製の鐘がついた街灯柱が立っている。夜になれば、黄金色のやわらかな光があたりを照らして、さぞや美しいだろう。

この魔法の空間の奥に、カンパーナ家の自宅がある。わたしたちが立っている場所のちょうど対角線上に。

南北戦争から百五十年経った今でも、ウエストビレッジには当時の建物がまだ残っている。納屋や馬小屋が、ガレージや狭い住居としてさりげなく使われていたりするのだ。

カンパーナ・ジュエリーの奥にひっそりと建つ自宅は、もとは南北戦争前の〝バックハウス〟だった。住宅が密集するのを防ぐために建築基準法が制定される前には、こういう離れが母屋の奥に内緒で建てられていた。

当時の富裕層は都市の喧噪から自分たちのプライバシーと静寂を守るためにバックハウスを建てた。煉瓦造りの白いファサード、上部がアーチ形の縦長の窓、中庭を見おろす白い瀟《しょう》洒《しゃ》なバルコニーなどは、彼らの富と審美眼のあらわれだった。

白い正面のドアへと続く幅の広い大理石の階段をのぼると、ドアの中央にはまたもや金色の鐘――カンパーナ家の象徴――が刻まれている。そしてドアの前でグスタヴォ・カンパーナが笑顔でわたしたちを手招きしている。

15

ガスはじきに八十歳を迎えるとは思えないほど力強いハグで迎えてくれた。銀灰色の豊かな髪、昔から変わらない引き締まった体格、そして背筋はまだまっすぐ伸びている。彼はいまも自らの手でジュエリーを制作している。金と銀を溶かし、捏《こ》ね、叩く。昔から使っていた道具が彼の技を支えている。長年の労働で鍛え上げられた強靭な筋肉は鍛冶工顔負けだ。高音の炉を使うので腕にはたくさんの火傷の跡があり、色艶のいい顔は滑らかな琥珀を思わせる。

彼に招き入れられて広々とした居間に通された。美しく輝くフローリングと、日当たりのいい中庭に面した背の高い窓が印象的だ。イタリア風のソファに置かれたクッションの刺繍《ししゅう》があまりにもみごとで、腰をおろすのをためらってしまう。

わたしは立ったまま、持参したペストリーボックスをあけて手製のカップケーキを披露した。今回使ったゴールデン・カップケーキのレシピは、いままでにないほどバターをふんだんに使っているので、とても口溶けがいい（初めてこれをマイクのために焼いた時、なぜ市販のケーキミックスを使わないのかとたずねられた。「そのほうが楽じゃないのか？」わたしは「そうでもないわ」とこたえ、焼き上がったものを味見してもらった。ひとくち食べて至福を味わった彼は、それっきり市販のケーキミックスのことは口にしなかった）。

今日のゴールデン・カップケーキには甘くて滑らかな特製のカノーリクリーム・フロスティングをのせてみた。それ以外にもアイシングだけのもの、すりおろしたダークチョコレートをトッピングしたもの、細かなチョコレートチップをトッピングしたもの、細かく砕いたピスタチオを散らしたものを用意した。

ガスはそれを見て気絶する振りをした。

「ベッラ・クレア、これはまさに食べられる宝物だ！」彼はまたわたしをハグし、両頬にキスした。「グラッツィエ！」

「どういたしまして……」

マテオはビレッジブレンドの最新のシングルオリジンのコーヒー豆三袋を差し出した。ガスは子どものようにはしゃいでよろこんでいる。

「さあさあ、ふたりとも」わたしが声をかけた。「腰をおろして近況報告をどうぞ。おたがい、家族で守ってきたビジネスについて、いろいろとお話があるでしょうから。わたしはコーヒーを用意しますね」

ガスのモダンなキッチンはきれいに掃除が行き届いていてシミひとつない。冷蔵庫には水出しコーヒーのためのメイソンジャーが整然と並んでいる。それぞれに「できあがり予定」

を書いたラベルが貼ってある。棚に並んでいるのはビレッジブレンドのローストしたコーヒー豆が入った袋だ。

その棚に、マテオからの上等の贈り物を加えた。それからバー・グラインダーを見つけて仕事に取りかかった。

ガスのキッチンには有名なアルフォンソ・ビアレッティの直火式エスプレッソメーカー――宝石の原石を完璧にカットしたような、それはそれは美しい八角形のポット――が各サイズ取り揃えられている。

いちばん大きいものを使うことにした。

十分後、濃いコーヒーのかぐわしい香りが中庭まで漂い、わたしは三人のささやかなパーティーのためにデミタスカップ三脚にコーヒーを注いでいた。

落ち着いたところで、マテオに目で合図した。

〝いい頃合いよ。今回の訪問の目的を果たすために、そろそろ本題に……〟。

「じつは、例の……」マテオはそわそわとした様子で座り直した。「沈没事故については、あまり触れられたくはないだろうと、それはよくわかっているんだけど」

「でも、どうかわたしたちのリサーチを助けると思って」すぐさまわたしも加わった。「なんでもかまいませんから少しでもお話を聞かせてもらえませんか。大西洋を横断することになった事情あたりから。たしか第二次世界大戦の後、イタリアが懸命に国を立て直そうとしていた時期。そうですね？」

ガスは椅子の背にもたれたまま、うなずく。「そうだ、ひどい戦争だった。被害が大きすぎた。それでアンジェリカとわたしは一族の事業をアメリカに移すために送り出された」

「ジュエリーの事業ですね？」いちおう確認した。

「カンパーナ家はフィレンツェで何代にもわたる金細工職人、宝石職人の家系でね。ところが戦争でなにもかもダメになり、ニューヨークに商売を移すのがいちばんいいのではないかと考えた。そこでアンジェリカとわたしは、シルヴィオという若くて男前の見習いを連れてイタリアを発った……彼の苗字はなんだったかな。すっかり年を取って忘れてしまった……」ガスが弱々しく微笑んだ。

「ひとまず三人で商売の基盤をつくり、それから残してきた家族を呼び寄せようという段取りだった。しかし……」彼が声を詰まらせた。「船が沈んだ時、シルヴィオは溺れてしまった。かわいそうに。そしてアンジェリカとわたしは、あの事故でなにもかも失った――着ていた服と幼いパーラ以外はなにもかも」

暗い表情を浮かべるガスに、わたしはきいてみた。

「アンドレア・ドーリア号の写真を何枚も見ました。じっさいに美しい船だったんでしょうか？」

「もちろんだ！」ようやくガスが朗らかになって微笑んだ。「わたしたちはジェノバで乗船した。街にはまだ、戦争の爪痕が残っていた。しかしアンドレア・ドーリア号はそうではない。初めて見た時のことは忘れられないね。廃墟と化した殺風景な港に、あの船が非の打ち所のないダイヤモンドのように燦然《さんぜん》と光り輝いていた。純白で汚れない姿だった。それを見て、イタリア人であることの誇りがふたたび湧いたよ」

「甲板を歩いた時の感想は？」

「マンマ・ミーア！　船内に使われている木、大理石、バーのクリスタル、ダイニングルームのスターリングシルバー、なにもかも磨き上げられていた。人々が集う場所には、高価な絵や彫刻が飾られていた」

ガスが楽しげな声で続ける。「娯楽も充実していた。外甲板にはスイミングプールがあった。しかも、三種類のプールだ！　わたしのようなイタリアの田舎者には、アメリカの雑誌でしか見たことのない暮らしだった。それにビーチ・バムたちとの華やかなプールパーティーも」

「ビーチ・ボーイズのことだね」マテオが言い直す。

「ああ、そうそう。毎日がビーチパーティー、毎晩ナイトクラブだった。エンターテインメント。豪華な食事。エクセレンテ！　極上のサービス。ノッテ・エ・ジョルノ——夜も昼もだ」

「夜も昼も」ガスの言葉をくり返しながら、ふとひらめくものがあった。そうだ、これなら今回のコーヒーのコンペで勝てるかもしれない。

「ガラ・ディナーパーティーをおぼえているよ」ガスの話は続く。「黒い海の上に浮かぶ船全体が発光するように輝いていて、金色の街が宙に浮かんでいるみたいだった。女性はみなエレガントで、さっそうとした男たちとダンスをした。真夜中には誰もが甲板にあつまって、ジブラルタルの灯りが小さくなり、やがて見えなくなるのを眺めた。そこから新しい人生、新しい世界が広がった……」

マテオがゴッドファーザーのカップにお代わりを注ぐ。「遠い昔のことを、よく憶えているものだ。驚きだな」

「沈黙はかならずしも忘却ではない。あの船で起きたことは記憶に焼きついている……」

ガスが目をうるませて、暖炉のほうを見た。白い大理石の暖炉にいまは火の気はない。炉棚には女性の立ち姿を写した写真が飾られている。

「けっして忘れたりするものか……」

ガスが立ち上がって炉棚へと向かう。わたしも続いた。

彼がイエローゴールドの豪華な写真立てを手に取る。女性はエレガントなイブニングドレス姿で愁いを帯びた表情だ。焦げ茶色の髪の美しい女性は、まだ若く、はかなげで可憐《かれん》だ。少しおとなびて見えるのは、あれだけの試練を味わったからなのか。

「亡くなった奥様ですね？」そっとたずねてみた。

彼がうなずいた。もっと近づいて見てみると、思いがけないものが目に入った。

「奥様がつけていらっしゃるこのネックレス、もしかしたらオッキオ・デル・ガット――〈猫の目〉のレプリカですか？」

伝説的なジュエリー〈猫の目《アイ・オブ・ザ・キャット》〉を知ったのはまだティーンエイジャーの頃、当時暮らしていた小さな町の図書館で美術書を読みふけっていた時だ。いっぺんに魅了されてしまった。その後ローマの大学で勉強していた時にイタリア語の教科書でふたたび出会い、ほんの数カ月前にもインターネットで画像を見ていた。

アイスブルーの巨大な、そしてほぼ完璧なダイヤモンドをあしらった猫の目のデザイン。カッティングとセッティングはイタリアで施された。そしてこれは、失われたジュエリーとして世界でもっとも有名なもののひとつだ。その複製をつくったのであれば、ぜひくわしく聞いてみたい。

しかし、彼の口から出てきた言葉は驚きを通り越して衝撃だった。

「レプリカではない。これは行方不明になったダイヤモンドの実物だ」

16

彼の両手から写真を受け取り、わたしは興奮とともにジュエリーをつぶさに観察した。中心にはアイスブルーのダイヤモンド、その周囲を濃い茶色のたくさんの小さなダイヤモンド――ガスはこれを「コーヒーダイヤモンド」と呼んだ――が囲むユニークなセッティングだ。

「ほんとうに、みごと。それにしてもカンパーナ家がこれを所有していたとは知りませんでした」

「知る者はほとんどいない」ガスが打ち明ける。「この写真は、あの運命的な航海に出る前にイタリアで撮った。プローヴァ――証拠としてね」

「なんの証拠ですか？」

「〈オッキオ・デル・ガット〉が個人所有の財産でありアメリカで売るためのものではないという証拠を残せば、税関で申告しなくてすむ」

「それは密輸したということですか？　課税されずに持ち込んで売るために？」

彼がにっこりした。濃い茶色の目が狡猾《こうかつ》そうにキラリと光る。

「さっき言ったように、新しい人生をスタートさせるため、そして一族の事業をアメリカに移すためにわたしたちはかなりまとまった資産を持ってフィレンツェを発った。一家に代々伝わる資産も託された。それを売った金で家族を呼び寄せるという手はずになっていた。しかし宝石は行方不明になり、資金は捻出できなくなった」

「しかたないな。巨大なダイヤが海中二百フィート（約六十メートル）に沈んでしまったのでは」マテオがぼそっと言った。

わたしはため息をついた。「惜しいわね、せっかくのすばらしい宝石が。冴え冴えとした青い色は、マイクの目の青さに似ている」

「まいったな」マテオが唸るような声を出す。「ライフルをかついだパンサーマンはいったいどこにいるんだ。早いところ姿をあらわしてくれないと困る」

「マテオ！」つい、大きな声が出てしまった。「なんてことを言うの！」

ガスは愉快そうだ。「彼はまだきみを愛している。だからそんなことを言うんだ。ラ・トルチャだ。彼のハートで、まだ炎が燃えている」

マテオが両手をばたばたしてガスを止めた。「やめよう、その話は。どうせ見込みはない」

「すでに古代史同然ですから」ここはきっぱりと言っておく。「パンサーマンもそうなってしまえばいいのに」

「それはニュースで報道されているクレイジーな男のことかな？　いや、クレイジーとはちがうのかもしれない……」

「というと？」わたしはガスを見つめた。「なにか心当たりでも？　なにかご存じなら、どうかわたしを――そしてわたしの恋人を――助けてください」

彼は肩をすくめた。「わたしに言えるのは、クレイジーなふるまいに見えたとしても当人はあんがい賢明である、ということだ。ムッソリーニみたいにな。計算ずくでクレイジーにふるまっているのかもしれない」

わたしが落胆したのをガスは見てとった。

「クレア、昔もいまもきみはとてもすてきだ……」ガスはわたしのカップケーキをもうひとつ手に取って頬張ると、しあわせそうにふうっと息をもらした。「仕事柄、わたしはいろいろな人と接する機会があってね。彼らはわたしにドル、ユーロ、円、元を支払う。わたしは彼らのためにジュエリーをつくる……有名な俳優、実業家、ラッパーもいる……そして……合法的な職業に就いている人物ばかりとはかぎらない」

ガスはそこで口元にナプキンをそっと当てた。「わたしは彼らにはなにもきかない。金さえちゃんと支払ってくれれば」ガスは肩をすくめ、さらに続けた。「彼らのために仕事をする。問題のパンサーマンだが、おそらく情報は手に入るだろう。このおいぼれにどんな伝手《つて》があって、なにをつきとめられるのか。きみをあっと言わせてやろう。〈オッキオ・デル・ガット〉みたいにな」

「ダイヤモンドですか？」ガスの力強いまなざしを、わたしはじっと見つめ返した。「どういう意味でしょう？」

「あのダイヤモンドは橋を守るネコの魂を称えて、カッティングされセッティングされた」

「橋を守るネコ？」

「ヴェッキオ橋の守り神だ。初耳だったかな？」

「ヴェッキオ橋は知っていますが……」

フィレンツェのヴェッキオ橋と言えば、中世から何世紀もの間、金銀細工師たちが職場としてきた屋根付きの橋だ。イタリア語で「古い橋」という意味のヴェッキオ橋には、昔、イタリアで夏を過ごした時に訪れたことがある。その時に購入した二十二金のブレスレットにはかなりのリラを支払ったおぼえがある。

「伝説では、霧の濃い暗い夜には不思議なネコが橋を歩きまわって守っていたそうだ」

「強盗を防ぐために？」

「強盗、侵入者……」彼が肩をすくめる。「橋で生計を立てる者たちを脅かすような相手はすべてだ」

「でもネコは小さいし、どれだけのことができたのかしら？」

「小さい？」ガスが笑った。「いや、ふつうのネコではない。ふだんはネコの姿で守っているが、ひとたびなにかあれば変身して攻撃する。必要とあらば殺す」

彼がそこで口を閉じ、なにかを見据えるように焦げ茶色の目を細めた。

「ネコの怒りに触れた者は、助からないだろう」

17

「ガスはなにかを突き止めることができるかしら。どう思う？」ガスの自宅を出てから、わたしはマテオにそっとたずねてみた。

「パンサーマンのことか？　無理だろうな。ガスはぼくに名前をつけたゴッドファーザーだが、神ではないからな。きみをからかってみたんだろう。きみのことが気に入っているってことだ——きみのカップケーキもな」

わたしたちはふたたび、のどかな秘密の庭を横切って歩いていく。影が長くなっている。ナゲキバトのクークーという鳴き声をもっとよく聞きたくて、足取りをゆるめた。

「わたしたちが聞いてしまった喧嘩のこと、ガスに話した？」

「とんでもない。ソフィアの夫婦問題に首を突っ込むつもりはない」

「興味本位で言っているわけじゃないわ。心配なのよ、彼女のことが。元気でやっているのかしら。それくらいはきいた？」

「もちろん。彼女の姉さんのこともな」

「パーラはどうしているかしら。もう六十代よね。ずいぶん歳が離れた姉妹ね。昔から不思議だったわ」

マテオがうなずいた。「おふくろに聞いた話では、ガスとアンジェリカはずっと次の子どもを欲しがっていたらしいが、アンジェリカの健康問題があったらしい。イタリアでの過酷な暮らしが身体にこたえたようだ。何度も流産して、ようやくソフィアを授かったそうだ。あきらめかけていたから、二人ともほんとうによろこんでいた。ガスはソフィアのことを〝ピッコロ・ミラコロ〟と呼んでいた。よくおぼえている」

「〝小さな奇跡〟という意味ね」わたしは微笑んだ。「かわいいわね。パーラも大変だったでしょうね、いろいろと。最近はお元気なのかしら」

マテオは肩をすくめた。「ガスは、あまり会っていないそうだ。彼女はビジネスにかかりきりだと言っていたよ。きかれる前に言っておくが、ガスはソフィアの結婚相手としてハンターはふさわしくないと考えている。彼の名前はハンター・ロルフ。結婚を早まったんだな。ふたりは昨年エーアで一緒になった」

「エーア？　それはドラッグかなにか？」

「エーアというのはデンマークの沖に浮かぶ〝島〟だ。ヨーロッパのなかで簡単に結婚できることで有名だ。ラスベガスみたいにな。ただしスロットマシンもないし、エルビスのそっくりさんもいない。とにかく絵みたいにきれいなところだ」

「ハンターはソフィアの心をわしづかみにしたのね」

「これだからな」マテオが言う。

「これだから？　どういう意味？」

「女の常套句《じょうとう》だ。〝彼女は彼に心をわしづかみにされた〟なんてきれいごとを言いたがるが、じっさいは野生の本能で惹かれ合っているだけだろう」

「いつからそんなにシニカルになったの？　野生の本能で惹かれ合ったなら、わざわざ結婚するかしら？」

「見当はつくね。避妊の失敗だ」

わたしはその場で足を止めて彼に顔を向けた。「ひどすぎる。最近のあなたは変よ」もっと言いたかったけれど、両手をぎゅっと拳に握ってこらえた。

マテオの様子がふつうではないと、母親であるマダムも言っていた。わたしも同感だ。しかし元夫がどんな問題を抱えているのかを、いまここで突き止めるのはやめよう。

「なんでもない」それだけ言って、わたしはさっさと歩き出した。

小道の突き当たりの鉄製の門のところまで来て、解錠して重い扉を強く引いた。カギは内側だけで操作できるようになっている。

「ちょっと！　開けておいて！」

突然、女性のきつい声が飛んできた。イタリア語のアクセントが強い。声の主を見ると、黒くてしなやかなヴァレンティノのトレンチコートを着た四十代くらいの精力的な印象の女性だ。ペリー通りのまんなかに立って、乗ってきた車の運転手と話をしている。運転手は浅黒く日焼けし、頬にU字形の傷跡がある。こんなところでビンテージの黒いジャガーを停めたらほかの車が通れなくなるのに、平然としている。
後につかえているタクシーや配送トラックがいらだたしげにクラクションを鳴らしている。女性はまったく無視してなおもドライバーに指示を与えている。ドライバーというより、ボディガードのような体格だ。

わたしに続いて門を出てきたマテオも、彼らに気づいた。

「閉めないで！」またもや彼女の声が飛ぶ。革の手袋をはめた手でわたしたちを指さしながら、ウエストビレッジの舗装道路をこちらに向かって横断してくる。彼女のヒールがコツコツと鋭い音を立てる。

ピンヒールのサイハイ・ブーツとキャットアイグラスはあざやかなターコイズブルーでまとめ、最新の高級ファッションをまとっているという自信に満ちあふれている。印象的な長い髪も一流サロンにまかせているのだろう。ビートルブラウンからボルケーノアッシュへと陰影をつけた美しい仕上がりだ。メイクも完璧で、頬骨の高い顔立ちは雑誌の表紙を飾るモデルのよう。ただしくちびるが不自然に腫れて、左右の目のまわりがひきつっているのは、ごく最近「工事」をおこなったからだろう——ショベルや作業着を必要としない工事を。

マテオはそっとわたしを前に押し出し、これみよがしに鉄の扉から手を離した。扉はそのまま音を立てて閉まり、内側のカギが自動的にかかった。

「ちくしょう《マンナッジャ》！　聞いてなかったの？」彼女がわたしとマテオをにらみつける。「開けておけと言ったはずよ！　ミスター・カンパーナに会いにきたのだから！」

マテオは店の正面のドアを指し示した。「それなら店のスタッフを通じてアポイントを取ればいい。ふつうの人と同じように」

ファッショニスタの怒号を浴びる前に、マテオはわたしの肘をつかんでハドソン通りに向かって歩き出す。

「知り合いなの？」肩越しに振り返りながらマテオにたずねた。

「ブリアンのまわりには、あの手の人間がおおぜいいる。冷酷で自己中心的で、果てしなく権利を主張する。どうせ高級ジュエリーのことで文句をつけに来たんだろう。彼女の注文通りにガスが丹念につくっても、仕様書通りじゃないとケチをつける。ガスのスタッフに対応させればいい。そのために雇われているんだからな」

マテオはそれっきり無言で歩いた。ビレッジブレンドの正面のドアに着くと、彼は腕時計を見てため息をついた。

「ガスに会えたのはよかったが、時間を無駄にしたな。せめて水出しコーヒーのことでも質問すればよかった」

「その必要はなかったわ。ガスはインスピレーションを与えてくれた。それだけでじゅうぶん。アンドレア・ドーリア号のコンペに向けてどんなものをつくればいいのか、はっきりしたわ」

「そうか！」今日初めてマテオの晴ればれとした表情を見たような気がする。「聞かせてくれ。どんなアイデアだ？」

「ガスはアンドレア・ドーリア号での〝極上のサービス〟について話してくれたわね。彼は『ノッテ・エ・ジョルノ』と言ったわ。夜も昼もという意味ね。そこから〝影と光〟を連想したのよ。そしてあなたはデンマークの沖合の島について教えてくれた。それで決まった。デニッシュ・ブレンドをつくる」

マテオが拍手した。「クレア、完璧だ！」

ダークローストとライトローストの豆を混ぜるデニッシュローストを成功させれば、極上のコーヒーと呼ぶにふさわしいものができる。どんな濃さでいれても、うっとりするほど滑らかな口当たりと、ふくよかなコクを味わってもらえる。なによりもだいじなのはバランスだ。コーヒー豆の選択で味わいの豊かさが決まる。コーヒーが提供される舞台となるのは〝極上〟の豪華客船。それにふさわしい〝極上〟の味を実現しなくては。

マテオもそれを理解し、よろこびの表情から心配そうな顔つきになった。

「使うコーヒー豆は、もう決めているのか？」

「ダークローストにはあなたが調達してきた最新のスマトラを、ライトローストにはコスタリカであなたが見つけた甘いハニープロセスの——」

「それだ！　あのハニープロセスの豆は野性味たっぷりの複雑さと甘いフレーバーを与えてくれる。それをスマトラの濃厚さ、コク、深みで支える」

「ええ、理論上はね。肝心なのはバランスよ。そのためにも、ローストの時間と加減をテストする前にぜひとも知っておきたいことがあるの」

「言ってくれ」

「船のギャレーの設備を納入する会社の電話番号。調べられる？」

「業者と連絡を取りたいのか。なにを問い合わせるんだ？」

「とにかく電話番号を調べてみて。そうしたら、わたしのブレンドであなたを勝たせてみせる」

18

マテオが店を出ていき、わたしはスタッフに留守中の店の様子をきいてみた。すべて順調だった。変わったことと言えば、パンサーマンの熱烈なファンがさらに増えて自撮りしていることぐらいだ。

ラテを飲むために行列してくれるお客さまにはちがいない。マテオが言った通り〝悪いことばかりじゃない〟わね。少々問題がありそうな人物であっても、ガスを見習って商売は商売として割り切ればいい。

タッカーに店をまかせ、わたしは地下におりて今日の分の焙煎をすませた。それからようやく階段で店の上階の住まいに戻った。

コーヒーハウスの上の二フロアは家具つきの住まいとなっている。仕事の報酬の一部として、いまこの住まいはわたしに与えられている。ビレッジブレンドのマネジャーであるかぎり、無償で暮らせる。

マダムはずっとここで暮らしながら店を切り盛りしていた。事業が軌道にのると、ここの内装にふんだんにお金をかけてマダム好みのロマンティックな空間をつくりあげた。

居間のクリーム色の大理石の暖炉、背の高いフレンチドア、バルコニーのフラワーボックス、天井のフルール・ド・リスのモールディング。どれもパリ育ちのマダムのルーツを反映したもので、フェデラル様式のこの建物の概観とは少々趣がちがう。わたしはマダムのセンスが大好きだ。薄いピーチ色の壁、アイボリーのシルクのカーテン、艶のある寄せ木張りのフロア、贅沢《ぜいたく》なエリアラグと、彫刻があしらわれたローズウッドとシルクの調度品は絶妙にマッチしている。

小さなダイニングルームの内装は、植民地時代の歴史の名残をとどめるこの界隈の雰囲気をいちばんよく残している。上の階にはこれまたロマンティックで豪華な調度品をそろえた寝室がふたつ、そして大理石の贅沢な浴室がある。わたしはその浴室へと向かった。

時間がないのでバブルバスはあきらめてシャワーにした。スパ並みの高性能シャワーヘッドからいきおいよく出る熱い湯を浴びながら、これで凝り固まった筋肉からストレスがすっかり消えてしまいますように、昨日の朝から目に焼きついて離れないおそろしい光景が洗い流されますようにと願った。

サリーは冷たいコンクリートに横たわって血を流していた。マイクは危うく頭に銃弾が命中するところを間一髪でまぬがれた……。

マイクに会いたくてたまらない。特大のバスタオルを身体にまきつけて、また携帯電話をチェックした。夕食は午後七時にここでと連絡して彼から「ＯＫ」とだけメールが返ってきたのは、数時間前だ。それきり音沙汰がない。

来られなくなったという連絡はないのだからと自分に言い聞かせ、肩までの長さの栗色の髪を乾かしてエレガント（なつもり）に巻き、軽くメイクした。昨夜ほとんど眠れなかったので、目の下のコンシーラーだけはたっぷりつけた（左官職人がグランドキャニオン並みにヒビの入った壁を念入りに塗っていくみたいに）。

日が落ちて寒くなってきた主寝室の暖炉に火を熾《おこ》し、タイトなラインのニットのワンピースを着た。身体にぴったりと沿うデザインだけれど着心地がいい。七分袖で胸元はスイートハートネックライン。このワンピースはわたしの目の色を引き立てるとマイクが言ってくれた。ほんとうは丈の短さが気に入っていたのかもしれないけれど。ともかく、なにか気がまぎれるものがあれば、おたがいに楽だわ。たとえドレスひとつでも。

下の階におりてキッチンに入り、エプロンをつけて身支度ができた。

そしてまっさきに取りかかったのは、やんちゃなネコたちのご飯だ。コーヒー豆色なのはジャヴァ、ラテのミルクみたいにふわふわなのはフロシー。

毛がふさふさした二匹のレディは、わたしがキッチンに入れば自分たちの食事が出てくると勝手に決めている。こちらの都合など、どこ吹く風だ。

ネコたちが満足げに舌鼓を打つのを見て、ようやく人間のディナーの支度に取りかかった。今日は昔ながらの家庭料理の定番をつくる。マイクの心を癒やしたいから、だけではなく、わたし自身の心もそれを求めていた。

今夜のごちそうに欠かせないのが、トマトソースだ――イタリア系アメリカ人のソウルフードと呼ばれるものには、たいてい使われている。

祖母は、わたしの父が庭でつくったトマトを使っていた。熟したとれたてのトマトを沸騰した湯にくぐらせて湯むきして、なかの種を取り除く。つぶして鍋に入れてぐつぐつ煮ると赤くて甘くてうっとりするほどおいしいソースができる。

自家製のソースはにおいからしてちがう。けれども今夜はその至福にじっくり浸れる時間がない。

瓶詰めのソースは便利だけれど、今夜のディナーに使うには味がものたりない。こういう時には「一、二、三、マジックソース」をつくろう。トマト缶とささやかな三つの材料だけで、祖母のレベルにほぼ匹敵するおいしい味わいになる。とても重宝で、ちょっとした錬金術のような技だ。

ソースをぐつぐつ煮ている間にミートボールづくりを開始した。調味料とつなぎを加えて手で混ぜる。祖母直伝の「秘密の材料」を使えば、ふわっと軽い仕上がりになる――ぎゅっと詰まった食感は興ざめだ。

最後に、マカロニのように穴のあいた長いジーティ・パスタを茹で、三種類のイタリアのチーズと混ぜ合わせ、キャセロールにパスタとソースを交互に重ねていく。それをオーブンに入れてしまうと、ワインボトルのコルクを抜いて少しだけグラスに注いだ。それをゆっくりと飲みながら、腰をおろしてほんの一分か二分、目を閉じ……。

三十分後、オーブンのタイマーで起こされた。あわててしまい、椅子から落ちてしまった。激しい銃撃の悪夢を見ていた。

うしろのほうでネコたちがこちらをうかがっている気配がする。遊んでもらえると思ったのか、いそいそとやってきた。いや、またご飯の催促かもしれない。

その時、玄関から音がした。誰かが入ろうとしている。

19

わたしは素早く立ち上がって携帯電話をつかんだ。

いつでもスピードダイヤルで九一一番に通報できる状態で居間に飛び込んだ。が、次の瞬間、ほっとして身体から力が抜けた。玄関のドアから入ってきたのはマイク・クィンだった。彼にはカギを預けてあった(自分で渡しておいて、びっくりしている)。

服は昨日と変わらず、標的がわりとなったニューヨーク市警のマークのついた上着もそのままだ。マイクはわたしを見て、無言でひとつうなずいた。

顔はやつれて顔色が悪い。口は固く結ばれたまま。こんなに疲労困憊《こんぱい》しているマイクを見たことがない。無理もない。同僚であり友人でもある仲間が撃たれ、犯人を三十六時間さがし続けたら、ボロボロにもなる。

オーブンからはうまみたっぷりのソースとチーズがとろりと溶けたにおいが漂い、二フロア全体にひろがっている。マイクは飢えた熊がハチミツのにおいを嗅ぎつけたみたいに、即座に反応した。

「もうほとんど完成よ」わたしはにっこりした。

彼から笑顔は返ってこない。もう一度うなずくだけ。疲労と空腹のせいだけではない。マイクの目には敗北感が浮かんでいる――凍るようなまなざしの奥にあるのは、耐えがたい落胆だ。

サリーの容態をきいてみると、ほっとするこたえが返ってきた。医師たちは彼の不整脈を注意深く観察しているが、回復は順調でフランと家族が付き添って励まし続けている。

もっとこたえが欲しかった。犯人の行方について、市警本部に呼ばれた経緯についても知りたい。でも、いま質問攻めにしてもどうにもならない。わたしはただマイクを抱きしめた。彼も両手でわたしを抱きしめ、わたしの頭にキスした。彼の頬にふれ、シャワーをすすめた。そういえば、昨日は元夫にもシャワーをすすめた。同じアドバイスでも、昨日とはまったく理由がちがう。

わたしは熱い湯を頭から浴びて生き返った心地になれた。マイクもそうであって欲しい。そして、彼に張りついた青い氷が少しでも溶けたらいいのに。


二十分後、マイクはキッチンテーブルに向かって腰掛けていた。砂色の髪はまだ湿ったまま、顎にまばらに伸びていたひげはきれいに剃《そ》ってある。寝室の引き出しをマイク専用にしているので、着替えはそこから引っ張り出した。長い脚にはニューヨーク市警のスウェットパンツ、広い肩を覆っているのは淡いグレーのTシャツだ。

しかしシャワーを浴びても着替えをしても、彼の表情はあいかわらずだ。張りつめた様子で、いつになくぶすっとしている。

焼き上がったジーティをオーブンから取り出すと、キャセロールのなかでブクブクとさかんに泡が立っている。これを盛りつける前に、まず前菜を出す。彼の心の癒やしとなることを期待して、揚げたてのモッツァレラ・スティックだ。パン粉にローズマリー、タイム、ガーリック、オレガノ、シーソルトで味をつけてモッツァレラにまぶして揚げた。

熱々でカリカリして、しかもとろける食感の前菜とともに、コルクを抜いておいた赤スパークリングのランブルスコをふたりぶんのグラスに注いだ。フルーティーで甘いスパークリングワインは、チーズのとろっとした食感にとてもよく合う。これなら固く結ばれた刑事の口もゆるむのではないか。ニューヨーク市警の内情を少しでも明かしてくれたら……いいのだけど。

マイクはモッツァレラを次から次へと口に運び、おいしいという代わりにわたしにうなずいて見せる。ワインの効果で少しずつリラックスしている。そしてなんと……ジーティ・パスタとミートボールを盛りつけているわたしに向かって話し始めた。

「きみが犯人を見た廃墟の建物を科学捜査班が調べた結果、非常階段もどこもいっさい使われた形跡がない……」

彼が料理を口に運び、手に持ったフォークが盛んに行き来し始めた。その様子をフロシーとジャヴァがうらやましそうに見ている。二本の尻尾がいそがしそうにキッチンの床を掃いている。このままではいつ飛びかかってくるかわからない。

わたしは立ち上がって棚からネコのおやつを取り出した。このままではマイクが八本の足の爪でズタズタにされてしまう。

「つまりパンサーマンはなにひとつ残さず去ってしまったということ？」かがんでネコたちをなだめながら、マイクにたずねた。

「そのようだな……」

彼の言葉がとぎれたので、どうかしたのかと振り向いた。いままで皿だけを見ていた彼の視線がわたしのミニスカートに注がれている。タイトなワンピースが描く曲線を下から上へとなぞり、ふんわりと巻いた髪のつややかなウェーブ、くちびるのグロスへと移る。

「とても……魅力的だ」

彼の青い目に少しだけ温かい光が宿っている。わたしの顔も少し火照《ほて》っている。自分の内側から熱いものが湧き出してくる。今夜はなにもかもあきらめていたけれど、かすかな期待も湧いてきた。

「それで」席に戻って自分の皿に料理を取り分けた。「なにか収穫は？」

マイクが低くつぶやくような声でこたえる。「どこから話したものか。まず、シトゥコ巡査部長からはゴミ袋についてアドバイスがあった。捜索範囲内に捨てられているゴミ袋をすべて収集して鑑識班がＤＮＡ鑑定するようにと……彼らは実行した。その結果、ゴミ袋からは山ほどＤＮＡが見つかった」

「ストップ」わたしは片手をあげて制した。「確かにシトゥコ巡査部長とゴミ袋の話をしたけれど、あれはあくまでも可能性を挙げただけ。それよりも、犯人はどんなトリックを使って関係のない建物に警察官たちを突入させたのか、それが知りたいわ」

「複数の建物がおとりに使われた。昨日、花火のことを話したのをおぼえているか？」

わたしはうなずいた。

「最初のビルに続いて、さらにふたつの建物の屋上からも花火があがった。SWATが勘違いに気づくと、そのたびに別のビルから打ち上げられてそちらに誘導された。結果的に、きみが例の人物を見た建物から遠ざけられていた」

「まるでプロの仕業ね」

「装置そのものはハイスクールの生徒でもつくれる。音の正体はM－80――チャイナタウンで買える花火だ。しかしあの配置のしかたは」マイクがうなずく。「きみの言う通りだ、クレア。ひじょうに手が込んでいる。爆薬はワイヤーでタイマーにつながれ、起爆装置には使い捨ての携帯電話が使われていた。犯人はそれで花火の打ち上げをコントロールしていた。電話して花火の爆発を起こし、一瞬にして追っ手を別の方向へと誘導した」

「装置からはほかになにか見つかった？」

「指紋、購入された場所の手がかり、手がかりとなる可能性のあるものを鑑識が徹底的にさがしたが……」マイクが首を横に振る。

「手がかりは見つかっていないの？」

「おとりとして利用された建物の住人への聞き込みはまだ続けている。川岸に設置されたカメラの大量のデジタル画像を刑事が見直している。が、いまのところ見つかったのは、立ち小便の証拠映像ばかりだ」

マイクがワイングラスの中味を飲み干した。がっかりしそうになった時、ガスを訪問したことを思い出した。

グスタヴォ・カンパーナは伝手をたどって犯人の情報を手に入れると言ってくれた。そのことをマイクに伝えた。「彼にはいろいろなお得意様がいるから、これぞという情報が手に入るかもしれないわ」

「犯罪分子を相手に商売しているのか？」

「経済力がある人たちよ。それがどんなお金なのかは問わないということ。だから贔屓《ひいき》にされている」

マイクがうめくような声をもらす。「貴重な人材だな」

「彼の人脈はたいへんなものだと思う。帰りがけに鉢合わせした女性もすごかったわ。彼女の車のドライバーは大男で頬にはU字形の傷痕があった――まるで『ゴッドファーザー・サガ』みたい。カンパーナ家の庭にも驚いたわ。ビレッジの街のなかにひっそりと中庭が隠れていて、通りからはいっさい見えないのよ」

「パンサーマンは隠れていなかったか？　木の上にいたんじゃないか？」

「残念ながらいなかった。ガスの自宅は確か捜査範囲には入っていないわね」

「少し北東に行ったところだからな。きみのスーパーヒーローがテレポートできれば別だが、ハドソン通りの警察官に見られずに行くのは無理だろう」

「言っておきますけど、わたしはスーパーヒーローなんて思っていませんからね。あの人物はプロの要領で冷酷に計算した上で人を殺そうとした。それも、ひじょうに強い意志で」

「ダウンダウンではそういうふうには解釈されていないな。上層部が想定している犯人像は、パンサーマンに強い執着のあるサイコパスだ。コミック誌のキャラクターになりきって満員の劇場で乱射事件を起こしたクズ——失敬、〝悩める若者〟がいただろう。あの手の人物ということだ。警察官が負傷したのは、たまたま犯人の射撃の腕前が悪かったからだと連中は考えている」

「わたしはそうは思わない」

「同感だ。部下にも同じ考えの者がいる。彼らは報復だと受け止めている。エドゥアルド・デ・サンティスの件があるからな。おぼえているか？　彼を有罪にできなかった」

「忘れるものですか。あの時期は防犯カメラでとらえた彼の写真だらけのなかで、何度つまずきそうになったことか……」

エドゥアルド・デ・サンティスは羽振りの良いナイトクラブのオーナーだった。細身で鷲鼻、日焼けした肌、短く刈り込んだ白い顎ひげの彼はつねにファッショナブルな装いで、スーツの胸ポケットからはシルクのシャツに合わせて鮮やかな色合いのポケットチーフをのぞかせていた。彼のナイトクラブでおこなわれていたコカインとヘロインの取引を摘発したのはマイクが率いるOD班だった。クラブの閉鎖に追い込まれたエドゥアルドは金で雇える限り最高の弁護団を雇い、まんまと有罪判決をまぬがれた。

「銃撃事件を陰で操っているのはエドゥアルド、ということ？」

「OD班のなかにはそう考えている者もいるが、証拠がないから推測にすぎない。だいいち彼は国内にはいない。インターポールがつかんだ情報では、ケープタウンからドバイに移ったらしい。その距離ではさほどの脅威には感じられない」

「誰かを雇って報復するという手はあるわ」

「それは可能だが、そうだと言い切れる決め手がない。証拠もないから上層部は即刻、却下だ。今回パンサーマンが登場したとなると、この一帯で活動しているギャングとのつながりも考えられる。彼らはドラッグにスーパーヒーローのラベルをつけてブランド化している。パンサーマンもそのひとつだ。サリーとわたしが徹夜で尋問して情報を吐かせたドラッグのディーラーも、その一味だ。報復という意味では、そのあたりがいちばん現実味がありそうだ。しかし、そんなのはどちらでも構わない。犯人が撃った動機などに興味はない」

きっぱりした口調だった。彼がまっすぐこちらを見ている。

「どういう理由で警察官を撃ったにせよ、あなたは犯人を見つけて逮捕することだけを考える。そういうことね」

「逮捕も選択肢ではある。だが、犯人がこの先も人間を標的にするようなら――標的が警察官の制服を着ている者であってもなくても――迷いなく撃ち殺す」

20

マイク・クィンがこれほど冷酷な怒りをあらわにしたことはない。思わず背筋が凍りついた。いろいろな思いが込み上げてくる。

「聞いてちょうだい、マイク。以前あなたは、警察官の仕事に感情が入る余地はないと話してくれたわ。ああ、そうではなかった。あなたはちがう言い方をした。すぐれた警察官は感情をまじえずに仕事をする」

「きみの言いたいことはわかる」

「あなたが教えてくれたのよ。正義をおこなうという立場を忘れて復讐の念にかられたら、判断力が曇ってしまう」

「心に留めておこう」うめくような声だった。

「ええ。あなたのことがとても心配だから」

「だいじょうぶだ。長年の経験がある。自分の身は自分で守れる」

「あなたにもしものことがあったら、わたしは生きていけない」

「もしものことなど、起こらない」

「確実にそうだと言い切れるの？」

真剣に話をしているのに、わたしのひとことでマイクがかすかに微笑んだ。昨日、サリーが撃たれた現場で彼が同じことをわたしに向かって叫んだ。

「どうだ。わたしを信頼してみてはどうだろう。少なくとも、わたしはきみを信頼した。サリーが撃たれた現場にきみが飛び込んでいった時の……わたしの恐怖がわかるか？」

わたしはそわそわと身体の位置をずらす。確かにそうだった。

あの時、わたしも恐怖を感じていた。でも、だからといって自分にストップはかけなかった。それを上回る強いものに突き動かされていた。マイクはいま同じ立場にいる。それを引き留めてはいけないのだ。

「わかった。もう言わない」

「よし。それでも心配でたまらなくなったら、きみのパンサーマンよりもわたしのほうが一枚上だと信じてくれ」

「わたしのパンサーマンなんて、やめて！　絶対にそんなふうに言わないで」

「すまない。しかし……なんといってもきみは唯一の目撃者だからな」

「嘘でしょう？　街中にこれだけスマホがあふれているのに、あの異様な犯人の写真を誰も撮っていないの？　ということは、ほんとうに超能力の持ち主かもしれない！」

「ちがうね。少なくともやつは透明にはなれない。民間のビルの防犯カメラに、パンサーマンが逃げていくところが写っていた。二カ所のカメラだ。だがきみの証言以上の情報はなにも得られていない」

「じゃあ、パンサーマンは存在していたのね？　わたしの想像の産物ではなかったのね？」

「ああ。マスコミはその事実を今朝、報じるはずだった。正式な記者会見がひらかれる予定だったんだ。あのスケッチが流出するまでは……」

彼はボトルに手を伸ばし、お代わりを注いだ——あふれそうなほど。無理もない。市長の記者会見の前に、鉛筆書きのスケッチが新聞の一面に出てしまったのだ。漫画みたいな吹き出しと生々しい見出しつきで。おかげで記者会見での市長のメンツはまるつぶれ、ニューヨーク市警に対する辛辣な声もあがった。

おそるおそるきいてみた。

「本部に呼ばれて、なにか言われたのね？」

「大目玉を食らった。叱られたのさ」

「ごめんなさい。シトゥコ巡査部長があのスケッチをくずかごに放り投げるのを、わたしが止めるべきだった。まさか記者が入り込んでゴミをあさるとは思わなかった」

「きみの落ち度ではない。シトゥコの不注意だ」

「彼はどうなるの？」

「どうもならない。われわれふたりは今朝、こってり絞られた。それで終わりだ」

「ほんとうに？」わたしはマイクをじっと見つめた。「そんなの、信じられないわ」

「すべてがゆるされたとは言っていない。わたしが責任をとった。だから終わった」

「シトゥコ巡査部長があのスケッチを捨てた時、あなたはあの部屋にいなかったのに！　なぜあなたが責任をとらされるの？」

「シトゥコはあと半年で年金を受給できる。このままだと上層部は確実に彼を解雇しただろう」マイクが肩をすくめ、ジーティ・パスタをふたたび頬張る。

「だからわたしでいいんだ。連中はわたしをクビにはできない」

「何度も勲章を授与されているから？」

「犯罪の検挙率が飛び抜けて高いからだ。ワシントンDCで勤務していた間、OD班の成果はガタ落ちだった。なにをするにも踏み込みが足りなかった。手がかりをもとに追跡する、管轄の壁をうまく回避する、しっかりと証拠固めをする、有罪判決に持ち込むといったどの部分もツメが甘かった。わたしの復帰後はしっかりやらせている」

「それなら、実質的に処分はないということね」

マイクが手に持ったフォークを揺らす。「わたしのファイルに戒告処分の書類が足された。何枚目だったかな。とくに意識もしていなかった」

「それは、あなたがやるべきことをやっているから」

「いざという時に、できていない。できなかった」マイクはランブルスコの入ったグラスを口に運び……飲み干した。

「だからサリーが撃たれた。SWATチームを責められない。このわたしも、コミック誌のヒーローの仮装をした犯人にだまされた」

「相手が巧妙だったから。だからみんな、だまされたわ」

「かもしれない。しかし、きみはちがう。だまされたりしなかった」

「わたしは銃を持っていなかった。だからもちろん撃ち返したりできない。あなたがサリーとわたしの援護にまわってくれた。すぐれた警察官としての仕事を果たそうとした。撃った犯人がいるところから——いると判断したところから——目を離そうとしなかった」

「そこだ。読みが甘かった。いまや足取りはたどれず、手がかりもない。相手がふたたび行動を起こした時がチャンスだ」

わたしにとってそれは悪夢でしかない。

21

数時間後、まだ眠たい目を開けてみると、あたりは薄暗い。まだ朝ではない。

主寝室の暖炉では炎がパチパチと音を立てている。ほんのりとオレンジ色がかった穏やかな光が、壁を覆うたくさんの絵画を照らしている。雲のようにふわふわの羽根枕の感触が、この二日間の緊張をほぐしてくれる。マホガニーの四柱式のベッドは、わたしを夢の国に運んでくれる頑丈な船。

けれども、これは夢ではない。

目をごしごしとこすって寝返りをうった。ナイトテーブルにマイクのショルダーホルスターが置いてある。革製のストラップで彼の銃が固定されている。その隣にはランブルスコの空のボトル、そして空のグラスが二つ。

マイクとわたしはディナーの後でワインを持ってここにあがってきたにちがいない。記憶はぼんやりしているけれど、たぶんそうなのだろう。でも、それだけではなかったはず……。

考えるまでもない。なにしろ、わたしはなにも身につけていない。エメラルド色のタイトなワンピースも、レースたっぷりのネグリジェも、下着すらつけていない。糊《のり》の利いたシーツとやわらかなキルトだけが素肌を覆っている。

おなかのあたりが重たいのは、マイクの腕に抱き寄せられているから。

彼のくちびるがわたしの首にふれ、わたしは暗がりのなかで微笑んだ。

「きみはほんとうにきれいだ」彼がささやく。「目を閉じていても、わかる……」

彼の口と手が活発に動きだして、ふたたびわたしを刺激する。寝返りをうつと、彼の両腕に包み込まれた。そのまま、たがいに心で感じていることを身体で伝え合った。

息づかいが荒くなり、ふたりはひとつになって崩れ落ちた。

疲れ果て、満たされ、わたしたちはふたたび眠りに落ちていく。わたしの頬は彼のたくましい胸の上に、彼の顎はわたしの栗色の髪に埋もれるように。


それからいくらも経たないうちに、奇妙な音がして目がさめた。

ベッドの上に身を起こして闇のなかに目を凝らした。暖炉にはもう火の気はなく、オレンジ色の炎は白い灰となっている。影に覆われた室内は海に霧がかかったように暗い。

また音がした。ドスンとなにかがぶつかるような奇妙な音。そしてなにかが見えた。

「マイク、起きて！」

彼の肩を揺すった。ゆっくりと彼が目をさます。

「どうした？　どうかしたのか？」

「なにかが動くのが見えたの、窓のすぐ外で――」

「木の枝か?」

「ちがう。黒いシルエットよ。人間の形をしている……」

マイクも身を起こし、黒々としたガラスをじっと見つめている。

「なにも見えない。音もしない。こちら側には非常階段もないはずだ」

「ええ」

「ここは四階だ。窓の外に人がいるわけがない」

「そうね」

「心配いらない」マイクがあくびをする。「悪夢を見たんだろう、きっと。もう寝よう」

「でも、確かに見たのよ」

マイクがわたしの腰に腕をまわして、大きくて温かな身体に引き寄せて寝かせようとする。わたしがもがくと、彼の長い片脚がわたしの両脚をからめとるようにぎゅっと巻きついた。彼のくちびるがなにかをささやく。心配するわたしをなだめようと、甘く、スリリングで、うっとりする言葉を。そして……。

パン!

パン、パン、パン!

銃声だ!

「マイク、外で銃の音が!」

わたしが身を起こすと、すでにマイクはベッドから転がり出てショルダーホルスターに手を伸ばしている。

「気をつけて」

「窓に近づくな!」

彼は寝室を横切り、ホルスターから銃を取り出してホルスターを放る。両手で銃を構え、窓の脇のほうから近づいて、さっと開けた。

凍るように冷たい夜の空気が流れ込む。マイクは窓から身を乗り出して下の通りの様子を確認し、ベッドにいるわたしは震えながらそれを見ている。

「気をつけて! 外に誰かいる。通りではない。もっとずっと近くに――」

パン!

正確に狙い定めて発射された弾が、マイクの頭を直撃した。彼の手から銃が落ちて、頭から前に崩れるように倒れていく。

愛する人が闇のなかに消えてしまう。信じられない思いでわたしは思わず息を呑む。

ベッドカバーを蹴るようにしてベッドを出て、開いた窓へと駆け寄り下を見おろした。下の通りには人の身体が横たわり、コンクリートに血溜まりができている。が、それはマイクではない。

サリー・サリバンの身体だ。

どういうこと? わたしは目をこする。わけがわからない。なにが起きているの?

サイレンの唸りが聞こえてきた。雲のなかからヘリコプターが蜘蛛《くも》のように降下してきた。

ブレードのバタバタという回転音が鼓膜を打つ。通りに赤い光がいくつも光っている。そちらに視線をやると、救急救命士が二人、ぐったりとしているマイク・クィンを救急車に運んでいる。

「待って!」窓から叫んだ。「わたしも行くわ!」

いそいで服を着て寝室から廊下に飛び出した。が、そこに廊下はない。わたしが立っているのは、四方がパネル張りで窓のない狭い部屋だ。

あわてて出口をさがす。どこを見ても出口はない。見上げると、真上にパンサーマンの姿!

悲鳴をあげた。あまりにも大きな声が自分自身の耳に突き刺さる。けれど、どうやら天井は鏡張りらしい。それに気づいて悲鳴が止まった。わたしが移動すると、パンサーマンも移動する。自分の身体を確認してみたけれど、コスチュームを着ているわけではない。それなのに鏡に映った姿は……。

パンサーマン!

その時、部屋ががくんと揺れて振動が始まった。エレベーターのような動きだ。ふたたび揺れ、なにもかもが止まった。四面の壁のうち一面が両側にシュッという音とともにひらいた。そこに見えたのは、煌々《こうこう》と灯りで照らされた病院の病棟。マイクの声がした。

「クレア!」

「マイク!」呼び返した。彼の声は遠くから聞こえた。「どこにいるの?」

「ここだ!」

信じられないほど長い廊下の遥か先に、マイクの身体が見えた。ストレッチャーにベルトで固定されている。白衣姿の数人のスタッフがストレッチャーを猛スピードで押していってしまう。

「止まって!」叫びながら彼らの後を追う。「連れていかないで!」

けれどもスタッフはわたしのことなど無視して、そのまま両開きの白いドアの向こうへと

ストレッチャーを押して入っていく。追いかけようとするが、白いドアはぴたりと閉ざされ

てカギがかかってしまっている。

「入れて!」わたしは叫んだ。「通して!」

ドアを叩いても、開かない。わたしは動揺し、猛烈な怒りと恐怖におそわれた。必死でド

アを叩きながら、涙が頬を伝い落ちていく。

「どうしました?」

ふりむくと看護師がひとり立っている。視線は手元のファイルに落としたままだ。

「銃で撃たれて運び込まれた人をさがしています。名前はマイケル・クィン。ここにいると

言われたので」

白衣姿の女性は手元のファイルを閉じて、視線をわたしに移した。無表情のそっけないま

なざしだ。

「ミセス・クィン?」

「いいえ、わたしは――」

「お友だちですか？」

「はい」

「友人には法律上の地位はありません」

「いいえ。わたしは彼を愛している。彼が無事かどうか知る必要があるの」

「これ以上の情報は差し上げられません。ご家族を通じてどうぞ」

「わたしは彼の家族よ！」

ドアを開けるしかない。そう思ってふりむくと、ドアがない。ドアの代わりに頑丈な鉄の扉がある。開けようと手を伸ばすと、マスクをかぶった人物が向こうから手を出してわたしを殴りつけた。

そのまま仰向けに倒れたわたしは、殴った人物を観察しようとした。が、しだいにあたりを影が覆い始めて視界は真っ黒に……。


目を開けると、真っ暗だった。暖炉の火は白い灰になり、寝室の窓はかたく閉ざされている。

かたわらではマイクが小さくいびきをかき、重たい身体がわたしをしっかり抱え込んでいる。愛し合った後のけだるさが手足の先にまで残っているけれど、頭は猛然とはたらいている。あまりにも鮮やかで、あまりにも後味が悪い夢だった。

こまかな部分は忘れてしまうとしても、記憶に焼きついて決して忘れないことがふたつある。マイクが撃たれたところ、そして、あの言葉。一見なんの害もなさそうな言葉が、短刀のように突き刺さっている――。

〝友人には法律上の地位はありません〟。

22

翌日、くちびるにキスのぬくもりと耳に男性の低い声を感じて目がさめた。

「おはよう……」

わたしはあくびをして、すぐに目を細めた。高さのある窓から射し込む金色の光がまぶしい。ベッドの端に腰掛けているマイクの大きな身体が見える。仕事に出かけるための身支度をすませている。チョコレートブラウンのドレススラックスと糊の利いた白いワイシャツ姿だ。

心躍るアロマが鼻孔をくすぐる。それもひとつではない。いれたてのコーヒー、そしてこんがりと焼けたシナモンの香り。身体を起こしてみると、ナイトテーブルにコーヒーの入ったマグがふたつ、そして、香ばしさがたちのぼる一皿がある。

「あなたが焼いたの？」半信半疑でたずねた。

「トーストした」

わたしはシーツを引っ張って身体を覆い、マイクは誇らしげに皿を掲げた。ベッドで朝食をどうぞというわけだ。できたてのシナモントーストが山盛りだ。とてもシンプルなのに、見ているだけでわくわくする。コーヒーを味わい、トーストのカリッとした食感を味わった。

「おいしい」

「どうせならスモークサーモンをのせたトーストとシャンパン、そして花がそろっていなくてはな。きみにはそれがふさわしい」

「これでじゅうぶんに満足よ……」

熱々のコーヒーは完璧なバランス、サイゴンシナモンを使ったトーストは甘くてスパイシー。なによりうれしいのは、愛する人が自分の手でつくってくれたこと。日頃、手錠を扱い慣れたその手で。

「そろそろ仕事に行くよ」マイクは立ち上がり、ショルダーホルスターを装着した。「昨夜のきみの心遣いがとてもうれしかった。そのお礼の気持ちだ。ディナー、ワイン、ドレス……」彼がにっこりした。「なにもかもうれしかった」

「どういたしまして……じゃあ、ひとつだけお願いがあるわ」

「なんだ？」

「外ではくれぐれも気をつけて」

マイクがスーツのジャケットを手に取る。「考えすぎないほうがいい」

「無理よ」

「そんなことはない。美しい一日が始まる。それだけを考えるんだ。空はよく晴れて、寒くもない」彼が部屋を横切って窓を開けた。「深呼吸して新鮮な空気を――」

「窓から離れて！」

わたしの悲鳴でマイクは凍りついた。こちらをふりむき、わたしの異変に気づいた。

「クレア？　どうした？」

わたしは激しくかぶりを振り、昨夜夢で見たおそろしい光景を頭から消そうとした。けれども、できない。おそろしくて苦しくて、とても冷静になれない。原因は悪夢だけではない。『警察官が標的に』という新聞の見出しを見た時から始まっている。

彼の居場所も、無事であるのかどうかもわからない——そのつらさに耐え切れなくなる。

「ごめんなさい。嫌な夢を見たの。それだけ」濡れた頬をぬぐいながら言った。

「それだけではないな。きみがここまで取り乱すのは。話してごらん」

彼がまたベッドに腰をおろし、わたしは悪夢のことを話した。話し終えるまで、彼はじっと聞いていた。

「奇妙な夢か。わたしもよく見る。かならずしも悪いことではない。頭が日々の出来事を整理して理解しようとしている」

「でもなにも解決していないわ」

「解決？」マイクが深く座り直す。しばらくわたしをじっと観察し、眉根を寄せた。「クレア、いまの仕事はきみとわたしで〝解決〟がつくものではない……それはわかるね」

「わかっている」

そしてまた長いこと彼を見つめる。ふいに彼が目をそらし、こくりとうなずいた——自分自身に向かってうなずくように。なにか決断をしたということだ。彼がこちらを向き、わたしの両手をとった。

「クレア、やはり……おたがいの関係を考え直してみないか」

「考え直す？　どういうふうに？」

「いまの状況では、こういう関係はきみにとって負担なのかもしれない……」彼の手にぎゅっと力がこもる。思わず息を呑んだ。

わたしの夢をマイクがこんなに深く理解していたなんて。おたがいの〝法律上の地位〟を固めるために、とうとうプロポーズ？　そうよ。まちがいなくプロポーズよ！

「続けて」わたしは知らず知らずのうちに身を乗り出した。

「少し離れてみないか……一時的に」

「離れる？」反射的に彼の手をふりはらった。「別れたいの？」

「別れるとは言っていない。離れることを提案した。いったん離れて気持ちを整理する。それがいちばんいいのかもしれない」

「あなたにとって？」

「ちがう。きみにとってだ。少し距離を置けば、きみを苦しめる不安から少し解放される」

「距離を置くなんて、嫌よ――絶対にできない。別れる提案なんて二度としないで。真実は逆よ。距離を縮めようがないから、わたしは苦しんでいる」

「昨夜以上に距離を縮めるのか？」マイクが目をまるくする。「そんな方法があるのか？

分子結合か」

「それは無理よ。でも、方法ならほかにもある」

彼は不意打ちを食らったような表情だ。「結婚、か？」

わたしはうなずく。

「クレア、ワシントンを離れる前に二人の次のステップを考えてほしいと、きみに言った。きみはなんと返事したか、おぼえているか？」

「ええ、もちろん。もう少し時間が欲しいとこたえた。でもそれは、おたがいに生活の変化があまりにも大きいから、というだけの理由よ。ニューヨークに戻ってここのリズムにもう一度なじんで、落ち着いたところで二人の未来について計画を立てたかった」

「そうか。いまきみは落ち着いたと感じるわけか。しかしわたしは犯人の行方を追っているさなかだ。そのために時間の大半を割き、エネルギーのすべてを注がなくてはならない。自分の将来について考える余裕はない。それに、いまは――」

彼はそこで口をつぐんだ。

「それに、いまは？」

「なんでもない」彼は立ち上がり、ジャケットをさっと着た。「この件については別の機会に話し合おう」

「あなたの考えはわかっている。将来についていま考えたくないのは、自分に将来があるかどうか、わからないから。そうでしょう？」

「よそう、クレア。遅刻してしまう」

「マイク、待って！　お願い」

彼はドアの前でこちらをふりむいた。

「病院でサリーに面会しようとした時のこと、おぼえている？　あの看護師がわたしになんと言ったか」

「いや。ごたごたしていたから」

「『友人には法律上の地位はありません』と言ったのよ。わたしはいまその言葉に苦しめられている。もしもあなたが撃たれて重体になったら？　わたしは？　そう思ったら、たまらなかった」

「そう言われても……」マイクは額をさする。「撃たれて病院で寝ている自分の姿を想像する現場の警察官はいないだろうな。優秀であればあるほど。いい結果を出して、無事な姿で帰宅することだけを考える」

「そうなのかもしれない。でもわたしは現場の警察官ではないわ。愛した人が、たまたま警察官だった。今回のサリーのことでやっと気づいた。あなたとのことについて、もっと早く結論を出すべきだった。時間をかけすぎて、そのツケを払うことになった。これ以上待つのは嫌。もう友人ではいたくない。法律上の地位のある関係になりたい」

マイクの目が大きく見開かれ、しばらくわたしを見つめている。そして――笑った。文字通り、彼は笑ったのだ。信じられない！

「なにがおかしいの？」

彼が腕組みをした。「すまん。しかし、男が〝愛しい人よ、きみに法律上の地位をあげたい〟と言ってプロポーズしたら、グラスにはいったシャンパンを顔にひっかけられるな」

「ごまかさないで」

「誤解だ。しかしどう考えても、いま話し合うのは無理だ。それにあわてて決めるようなことでもない。警察官と結婚するなんて……」マイクが首を横にふる。「苦労といっしょになるようなものだ」

「いまさらそんな。少々の苦労におじけづくような歳ではないわ！」

その時マイクの携帯電話が振動して着信を伝えた。携帯電話を取り出してメールを読んだ彼がぶつぶつと毒づいた。

「どうしたの？　まさかサリーが――」

「そうではない。ダウンタウンの友人からの警告だ」

「警告？」

彼が画面を見せた。「読んでごらん……」


本部長との会合から解放されたところだ。市長執務室の連中は犯人がスーパーヒーローの扮装をした理由として、「悪徳警察官」への「義憤」にかられたものという線を強く推している。標的にされた警察官は全員、内務調査課の調査対象として不祥事とのからみを調べられるだろう。くれぐれも警戒を怠るな。

「ひどい！」わたしは叫んでベッドから飛び降りた。〝しまった、裸だった〟。あわててバスローブをつかんだ。

「撃たれた警察官たちは被害者よ！　内務調査課で不祥事の調査対象になるどころか、市長執務室から勲章を授与されてもいいはず！　ひどすぎる！」

マイクも同調するものと思った。わたしだったら壁のひとつも殴るだろう。しかし彼はなぜか、頭から湯気を立てているわたしに目が釘づけだ。

テリークロスのバスローブの袖に乱暴に腕を通し、力まかせにベルトを結ぶのを、しげしげと見ている。どんな考えがあるにしろ、冷静沈着な様子だ。はたしてどういう結論を出すのだろう。

「フランには言うな。サリーの耳に入れたくない。いまいちばん用心しなければならないのは、心臓発作だからな」

「絶対に言わないわ。でも最新の情報を知っておきたい」

彼が携帯電話をポケットにしまう。「これからの数週間はきつい思いをするだろう。きみにはなんとか持ちこたえてほしい」

「ここであなたを待つ。ずっと待っている」

「わかった」彼がわたしの頰にふれた。「きみのような女性がついていてくれるなんて、つくづくわたしは幸運な男だ」

彼はカップのコーヒーを飲み干して、ドアへと向かった。

23

「クレア、ほらあそこ。ハドソン通りでなにか起きたんですかね……」

マイクとわたしが「法律上の地位」について話してから一週間後、店のアシスタント・マネジャーが指し示した方向を見ると、パトカーが二台、ビレッジブレンドの前にやってきた。さらに遠くでサイレンがたくさん鳴り響いている。

黄昏《たそがれ》のマンハッタンは、やさしい光が降り注ぐ魔法のひととき。そこに赤い光が波打つように点滅している。店でカフェインを補充しているお客さまも異変に気づいてスマートフォンから顔をあげた。全員というわけではないけれど。

三台目のパトカーが到着し、わたしはカウンターの外に出た。正面のドアのところにいるタッカーのほうに歩いていこうとすると、やさしいシワのある手に引き留められた。

マダムのスミレ色の瞳がこちらを見ている。「会話を中断して飛び出していくなんて、無作法ですよ」穏やかな微笑みとともにマダムが言う。

「ごめんなさい。でも、また発砲事件かと思ったら気が気じゃなくて」

そのまま外に出て、店の前にいた警察官にたずねてみた。そしていそいでなかに戻った。

「なにも話してくれないわ」わたしはタッカーに言った。「この通りは通行止めだというだけ」

よけい不安になるだけなのに。この一週間、街全体がピリピリとした空気につつまれていた。マイクと顔を合わせる機会はほとんどない。たまに会っても、ほんのつかの間、多忙な近況を手短に伝え合うだけ。

毎晩ベッドにひとりで入って彼のことだけを思った。彼はわたしの不安を「軽くする」ためにあえて距離をとろうとしているのだろうか。そんなことをあれこれ考えた。そういう状態が続くにつれて、不安が増していく。彼はもう結論を出しているのではないか。時間をかけてわたしとの関係を解消しようとしているのではないか。

だとしたら、彼はなんて愚かなんだろう。

会わなくなれば不安がおさまる、とはいかないのだ。ただひたすら、わたしの心が引き裂かれていくだけ。

カウンターへと歩いていくと、マダムが手招きして隣のスツールをトントンと叩く。

「掛けて、クレア。少し休みなさい。空騒ぎに一喜一憂することはないわ。ここはニューヨークですからね」

「おっしゃる通り」タッカーが「オン・ブロードウェイ」の数小節を（彼がオフ・ブロードウェイで上演しているキャバレーショーの登場人物の声を真似て）歌うと、店のお客さまたちの視線が集まった。マダムがこちらに身を乗り出した。

「だから、心配するのはもうやめましょう。そんなふうに思い詰めているあなたを見るのはつらいわ」マダムは乱れたわたしのポニーテールの後れ毛を直し、手をぎゅっと握った。「さあ、来週のアンドレア・ドーリア号のコンペに向けて、プレゼンテーションの検討に戻りましょう」

わたしはマダムのためのサンプルをカップに注いだ。マダムがアロマを吸い込んで、カップに口をつけるのを、息を止めて見守った。

週の前半につくったデニッシュ・ブレンドはダークローストしたスマトラとライトローストしたコスタリカの豆を使ったが、なにかもの足りなかった。それから数日かけ比率を変えながらテストをくり返した。そして金色に輝くあの日の午後、あることを思い出した。ガスとの会話よりも決定的な、あることを。

秋の金色のひざしのなかで、昔フィレンツェで過ごした時のことがよみがえった。ヴェッキオ橋の金細工の店でのショッピングを思い出し、そこでふいに思いついたのが、イエロー・カトゥーラだった。赤いチェリーではなく黄色いチェリーをつけるコーヒーノキだ。マテオはこのユニークな品種のコーヒー豆を、ブルックリンの温度管理の行き届いた倉庫に保管している。ハワイ島プナの火山灰土壌で栽培され、マテオがコスタリカで調達した豆と同じくハニープロセスで精製されている。

一般的な精製法は「水洗式《ウォッシュド》プロセス」と呼ばれるもので、水を使ってコーヒーの果実からコーヒー豆だけを取り出す。ハニープロセスはチェリーの果肉を取り除き、べたべたとして甘い粘液部分は残したままラックに豆を広げて黄金色に輝く太陽のひざしで乾燥させる。一日に何度もそっと返してなるべく早く乾燥させる。それから何カ月も休ませ、甘い繭《まゆ》に包まれたなかで豆にエキゾチックな風味と個性的な特徴が加わる。最後に、豆を包む乾燥したパーチメント（内果皮）を機械で取り除き、市場に出てローストされる。

手間がかかる精製法だが、これで世界有数のコーヒーがつくられている。そのひとつがプナだ。ハニープロセスで精製されるプナはフローラル、スパイス、アプリコット、カラメル、アーモンドの香りがすばらしい。

ただしハワイのコーヒーは高価だ。需要は高く、供給量は限られているのだから自然とそうなる。しかし、使用量をブレンド全体の十パーセントに抑えれば、アンドレア・ドーリア号向けの「夜も昼も」はビリオネア・ブレンドよりもはるかに安い価格でプレミアム級の味になる。これならマテオの期待にこたえることができる。

こうしてつくってみたブレンドを味見したマダムは恍惚《こうこつ》とした表情で目を閉じている。

「すばらしいわ」

ひとこと言ってから、マダムはさらにひとくち飲んだ。「みごとにバランスが取れていて、口当たりはビロードのよう。口にふくんだ時から飲み込む時まで次々に新しいフレーバーがあらわれて眩《まば》いばかり」マダムはひとつうなずき、さらに、冷めていくコーヒーの味見を続ける。「まあ……パーフェクトなキャラメリゼ。洗練されているけれどエキサイティングで、甘美な上にエキゾチック。パーフェクトな男性みたいね」マダムがウィンクする。「それから、さりげなくナッツの風味」

「コンペで勝てるものをこんなに短期間でつくるなんて、とうてい無理だと思いました。でも――」

「〝圧力《プレッシャー》がないところにダイヤモンドは生まれない〟。これがわたしの哲学よ。このブレンドはまさに宝石。アン・ビジュー！　コーヒーのダイヤモンドよ！」

身体から力が抜けて、ようやく笑顔を浮かべることができた（少々誇らしげに）。そして探偵まがいの調査をしたのだと打ち明けた。船の納入業者に電話して、ギャレーに設置するコーヒーメーカーの機種をつきとめたことを（ニューヨークの高級ホテルの厨房でいまさかんに採用されているスーパーオートマティックのブランドだった）。

「その機種に合わせてローストの加減を調整します。ハワイのコーヒーを加えたことで、マーケティングでもメニューでも強みとなるはずです。天文学的な金額を出さずにぜいたくな味を提供できるわけですから」

「ひらたく言うと、かなりの利益が見込めるということね。彼らもわたしたちも」

「利益がなければ、ビジネスではない。これもマダムの哲学でしたね」

「その通り《エグザクトゥマン》」

素知らぬふりをしてマダムと話していたけれど、ニューヨーク市警の車が次々に到着し、店の前の歩道は青い制服姿の警察官で埋め尽くされている。今度は正面のドアの周辺を警察官が数人がかりで封鎖している。

非常線を張っている。なぜビレッジブレンドがグラウンド・ゼロなの？　人を立ち入らせないため？　それともわたしたちが包囲されているの？

回答をもとめて外に飛び出そうとした時、正面のドアから警察官が次々に入ってきた。ドアに取り付けた鈴がひっきりなしに歓迎の音を鳴らして、クリスマスの朝を迎えた田舎の教会みたいだ。

先頭に立っているのはロリ・ソールズ刑事と相棒のスー・エレン・バス刑事。別名「アマゾネス」で知られている二人に続いて、ぴしっとプレスされたスラックスとネイビーブルーのブレザーの一団が入ってくる。アマゾネスとわたしは気心の知れた仲だ。が、二人の表情はあくまでも硬い。

どうしよう。マイクの身になにかあったのね。二人はそれを告げに来た！

最悪の事態を想像して足がガクガクしていた。けれども、毅然《きぜん》とした態度で彼らを迎えた。

「ソールズ刑事。バス刑事。なにか特別なご用件でも？」

「あなたを逮捕するために来ました、クレア・コージー」

自分の耳を疑った。聞き間違えたのか。「逮捕？　わたしを？」

「そうです、あなたを逮捕します」

今度はスー・エレン刑事が告げた。ソールズ刑事よりも血の気が多い彼女はベルトにつけた手錠に手を伸ばす。

身におぼえのない言いがかりだ。しかしこれではっきりした。「悪い知らせ」ではない。

マイク・クィンは無事ということ。あとは誤解が解ければなにも問題ない！

そう思ったらほっとして、うれしくなった。そこでつい、にっこりしたのがいけなかった。めざといスー・エレン刑事に見つかった。

「逃げおおせると思ったらおおまちがい」脅すように手錠をガチャガチャいわせる。

「逃げおおせる？　なにから？」

「重窃盗罪」

開いた口が塞がらない。「なにかの冗談？」

ロリ・ソールズが首を横に振る。「いいえ、真面目に言っているわ。ニューヨーク州では、刑事のハートを盗んだらA級重罪なのよ」

いきなり、制服警察官たちがラインダンスを始めた。よほど練習を積んだのか、完璧にそろっている。やがて二手に分かれて左右にひらき、そこにあらわれたのは片膝をついた制服姿のマイク・クィンだった。ぎこちない笑顔を浮かべている。

彼が片手を差し出した。その手に白い小さな箱がのっている。満員のコーヒーハウスの時が止まったみたいに、しんとなった。わたしは息をするのも忘れて、マイクと小さな箱を見つめる。それは指輪のケースだ。蓋には小さな金色の鐘が浮き彫りになっている。

「クレア」マイクが口をひらいた。「きみを愛している。きみも同じ気持ちだと理解している」

彼が箱を開けた。あらわれたのは、ダイヤモンド。小さいけれど完璧な、アイスブルーのダイヤモンドだ。マイクの真摯なまなざしとそっくりの輝きを放っている。

ひとめでカンパーナ・カットとわかる。そして目をみはるほどの透明度。それはソリティアの指輪ではなかった。ブルーの石を中心に、ぐるりと小さなコーヒー色のダイヤモンドが囲むデザインだ。なんとも親しみのわく色のダイヤモンドがわたしにウィンクしている。

これはガス自ら手がけた指輪だとすぐにわかった。しかもこれは行方が知れない伝説的なジュエリー〈アイ・オブ・ザ・キャット〉の完璧なレプリカではないか。ほんの一週間前に、わたしは彼の自宅でこのジュエリーについて熱く語ったのだ。

なぜマイクが知っているのかしら？

質問したかったけれど、彼に封じられた。

「まず、きみに頼みがある。よく考えてからこたえてほしい。これだけの警察官が証人として立ち会っているから、後で路線変更するのはむずかしいだろう」

わたしは無言でうなずき、彼の次の言葉を待った。

「クレア・コージー、わたしと結婚してくれないか」

24

マイクの声は誠実で力強く、思い詰めた表情はこちらの胸が痛くなるほど。これほど誠意あふれる姿があるだろうか。とっさに言葉が見つからなかった。まっすぐ彼の顔を見ることもできない。涙で視界がぼやけていく。それでもマイクの不安は手に取るようにわかる。彼は自分にこう問いかけているにちがいない。

これでよかったのだろうか。それとも、自分の手ですべてを壊しているのか。きみはよろこんでいるだろうか。迷惑だろうか。きみはわたしを世界一幸福な男にしてくれるだろうか。それとも心変わりしたと言って、この胸を打ち砕くのか。

わたしは咳払いをして、彼にこたえた。

「もちろん、結婚します」声がかすれてしまい、わたしはごくりと唾を呑み込んだ。「楽なことではないだろうとわかっている。でも心からあなたを愛している。あなたに……」

彼と目を合わせ、微笑んだ。「ハートを撃ち抜かれたわ」

〝撃ち抜かれた〟と言った瞬間、周囲がはっと息を呑む音がした。警察官全員が固まっている。

なんてことを言ってしまったんだろう。わたしもぎくりとした——が、まっさきにマイクが噴き出すように笑いだした。つられてコーヒーハウス全体が笑いに包まれた。マイクは満面の笑みで、そして心から安堵した様子で立ち上がった。わたしの左手をとり、小さな金色の輪を指に嵌《は》めた。

わたしは自分の婚約指輪を見つめた。まんなかでキラキラと輝くアイスブルーの石、それを取り囲むコーヒー色のみごとなダイヤモンド。不思議なくらい指にぴったりのサイズでしっくりとなじむ。

たったいま婚約者となったマイクを両手で抱きしめてぎゅっと力を込めた。なにか違和感がある。指輪のようにしっくりとこない。いやに硬い。スーパーマンの胸だってこんなに硬くはないだろう。けれども次の瞬間、彼のくちびるに口をふさがれ、いっせいに拍手が起きて頭がからっぽになってしまった。警察官、お客さま、マダム、店のスタッフが拍手している。

祝福を浴びながらマイクとわたしはすぐに身を離した。

彼はさっそく同僚たちから背中を叩かれてひやかされ、わたしの〝撃ち抜かれた〟という言葉で盛んにからかわれている。いっぽう、わたしの目の前にはエスター・ベストとナンシー・ケリーが、好奇心の強い鳥みたいに迫ってきている。タッカーは肩ごしにのぞき込む。

「どれどれ……」タッカーだ。「ボスの新しい永遠の大親友に会わせてもらいましょう。ダイヤモンドってやつは女子の親友ですからね」

皆でじっくりと指輪を見ているところにマダムがやってきた。わたしは手をマダムのほうにあげて指輪を見せた。

「このコーヒーダイヤモンド。マテオのお父様からマダムに贈られたブローチのダイヤモンドとそっくりです」興奮してつい早口になってしまう。

「そっくりではないわ。それはわたしのブローチの、まさにあのダイヤモンドよ」

「まさか」

「アントニオが亡くなった時、わたしはあれだけは絶対に手放すまいと誓ったわ。あなたはあのダイヤモンドをほんとうに気に入ってくれていた。それを知っていたから、あなたとあなたの未来の夫に、よろこんでプレゼントしたのよ」

「でも、どうして？」わけがわからない。「なぜマダムがわたしたちのことを——」

「あのすてきな刑事さんはわたしを訪ねてきたのよ」マダムがからくりを打ち明けた。「あなたに贈る婚約指輪について、相談されたの。いつも自分を支え、仕事を支えてくれるあなたをこれからも支えていきたい。その気持ちを指輪に込めたいと彼は言ったわ。あなたの生き方を尊重し、それを変えることなく、自分がそこに加わるのだという意志が伝わる愛の証《あかし》にしたいのだとね。わたしはコーヒーダイヤモンドを使うことを提案したわ。あなたとビレッジブレンドとの絆を象徴するものとしてね。その提案を彼は快く受け入れてくれたのよ」

「わたしのために、そこまで」

マダムが両手を広げ、わたしたちは固く抱き合った。

「ありがとうございます」声がかすれ、涙があふれて止まらない。

「お礼ならあなたの大事な人に、ね。彼はただものではないわ。わたしはつくづく思ったのよ。ダイヤモンドを手放すよりなによりつらいのは、きっとあなたを失うことね」

25

マダムも涙を流しながら、このサプライズパーティーを自分が取り仕切ると宣言した。ゲスト全員をもてなすと言い残して、その場を離れた。会場を見渡すと六分署がまるごと、そして市警本部の一フロアがそっくりここに移動してきたみたいだ。

ふたたびナンシーとエスターにつかまった。

「石をもっとよく見せてもらいます」ナンシーに手をつかまれた。

もういっぽうの手でルーペを取り出したので、びっくりした。宝石商が使う本格的なものだ。ナンシーはプロみたいに手慣れた動作でコンパクト式の拡大鏡をカチリとひらき、片方の目に当てた。

「このブルーのダイヤモンドは氷みたい！」彼女がヒューッと口笛を吹く。「これはかなりの金額になるはず」

「ナンシーったら！」わたしは小声でささやいた。「こんな時に査定してもらっても、うれしくないわ」

引っ込めようとした手を彼女がしっかりとつかむ。

「待って、ボス！」手元のルーペの小さなLEDライトをつけ、ナンシーは目を細めてレンズをのぞき込む。「小さな茶色のダイヤモンドのなかに小さな星が見えます。ほんのかすかだけど、これは――」

「はい、そこまで！」わたしはようやく手を引っ込めた。

「驚いたわ。ナンシーが質屋の修業を積んでいたとは知らなかった」エスターらしいコメントだ。「転職先としてはいいかもしれない。修業しだいでは、薬物依存症、アルコール依存症、ギャンブル依存のお客から家宝の腕時計やら結婚指輪やらをごっそりだまし取るのも可能ね」

「変なこと言わないで」ナンシーがルーペをふりまわして抗議する。「これはコーヒーをモチーフにしたチャームブレスレットをつくるのに使っているの。ネットで売るのよ。もちろん、独創的な壁飾りもね」

「壁飾り？」

「バスルームの鏡の上に吊るしてあるでしょう。ペーパークリップでつくった彫刻。あれは『ギャロップするユニコーン』という作品よ」

エスターが目を剝く。「『ギャロップするユニコーン』？　いまのいままで、鼻ぺちゃの三本足のラバだと思っていた」

ナンシーが顔をしかめた。「ひどい」

「アート作品でしょ。批評は甘んじて受けなきゃ」

そこにタッカーがうなるような声で割って入った。「アートについて語りたいのであれば、サルマガンディ・クラブに入会したらどうだい！　とりあえずきみたちレディには空のカップとペストリーの山が待っている。ほらほら、舌打ちなんてしないであっちに行こう！」

タッカーにうながされてエスターとナンシーが歩き出す。が、その前にエスターがひとこと批評を述べた。

「ほんとうにペストリーを出していいんですかね。ここにいる警察官は、誰も彼も胴体がぱんぱんに膨らんでいますよ」

それで思い出した。さっきマイクと抱き合った時に、いやに厚みがあると感じた。胸のあたりは鋼《はがね》みたいな硬さだった。もしかしたら、防弾チョッキ？

店内を埋め尽くす警察官たちを、あらためてじっくりと観察した。ああ、やっぱり。マイクのプロポーズで舞い上がっていたから気づいていなかった。彼らは全員、制服の下に防弾チョッキをつけている。

警察官は標的にされるからと、過剰に防衛しているの？　それともサプライズのプロポーズに見せかけて、狙いはべつのところにある？

マイクの姿をさがした。彼はまだ同僚に囲まれて背中を叩かれてひやかされている。けれども、よくよく見るとにぎやかなお祝いムードがしだいにおさまってきている。警察官たちはさりげない風をよそおって、しきりにぼそぼそと話をしている。

なにかある。でも、いったいなに？　わたしはしばらく店内の様子を観察した。こういう時にきき出すとしたら……。

サリー・サリバンがいちばんだ。彼はアイルランド系のカトリック教徒として厳しく育てられて、兄弟のうちひとりは神父に、もうひとりは伝道者となった。彼自身、真実を偽るのがなにより苦手だ。

マイクから聞いたことがある。容疑者を尋問する際にサリーと組んで「善良な警察官と悪徳警察官」を演じる時にはかならずサリーが善良なほうを演じるのだと。それくらい彼は嘘がつけないのだ。嘘をついてもすぐに見破られる。

残念ながらサリーはまだ病院で療養中だ。ほんらいなら、絶対にこの場にいたはずなのに。

マイクのOD班に所属する若いエマヌエル・フランコ巡査部長も、真相をきき出す相手としてはうってつけにちがいない。なにしろわたしは彼にとって強力な味方だ。わたしの娘のハートを勝ち取り、元夫の反対を乗り越えるためには、わたしは力強い援軍なのだ。

ようするに、フランコには貸しがある。

店のなかを見渡して、並外れて広い肩幅（おおぜいの警察官のなかでもひときわ広い）と彼のトレードマークのスキンヘッドの頭をさがした。

わたしが彼を見つけるのと、彼がわたしを見つけたのはほぼ同時だった。スマートフォンを振ってエマヌエル・フランコが手招きしている。

26

「やあコーヒーレディ。これを見せたかった」フランコが携帯電話で画像を見せてくれた。「プロポーズの一部始終を撮っておいた。今夜ジョイに送る」

録画をいっしょに見た。

「あの子、驚くかしら?」

「むしろ、こんなに時間がかかったことに驚いている。彼女はこの時を待ちわびていた。その理由は、言うまでもないと思うが」彼がにっこりした。「クィン警部補に、行きつけの宝石店を教えてもらおうかな」

ちょっと待って。そんなにあわてないで!

わたしが独身から婚約中になって、まだ一時間も経っていない。娘のジョイはワシントンDCのコーヒーハウスのマネジャーになったばかり。責任ある立場に就いて、まだまだこれからという時だ。それにマテオがフランコのことを、手錠をふりまわすスキンヘッドの若者としてではなく、娘婿として受け入れるまでには、わたしがひと頑張りもふた頑張りもしなくてはならないだろう。いまはまだ、その準備が整っていない。

突っ走っていきそうな若い刑事の広い肩を叩いて、落ち着いてと伝えた。「時間はたっぷりあるのだから……」

　そのままさりげなくフランコの背中に手を移動させた。

「あら、こんなに硬い防弾チョッキを着込んでいるのね」

「え……あ……」フランコらしくない慌てようだ。「勤務明けで」

「ここにいる警察の人たちは全員、勤務明けなの？」彼をじっと見つめた。「警察バッジとともに全員もれなく防弾チョッキをつけている。それは彼らがなにかに備えているから。そうでしょう？　隠しても無駄よ」

　激しくまばたきしながら、フランコはこたえに詰まっている。そこに美女が声をかけてきた。

「あら、噂のヒーローがこんなところに！」スー・エレン・バス刑事がフランコの大きな背中をぴしゃりと叩いた。「まさか刑事コジャック並みに頼りになる同僚がいたとはね。しかも頭もツルツルでそっくり」

「いや、そのことはもう」フランコは押し殺したような声だ。〝これ以上言うな〟と彼の目が語っている。

「フランコがヒーロー、と言ったの？」わたしはきき返した。沈黙の青い壁にひびが入ったと感じた。「聞きたいわ。彼は謙遜してなにも話してくれないのよ」

「先週、女性警察官が銃撃された際に、この若きコジャックが彼女を安全な場所に運んだのよ」

反射的に、『三日で四人の警察官が標的に』という見出しの件でマイクを問いつめた時のことが蘇《よみがえ》った。

「それは、クイーンズで起きた事件？　撃たれたのは女性の交通巡査？　新聞各紙とニューヨーク市警がギャングの抗争によるものと見なしている件？」

「そう、それよ」スー・エレン刑事が肯定した。「ちょうどフランコと話している時にその女性警察官は撃たれたの。その後さらに二発が撃ち込まれた。でもフランコはピカピカ光る頭を標的としてさらしながら、彼女を安全な場所に運んで応急手当てをした。バックアップが到着するまで介抱したのよ」

スー・エレンの話をさえぎろうと、フランコが必死に合図を送っている。ちょうどそこで制服警察官から声がかかった。

「フランコ。外で呼んでいるぞ」

フランコ巡査部長はその場を離れる前に、こっそり打ち明けてくれた。「伏せておいてすまなかった、コーヒーレディ。クィン警部補から口止めされていた、あなたとジョイには言うなと。心配させまいという彼の気持ちをわかってくれ」

「わかったわ」

フランコは行ってしまった。わたしはスー・エレンに詰め寄った。

「わたしの想像では、このショーのキャストの半分は外にいる。車のなかや屋根の上に。彼らにもペストリーとコーヒーの味見をするチャンスがあることを願うわ」

スー・エレンはとぼけようともしなかった。「なんだ、知っていたのね」

「いいえ、知らなかった。でもこれだけ防弾チョッキに囲まれたら、嫌でも気づく
わ」感心している口ぶりだ。「自分にとって一世一代の晴れのイベントが一大おとり作戦を兼ねているなんて、わたしには想像もつかない」

わたしはふうっとため息をついた。なにが進行しているのかがわかってきた。「警察官が青い制服に身をつつんでパーティーに勢揃いして、犯人をおびきよせようとしているの？警察官銃撃の犯人を逮捕する戦術としては、かなり危険をともなうと思うけど」

スー・エレンがきゅっと口を結んだ。「やはり、あなたとしてはあまりハッピーではない、ということね」

その通りだとわたしがうなずくのと同時に、彼女のスマートフォンが着信を知らせた。メールをチェックして彼女が告げた。「ごめんなさい、仕事に戻らなくては。あなたの想像通り、これはパーティーに見せかけた警察の作戦行動なの。だからいまは勤務中というわけ」

「わかっている」わたしはくるりと向きを変えてカウンターへと向かう。

「待って、クレア」スー・エレンが呼びかけた。「おめでとう。あなたたちの正式な婚約を心から祝福するわ」

どうやらスー・エレンだけではなく、店内の警察官全員が同じ呼び出しを受けたようだ。ほぼ同時に警察官が動き出した。単独で、あるいはふたり一緒に店から出ていく。そのいきおいが増して、暴徒が殺到するような光景となった。ロリ・ソールズ刑事とスー・エレン・バス刑事も早足で正面のドアに向かい、パトカーへと走っていく。

コーヒーハウスが空っぽになると、マイクがわたしの肩にふれた。険しい表情だ。

「すまない。行かなくてはならない。非常事態で招集がかかった。戻ったらゆっくりと話をしよう」

ええ。だからかならず戻ってね。

その思いは心にしまって、「気をつけて！」と言葉をかけた——そう言うしかなかった。

27

二分もしないうちに店のなかでコオロギのか細い声が聞こえてきた。地元のお客さまが十人ほどいるけれど、青い制服（と、その下にひそんでいた防弾チョッキ）は影も形もない。

「無礼千万という言葉を思い出すわ」エスターはきっぱりとした口調だ。

「無礼千万？」わたしがたずねた。

「ガブガブ飲んでガツガツ食べて、はいごちそうさん、って」

「警察の仕事だもの、しかたないわ」

「警察官とつきあうなんて、わたしはご免だわ」

「あなたにはロシア人ベーカー職人の婚約者がいるでしょう。未来のエミネムを夢見る彼が。いまさらなにを言っているの」

「暴言を謝罪します、ボス。日々、知的な発言が口をついて出てくるなかで、うっかり〝アホな発言〟が混じってしまうんです」

「でしょうね。でも〝知的な発言〟のほうも、やや問題はあると思うわ」

「お話し中、すみません」ナンシーが飛び込んできた。「暖炉のそばでアーノルドと名乗る男性がお待ちです。ミスター・アレグロに会いにきたそうです。所在がつかめないらしくて、重要な用事があるそうです」

ため息が出た。アンドレア・ドーリア号のコンペの件ではありませんように。いまはとてもそれどころではない。

「まあまあ、せっかくのパーティーが！」マダムが嘆きの声をあげた。「とてもチャーミングな刑事さんたちと昔のテレビドラマの思い出話をしていたら、とつぜん全員に招集がかかって出ていってしまったわ」

「テレビドラマの思い出話ですか？」エスターは驚いている。

マダムがエスターの手をトントンと叩いた。「高尚な芸術だけでは息が苦しくなって寿命が縮んでしまうわ。昔は探偵ものを欠かさず見ていたわ——『マニックス』とかね。あなたが生まれるずっと前ね」

「『マニックス』？　リアリティショーみたいな響き」

「ロサンゼルスを舞台にセクシーな私立探偵が活躍するストーリーよ」

「『マニックス』の話題はそこまで！」わたしが叫んだ。「それよりもだいじなことがあるでしょう」

ナンシーとエスターがカウンターの仕事に戻ったところで、マダムにミスター・アーノルドという人物について伝えた。

「あの子の所在がつかめない？」マダムが両手を腰に当てた。「おかしいわね。きっと住所をまちがえたんでしょう」

「いいえ。わたしはまちがえていません」

かすかにいらだちの混じった男性の声だった。サル・アーノルドと名乗り、弁護士であると自己紹介した。目が合うと、なぜかそのままじっとこちらを見てそらさない。いったいどういうことだろう。

「せっかくのお祝いの場にお邪魔するのは心苦しかったのですが、どうやらほかにも邪魔が入ったようで、ミズ・コージー」

気の利いた切り出し方ではないけれど、率直な人物ではあるようだ。四十代前半と思われる弁護士は小柄で、ブロンズ色の顎ひげをたっぷり伸ばしている。彼が話すたびに大きな顎とともにそのひげが大きく揺れる。腹のあたりはかなり突き出ている。

「マテオにご用とか?」わたしは確かめてみた。

「そうです。今日の午後、ミスター・アレグロのサットン・プレイスの住所をたずねました。至急、法律文書を届ける用事がありまして。ところが奥様の個人秘書から、ミスター・アレグロはもうここには居住していない、移転先の住所はわからない、仕事をしているこの店の住所しか連絡先は知らないと言われたのです」

思いがけない言葉だった。マダムもわたしもびっくりして顔を見合わせた。

彼はもうあそこに住んでいない? どういうこと? ブリアンに追い出された? それともマテオが出ていった?

いずれにしても、わたしの元夫の二度目の結婚生活はうまくいっていないらしい。

「マテオの様子がふつうではないと、わたしが言った通りだったでしょう」マダムがささやいた。

わたしはミスター・アーノルドのほうを向いた。「わたしは彼のビジネス・パートナーです。いまどこにいるのかはわかりませんが、ここは彼のビジネスの拠点ですから、彼と連絡はつきます」

「わかりました。では法律に従ってこれをあなたに引き継ぎましょう」

彼から大型の白い封筒を手渡された。

「かならずミスター・アレグロの手にこれが渡るように、そして手紙の指示を実行するように、お願いします。ミスター・アレグロからわたしに質問があれば、なかにわたしの名刺がはいっていますので」

「これはコンペに関することですか？　アンドレア・ドーリア号のコーヒーブレンドのことでしょうか？」

サル・アーノルドはぽかんとした表情だ。「いいえ、ちがいます」彼は封筒をトントンと叩いた。「これはマテオ・アレグロ氏の亡き父親アントニオ・アレグロ氏が息子マテオ・アレグロとその子孫のために信託財産にして遺したものに関係する書類です。グスタヴォ・カンパーナの家族も含めた共同相続です。ですから、かなり複雑です」

「ガス？」マダムとわたしの声がそろう。

「では、ごきげんよう。わたしは失礼します」

「待って！」ドアへと向かっていく彼を呼び止めた。「わたしたちから質問があります！」

「こたえは書類のなかにありますよ、ミズ・コージー」彼が肩越しに叫んだ。「ミスター・アレグロが早急に開封するように、お願いしますよ」サル・アーノルドはドアのところでいったん立ち止まり、さらに謎めいたことを告げた。

「彼に、皆で一堂に会する機会を楽しみにしているとお伝えください。いずれ近いうちに実現するでしょう」

28

「なにがなんだか、さっぱりわからないわ」マダムは困惑しきった表情だ。「アントニオがわたしに残した遺産といえばこの建物だけよ。抵当つきでね」

わたしたちは煉瓦の暖炉のそばに腰掛け、パチパチとはぜる炎に向かってマダムが問いかける。エスターがわたしたちに二杯目のエスプレッソを運んできた。マダムとわたしの間のテーブルの大理石の天板には、封をされたままの封筒が置かれている。

「ご主人が亡くなった時には、あまりお金持ちではなかったと聞いていますが」

「そうね、わたしたちはすっからかんだった。彼がこの建物を相続した時には、建物にはいっさい担保がついていなかった。でも事業を大きくするために、建物に抵当権を設定せざるを得なかったのよ。〝抵当《モーゲージ》〟の語源を知っている？　ラテン語での意味は――」

「死の質入れ」

「正解よ。アントニオに先立たれて、わたしはほんとうに生きるか死ぬかというところまで追いつめられた。ガス――そしてほかのすばらしい友人たち――からの金銭的な援助がなければ、いまごろこのコーヒーハウスは携帯電話のショップになっていたわ」

わたしは納得がいかず、自分の額をさすった。「わけがわからないわ。ご主人のアントニオが資産を所有していたのなら、なぜ直接マダムに遺さなかったんでしょう。どうしてこんなに年月が経ってから遺産の話がでてきたのかしら。それにガスが関係しているなんて、さっぱりわからない」

「考えつかないわね。マテオの父親が亡くなった時、ガスはすでに富を築いていたわ。でも……」マダムがこちらをちらっと見た。「彼が自分の靴と呼べるものを持っていなかった時のことを、わたしはよくおぼえている」

「アンドレア・ドーリア号の悲劇の後ですね？」

マダムがうなずく。「船の沈没の直後、マテオの父親といっしょにわたしも八十八番桟橋に行ったのよ。イル・ド・フランス号がアンドレア・ドーリア号の生存者を乗せて入港することになっていた。そのなかに夫の従兄弟《いとこ》がいるのではと期待して。でもくわしい情報は入らなくて……」

マダムがぼんやりと宙を見つめ、当時のことを回想する。岸壁に近づいてくる船を見つめる人々は、張りつめた表情だった。はたして家族は乗っているかどうかと案じている。客船が入港する際、生存者の多くは手すりにもたれて立っていた。身につけているのはパジャマやバスローブだけ——救助された女性のなかには水着だけの人も数人いた。

ターミナルを吹き抜ける風で帽子が飛ばされないよう、ブランシュ・ドレフュス・アレグロ・デュボワは白い手袋をはめた手で押さえた。もう一方の手で、若くハンサムな夫を自分のほうに向かせた。ほっそりしておしゃれで魅力的なブランシュはスミレ色の美しい目で夫のエスプレッソ色の目を見つめた。

「あなたにはわたしという妻がいることを忘れないでね。女性に目を奪われている場合ではないでしょう。わたしたちはあなたの従兄弟をさがしに来ているのよ」

それを聞いてアントニオが笑う。「水着姿の美人に見とれたりしないさ、ぼくのベラ・ブランカ。シルヴィオをさがしているんだ」

「もう長いこと会っていないんでしょう？　すぐにわかるかしら？」

「彼の写真がある。それに向こうはこれでぼくだとわかるはずだ」彼は背広の下襟《ラペル》にピンで留めた赤いカーネーションをトントンと叩いてみせた。

ブランシュは彼の頬をつまんだ。「あなたのもとにはイタリアからたくさん手紙が届いているのだから、そうかんたんに親戚全員の見分けがつくかしら」

「かんたんではないな」彼がにっこりして、妻の耳にそっとくちびるを近づける。「彼らはうさぎ並みの繁殖力だからね」

ターミナルの外では、負傷者を受け入れるために救急車が何台も待機している。その向こうにはおおぜいの人々があつまり、警察のバリケードを押している。多くはニューヨークのイタリア人コミュニティの女性だ。赤ん坊や子ども連れの姿も交じっている。彼女たちの夫は沈んだ船に乗っていた。彼らの消息はまだなにも伝えられていない。

こういう騒然とした事態となることを見越してアントニオは港湾労働者に賄賂《わいろ》を握らせ、彼らの手引きで貨物用の入り口からなかに入った――彼らはブランシュにウィンクするのも忘れなかった。

客船が桟橋に近づくにつれ、百人の警察官ではもはや食い止めることができず、三千人の群衆がターミナルに押し寄せた。悲壮な叫び声と子どもたちの泣き声が汽笛と混じり合うなか、船は波止場にぶつかるように横付けになった。ドッドッとエンジンの音を立てているトラックからは、周辺の店から寄付された衣類が降ろされている。

イル・ド・フランス号からようやく乗客が降りてきた。まず出てきたのはアンドレア・ドーリア号の生存者だ。彼らのもとに男や女たちが駆け寄り、愛する者と抱き合う。生存者のなかにはよろこびや安堵の表情を浮かべる者たちもいたが、虚ろな表情でショックから立ち直れない者もたくさんいた。

抱擁はいつまでも続き、うれし涙が流された。見知らぬ人から悲惨な知らせを伝えられて、たがいにしがみついて泣き崩れている者もいる。

ブランシュは大好きな映画スターの姿を見つけた。その女優は報道関係者につきまとわれながらも、取り乱した様子であわてて別の桟橋に向かう。行方が知れない息子をさがしているのだ。いっぽう、生存者は寄付された衣類が山と積まれたテーブルへと案内され、必要なものを取った。

「あそこだ！」

アントニオの若い従兄弟もやはり美しく豊かな黒髪の持ち主だった。いまはそれが乱れてしまっている。着ているスーツはボロボロだが、もとは上等なものだったにちがいない。引き締まってがっしりした体格の彼には、少しサイズが大きいようだ。シルクのネクタイは斜めに歪み、足元は裸足だ。

彼にぴったり寄り添っている女性はやはりボロボロのパーティードレスを着て室内履きを履いている。うつろな目の彼女のかたわらには、四歳くらいの女の子が立っている。母親の手をしっかりと握って落ち着いた表情だ。

ブランシュは足を止めた。これはいったいどういうことなのだろう。だってシルヴィオ・アレグロは独身のはず。妻も子どももいないとアントニオから聞いている。

夫は群衆を掻き分けて進み、男同士で抱擁している。シルヴィオがアントニオの耳元でなにかささやき、アントニオがひどく驚いている様子をブランシュは見ていた。

ふいに看護師から後ろにさがるように言われ、目の前をストレッチャーが何台も通過した。ブランシュがようやく夫のもとにたどり着くと、ふたりの男たちはイタリア語で深刻そうな話し合いを終えたところだった。

「シルヴィオは助からなかった」アントニオは十字を切りながらブランシュに告げた。「この男はグスタヴォ・カンパーナ。そして妻のアンジェリカだ。この人たちが家族でやっている会社でシルヴィオは働いていた……」

ブランシュの混乱はまだおさまっていない。けれどもなんとか笑顔を浮かべ、丁寧に一礼した。男の妻はおずおずと礼を返した。

 ブランシュの心が決まった。「みなさんが滞在するための場所を見つけましょう」妻のきっぱりした声に、アントニオは即座にうなずいた。この状況を妻がすみやかに、そして寛大に受け止めたことにほっとしていた。

ターミナルを離れようとした二組の夫婦に、男が大きな声で呼びかけた。

「おい、おまえ、ちょっと待て!」

とたんにグスタヴォはびくっとした。が、呼びかけた男はグスタヴォの腕にフローシャイムの靴箱をぐっと押しつけた。

「きっと、ぴったりだ」彼はにっこりして、ひとことつけ加えた。「ようこそ、アメリカへ!」


マダムが当時の話を終えると、わたしは身を乗り出した。ききたいことは山ほどある。

「あの難破でシルヴィオ・アレグロはほんとうに亡くなったんですか? お話を聞いていると、グスタヴォ・カンパーナになりすましたとしか思えません」

「そう聞こえるかもしれないわね。でも……証拠はない。それに、当時といまとではまったく事情がちがうわ。それをわかってちょうだい。わたしたちは皆、悲惨な戦争を生き抜いた。生きるためならどんなことでもやった。それを問いつめるのではなく、わたしたちは受け入れた……あなたにわかるかしら?」

「たぶん。すべては——」

「生きるためだった」

もっと確かめたいことはあった。けれどもマダムはあくびをして、やめましょうとばかりに手を振る。「いま現在のことに集中しなくてはね。過去は過去ですもの。いま何時かしら？」

「もうすぐ十一時です」

「あの子からはまだ折り返しの連絡はないのね？」

「三度電話して、メールも数通送っています。またやってみるつもりですが、果たして今夜じゅうに連絡があるかどうか」

マダムがため息をつく。「結婚生活がうまくいっていないなら、なぜわたしのところにこないのかしら。わたしはあの子の母親なのに！」

「だから行かないんです。わたしにも、ひとことも言わなかった。きっと、ばつが悪いんでしょう。失敗がこたえているのだと思います。マダムの目に映る自分の姿に耐えられない——わたしに対しても、たぶん同じです。でももしかしたら、ものすごく単純な理由かもしれません」

「単純な理由？」

「マテオとブリアンに別れ話なんて起きていない、という可能性です。喧嘩して一時的に別居しているけれど、おたがいにやり直す意思がある」

「でも、さしあたって住む場所がないのよ、かわいそうに。うちに泊まればいいのに。部屋はいくらでもあるのに」

プレイボーイのマテオが、母親のところに転がり込む？　エスプレッソでむせてしまいそうになる。

「彼がマンハッタンにいる時間は短いですからね。おそらく時差を調整しないんでしょう」マダムが納得できる理由をなんとかひねり出す。「出張がひんぱんにありますから。迷惑をかけたくないんでしょう……」（成人限定の課外活動にも彼は積極的ですからね）

「あなたの言うとおりね。それにしてもどこにいるのかしら？」

「心当たりはあります」

29

十五分後、わたしはビレッジブレンドの配送用バンを運転してマダムを家まで送っている。夜の空気はきりっと清々しく、ワシントンスクエア・パークの凱旋門はロウアー・マンハッタンのスカイラインを背にして、ほんのりと明るく照らされている。マダムの自宅がある五番街のビルに到着した。

「やはりわたしも行こうかしら。こんな夜更けには母親を必要としているかもしれないわ。なんといっても男は繊細な生き物だから……」

それにはおよばないと、わたしは懸命にマダムを説得した。「わたしの勘がはずれてマテオがいなかったら、どうなります？　もう深夜に近いんですよ。戻ってきたら午前二時を過ぎてしまいます」

「あなたがそう言うなら。でもね、クレア。あの子がいたら伝えてちょうだい。わたしの家のドアはいつでも開いていると」

わたしはマダムの手をぎゅっと握った。「はい、かならず」

マテオの倉庫はレッドフックの埠頭《ふとう》のすぐそばだ。岸壁を洗う波の潮の香りがあたりに満ちている。バンを降りてセキュリティゲートを開けようとしたところで、黒々とした影におおわれた方角から冷たい風が吹きつけた。

骨まで凍る寒さだ。周囲も冷えきっている。

ブルックリンの夜のこのあたりの工業地域は薄気味悪い。黒いシルエットを描く倉庫はコーヒーの緑色の生豆を保管する最新の設備というよりも、おどろおどろしい監獄のように見える。

震えを振り払うようにしてわたしはゲートのなかに入り、内側から施錠した。バンはゲートの外に停めたままだ。事務所のドアを開けて建物に入った。

足を踏み入れた瞬間、つい先ほどまで人がいた形跡を見つけた。

デスクにはピザの空箱、その脇にはポリ容器入りのイタリアンシーフードサラダの残り。フレンチプレスのポットはまだ温かい。ワインのボトルがたくさん並んでいる（空の瓶が何本も）。

オフィスのビッグサイズのソファはベッド代わりに使われたらしい。真新しいフラットスクリーンのテレビには消音状態で『クレイマー、クレイマー』のＨＤ版が流れている。折りたたみ式のテーブルの上にはキャンティのハーフボトル。生暖かいそのボトルの脇には、ワインを飲んだとおぼしきコップがひとつ。

やっぱり。

事務所を出てコーヒーの貯蔵庫に向かった。

ドアはぴたりと閉ざされて温度管理システムの順調な稼働音がする。窓からのぞいてみると、緑色の黄金が詰まった数百の袋が見える。収穫されて精製されたばかりの豆が世界中から届き、ローストされるのを待っている。

マテオの姿はない。

ふと見ると倉庫のガレージのドアが開きっぱなしで明るい光がこぼれている。近づくと、物音がした――ホースから水が勢いよく出ている音、続いて吠えるように怒鳴り続ける声。

「マテオ！　どうしたの!?　大丈夫!?」

建物の裏の荷物の積み降ろし用のスペースに、元夫がずぶ濡れの姿でいた。身につけているのは小さなブリーフのみ。

「まあ！」わたしは顔をそむけた。「服はどこ？　なにをしているの？」

「シャワーを浴びた」マテオは栓を閉めながらこたえた。「とびきり冷たいシャワーを」

「そうね。ここは凍えるように寒いわ」

「セントラルヒーティングはガレージまでは届いていない。遅くまで働いて汗まみれになった。こういう時にはバスルームのシンクでは間に合わないから――」

「隠すのはやめて。今夜はもうそういうのは聞きたくない」

「なんだと？」

「あなたは遅くまで働いていたわけではない。ブリアンと破局したそうね。オフィスで飲み食いした跡も見た。ここに移ってきたんでしょう？　ここで暮らしているのね」わたしは元夫を真っ正面から見据え、また顔をそむけた。

「なにか着てくれない？　落ち着いて話がしたいから」

マテオがすねたように言い返す。「なにをいまさら。きみにとっては珍しくもなんともない姿だろう」

「いま見せられるのは迷惑よ！」

30

「ほら」マテオがオフィスで威張った。「ちゃんと服を着たぞ」

服というのはでたらめだったが、少なくとも極小サイズのブリーフではなくジョギングパンツに替わっている。上半身は裸のまま広い肩をタオルで覆っている。よく日焼けした胸と硬そうな上腕筋にしずくが点々と残っている。それがどうしても視界に入ってしまう。

二十年以上前、地中海の浜辺で初めてマテオ・アレグロを見た時、彼は上半身裸で迷彩柄のカットオフ・パンツを穿《は》き、黒いラブラドール・レトリバーといっしょにフリスビーをしていた。わたしはひとめで魅了されてしまった。

当時のわたしは美術を学ぶ十九歳の大学生。彼はバックパッカーとして旅を続けていた。年齢はいくつも違わないのに、経験という点では彼は何光年も上だった。さまざまな国の言葉を操り、さまざまな国の料理を味わっていた――そしてさまざまな国の女の子たちも。

アメリカを出てもう一年以上になるので、わたしといると懐かしい感じがすると言ってくれた。

最初は恋人ではなく友だちだった。二十二歳のマテオはひねくれたところのあるプレイボーイではなかった（少なくとも、まだこの時点では）。ほがらかで純粋で、若者らしい希望に満ちて快活によく笑い、地球上のもっともすてきで危険な土地で経験した刺激的な話をたくさんしてくれた。

彼とは、もしかしたら一晩か二晩の関係を結んでいたかもしれない。ところがオートバイがスピンして、彼は上腕を骨折して全身打撲を負ってしまった。

鳥がカゴに閉じ込められて自由に羽ばたけなくなったように、彼はすっかりしょげてしまった。彼が小さなカフェで本を読んでいるところに、偶然出くわした。途方に暮れている彼を元気づけたくて、バチカン美術館に連れていった。そしてすばらしい宝物の数々を見せた――美術を学ぶ学生として、わたしにはそれなりの知識があった。

美術館から出てきた時には、彼がわたしを見る目はすっかり変わっていた。わたしのおかげで笑ったり考えたり、感性が刺激され、すっかり魅了されたと言ってくれた。ギプスをしていた彼はかなり弱気になっていた。思うように動きまわることができなかった。気ままに世界各地を訪れたり、首を折るリスクをものともせずにパラグライダーをしたり、クリフダイビングや登山をしたり、大好きなエクストリームスポーツにあれこれ挑戦することもできなかった。

やがて傷が癒え、彼のアドレナリン中毒が復活するとともに、わたしたちは恋人同士になった。

あの日、イタリアの太陽が沈み、わたしたちは初めての夜を迎えた。彼は極上のエスプレッソのようにわたしを虜《とりこ》にした。強引でも執拗でもなかった。けっして急ごうとはしなかった。わたしの身体が温まるまで待ち、くちびるや指でわたしをリラックスさせ、高ぶらせ、そして驚きを与えた。

あの輝きに満ちたひと夏がわたしたちに与えてくれたのが、ジョイだった。思いがけなく授かった宝物を、わたしは全身全霊で守ってきた。

そのだいじなわが子の父親なのだから、マテオのことは大いに気になる。そして同性愛者ではないひとりの女性として、世界各地を旅するマテオの野性味と、さっそうとしてエネルギッシュな人柄はたしかに魅力的だと思う。けれども恋愛の相手としては、あまりにも危険だ。マテオというロケットがどれほど高くまでわたしを連れて飛んだとしても、磁石の強烈な力がはたらくように、いつかわたしはついていけなくなる。そしてまっさかさまに落下してボロボロになり、生きたまま炎に包まれる。

「こんな夜中に、なにをするつもりでやってきたんだ、クレア?」

マテオの声が一オクターブ低くなった――寝室に誘う声だ。濃い茶色の目は色気を漂わせている。「話をするだけか? それとも……ほかのことか?」

彼のくちびるの端が少し持ち上がり、よからぬことを考えているのがわかる。彼が一歩こちらに近づく。わたしは一歩退く。

「はっきり言っておくわ。話す以外の目的はありません。わたしの電話に折り返してくれていれば、わざわざ来なくてもすんだのに。あなたの秘密を知ることもなかったのに」

その言葉が気にさわったらしく、彼がふうっと息を吐いた。「ほかに誰か知っているのか？」

「あなたのお母様。ご自宅での同居はいつでも歓迎だそうよ」

マテオが顔をしかめた。「同居して、このすべてをあきらめろと？」

「どうして電話を折り返してくれなかったの？」

「電話は避けている」マテオがタオルで髪をごしごしと拭く。「ブリアンの秘書から、家の荷物を運び出すとひっきりなしに脅しの電話がかかってくる。それに特権を片っ端から取り消したとうれしそうに報告してくる。スポーツクラブの会員、ＢＭＷのリース、ドライクリーニング、美容師――」彼が指をパチンと鳴らした。「風とともに去りぬ、さ」

「残念だったわね、スカーレット。かなり深刻そう」

「もう終わったよ。ブリアンとよりを戻すことはない」

31

マテオはタオルを隅に放り、バックパックからTシャツを引っ張り出して頭からかぶった。

『リオ・カーニバル！』という文字がついている。

「原因は？　あなたの旅先での昼下がりのお楽しみがすぎたから？」

「それはきみにとっての原因だろう。その点、ブリアンはもっとヨーロッパ大陸の感覚だ。オープンマリッジ派だからな。よくわかっているんだ。妻以外の女性は、ただの――」

「征服すべき対象？」

「レクリエーションだ。テニスの試合と同じだな。ふたりの成人が合意の上で事に及ぶ。予防措置をとる。なんの害がある？」

彼に一時間かけて「害」について説教してやりたい。「予防措置」の失敗、危険な情事レベルの愛憎のもつれ、殺人もいとわないほど嫉妬深い彼氏の存在も。とはいえマテオの暴走するリビドーも道徳心のなさも、わたしとはもう関係ない。

わたしは純粋に好奇心から質問してみた。

「おたがいに〝ヨーロッパ大陸の感覚〟なら、破綻しなくてもいいのでは？」

「親密性は軽視の母」

「どういうこと？」

「結婚当初は、遠い土地に出かけてコーヒーを調達してくるぼくという男が、彼女にも彼女の取り巻きにも感銘を与えていたんだな。開発途上国を援助し、そこで栽培される作物をフェアな価格で市場にもたらすだの、なんだの、ずいぶん持ち上げられた。ムチを手にしていない――あるいは植民地主義に毒されていない――インディ・ジョーンズだとね。それに、旅に出れば数週間は戻らない。それが神秘性をかきたてた」

彼が鼻を鳴らす。「ところが、きみがあの刑事とワシントンDCに行っている間、マンハッタンに根を下ろすと、評価ががらりと変わった。半年間、来る日も来る日もビレッジブレンドで働いているぼくという存在が、流行の仕掛人である妻には恥ずかしいものとなった」

「ずいぶん誇張した言い方ね」

「彼女が自分でそう言った！　まじめくさってヒップスターや観光客にコーヒーを注ぐのは、ウエイターまがいの仕事だと」

「でもあなたはコーヒー・ハンティングに復帰したわ。仕事の内容が変わったから別れようなんて、彼女はずいぶん底が浅いのね」

「それだけじゃない……」

彼がソファにどさりと座り込み、キャンティのボトルに手を伸ばす。まだ中味が半分ほど残っている。わたしは大きく身を乗り出して彼の手をそっと押さえた。

「こんなに遅い時間よ。それに、もう酸化しているんじゃないかしら」

彼はわたしの手を振り払ってやけくそのようにゴクゴク飲む。

「ブリーの雑誌が苦戦している。それが現実だ。浮上できないまま、もがいている。そうなると、とたんに生活のレベルを保てなくなる。だから手遅れになる前に金の救命ボートに爪を立てた。流行の最先端という岸辺へと彼女を運んでくれる乗り物を。そしてハンプトンズで妻に先立たれた七十二歳の男やもめを見つけた。メディア企業のオーナーだ。いずれ彼女はその会社の実権を握るだろう」

マテオがどれほどの痛みと屈辱を味わったかと思うと、ため息が出た。でも、あのいけすかない女性と縁が切れるのだ。内心、ほっとしていた。

「ねえ、マテオ」

「なんだ?」

「いつの日か、きっとブリアンは気づくわ。人生という海で浮かび続けるには、金の救命ボートに飛び乗るよりも誰かの温かい身体にしっかりとつかまるのがいちばんだということをね。裕福な男やもめもいずれ、彼女の心の冷たさを知って水中に投げ捨てる。彼女はどうするかしら?」

マテオは肩をすくめた。「べつの金のゴムボートを見つけるだけのことさ」

彼は酸っぱくなったワインをゴクゴクと飲んだ。「こんな歳にもなって結婚したのが、まちがっていたんだ。縛られずに自由なまま気楽にやっているのがいい」

彼の手から無理矢理ボトルを奪い取った。そこでようやく気づいたらしい。

「おい、クレア！　指のそれはなんだ？」

32

元夫は目をまるくして見つめている。「婚約指輪ではないと言ってくれ」

「大正解。マイクからプロポーズされたわ。はい、とこたえた」

「その話をしに来たのか!? プロポーズはいつだ!?」

「今日の午後。あなたのお母様とバリスタたちがサプライズパーティーをひらいてくれた」

「そしてぼくは招待されず、か」

「きっと気まずいだろうと、マダムが気を遣ったんでしょう」

「結婚生活がこんな状況だからか、いや、実体がないからか?」

「こんなことになっているとわたしたちが知ったのは、パーティーの後よ。そのパーティーというのは、じつは――警察の作戦行動を兼ねていたの」

「作戦?」

わたしは大きく息をして、ソファに崩れ落ちるように腰をおろした。そしてマテオに話した。なにからなにまですべてを。マイクが別れを考えているのではないかと気を揉んだ一週間、逮捕しにきたと言われて仰天してからのプロポーズ、マダムから贈られたコーヒーダイヤモンド、パーティーのゲストが全員防弾チョッキを身につけていた謎、すべては警察官を狙う犯人をおびきよせるためのおとり捜査だったと最後にスー・エレンが種明かししたこと。洗いざらい打ち明けて、マテオのことだから皮肉や嫌みのひとつやふたつ言うだろうと覚悟した。わたしをそんな目に遭わせるやつと一緒になるのはやめろと騒ぎ立てるだろうと予想した。ところが今夜のサプライズはまだ終わっていなかった。今度は元夫に驚かされる番だった。

「まさか憤慨なんてしていないだろうな。むしろ光栄に思うべきだ」

「光栄に？」

うなずくマテオの顔に浮かんでいるのは、敗北感だろうか。「今夜、きみの立派なイーグルスカウトは勝負に出た。ほんとうの意味できみとともに生きると決めたんだ。人生まるごとをきみと分かち合うとな。骨の髄《ずい》まで刑事である男がそう決めた」

マテオはわたしの婚約指輪を指さした。

「そのピカピカ光っているのがすべてを物語っている。きみにとって大切なものは彼にとっても大切なもの、ぼくたちのファミリー・ビジネスとの深い関わりを尊重するという意志を彼は示した。だからこそ、そのコーヒーダイヤモンドをわざわざおふくろから譲り受けた。くやしいが、ぐっときたよ」

マテオは座ったままわたしににじり寄って指輪をしげしげと眺めた。

「ニューヨーク市警の小さなバッジもここに加えればよかったのにな。彼の一生をかけた仕事とともに生きるぞ、という意味で」

「そうね、そうにちがいない……でも、彼はわたしを蚊帳《かや》の外に置いた。そこがすっきりしない。今夜の婚約パーティーが実際にはなにを目的としていたのかを、いっさい明かさなかった。ほかにもなにかを伏せている。わたしはそう思っているわ」

「じつは愛人がいる、とかな」マテオがにっと笑った。が、わたしが睨みつけているのに気づいて真顔になった。「そうカリカリするな。冗談だ！」彼がわたしを肘で軽く突く。「やつはいったい、なにを伏せているんだ？」

「サリーが撃たれる直前にマイクと話していたのは、新聞各紙で報道された銃撃事件のことよ。彼は事実をごまかして伝えた。交通巡査の女性警察官が流れ弾に当たったのだと説明した」

「ああ、あれか。新聞には確か、ギャングの抗争が激しい地域での事件だと載っていたな」

「それで今夜、じつはフランコ巡査部長が――」

「言うな。あいつの名前は金輪際聞きたくない。これはほんとうだ。いっさい口にしてほしくない」

「わかった。交通巡査が撃たれた時に、隣にマイクのOD班に所属する若い刑事が、いたそうよ。マイクはその事実を伝えなかった。適当な数字を挙げて煙に巻いたわ。ニューヨークの警察官の総数を考えたら、知り合いが負傷する確率はほとんどゼロとかなんとか」

「それから？」マテオが片方の眉をあげて先をうながす。

「その一分後、サリーが撃たれた」

「それで？」

「もう疑いようがないわ！　どれだけの確率になる？　マイクの小規模なＯＤ班のメンバーが一週間のうちにふたりも撃たれたのよ。じゃあ、これ以外のケースはどうなのか、わたしには知りようがない」

マテオはわたしの言葉を受け止めたうえで、こう返した。「きみの言うとおりかもしれない。まちがっているかもしれない」

「でも――」

「よく聞け、クレア。ぼくは決して警察バッジをつけている連中が好きなわけじゃないが」

「遠回しな言い方ね」

「しかしいまのところ、マイクは有能な警察官だ。唯一の有能な警察官かもしれない。警察官狩りを続ける犯人の餌食にならずに、引っ捕らえて正義の裁きを与える場に出すなんてこともできるかもしれない。仮にその過程でやつが撃たれるようなことがあれば、忘れるなよ、ぼくがちゃんとついているからな」

わたしは泣き出してしまった。

「しまった。まずかったか。クレア、泣かないでくれ。きみに泣かれると弱いんだ。ただの冗談だ！」

「ち、ちがう……冗談なんかじゃ……」

わたしは涙をぬぐい、酸っぱくなったキャンティに手を伸ばした。今度はマテオがボトルをつかんでわたしの手から引き抜いた。そのままゴミ箱に放り、オフィスの冷蔵庫からモエ・エ・シャンドン・ネクター・アンペリアルのドゥミ・セックを出してコルクをポンと抜いた。

コーヒー用のマグカップ二つによく冷えたシャンパンを注ぎ、ひとつをわたしの手に押しつけ、マテオはソファにどさっと腰をおろした。

「ビッグイベントに出そびれたからな。あらためて乾杯をしよう」彼がわたしの肩に腕をまわしてぐっと力を込め、マグカップをカチリと合わせた。「きみとマイケル・ライアン・筋金入り刑事のクィンの未来に乾杯」

マテオがシャンパンを一気に飲み干し、わたしは少し飲み、おたがいにリラックスしたとたん——。

「それからな、新しいフィアンセがきみを——とくに寝室で——満足させられない時も、ぼくがちゃんとついているからな」

「わかった。励ましはもうじゅうぶんよ」

「じゃあ、シャンパンをもっと飲もう！」

彼が自分のカップにお代わりを注ぐ。わたしのマグにも足そうとしたところで、それを制した。「車で来ているから。それにまだ話があるの」

「まだあるのか？」彼が真顔でわたしを見つめた。「まさか、お腹にいるんじゃないんだろうな？　じきにミニサイズの刑事がちょこまか歩きまわるようになるのか？　クィンそっくりのがっちりした顔の子がジョイの妹か弟として生まれてくるなんて言わないでくれ」

「やめてちょうだい！」わたしはバッグをさぐって封筒を取り出した。「このことで話をしに来たのよ」

弁護士が訪ねてきたこと、早急にこの書類を渡すようにと言われたことを話した。

「あなたとブリアンの破局を知ったのは、その人物がきっかけよ」

「なんていいやつなんだ」

「嫌みはいいから封筒を開けて。あなたのお父様があなたとジョイに遺した財産の件ですって。たぶん、いい知らせ。価値のあるものじゃないかしら」

「それはあり得ない。親父が亡くなった後、おふくろはほんとうに苦労した。価値あるものを親父が持っていたら、おふくろに遺していたはずだ」

マテオはボトルを脇に置いて封筒を破き、書類を取り出した。読み進めるうちに彼の困惑の度合いが深まっていく。

「五番街五百八十番地四〇〇号室に、明日の午後六時にこいと書いてある。このサル・アーノルドという男が、数十年も封印されていた箱のカギを開ける。ぼくはソフィア・カンパーナとともに共同受託者に指定されている――」

「ガスの末娘のソフィア？」

マテオが書類を持つ手をおろし、シャンパンをひとくち飲んだ。「わけがわからない」

「でも、これから約十六時間後には……」わたしは自分の腕時計をトントンと叩いた。「わかることを期待しましょう」

33

十六時間後、わたしはマンハッタンを走る車のなかにいた。イエローキャブはアップタウンを走り、隣にいるマテオは落ち着かない様子で片脚をしきりに動かしている。

元夫はもう半裸の姿ではないので、助かる。指定された場所に行くために、彼はオーダーメイドのイタリア製のスーツを身に着けている。長めだった髪は少し短く整えて後ろになでつけ、ひげもきれいに剃っている。剃りたてなので、輸入ものの〈アプレ・レサージュ〉のジャスミンの香りがほのかに漂っている。

わたしもあらたまった格好はしているけれど、彼ほどではない。スカート、セーター、ローヒールのカジュアルなパンプスといったシンプルな装いだ。ジュエリーは猫の目をかたどった婚約指輪だけ。どうしても視線がその指輪に行ってしまう。

「携帯電話のチェックはもう止めたようだな」ミッドタウンにさしかかる車内でマテオがにやりとした。

「スカートのポケットのなかよ。バイブレーションに設定してある。振動したらすぐに止めるわ……」

マイクと行き違いがあったなんて、いまは言えない。そのことでまだ動揺していることも。昨夜マテオのところを出て自分の住まいに戻ると、寝室のわたしの枕に赤いバラ一輪と走り書きのメモが残されていた。

そのメモには、きみに会いたいがひとりきりでここで待つのは落ち着かない、こんな夜中にきみはいったいどこにいるんだろう、しかし翌朝は早いのでいったん自宅に戻ると書いてあった。

わたしは美しいバラを手に取り、隣のマイクの枕の上に置いた。彼はやわらかな花びらに触れながら、なにを思っただろうか。車でブルックリンに行ってしまった自分の決断を、激しく悔やみながら眠りについた。

朝、彼に電話してみても通じなかったので、メールを送った。

会えなくてとても残念だった！

三十分後にこんな返信があった……。

マイク　どこにいた？
わたし　急用。マテオに会いにブルックリンに。
マイク　午前二時まで？

わたし　今夜説明する。ディナーは？
マイク　約束できない。
わたし　電話して、かならず。愛している。
マイク　U2。

U2――わたしもきみを愛している、の意味。二十一世紀の愛の言葉は八〇年代のロックバンド名みたいで、悲しいほどそっけない。そしてこのやりとりを最後に、彼からの音信はとだえた。

わたしは（愚かにも）メールのやりとりをマテオに見せてしまった。返ってきた反応は――。

「ほう。結婚もしていないうちからやつは厳しい仕打ちだな……」

言い返そうとして、ぐっと舌を噛んだ。ブリアンからゴミ同然に放り出されて傷ついているマテオには辛辣な言葉を返したくない。それに、くやしいけれどマテオの言葉はかならずしも見当ちがいではない。

マイクの冷たい沈黙は時とともに重くのしかかってきた。はたしてアレグロ家とカンパーナ家が関わる「遺産の書類」はこれだけの犠牲を払う価値があるのだろうか。そうであると期待するしかなかった。

それを確かめるためにわたしが同行する必要はない。けれども、この相続の件はあきらかにわたしの娘の身にふりかかる問題だ。そして、わたしの元姑はひどく動揺している。だから直接、くわしい事情を知りたかった。

「ここで」四十七丁目でマテオは運転手に停まるよう指示した。

タクシーを降りながら、四十七丁目の通りの両側の街灯柱に目が留まった。王宮の入り口に立つ柱を思わせるアールデコの装飾的な街灯で、金属製の柱のてっぺんにはダイヤモンドの形の灯りがともり、あたりをやわらかい光で照らしている。

そうだった。ここはマンハッタンのダイヤモンド・ディストリクトだ。宝石や貴金属の売買の中心地として世界的な規模を誇っている。

マンハッタンのなかのこの雑然とした狭い一帯で、ジュエラー、鑑定士、貴金属商など二千店をはるかに超える業者が商いをしている。当然ながら防犯体制はきわめて厳重だ。

以前に、この界隈のスポーツバーでマイクとフランコに合流したことがある。このエリアで働く警察官たちが披露する万引き犯のエピソードはどれも傑作だった。数千ドル相当のジュエリーを盗って「逃げおおせる」と考えるなんて、まさにダーウィン賞ものの愚かさだ。

このエリアで逃げおおせる見込みはゼロだ。

通りにはつねにニューヨーク市警の警察官の姿がある。加えて、それぞれの店には覆面の警備員が待機している。ジュエラーが宝石の原石を運ぶ際にはボディガードが同行し、武装した元警察官が通りのパトロールをしている。カメラの数も尋常ではない。ハイテクの高性能カメラがいたるところに設置され、そのための資金の一部は国土安全保障省から出ていると噂されている。

観光客や単発的なバイヤーはいちいちそんなことに気づいたりしないだろう。けれどもわたしは目的地へと歩きながら、警察官たちの話を思い出して過剰なほど周囲に目を凝らした。誰がなにを運んでいるのか、誰が見張っているのだろうかと、想像力をたくましくした。

34

マテオが受け取った書類に指示されていた場所は、ワールド・ダイヤモンド・タワーと呼ばれる超高層ビルだった。

アールデコ様式のビルは貴重品を専門に扱う警備輸送会社のブリンクス社とライオンズ・グローバル・セキュリティのニューヨーク本部でもある。地下にはライオンズ・グローバル・セキュリティの巨大な金庫室がある。

その金庫室はマンハッタン島の硬い岩盤をくり貫いてつくった巨大な空間だ。四方を鋼鉄で補強されたコンクリートブロックで囲まれている。そこに設けられた各部屋には何百万ドル相当の金、プラチナ、銀、パラジウムが保管されている。さらに、日中は上階の商人たちの手元にあった高価な宝石用原石やディスプレイされていた商品が、毎晩ここに預けられる。

ここには個人所有の貸金庫を何百とおさめた部屋もあり、厳重に警備されている。わたしたちはそこに向かっている。〝わたしたち〟とは、わたし、マテオ、サル・アーノルド、そしてライオンズ・グローバル・セキュリティ社の制服を着た三人の男性だ。三人はライオンの爪のある前足をデザインしたけばけばしいロゴつきのベストを着込み、肩幅は広く、筋骨隆々だ。マントをつけたらパンサーマンになれそう。そのことも、なんだか落ち着かない理由のひとつだ。

ライオンズ社はこの建物の上階にすばらしい眺望の部屋をいくつも備えていて、貸金庫のオーナーは自分の箱をそこに運ばせ、快適かつプライバシーが守られた状態で用を足すことができる。むろん二十四時間、年中無休で。けれどもわたしたちは〝本件の特殊な性質上〟、こちらから地下の金庫室に足を運ぶ必要があると伝えられた。

四方がスチールのメッシュ状のエレベーターは、きしむ音を立てながらゆっくりとおりていく。やむを得ないとはいえ、なんとも心細い。そして、ようやく地下の金庫室に着いた。コンクリートの通路をのぞけば、平らに削られて磨かれた岩盤がむきだしだ。閉所恐怖症になりそうな空間は、死者を埋葬した地下墓地のようにも思える。

すぐには脱出できそうにない状況に、世界中を旅してまわっているマテオは敏感に反応した。「なぜぐずぐずしている？　もう六時はまわった」

「ソフィア・カンパーナ氏または彼女の法的代理人が到着するまでは手続きを開始できません」応じたサル・アーノルドもいらだちを隠せない。

わたしはマテオの腕にふれた。「あなたのゴッドファーザーも来るかしら？」

「おそらく現れるだろうな。それがもうひとつの疑問につながるわけだが――」マテオが腕時計を確認する。「おふくろはどこだ？　場所と時間はメールしておいたのに」

「言うのを忘れていたわ。今朝マダムから電話がかかってきて、気持ちが変わったそうよ。

遅くとも明日にはあなたに来てもらって、この件についてくわしく聞きたいとおっしゃっていた。やはり、この遺産に関してあなたのお父様からなにも聞かされなかったことでマダムは動揺しているのだと思う。それに長らく伏せられていた一族の秘密が明かされるのではないかというおそれもあるのでしょうね」

「たとえば？　長く行方が知れない兄弟か姉妹でもいるのか？　じゃあ、その金庫にはなにが入っているんだ？　彼らの出生証明書か、それとも骨か？」

「あんがい、それに近かったりして。厳重に警備されているクローゼットからどんな骸骨が出てきても不思議ではない」

マテオはわたしの言葉を無視して、弁護士をじっと見据える。「質問がある、ミスター・アーノルド。警備の責任者が上階に運ぶことを拒否するほどのその金庫の特殊な性質とはなにを指しているのか教えてもらいたい」

かっぷくのいい弁護士は肩をすくめ、こうこたえた。「この信託を六十年前に成立させたふたりの紳士は、尋常ではない額の保険をかけたのです。スイスの会社だけではなく、この警備会社にも。それにより、所有者をのぞいて何者もこの地下の保管庫から移動させることはできないのです」

外の通路の突き当たりで、エレベーターの騒がしい音が聞こえた。バタンという音とともに止まり、スチール製の扉がガチャガチャいいながら開く。一分後、警備員に案内されて部屋に入ってきたのは、黒いAラインのワンピースを着た女性だった。ナチュラルビューティーという表現がぴったりだ。アンバーブラウンの目は明るく輝き、チャーミングな笑みを浮かべている。鮮やかな赤い口紅とグロスは、靴、ハンドバッグ、きらびやかなジュエリーの赤と完璧にマッチしている。

香水のいい香りを雲のようにまとって、洗練されたソフィア・カンパーナが優雅に到着した。

35

「髪をアップにしてきたわ。あなたに引っ張られないようにね、マテオ」

つやつやの金髪をフレンチツイストにまとめた後頭部をソフィアが軽く押さえた。彼女の耳から下がるルビーとダイヤモンドのピアスに、わたしはうっとりと見とれた。カンパーナのオリジナルのデザインだ。長く美しい首とほっそりした手首のジュエリーも同じデザインでそろえている。

「しかたないよ、ソフィア」マテオはにこにこしている。「いつもあんな長いポニーテールを振っていたじゃないか。引っ張ってくれって言ってるようなものだ」

優雅な身のこなしでソフィアがわたしたちに近づいた。サンダルのヒールが岩盤をコツコツと打つ。あでやかなデザインのストラップが印象的で、ひとめで一流デザイナーのものとわかる。ソフィアはマテオとしっかりとハグをし、ヨーロッパ風に両頬にキスした。今度はわたしに両手をまわして気持ちのこもったハグをした。

「クレア、おひさしぶり」

「ええ、またお会いできてうれしいわ……」

最後にソフィアと会ったのは、十年以上も前になる。

あの時、彼女はわたしの娘ジョイのために早めの誕生日プレゼントを届けにはるばるニュージャージーまで訪ねてきてくれた。徒歩でやってきたというので、わたしはびっくりした。ジョイがマンハッタンを離れて初めて迎える誕生日だった。わたしとマテオの離婚、そして郊外への引っ越しという変化にジョイはまだとまどっていた。新しい学校になじめず、なかなか友だちができなかった。

わざわざわたしたちの家をさがしてやってきたソフィアを見て、胸がいっぱいになった時のことを思い出した。にこにこしてあらわれた彼女は、ちょうど寒い雨降りの日に射し込んだ暖かい太陽の光のように輝いていた。

ソフィアがジョイに贈り物を手渡すと、ジョイはすぐに開けてみた。包み紙のなかからは白い細長い箱が出てきた。蓋の部分には小さな金の鐘のマーク。蓋を開けると、イエローゴールドの美しい鎖、そして太陽の光と同じ色のトパーズのペンダントヘッドがあらわれた。ハート形のトパーズは一流の技でみごとなカッティングをほどこされている。

「この色のトパーズはとても特別なのよ」白いベルベットのクッションからそっと石を取り上げてソフィアがジョイに説明した。「わたしたちはこれを〈インペリアルトパーズ〉と呼んでいるわ。ほら、父はこんなふうに石をカットしているでしょう。光にかざしてこう傾けると、鮮やかな黄色に見えるわ。これは朝日の色。別の向きに傾けると、もっと金色に、そしてピンク色がかった色合いになる。夕方、沈んでいく太陽の色みたいに……」

ソフィアは説明を続けながら鎖の留め金をはずしてジョイの首にかけた。ジョイは目をまるくして、うっとりと眺めながら話を聞いている。

「古代エジプトでは太陽神ラーがこの宝石に魔法の色を与えたと信じられていた。いまでも多くの人がインペリアルトパーズを身につけると幸運、長寿、美、知性がもたらされると信じている。この石があなたに古代の地球のエネルギーを与え、毎日を輝いて過ごす力となりますように。それを心から願っているわ」

ソフィアが話し終えた瞬間、ジョイは鏡の前に飛んでいった。そしてネックレスをつけた自分の姿を確かめた。

「ジョイ！」行儀の悪い態度を取った娘にはらはらしてしまった。「なにか忘れていない？」

「あ、ごめんなさい！」ジョイはぱっとこちらを向いて、またも飛んできた。「ありがとう！　ほんとうにありがとう！　うれしくてたまらないわ！　すごくきれい。なんてすてきなのかしら！」

ソフィアに抱きつくジョイは、数カ月ぶりに見る明るいジョイだった。

さっそくジョイは新しいペンダントを身につけるようになり、その誇りが自信につながって新しい友だちがふたりできた（太陽の色を持つ石に秘められた歴史と神話的な力をジョイが語るうちに、おたがいを隔てていた「転校生」という意識がなくなったことも大きかったただろう）。

二人のクラスメートに誘われてジョイはガールスカウトに入り、ジョイの誕生日にはわが家は元気いっぱいの子どもたちのにぎやかな笑い声があふれていた。

あの日、わたしからもソフィアに感謝を伝え――わたしのジョイにその名の通りよろこびという贈り物をしてくれたことに――ディナーにはごちそうを用意し、それを食べてもらうまでは彼女を帰さなかった。

ジョイがベッドに入った後、コーヒーとともにわたしの手づくりのレモン風味のアイシングをかけたアンジネティとチョコレート・アーモンド・ビスコッティを食べながら、ソフィアはようやく打ち明けた。今回訪ねてきたのは、離婚後のマテオの憔悴《しょうすい》ぶりを伝えるためでもあったのだと。

くわしく話を聞いてみると、どうやら彼女が知っているのは半分だけらしい。

マテオ側の半分だ。

わたしは可能な限り穏やかに、残りの半分を彼女に語った――マテオがわたしを欺いていたことや薬物依存について。彼がドラッグとすっかり手を切るまでは夫婦でいたけれど、それが限界だった。そのまま一緒にいたら、わたしは正気を保っていられなかった。自尊心も失っていただろう。

若いマテオにわたしは愛を注ぎ、真心を尽くし、忠実であり続けた。けれども彼はそれを当然のこととして受け取り、たいせつにしようとしなかった。そんな彼と離れて自分を立て直すしかなかった。

マテオへの愛が消えたわけではない。しかし夫婦としては終わっていた。わたしたちは

——彼は——夫婦として決定的なものを失ってしまった。わたしは彼を夫として心から信頼することができなくなってしまったのだ。

ソフィアはわたしの言葉に真摯に耳を傾けてくれた。あの時の彼女はようやく二十代半ばになったくらいだった。まだあの年齢（ソフィアがマテオに淡い恋心を抱いたのは、ついこのあいだ）では、〝彼のようにすてきな男性〟となぜもう一度やり直すことができないのか、理解できなかったにちがいない。

それでも彼女はわたしの側の言い分に耳を傾け、わたしとジョイを心から気遣ってくれた。その思いやりがなによりうれしかった。

あの日の夜、ソフィアはわたしをしっかりと抱きしめて幸運を祈り、帰っていった。

その後、彼女とのやりとりはしばらく続いた。たまにカードを送ったり電話で話したりしていたが、やがて彼女の母親アンジェリカが亡くなった。それを機にソフィアは父親の事業の小売部門を率いるようになった。

彼女は父親にはたらきかけて市場を拡大し、自ら陣頭に立ってシカゴ、ダラス、ロサンゼルス、サンフランシスコ、さらにロンドン、パリ、ローマ、アジアへと出張して精力的に活動した。

いまのソフィアは昔とは別人のようだ。洗練された大人の女性になった。そして先週、そうとは知らず、彼女と夫との口論を——執拗に問いつめる彼女のきつい声を——聞いてしまったことで、わたしにはわかっていた。

ソフィア・カンパーナはついに、胸が張り裂けそうにつらい絶望というものを味わうことになってしまった。

36

「積もる話をしなくてはね。約束してくれるわね」わたしとハグした後でソフィアは真摯な口調で言った。

「ええ、もちろん」

「それから――」ソフィアはマテオの硬い胸を突いた。「ずいぶんお久しぶりね。ブリアン・ソマーと結婚したと聞いたわ。来年の春、ミラノのファッションウィークに彼女に同行したらどう？　三人で合流してあちこちのすてきなパーティーに行きましょう」

マテオは気まずそうな表情を浮かべたが、そこでサル・アーノルドが大きな咳払いをしたので、ブリアンとの破局について知らせるのはひとまず回避できた。

「再会をよろこぶのはどうぞ後でゆっくりと。これから本題に入らなくてはなりませんので」

弁護士はあくまでも冷静な態度で、制服姿の警備員にたずねた。「金庫はどこですか？」ライオンズ社の警備スタッフは手元の書類とサル・アーノルドが手にしているカギを念入りに確認した。そして五歩前に歩み出て引き出しを指し示した。トースター程度の大きさの引き出しだ。それから、一番外側のカギを解錠した。

「あとはお手元のカギで開けることができます」

警備チームが外に出てわたしたちだけになると、サル・アーノルドは用意したカギを挿し込み、金庫をスライドして引き出した。なかには少し小さなスチール製の容器が納められている。弁護士はもうひとつのカギでそれを開け、中味を持ち上げた。

それは六十年前に納められた靴箱だった。麻ひもが巻かれて結ばれている。それはわたしたちの期待を裏切るものだった。

「いいですか?」マテオがたずねた。

「もちろんですとも」弁護士がマテオに箱を渡した。「これはあなたとミズ・カンパーナのものとなりました。中味がなんであろうとも」

マテオが箱を揺すってみた。「たいして重くない」

そのまま部屋の中央のテーブルに運んで置いた。ソフィアが結び目をほどいて蓋を持ち上げた。オーシャンブルーのベルベットの上に無地の白い封筒が置かれている。マテオが開封し、なかに入っていた手紙を読み上げた。一枚の紙にタイプされた手紙の日付は一九六〇年十二月。

わたしたちの息子たちと娘たちへ

六十年が経過し、わたしたちはこの世から去っているだろう。そしてこの箱のなかの宝物は世間から忘れ去られてしまっているにちがいない。わたしたちはこれをきみたちに託します。わたしたちが会うことがかなわないであろう、後の世代への贈り物として。

利益はきみたちときみたちの子ら（われわれの孫）で平等に分けなさい。祖父たちからの愛、献身、祝福とともに。


アントニオ・アレグロ&グスタヴォ・カンパーナ

手紙には二人の署名がある。いちばん下には英語以外の言葉が走り書きされ――「ken eyne hore」――「A・ゴールドマン」という署名ある。それに続いて「mazl un brokhe」と書かれている。が、謎の言葉の意味よりも、わたしたちの関心は靴箱のなかのベルベットの包みに向かった。

「開けて、マテオ！」ソフィアがうながす。

マテオがベルベットの布の包みを開くのがもどかしく感じた。数秒後、中味があらわれるとサル・アーノルドがまっさきに反応した。

「なんと！」

残りのわたしたちは息を吞み、大声をあげた。誰よりも大きな声をあげたのがソフィア・

カンパーナだった。

「マードレ・ディ・ディオ！　エ・オッキオ・デル・ガット！」

マテオとわたしは信じられない思いで顔を見合わせた。こんなに大きなダイヤモンド、こんなに美しいセッティングは見たことがない――グスタヴォ・カンパーナの亡き妻の写真で目にしたのをのぞけば。

これはまさしく、本物だ。ソフィアが叫んだ言葉を、わたしはそっとつぶやいた。

〝マザー・オブ・ゴッド！　これは〈アイ・オブ・ザ・キャット〉！〟

37

ハイテクの地下牢みたいな室内を照らす蛍光灯の容赦ない光のもとでも、〈オッキオ・デル・ガット〉のアイスブルーの輝きは圧倒的で、わたしたちは魔法にかけられたようにうっとりした。

「なんて大きな氷だ！」サル・アーノルドは夢中で口走る。さっきまでのそっけない態度が嘘のようだ。「こんな巨大なダイヤモンドがあるはずがない。まさか本物ではないだろう」

「確かめてみましょう」ソフィアがイタリア製のエレガントなハンドバッグのなかからジュエラー用のルーペを取り出した。バリスタのナンシーが使っていたお手頃価格のルーペとはさすがにちがう。

ピンヒールを履いた両足をそろえて前屈みになり、膝に片手を置いてソフィアは宝石の鑑定を始めた。エレガントな装いと優雅なポーズは、若きオードリー・ヘップバーンが『ティファニーで朝食を』のなかでウィンドウをのぞくシーンに重なる。

「本物です」彼女は一瞬の後に宣言した。「五十九・六カラットに相当するわ。独特の青み、カンパーナ・カット。クラリティはＶＶＳ。ネコ形の内包物も、あるべき場所にある——」

「ＶＶＳ？」わたしはきき返した。

「ごく小さな内包物があるという意味です。セッティングされているコーヒーダイヤモンドの多くはＶＳ。スター効果をもたらすインクルージョン――この作品の特徴に一致しています」

「とすると、このジュエリーは本物……？」サル・アーノルドは目をみはる。「つまり……何百万ドルもの価値があるということか」

「軽く何千万ドルですね」ソフィアはネックレス全体を観察しながら、てきぱきと説明する。「ダイヤモンドそのものの値打ちは別として、今日では歴史的価値に高い値がつきます」

「歴史的にどういう価値があるんだ？」マテオは腕を組みながらたずねる。「アンドレア・ドーリア号とともに消えたという話は有名だから知っているが、そもそもどういう経緯でカンパーナ家に渡ったのか知りたいね」

「ルネッサンス期に贈られたんです――メディチ家から」

「ほんとうに？」思わず声が出てしまった。

「ええ、ほんとうに」ソフィアが肯定した。

「メディチの人間が掘り当てたのか？」マテオはわざとらしい口調だ。

「いいえ。インドのゴルコンダという有名なダイヤモンド鉱山で発見されたものよ」

「ホープ・ダイヤモンドが見つかったところね？」

「ええ、クレア。何世紀にもわたってダイヤモンドを産出してきた鉱山です。初めてダイヤモンドが発見された場所でもあるわ。このダイヤモンドはもともと、多神教の神の彫像を飾る宝珠でした」

「インディ・ジョーンズがやってきて、それを盗んだ、そうだろう？」マテオが茶化す。

「そんなふうに言わないで。同じように偶像を飾るのに使われていたのは〈アイ・オブ・ブラフマー〉と呼ばれるブラックダイヤモンド、そしてクレムリンに展示されている〈オルロフ〉も。フランスの兵士が一七〇〇年代に盗むまでは〈アイ・オブ・ヴィシュヌ〉だった」

「〈アイ・オブ・ザ・キャット〉は誰に盗まれたんだ？」マテオがたずねた。

「もともと？　誰も盗んでいないわ。子どもを庇護するヒンドゥーの女神からの贈り物だったのよ」

マテオが鼻を鳴らす。「勘弁してくれ。インディ・ジョーンズのほうがよっぽどリアリティがある」

わたしはマテオを肘で突いて黙らせた。「続けてちょうだい。もっとその物語を聞きたいわ」

「伝説では、何世紀も前の東インドで盗賊の首領が未亡人の子どもたちをさらったそうです。首領は子どもたちの母親に、子どもの守護神である女神シャスティの王冠の宝石をすべて盗んでこなければ子どもを返さないと脅しました」

「脅迫なんて、珍しくもない」マテオが横やりを入れる。

「未亡人は寺をおとずれ、女神の石像の宝石を盗もうとはしないで、像の前で助けてくださいと祈りました。美しい女性の姿の像は宝石がキラキラと輝く王冠を戴き、そして女神が乗っているのは巨大なネコでした。そのネコの左右の目としてはめ込まれていたのがアイスブルーのダイヤモンドだったのです。未亡人の祈りにこたえて女神が噴水のなかにあらわれ、ネコの目の片方のダイヤモンドだけを外してほかの宝石はそのままにするように、そしてダイヤモンドを盗賊に渡してなだめるように告げました」

「物語の結末は、見当がつく」マテオが言ったので、わたしはまたもや彼のお腹を肘で突いて黙らせた。

「盗賊は未亡人がたったひとつしか宝石を持ってこなかったので腹を立てました。彼が剣を振り上げて未亡人と子どもたちを殺そうとした時、女神を乗せていた巨大な黒ネコが炎とともにあらわれたのです。ネコは盗賊を殺し、母親と子どもたちに自分の目を永遠のお守りとして持たせて無事に送り届けました」

黒ネコが仕返しを？　まるでパンサーマンのボリウッド映画版ね。ヴェッキオ橋を守るネコの物語とも似ている。すべては偶然なのか、それともガスの思惑がはたらいているの？

「その後〈アイ・オブ・ザ・キャット〉が歴史に登場するのは十六世紀になってから」ソフィアが続ける。「トスカーナ大公のコジモ一世に敗れた海賊が支払った賠償金に〈アイ・オブ・ザ・キャット〉が含まれていたのです。後に大公は、ヴェッキオ橋から肉屋を一掃したカンパーナ家に感謝のしるしとして、その宝石を贈りました」

「カンパーナ家は市民としてりっぱなことをしたというわけか」マテオが皮肉を込める。

「なぜ橋から肉屋を追っ払ったんだ?」

「においよ」わたしは歴史を思い出した。「橋のそばにメディチ家の宮殿があった。メディチ家は肉屋の作業台のにおいが気に入らなかった。それに橋の格をあげたいと彼らは考えたのよ」

「その通りです、クレア」ソフィアがうなずく。「肉屋は橋から移っていきました、たいていのケースでは強制的に。その後、金を扱う商人たちが移ってきた。後にカンパーナ家はそのダイヤモンドにカッティングをほどこし、インドの伝説に敬意を表してセッティングしました。橋を守るネコの伝説は、そのあたりから来ているんでしょうね。〈アイ・オブ・ザ・キャット〉は代々受け継がれ、やがてアンドレア・ドーリア号の沈没とともに海の底へ……ところがそうではなかった」

ソフィアが嘆くような表情を浮かべる。「難破船からこれを見つけようとして、どれだけのトレジャー・ハンターたちが深海に挑み命を落としたことか。多くの命が犠牲となったのに、肝心の宝石はこの貸金庫のなかにずっと隠されていたとは……」

彼女はそこで気を取り直し、ふたたびジュエリーをしみじみ見つめる。

「それにしても、みごとな状態を保っているわ。古い靴箱に六十年も入っていたというのに。留め金はまったく無傷で、金の光沢はそのまま……でも、周囲の石がいくつかなくなっている。二、四、六、十……セッティングからコーヒーダイヤモンドが十六個なくなっている。難破の際に外れたのね、きっと」

わたしは後ろめたい気持ちに襲われてマテオの目を見た。

衝動的に左手を背中に隠してしまいそうになったけれど、ここは正直であるのがいちばんだ。そう覚悟を決めて深呼吸をひとつした。十六個のうち八個のダイヤモンドは、この左手にあるらしい。ナンシーはダイヤモンドのなかに小さな星が見えると言った。ソフィアに見せようと左手をあげようとした時、マテオが無言のままその手をつかんでぐっと下におろした。

「これが本物であるなら」彼はわたしの告白を封じるように大きな声を出す。「どういうわけでぼくの父親が一部を所有するようになったのか、遺産として手紙に書き残したりしたのか、そこが知りたい」

ソフィアは困惑した表情だ。「わたしにもわからないわ。ほんとうに思いがけなくて、あまりにも謎めいている」

マテオがサル・アーノルドと向き合った。「もっとくわしい事情を知っているんじゃないのか」

サル・アーノルドは飛んできた爆弾の破片を避けるように、まるい肩の上の頭をひょいと下げた。

「よろしいでしょう。手紙にあるA・ゴールドマンという名前ですが、わたしはその人物が何者か知っています。エイブ・ゴールドマンはわたしの母方の祖父にあたります。彼はまさにこの建物でダイヤモンドの商いをしていました。祖父の息子が法律事務所を設立し、わたしたち兄弟がそれを継いだのです。父親が亡くなって、わたしたちはクイーンズへと事務所を移し、それとともに信託も移ったのです」

「それで？」マテオが追及する。

アーノルドが肩をすくめた。「わたしが知っているのは、それがすべてです」

「しかし、なにか書類は残っているだろう。記録をさかのぼっていけるような」マテオが詰め寄る。「鑑定書はないのか？」

サル・アーノルドが首を横に振る。しかしソフィアには納得がいったらしい。

「マテオ、手紙のここを見て。一番下に『mazl un brokhe』と書いてあるでしょう。これは〝幸運と神のご加護があらんことを〟という意味よ」

「それはわかっている」

「いいえ、あなたはわかっていない。ここダイヤモンド・ディストリクトでこれがどういう意味で使われているのか。イディッシュ語のこの言い回しは、決して軽々しく与えたり受け取ったりはしないものなの。弁護士も契約書も使わずに何百万ドル相当の価値の契約を締結する際の言葉、いわば口頭での握手。この言葉を使うということは、自分の一族の名誉に懸けて約束を果たすことを意味する」

マテオが片手をぱっとあげた。「じゃあ手がかりはなにもないということか？」

洞窟みたいな地下室のなかがしんとする。誰もなにも言わない以上、わたしが言うしかない。

「あなたのお父様なら、きっと謎を解けるわ、ソフィア。手紙の署名はあなたのお父様とマテオのお父様。マテオのお父様は亡くなっている。この〈アイ・オブ・ザ・キャット〉がアンドレア・ドーリア号とともに大西洋の底ではなく、どういう経緯でこうしてここにあるのか、説明できるのはあなたのお父様だけ」

ソフィアは厳しい表情でスマートフォンに手を伸ばす。

「無理だ。ここでは電波を受信できない」マテオが言う。

「でもクレアの言う通りよ！　父は真実を知っている。だから話をしなくては」

「ガスには、ぼくたちも話がしたい」マテオは手紙をたたんでポケットにしまう。「そのためには、上にあがる必要がある。このネックレスをしまってカギをかけたら、行こう。もちろん、きみが身につけて帰りたいなら別だが」

マンハッタンの岩盤から出るエレベーターのなかで、マテオのポケットのなかの手紙の内容について考え、マテオとソフィアにたずねた。

「もうひとつの言葉はどういう意味なの？　ミスター・ゴールドマンは『mazl』以外にもなにか書いているわ。『ken eye』だったかしら——」

「『ken eyne hore』」ソフィアとマテオの声がそろう。

「それは、このダイヤモンド・ディストリクトの迷信よ。とても古い迷信」

「というと？」

「『ken eyne hore』は魔除けの言葉なの。不吉を追い払うために木をコンコン叩くようなもの」

「意味は同じ?」

「いや」マテオはまじめな顔でソフィアと目を合わせた。「〝邪視を祓《はら》う〟という意味だ」

38

わたしたちはそのまま一階に行くことはできなかった。マテオとソフィアはライオンズ・グローバル・セキュリティのオフィスに戻らなくてはならなかった。そこでふたりはサル・アーノルドのために財産譲渡に関する大量の書類に署名した。さらに宝石の保険契約をしていたスイスの会社からも手続きの書類が届いていた。わたしたちがワールド・ダイヤモンド・タワーを出たのは七時をとうにまわってからだった。

日の落ちた寒い歩道に出た時には、すでにマテオとソフィアは耳に携帯電話を当てていた――マテオは母親に、ソフィアはガスにかけた。

わたしは腕を組み、目の前を流れていく車や五番街を歩く歩行者をぼんやり見ていた。

奇妙なものが目にはいった。

五番街を挟んで向こう側に、車が一台アイドリングしている。ただの車ではない。ビンテージの黒いジャガー。先週カンパーナの店の前に停まったものと同じ車種だ。

運転席を確かめると、あの時の大柄な男が見えた。頬にU字形の傷痕があり、黒ずくめの服装だ。

彼といっしょにいた女性を思い出した。ターコイズブルーのキャットアイグラスをかけて、髪は個性的なツートンカラーだった。とても横柄な口調で、中庭に通じる鉄の扉を押さえたまま開けておけとわたしに命じた。彼女はそこからガスのところに行くつもりだったのだ。それをマテオが追い払ってくれた。

あの女性がいまジャガーの後部座席にいるのだろうか？　長らく行方が知れなかった宝石を相続したばかりのふたりの被信託人を見つめているのだろうか。巨額の富を手にしたばかりの彼らを。

しかし、わたしには確かめようがない。前の座席のウィンドウは下げてあるが、後部のスモークガラスのウィンドウはぴたりと閉まっている。

気になって、もっと接近してみたくなった。わたしはソフィアとマテオからゆっくりと離れ、アップタウンの歩道を車道まで進んだ。五番街の交通量はさほどではないので、走る車から身をかわしながらなんとか横断して通りの反対側に着いた。

ジャガーの後方から近づいていく。リアウィンドウからなかをのぞくつもりで。

しかしリアウィンドウもスモークガラスだ。

どうしよう。

フロントシートのウィンドウから首を突っ込んで後部座席を確認する？　いや、それは無理だ。でも——男のU字形の傷痕から、いい方法を思いついた。

内心びくついていたけれど、思い切って足を踏み出した。スマートフォンを握って手旗信号でも送るように懸命に振りながら、ジャガーに向かって走った。

「すみません。ウーバーの車ですか？　わたしが呼んだドライバーさんでしょう？　絶対にそうよね。遅刻しそうなのに、ここでは全然——」

ドライバーからなにか反応があるはず。それをきっかけに車内をのぞき込んで、後部座席にあの女性がいるかどうかを確認できる。

もしも彼女がいれば、ウエストビレッジのカンパーナのお店の前で、会いませんでした？と声をかけて、それを糸口に疑問をぶつけるつもりだった。

しかしドライバーはわたしを無視し、アイドリングしていた車のギアを入れてアクセルを踏んだ。タイヤがきしる音とともにジャガーが車の流れに突っ込んだ。怒号が飛び、クラクションが響く。それに構わずドライバーは車を走らせた。

わたしの思い過ごし、あるいは偶然だったと片付けることもできたかもしれない（キャットアイグラスをかけたファッショニスタがダイヤモンド・ディストリクトにいても、なんの不思議もない）。しかしそう考えるには、猛然と走り去った黒いジャガーの運転手の様子はあまりにも異様だった。彼はただソフィアとマテオを見ていたのではない。わたしが声をかけるまで彼が写真や動画を撮るようにスマートフォンをかざしているのを、確かにこの目で見た。

「クレア！　こっちだ！」

五番街の反対側からマテオが呼んでいる。片方の手でタクシーのドアを押さえ、もう一方の手を大きく振っている。ソフィアはすでに後部座席に乗り込んでいる。

「ウィンドウショッピングしている暇はないぞ！　いそいで。行くぞ！」

39

「父に連絡がつかないわ。ジュエリーショップにも」タクシーの後部シートに滑り込んだとたん、ソフィアが言った。

わたしの後からマテオが身体を詰め込むようにして乗り、ドアを閉めた。

「おふくろにも連絡がつかない。こっちはいつものことだ。しじゅう誰かと、ああだこうだと忙しいからな」

「お得意様がとつぜんいらしたのかもしれない」ソフィアがつぶやく。「でも、不吉な感じ……」

心配そうな彼女の不安をさらに煽《あお》るようなことはしたくない。けれども、あのビンテージの黒いジャガーのドライバーのことを確かめてみなくては、彼女はなにか知っているだろうか。

男の特徴と、先週遭遇した女性――ガスに会いに来たと言った、あの女性――の特徴を聞いてソフィアは眉をひそめた。

「どちらの人物にも心当たりはないわ。わたしはもう小売には関わっていないし、アポイントメントも入れていない。モニカならきっとわかるはず――」

「モニカ？」わたしがきき返した。「接客をしていたあの小柄な若いブロンドの女性？」

「そうよ」

「先日会ったわ。マテオといっしょに」

「彼女はフルタイムで父のところで働いているから、たとえ父が知らなくても彼女なら知っているかもしれない。店に着いたら父と彼女に確認してみましょう」

車内はぴりぴりとした雰囲気だ。

わたしは気持ちを落ち着かせようと、マイクから贈られた婚約指輪にふれた。が、すぐにマテオの右手がわたしの左手を覆った。

隣ではソフィアが一心にスマートフォンを操作している。もう一方の隣ではマテオがわたしの片手をつかんで自分の膝へとぐっと引き寄せた。

なに？　責めるような目で彼を見た。

マテオはなにも言わず、あらぬほうを見て指をごそごそ動かしたかと思うと、わたしの手を解放した。マイクからの婚約指輪は百八十度向きが変わり、宝石は手のひらのほうを向いている。この状態では、ソフィアからは疑惑のコーヒーダイヤモンドが見えない。

「どうして？」声に出さずにたずねた。

「後で話す」マテオも口だけを動かして返事をした。「ぼくを信じて、まかせろ」

声に出さなくても口の形だけで、判読できた。しかし相手はマテオ・アレグロだ。そうかんたんに信じることはできない。

カンパーナ・ジュエリーの前にタクシーが停まるやいなや、ソフィアは車から降りて店の呼び鈴を鳴らした。ブザーが鳴ってなかに通されるのをわたしたちは待った。

「遅いわね、モニカ。早くドアを開けてちょうだい。なにをのろのろしているの」

ソフィアは苛立たしげにヒールをコツコツ鳴らし、もう一度呼び鈴を鳴らす。が、誰も応答しない。

「いいわ、自分で入る」

ドアの枠についている小さなパネルをソフィアが親指でスワイプすると、小さな蓋がひらいて暗証コード用のキーパッドがあらわれた。彼女は数字と文字を次々に打ち込む。うまくいかず、悪態をつきながら再度やり直す。三度やり直してもパネルのライトは赤いままだ。

「変ね。暗証コードが無効になっている。変更されたみたい」

「変更？　いつからだ？」

「今日よ。昨夜はこれまでの暗証コードが有効だった。変更なんて誰からも聞いていないわ！」

ソフィアは気が気ではない様子でドアにカギを挿し込んで開けようとする。その手をマテオが強く押さえた。「強盗が侵入しているかもしれない。入らないほうがいい」

「パパが危ない目に遭っているかもしれない。入るわ！」

「それはどうかな、ソフィア」

「このドアを開けたら十五秒後に警報音が鳴る。ここと奥のバックハウスで。契約している警備会社の本部でも鳴るから、数分以内に警察が到着するはずよ」

「わかった。どうしても入るというなら、いっしょに行く」

ソフィアがうなずき、カギをまわすと錠がカチャリと音を立てた。

マテオがわたしのほうを向いた。「きみはここにいてくれ。警察が来たら状況を説明してくれ。やたらに銃を撃ちまくる新米警察官にやられたくないからな」

マテオが先に立って、ふたりは店の正面の入り口からなかに入った。わたしは奥まった戸口から出て歩道に移動し、秒数を数えた。

ぴったりのタイミングで警報音が鳴り出した。耳をつんざくような大音量が閑静な街並みを激しく叩くように鳴り響く。その音にあわてて飛び出してきた人物に、わたしは痛い目に遭わされることとなった。

わたしはマテオの言いつけを守り、いつ警察が来るかと見張っていた。その時、背後から、金属と金属が強くぶつかる音がした。ふりむくよりも前に、誰かに体当たりされた。そのいきおいで身体が吹っ飛び、尻餅をついて仰向けに倒れてしまった。

当たってきた相手を見極めようとしたけれど、歩道に仰向けになった状態で見えたのは、はだけてひらひらと揺れる丈の長い黒いコート(それともレインコート?)と頭を覆う黒いフードだけ。あっという間にペリー通りを走り去って影のなかに消えた。あれは都会の亡霊《ファントム》、と言われても信じてしまいそうだ。

わたしは立ち上がって埃《ほこり》をはたきながら、いまの亡霊《ファントム》はアーチをくぐって出てきたのだと気づいた。わたしたちが到着した時には閉ざされていた鉄製の扉が、いまは開けっ放しだ。追いかけようか。しかしローヒールとスカートでは、おそらく追いつけない。どう考えても無謀だ。それにいまはガスのことのほうが心配だ。ほんとうに強盗？　彼は襲われている？

アーチのほうを見ると、上階のガスのオフィスと工房に続く螺旋階段に鉄製の扉がめり込んでいる。とんでもない力で開けたにちがいない。盗難を知らせる警報音はあいかわらず鳴り続けている。うるさい金属音にまじってサイレンの音はしないかと、耳を澄ましてみた。

警察は「数分」では駆けつける気配がないわね。

これ以上待てない。もしもガスが負傷しているなら一刻を争う。

マテオと警察がわかるように扉を開けっ放しにして、石畳の狭い通路を進んだ。暗がりのなかで自分の足元すら見えない。じきに、中庭のベルの形の灯りでぼんやりと照らされたあたりに着いた。

光のなかに足を踏み入れる前に、少しためらった。

共犯者がいるかもしれない。鈴のような水音を立てる噴水の陰に潜んでいるかもしれない。きれいに手入れされた茂みのなかに潜んでいたら？

奥まった場所に建っているガスのバックハウスの玄関が開いているのが見えた。玄関ホールの照明の光が外の階段までもれている。とたんに迷いが吹き飛んで無我夢中で中庭を突っ切った。

なかに入り、ガスの名を呼んだ。明るく照らされた玄関ホールからのぞくと家のなかは暗い。居間の暖炉で炎がチラチラと瞬くような光が見えた。ガスがアンドレア・ドーリア号の思い出を話してくれた場所だ。

「ガス？」

戸口に立ったまま、彼を見つけた。美しい刺繡をほどこしたイタリア風のソファにだらりと腰掛けている。うつむいているので表情は見えない。かたわらのサイドテーブルに、アイスコーヒーをほぼ飲み終わったグラスがある。ソファのコーヒーテーブルにグラスがもうひとつ、こちらは手をつけていないようだ。訪問者に出したものなのか。

ガスは眠っているの？

少し近づいてみた。彼の白いポロシャツに黒い血が点々とついている。思わず悲鳴をあげてしまった。彼のもとに駆け寄り、ふれてみた。頭はがっくりと横に垂れて口の周囲にも顎にも汚物がついている。

脈はあるだろうか。確認してみると、奇跡的に脈を感じた！

ガスの身体は脂肪がついていないけれど、とても重い。悪戦苦闘してなんとか椅子からもちあげて床におろした。仰向けにして、口のなかになにか詰まっていないかどうか確認する。苦しげに呼吸をするたびに喉がゴボゴボと鳴る。

気道を確保するために胸部を圧迫する応急手当てをおこなう。八回、九回、十回と強く押し、とつぜんガスの身体が激しく震え、胃に残っていたものすべてをペルシャ絨毯《じゆうたん》に吐き出した。

「クレア!」

戸口にマテオがいる。警察官も二人いる。その後ろからソフィアがのぞき込み、彼らを押しのけて部屋に入ってきた。

「九一一番に通報して!」彼女が叫ぶ。「救急車を!」

「いま向かっています」警察官のひとりがこたえた。

意識の戻らないガス・カンパーナにわたしたちは代わる代わる心肺蘇生法をほどこし、救急救命士たちが到着するまで続けた。

40

病院というところはどこも同じように感じる。サリーの病院とはべつの場所のべつの病院でガスは死神と格闘している。けれども同じような不安と涙があり、待つことも、医師が今後の予測を述べる言葉の厳しさも同じだ。質素な軽食を出す食堂も、驚くほどそっくりだ。そこに一杯ずついれる方式のコーヒーメーカーが複数置いてあるところまで。「一杯一杯、完璧なコーヒー」と謳《うた》う機械だ。

一応参考までに申し上げると、それは真実ではない。豆をあらかじめ挽いてあるので、熱い湯が注がれるときにはすでに新鮮さを失っている。複雑な風味も活力も消えてしまっている。とはいえ、わたしはこの過酷な六時間というものカフェインをいっさい摂っていない。コーヒーハウスのマネジャーとマスター・ロースターの立場にこだわっている場合ではない。いまは妥協の時だ。

味蕾はまだ抵抗している。ソフィアとマテオが並んであらわれた時には、淀んだような液体の最初のひとくちをまだ飲めずにいた。

「パパの容態は安定したわ。まだ危険な状態を脱していないけれど」

「いったいなにがあったのかしら？」

「医師たちにもはっきりはわからないらしいの。外傷はない。さいわい、心臓発作でも脳卒中でもない。検査の結果に期待しているそうよ」

ソフィアのアンバーブラウンの大きな目から涙があふれる。嗚咽《おえつ》をもらす彼女をマテオが抱きしめ、話しかけた。「いいか、ガスはアンドレア・ドーリア号の事故でも生き残った。今回もきっと生き延びる」

「ガスはなぜひとりでいたのかしら」わたしはソフィアにたずねた。「店に入ろうとした時に、確かあなたは若い女性のことを言っていたわね」

「モニカ？」ソフィアが首を横にふる。「なぜパパがあんな娘をさっさとクビにしないのか理解できないわ。ええ、モニカは店にいるはずだった。でもいなかった。連絡も取れない。さっぱり事情がわからない」

「あなたのご主人にはもう連絡を？」

「なるべく早く来るとハンターからはメールが来たわ。21クラブで重要なクライアントとの会合があるので身動きが取れない。予定を取りやめることはできない、と」ソフィアのきれいな顔が怒りでゆがむ。「たぶん、相手は女性……」

「よけいなことを言ってしまったわね」

「いいのよ、クレア。それよりも、あなたに力を貸してもらいたいの。警察に話した人物のことで。父のところから飛び出してきて、そのまま立ち去ったそうね。その人物を特定できるかしら？」

「服装しか手がかりはないわ。顔は見なかった。一瞬で影のなかに消えてしまったのよ。黒くて丈の長いコートかレインコートを着て、フードをかぶっていた」

「それだけでもじゅうぶんよ」

ソフィアはスマートフォンと待合室のＷｉ‐Ｆｉを使ってジュエリーショップの監視カメラのモニターにつなげた。三人でテーブルを囲み、小さい画面で監視カメラのビデオ映像を見ることにした。

「最初に店内の映像を再生して、押し入った人物がいるかどうか確かめましょう」

速度を速めて再生したので、ぎくしゃくとしたコマ送りのような映像になる。まずは今日の午後、ソフィアが父親にキスして出ていく。そこにモニカの姿があるのをマテオとわたしは確認した。前回訪れた時にあたふたしながら応対した金髪の若い女性だ。ミニ丈のワンピースを着てルブタンのハイヒールを履いていた。靴底がとても厚いので母親の靴を履いた少女のようだった。

「これは？」ソフィアが叫んだ。「パパがモニカに閉店作業をさせている。カメラの時間表示ではまだ三時半よ？　意味がわからないわ」

「もしかしたら、ワールド・ダイヤモンド・タワーであなたと合流するつもりだったのでは？」わたしはソフィアに言った。

「それならモニカと警備員にまかせればいい。警備員は銃で武装している。上階の工房ではスタッフが働いているのだから、店を全面的に閉める理由などないわ」ソフィアがくちびるを噛みながら思案している。「もしかしたら父は自分ひとりでVIPを迎える準備をしていたのかもしれない」

ソフィアがさらに高速で再生すると、工房のスタッフもぞろぞろと正面のドアから出ていき、銃を携帯した警備員が念入りに施錠し、誰もいなくなった。その後、VIPのクライアントはあらわれない。黒いフードつきコートを着た人物もあらわれず、カメラにはそれっきり誰の姿も映っていない――数時間後、マテオとソフィアが正面のドアを押し開けて入ってくるまで。

「誰も店には入っていない。よかった」ソフィアはほっとしている。

「でも、誰が暗証コードを変えたのかしら。なんのために？」

わからないという表情でソフィアが首を横にふる。

「ほかのカメラはどうかしら？」わたしが言った。「中庭の入り口のアーチのところに取りつけられていたわ」

ソフィアが二台目の監視カメラの映像を再生した。今度は黒い亡霊《ファントム》のような姿がほんの一瞬、見えた。わたしが衝突して無様に尻餅をついて倒れたところは、さいわいにもカメラの枠の外だった。

「この人物はいったいどうやって入ったのかしら。カギを持っているのは父とわたしと姉のパーラだけ。モニカにもカギは持たせていないのに」

「正午の時点に戻ってみて。亡霊《ファントム》が飛び出してくる前に、誰があのゲートを通ったのか確かめましょう」

ソフィアがうなずいて再生した。映っていたのはガスだけ。午後一時頃に出て二時に戻っている。それ以降、しばらく出入りはなかった。そして——。

「なにこれ⁉」ソフィアが叫んだ。マニキュアをした指がスマートフォンをぎゅっと握る。

「まさか……」

「どうした？」マテオがたずねた。

「四時二十分に父は訪問者を通している」

彼女がスマートフォンの画像を示す。マテオとわたしが見ると、長身で肩幅が広く、角張った顔、ライトブロンドの髪の人物が映っていた。

「この男性は何者？」わたしがたずねた。

「ハンター・ロルフ。わたしの夫よ」

41

「ガスの身に異変が起きる前に、最後に会った人物はあなたの夫ということになるわね」

わたしが火星語を話しているみたいに、ソフィアがこちらを見ている。

「あり得ないわ。父は絶対にハンターには会わない。最初からわたしの夫を嫌っていた。それがどんどんひどくなっていった」

「誰かがハンターをなかに入れた。ガスでなければ、誰が？」

わたしはもう少し建設的な疑問を口にした。「ハンターとガスが一緒だったかどうかはともかく、ハンターは敷地内にどれくらいいたのかしら？」

ソフィアは続きを再生した。

ハンターは到着してから約一時間後に出ていった。そして……なにも起きなかった。店の入り口付近のカメラと同様に、訪れる者はなく、中庭のゲートから出ていく者もいない――わたしたちが映像に映り込むまで。

「ほぼ一時間、敷地内にいたようね。もしもガスと会ったとしたら、面と向かって嫌いだと言われたのかしら。それにしては長すぎる……」

ジュエリーショップで立ち聞きしてしまったソフィアたちの口論を思い出した。ハンターはガスと話したがっている様子だった。ソフィアは門番のように立ちはだかってハンターの侵入を拒んでいた。そのソフィアの関心が今日はよそに向いていた。そのすきに彼はまんまと入ってしまった。

そういえば、パンサーマンの格好をした犯人についてガスは情報を集めてみると言ってくれた。マテオの言うように、あれはリップサービスだったのだろうか。それとも――。ガスの身に起きたことは、警察官銃撃のケースについて多くを知ろうとした結果？　それとも……あまりにも多くを知った結果？

どういういきさつがあるのか、きくとしたらあの人しかいないだろう。

「あなたの夫はガスと話をするつもりだった。その理由を突き止めなくては」わたしはきっぱりと言った。

「同感だ」マテオとわたしの目が合う。

ソフィアは渋々という様子でうなずき、スマートフォンを操作した。一分後、彼女が涙をぬぐった。「ハンターはわたしからの電話に出ようとしない。メールにも返信してこない。たぶん、また新しい人と――」

ソフィアはそこまで言いかけて、廊下の物音に耳をそばだてた。しかし彼女の夫ではなかった。ほかの男性が愛する者のもとに駆けつけたのだと気づいて肩を落としている。

ソフィアはそのまま少し考えていたが、身を乗り出してわたしの肩にふれた。

「クレア、わたしは病院を離れられないから、あなたとマテオとで21クラブに行ってハンターを見つけてもらえない？　そこで会合をしているらしいから。どんな用件で父のもとを訪れたのか、なにを話したのかをきいてほしいの。それから……彼が最後に見た、わたしの父の様子も」

「おやすいご用だ」

そうよね、オーダーメイドのイタリア製のスーツを着ているあなたにはお安いご用でしょう。でもね、これから行こうとしているのはウエストサイドでとびきりの高級レストランだということをお忘れなく。もちろん厳しいドレスコードもある。

わたしはソフィアのほうを向いた。「その界隈のスポーツバーに行くというのなら、この格好でも大丈夫なのだけど……」

マテオはわたしの言葉の意味が理解できていないようだが、ソフィアはわたしのシンプルな黒いスカート、量産品のセーター、ニューヨークの街歩きにはぴったりのローヒール（少しかかとがすり減っている）のパンプスを見て即座にうなずいた。

「靴のサイズは——七？」

わたしはうなずいた。

彼女が自分のピンヒールのサンダルをぬいだ。「交換しましょう。ハンドバッグも……」

さらにルビーとダイヤモンドのイヤリングも手荒に外し、わたしに手渡した。たいへん価値のあるジュエリーだ。

「これをつけていって。靴とバッグは、あくまでもあなたが心地よくいられるためのもの。でもね、じつはあそこにいる人たちは宝石しか見ない」

お化粧を少しきちんとして二万ドルの価値の宝石をつければ、女は見違えるように自信がつく。

おまけに背も高くなっている――かなり高く。それは自信がついたからではなく、ソフィアから借りたサンダルのおかげだ。ジュゼッペ・ザノッティの「クルーエル・ウイング・サンダル」という名のサンダル。ヒールの高さは五インチ（約十三センチ）、前面には装飾的な「火翼《ファイヤー・ウイング》」のメタリックなアップリケ、そして細いアンクルストラップが二本ついている。サンダル（お値段は千五百ドル！）にマッチした一流ブランドのバッグを手に、まるでセレブのような気分でタクシーから降りた。そのいきおいで歩道をキャットウォークに見立ててモデルのように歩き出した――が、すぐによろけてマテオに抱きとめられてしまった。

一応、参考までに申し上げると、ジュゼッペがこのサンダルに「残酷《クルーエル》」と名づけた理由を、この時わたしは身体で理解した。

どうか、これが今夜を予言する言葉とはなりませんように。

42

マテオはわたしがまっすぐ立っていられるように支え、わたしたちは21クラブの外でいったん歩みを止めた。

「なにかうまい手はありそうか?」彼がわたしにたずねる。

「これを持っていて」わたしはスマートフォンを彼に押しつけた。「ソフィアに頼んでハンターの写真を送ってもらったの。こうしてすぐに見えるように出してあるわ」

「彼の風貌ならわかっている。監視カメラの画像で見た」

「写真はあなたのためではない。レストランの給仕長に見せるため。あなたの奥様は有名な編集長ですからね。おかげでここではあなたのコネがきく。ハンターは友人だと言えば、どこに座っているのか教えてくれるでしょう」

「なるほど」

戦略が整ったところで、五十二丁目に面した21クラブの有名なエントランスに向かった。錬鉄製のファサードはマンハッタンのウエストサイドというよりもニューオーリンズのフレンチクォーターの雰囲気だ。上のバルコニーには庭の置物のようなカラフルな騎手姿の像が一列に並び、像はそろって腕を伸ばして歓迎している。エレガントなポルチコに、キッチュな小型の像がならんでいるのがなんともシュールだ。

「なぜこんなところにローンジョッキーが」思わず声に出していた。

「それぞれの像の下に名前があるから見てごらん」

ヴァンダービルト、メロン、オグデン・ミルズ・フィップス……。

「一九三〇年代後半に始まった。馬を愛するある顧客が店に贈ったんだ。すると厩舎《きゅうしゃ》を持つほかのパトロンも、自分たちのジョッキーを置きたがった。A・G・ヴァンダービルトが自分のジョッキーを飾れば、負けずにミスター・メロンも。そんな具合に次から次へとうんざりするほど……」

「わかったわ。大金持ちの話が出たところで、あなたに確かめておきたいことがあるわ。これから上陸する上流階級のクラブは、あなたの奢り？　それともわたし？」

「どちらでもない。払うのはブリアンだ」

異議を唱える間もなく、元夫は巨大な両開きのドアの向こうへとわたしをうながした。そこにはニューヨーク市でもっとも伝説的なバーの、金色のやわらかな光が広がっていた。

歩いて入りながら、あらためてソフィアの言葉を実感した。彼女の竹馬のようなピンヒールはわたしに高さと自信をあたえ、給仕長はキラキラと輝く宝石を見たとたん、うっとりと目を輝かせた。その宝石は魔法の力を発揮して、ポリエステル混の安物のセーターの存在を消してしまったのだ。

「ミスター・アレグロ！」給仕長が親しみのこもった温かい声で呼びかけた。「マンハッタンにお帰りなさい。いつものテーブルを？」

「うむ……」マテオがわたしの携帯電話でハンターの写真をちらっと見せて、彼のそばに席を取れるだろうかとたずねた。「今夜、ぼくの友人は上の階にいるかな？」

給仕長が首を横にふる。「いいえ。ミスター・ロルフはプライベートな会合ですので、近くの席はちょっと。いつものテーブルならご用意できます。もしそれでよろしければ」

マテオがうなずく。「じゃあ、そうしよう」

給仕長に案内されて客でにぎわう店内を歩き、馬蹄のようなU字形のバーカウンターの脇を通り過ぎた。しゃれた装いでスツールに腰掛けている人々に、わたしは目を凝らした。もちろん、ハンターの姿はない。有名人の顔はいくつも確認した。意外な知り合いも――ビレッジブレンドの新しい常連となったニューヨーク大学ロースクールの一年生（「コーヒーを飲まないと、どうにかなってしまいそう！」と訴えた人物だ）。

彼女の名前はカーラ。長身ですらりとした女性だ。混み合ったバーで、ひとりで腰掛けている。おしゃれをして、とても魅力的だ。とび色の髪はきれいなツイスト巻きにしている。透けるような青白い肌にチークを入れて華やいだ雰囲気だ。片手にドリンクを、もう一方の手にはスマートフォンを持っている。連れを待っているのだろう。場所が場所だけに、心配になってきた。

どうか彼女が援助交際のようなことに関わっていませんように。若い女性が高額の授業料を工面するために男性——たいていは裕福な年配男性——に「恋人体験」を提供するという話を耳にするたびに、ぞっとしてしまう。

しかし、いまはそれどころではない。わたしはふたたび、意識して背筋をぴんと伸ばした。21クラブの給仕長の速い足取りについていけとマテオがせっつく(この残酷な靴で)。カーブを描くバーカウンターの先には、大きな部屋がひろがっていた。フロアもテーブルも、すべて木が使われている。テーブルには昔風の赤いチェックのクロス。壁の大部分はパネル張りで、額装されたカートゥーンが飾ってある。どれも「21クラブ」に捧げられた作品で、ウォルト・ディズニーや《ニューヨーカー》誌のピーター・アルノらが描いたものだ。見ようによっては昔ながらの典型的な居酒屋みたいな空間ではあるけれど、独特なのは天井からぶらさがる色とりどりのキッチュなアイテムの数々だ。模型飛行機やトラック、野球のバット、テニスラケットなどが、ぎっしりとぶらさがっている。

テーブルのほとんどはふさがっている。その間を歩きながら、さらに有名人の顔をいくつも見つけた——俳優、政治家、テレビのニュース番組のアンカー。ここにもハンターはいない。

そしてようやく着いたのは、いちばん奥の壁沿いのテーブルだった。厨房は目と鼻の先だ。

「マテオ」わたしは小声でささやいた。「わたしたちはソフィアの夫をさがす目的で来たのよ。こんな人里離れた場所ではどうにもならないわ」

「ぼくを信じてくれ。彼を見つけるには、ここはまさにパーフェクトだ」

「まるで島流しじゃないの」

「ちがうよ、クレア。このあたりのテーブルに着くのはすばらしい特権だ。あのドロシー・パーカーもお気に入りの席だ。隣のテーブルにはいつもアーネスト・ヘミングウェイが陣取っていた。向かいのテーブルはフランク・シナトラだ。確かに、ツーリストは座りたがらないかもしれないが——彼らに人気なのは、あっちだ」彼が部屋の反対側を指さす。「あの三十番テーブルは〝ボギーの席〟。ハンフリー・ボガートとローレン・バコールが初めてのデートで使った席だ」

「それとハンターとどう関係があるの？」

「まあそう焦るな。彼の居場所については心当たりがある。とにかく辛抱強く待つしかない。せっかくだからこの場を楽しもう」彼は頭上を指さす。天井からはごちゃごちゃとぶらさがっている。「ここにはすばらしい歴史があるからな」

「歴史？　屋根裏部屋に詰め込んであった子どもの遊び道具を片っ端から引っ張り出したみたいだけど」

「確かにスタッフはこれを〝おもちゃ〟と呼ぶ。信じられないかもしれないが、どれもこれもクリスティーズがオークションにかけたくてたまらないものばかりだ。あそこのバットはウィリー・メイズが使っていたもの。あのスケート靴はドロシー・ハミル、あのテニスラケットはクリス・エバートが使っていた。あそこの壊れたラケットはジョン・マッケンローのものだな。それから、あのビリヤードのキューは皆、『ハスラー』でポール・ニューマンが使った」

「あれは魚雷艇PT―109の模型ね。まさか――?」

「ああ、ジャック・ケネディのものだ。JFKがこのクラブに譲った。そしてビル・クリントンはエアフォースワンの模型を」

むくむくと好奇心がわいて、わたしは天井をしげしげと眺めた。「飛行機が圧倒的に多い」

「外の入り口のローンジョッキーと同じだな。ある時、ブリティッシュ・エアウェイズ社の夕食会がひらかれ、彼らはテーブルの上に自分たちの飛行機の模型をひとつ吊り下げた。それを見たハワード・ヒューズは――」

「自分の飛行機もぶら下げるべきだと考えた。億万長者が雄鶏みたいに序列争いにしのぎを削るのね」そこでふと思いついた。「これをすべて、埃ひとつない状態に保っておくなんて、考えるだけでもぞっとするわ」

「そんなことを考えるのはきみだけだ」

「ここのゲストのなかにサービス業のマネジャーを務める人間は、わたし以外いないでしょうからね。そこへいくと、あなたは遺産も相続したことだし、ジョイとともにめでたく一パーセントクラブに仲間入りね」

「それはちがう。そうはいかないんだ」

43

マテオはそれっきりむっつりと黙り込んだ。意外な反応だった。そこでワールド・ダイヤモンド・タワーの地下金庫室での彼の態度を思い出した。なぜかわたしの手をぐっと押し下げた。ガスの店に向かうタクシーのなかでも、わたしの指輪の向きを無理矢理変えた。

「なぜ？」わたしはたずねた。「あなたとジョイが億万長者ではないという理由を説明して。それから――」婚約指輪をはめた手をあげてマテオに見せた。「この指輪の石が、〈アイ・オブ・ザ・キャット〉のセッティングからなくなったコーヒーダイヤモンドだと、ソフィアに知られたくない理由も」

「きみの手元にそれをずっと置いておきたいからだ。きみの手元にあるべきだ」

「なぜ？」

「なぜかと言えば、何百万ドルもの値打ちのあるキラキラした石を、ソフィアとぼく――そしてジョイ――がなんの問題もなく相続できるとは思えないからだ。ガスとぼくの親父は六十年間も〈アイ・オブ・ザ・キャット〉を隠してきた。それは、自分たちで売ろうにも売れないと判断したからだ。半世紀以上過ぎれば誰もおぼえていないだろうと思ったんだろうな。

ところがそうは問屋がおろさない。おそらく法律上の問題にぼくたちは巻き込まれる。津波級の規模だろう。それを考えるだけで頭が痛い」

「もっと具体的に話して」

「まずは、問題その一」マテオが人差し指を立てた。「アンドレア・ドーリア号が沈んだ後、イタリアン・ライン社の保険会社は乗客に保険金を支払った。ぼくが知る限り、たいした金額ではない。それでも保険会社がガスに小切手を振り出していたとしたら、そして彼があの宝石をずっと持っていたのなら、〈アイ・オブ・ザ・キャット〉は保険会社の所有物だ。ぼくたちのものではない」

「すべての事実はまだあきらかになっていないでしょう。あの宝石が手元にあったなら、ガスは保険金の支払いを断わっていたかもしれない」

「断わっていた、となると問題その二が生じる」マテオが人差し指に加えて中指を立てた。「ガスはあの宝石をアメリカで売るために託されたと、先週、彼自身の口から聞いた。売った金でイタリアに残した家族を呼び寄せることになっていた。しかし、彼はこれまでずっと宝石はなくなったと装い、身内は皆それを信じた。この展開を、彼らはどう思うだろうか？」

「なんとも言えないわね。ひとつわかるのは、あなたとソフィアに弁護士が必要だということ」

「たぶんボディガードも……」マテオが中指を折り、親指を立ててピストルの形をつくった。

それを見てわたしは青ざめた。「まさか、カンパーナ家の人々が――」

「〝ヴェンデッタ〟。復讐を意味するイタリア語だ。おぼえておくといい」

「二十一世紀には確か〝代理人〟という言葉もあったはず」

「よく知っているよ。少し前から世話にもなっている。税金関係の弁護士に」

「なにかの冗談？」

「だといいんだが。内国歳入庁《IRS》の税務調査が入って過去数年間の申告書から控除を山ほど却下された」マテオが指でつくったピストルを自分の頭にあてて引き金を引く真似をした。

「いまのところ、利息と罰金をのぞいてもかなりの額を滞納している。いずれきれいに払い終わるだろう。きみがアンドレア・ドーリア号のコーヒーの契約を受注してくれれば、事ははるかにかんたんになる」

「ソフィアの言葉を思い出すわ。あの宝石が不幸を呼ばなければいいのだけど」

「ガスはまちがいなく不運な目に遭ったな」

「やはり、そう思うわよね。よりによって今日襲われるなんて、偶然の一致とは思えない。あなたの口から復讐という言葉を聞いて、ワールド・ダイヤモンド・タワーの外であなたとソフィアを見ていたあの男——頬にU字形の傷痕のある人物——は、もしかしたらカンパーナ家に雇われている可能性もあるような気がしてきたわ。それから、ガスの家がある敷地から飛び出してきた黒ずくめの謎の人物の正体。あなたはどう思う？」

「わからないことだらけだ。疑問にこたえられる唯一の人間は意識がもどらないまま病院にいる」

「唯一ではないわ。ハンター・ロルフは少しはこたえられるかもしれない」わたしは周囲を見渡した。「彼はいったいどこ?」

マテオからこたえが返ってくる前に、若い女性がわたしたちのテーブルに近づいてきた。彼女は身をかがめてマテオの耳元で甘い声で話しかけた。

「ずいぶん浮かない顔ね。飲みましょうよ」

深紅の指先がマテオの広い肩をなでる。髪はブロンドで脚が長く、身体の曲線にぴったりと沿う水玉模様のワンピースを着ている。店に入ってバーを通った際に、カウンターのスツールに腰掛けていた。抜群のスタイルというわけではないけれど、均整が取れた身体つきを上手にアピールしている。

「甘いドリンクはいかが?」彼女が甘える。「スロー・カンフォタブル・スクリュー・アゲンスト・ザ・ウォールは?」

マテオを誘っているの? わたしの目の前で?

「すてきな提案だ、トゥルーディ。しかし今夜はやめておこう」マテオは椅子に座ったまま、居心地悪そうに身体の位置をずらす。

わたしはピンときて、すぐそばのウェイターに合図した。髪がほぼ真っ白で丈の短いジャケットに黒い蝶ネクタイという出で立ちのウェイターは、ゆったりとした物腰でメニューを差し出した。マテオはほっとした表情だ。

「まずはカクテルから」マテオがウェイターに言う。「ぼくはアトランティック・サンセット、そしてぼくのビジネス・パートナーにはサウスサイドを」彼がわたしと目を合わせた。
「クラブの看板メニューのドリンクだ。ぜひお勧めするよ」

そこでトゥルーディが初めてわたしを見た。「ビジネス・パートナー?」

「そうです」わたしは指輪をちらっと見せた。「ビジネス・パートナーとは別に婚約者がいるわ」

「それはすてき」彼女はそれだけ言って、ふたたび獲物を狙うような目をマテオに向けた。

「わたしにとっても……」

マテオが顔を赤くしている?

いや、たぶん気のせい(店内の照明ではそこまで見分けられない)。けれども不快そうなのは、はっきりわかる。そのマテオが明るい声でウェイターに話しかけた。

「できればビジネス・パートナーといっしょに、ジミーの指定席でデザートを……」

それを聞いてトゥルーディは機嫌を損ねたらしく、口をとがらせている。

「申し訳ありません、ミスター・アレグロ」ウェイターがこたえる。「ただいま貸し切りパーティーでふさがっております」

マテオがわたしの携帯電話でハンターの写真をウェイターにちらっと見せた。

「友人のミスター・ロルフもそこかな?」

ウェイターが無言でうなずき、マテオは礼をのべて握手をした。折り畳んだドル紙幣つきの握手だ。

ウェイターが二十ドル札のチップとともに席を離れると、トゥルーディが怪訝そうにたずねた。「ブロンドの大男でしょう？　どうしてそんなに興味があるの？　あなたたち、三人で楽しむつもり？」彼女がわたしのほうをちらっと見てウィンクした。「いっそ四人では？」

「誤解だ、トゥルーディ。仕事の件だ。今夜はそれで頭がいっぱいなんだ」

　彼女は憤慨して元の止まり木に戻っていった。あの調子ならマテオのドリンクに毒だって入れるのではないか。

「スロー・カンフォタブルなんたらかんたらアゲンスト・ザ・ウォールというのは、ほんとうにカクテル？　それともあなたを誘うための淫《みだ》らな呪文？」

「実在のカクテルだ」マテオがこたえた。「スローというのはスロー・ジンから。カンフォタブルはサザン・カンフォートが入っているから。スクリューはスクリュードライバーと同じくオレンジジュースが入っているから。そして〝壁を背にして《アゲンスト・ザ・ウォール》〟の部分は、ハーベイという男がハーベイ・ウォールバンガーを飲んで壁に背中をぶつけたのとおなじく、このカクテルにもガリアーノが入っているからだ」

　説明しながら、マテオがにやりとした。

「カクテルの名前で思い出したが、ぼくときみも店のロースト用の部屋で壁を背にして楽しんだな……よくおぼえておいてくれ、ぼくはいつでも大歓迎だ」

「それならトゥルーディのほうが脈がありそう」

「脈があったのは、さっきのウェイターだ」

「ほんとうに？」わたしは片方の眉をあげた。「いまのカクテルみたいに、淫らな言葉を羅列して説明してくれるの？」

「淫らなものか。彼はぼくの勘を確信に変えた」

「トゥルーディが飲んべえで、援助交際の相手をさがしていること？」

「ハンター・ロルフの居場所だ。もうまちがいない」

「居場所がわかったの？　たったあれだけのやりとりで？」

マテオは得意満面の笑みだ。「わが家のアマチュア探偵はきみだけではない」

44

マテオの自慢げな顔を、わたしは半信半疑で見ていた。

「どこ？　ハンターがこのクラブにいるとしたら、どこにいるの？」

「彼といっしょにいる女性は、ただものではないはずだ。妻が病院で父親に付き添っていても、こっちを優先するんだからな。それならこの店でいちばんプライバシーを保てる、とっておきの席を予約しているはずだ」

「ほんとうに女性といっしょなのかしら。〝重要な会合〟が終わったらなるべく早く病院に行くと連絡があったのよ。愛人と密会中にそんなふうに連絡すると思う？」

「病院に行くというのが、そもそも嘘かもしれない。そんなやつなんだろう」

「どうかしら。いずれにしても、ここは経験豊富なあなたの見解を尊重しましょう。それで、そのとっておきの席はどこなの？」

「秘密の部屋にある」

「それじゃわからないわ。それとも、その秘密の部屋は秘密なの？」

「もはや、そうではない。秘密だったのは禁酒法の時代だ。このクラブは、連邦捜査局によって閉鎖されたことは一度もない。彼らはこの店内で酒を発見することができなかったんだ。ドアマンは捜査官たちがやってくるのを見ると警報音を鳴らし、バーテンダーはレバーと滑車の装置で上階のすべてのアルコール飲料を下水管に流した。しかし地下にワインセラーをつくって密造酒を隠していた。ワインセラーはしっかりとカモフラージュされていたから安全だった。とっておきの席はそこにある」

「ジミーの指定席と呼んでいたわね？」

「ジミー・ウォーカー、ニューヨーク市長だ。彼はここの常連だった。しかし公然と酒を飲んでいる姿を見られるのはまずい――連邦法を犯しているわけだからな。そこでクラブは地下の秘密の酒蔵に彼専用の小さなブースを用意した。彼は女友だちとの食事にもそこを使ったらしい。女と密会するのにハンターが使うとしたら、おそらくそこだな」

「そんな歴史を知るとほんとうに情けなくなる。口ではうまいことを言っても、自分だけは法律を守る義務がないと考えているのね。そんな政治家がのうのうとしているなんて。公僕にもそんな人がいっぱいいたのね、きっと」

「ムキにならないほうがいいぞ。権力者はしたたかだからな。当時の連邦捜査局は、市長が秘密のブースにいる時にこの店を急襲した。市長はひどく腹を立て、ニューヨーク市警を呼んで捜査官たちの車をすべて牽引させた――それから夜のカクテルをゆっくり楽しんだ」

「なるほどね。秘密の部屋の秘密の歴史について、あなたがこんなにくわしいとは知らなかった。わたしたちがそこに入るのも表立っては言えないことなの？」

「なぜそう先を急ぐ」マテオはからかうような口調だ。「スロー・カンフォタブル・スクリュー・アゲンスト・ザ・ウォールを実践してみたくなったか？」

「テーブルの下であなたの脚を蹴ってやりたい。このピンヒールなら、あなたの動脈を切ってしまうでしょうね」

「せっかく楽しい提案をしているのに、冷たいな」

「いまはそれどころじゃないでしょ。どうやってハンターに接触する？」

「しない。向こうから接触してくるまで待つ。あの部屋に行くには厨房の下の秘密の通路を通らなければならない。そして厨房の入り口は……すぐそこだ」マテオが指した先を見ると、十五フィート（五メートル）ほど離れたところのドアが開けっ放しだ。「ソフィアの旦那をつかまえるには、ここは理想的だ。ここで彼が出てくるのを待てばいい。どうせなら、ゆっくりとくつろいで楽しみながら待とうじゃないか」

　こうして、これまで経験したなかで最高においしい張り込みが始まった。注文したカクテルが運ばれてくると、マテオのアマチュア探偵の腕を祝して乾杯し、さっそくサウスサイドの味見をしてみた。ミント・ジュレップのようなさわやかさと、フルーティーなジュニパーベリーの風味がする。これはウッディなバーボンの代わりにジンを使っているからだ。

「すばらしくおいしいわ」

　マテオがうなずく。「ここのバーテンダーはドリンクの作り方を心得ている。さて……」

マテオが両手をごしごしと擦り合わせ、子どものように顔をほころばせた。「ディナーにはなにを注文しようか？」

「待って。ここの勘定をあなたの奥様のツケにするのはどうかと思うわ」

「じゃあ、去年のクリスマスはどう思った？」

「なんですって？」

「ぼくが十二月のオークションでナイロビにいた時、ブリアンからきみとあのデカに招待状が届いただろう。忘れたか？」

「《トレンド》誌の盛大なクリスマス・パーティーね。彼女から招待されて驚いたわ」つい、うめくような声になってしまう。

「ぼくも驚いたよ。ただ、きみへの招待状だけには、あの仰々しいカードが入ってなかったと知って合点がいった。パーティーでドリフトウッドのスター・バリスタたちがドリンクを提供するという告知のカードだ。あの会社はブリーの雑誌の広告主だった」

「そしてわたしたちのライバルでもある。ほんとうにひどい目に遭ったわ……」あの時のことを思い出して身震いした。「わたしがドリフトウッドのロゴつきのカップから飲むところをツイートしようと、ドリフトウッドのスタッフが一時間もしつこくつきまとった。しかたなく、マイクに頼んで会場を脱出したのよ」

マテオの視線がわたしの視線と合う。「きみへの招待状にはドリフトウッドについて、ひとことも記載がなかった。あの〝特別な招待状〟が偶然だったと思うか？」

「そう言われれば、確かに彼女には貸しがある」わたしはメニューをつかんでひらいた。

「お腹ぺこぺこよ。食べましょう」

21クラブの歴史についてはくわしくないけれど、ここの名物メニューは知っている。いまではどこの高級レストランでも珍しくない「高級ハンバーガー」というコンセプトはこのクラブで生まれたものだ。しかしわたしはそれをオーダーせずに、もうひとつのシグネチャー・ディッシュ、クラブケーキからスタートした。最高の品質のカニの身は海を思わせるジューシーな味わい、海風のようにフレッシュだ。コショウがきいたキュウリとショウガのサラダがよく合う。

マテオは本日のスープ《スープ・デュ・ジュール》——伝統的なセネガリーズ・カリーとクリーム・ビスク——にしようかと迷った末、あくまでも肉食を極めることにして、まずはシビレから始めた。子牛のブイヨンとトリュフのソース、そして付け合わせはコーンのクリーム煮、続いて乾燥熟成肉。グリルされてジュージュー音を立てるニューヨーク・ストリップステーキにペッパーコーンのクリーミーなソース。ふわふわにホイップしたマッシュポテトには風味づけされたオリーブオイルを加えている。

たっぷりストレスにさらされた後で安らぎを必要としていたわたしがメインディッシュに選んだのは、クラブのもっとも有名なコンフォートフードのひとつ、チキンハッシュのモルネソース添えだ。ソースはグリュイエール・チーズをたくさん入れたベシャメルソース。ハッシュにクリーミーで豊かな味わいを与えてくれる。この際、カロリー計算は頭から消した(ピノノワールのボトルの助けを借りて)。ぱりぱりっとした食感の金色のグリュイエール・

チーズが楽しめるこの一皿はあまりにもおいしくて、自宅で試してみようと決めた。敷いてあるのもただのほうれん草ではなく、一九二五年から栽培されているブルームズデールというほうれん草だ。濃い緑色の葉が完璧なやわらかさに調理されている。

わたしはお腹がぺこぺこだと思って食べていたけれど、マテオの食べっぷりには負けた。ほとんど噛む間もなく、ガツガツ平らげていく。

デザートについて話していると（リキュールを何杯も飲みながら）、厨房から白い上着を着ていない男性が出てくるのが見えた。

歳はまだ若く、肌はオリーブ色、見るからにたくましい体格だ。上等の黒いブレザー、その下に黒い開襟シャツ、そしてスラックス。真っ黒の目は室内の様子をくまなく観察している。ボディガードにちがいない。

誰のガードをしているのか？

わたしはマテオを突いた。厨房から、さらに男たちが出てきている。彼らはもっとしゃれた出で立ちだ。

そろって一流デザイナーのスーツ。腕にはスポーツウォッチなど高級時計。わたしが一生かかっても買えないような高価なものだ。そのうちの三人は中年で、がっしりした体軀の持ち主だ。そして頭にはアラブの伝統衣装、クーフィーヤという布をかぶっている。

三人に続いてもうひとり、男性が出てきた。知っている顔だ。

年齢は五十代。きゃしゃな身体つきで、頭にはなにもかぶらずごま塩頭のまま。かぎ鼻、真っ白な顎ひげが目につく。これでもかというくらいよく日焼けしているので、顎ひげはいっそう白く見える。ピンストライプのスーツでネクタイはしていないけれど、開襟シャツと同じラベンダー色のシルクのハンカチをポケットにさしている。開いた胸元には金のチェーンがのぞく。店内の暗めの灯りでもキラキラとよく光っている。

エドゥアルド・デ・サンティス。ナイトクラブのオーナーでドラッグのディーラー。マイクが逮捕しようとした相手だ。ニューヨークに戻ってなにをしているの？

ちょうどその時、厨房の戸口からもっと若い男性が出てきて合流した。盛んに背中を叩いたり握手をしたりしている。その姿を見て、マテオとわたしははっとした。

最後に出てきたのはソフィアの夫、評判のよろしくないハンター・ロルフだった。

45

彼の第一印象？

ハンターは長身で肩幅が広く、おそろしいほど大柄だ。ひとことで言うと、ウエストサイドの埠頭に停泊したロングシップから上陸したバイキングが、高級理容室でひげを剃り散髪して、バーニーズのメンズ部門を略奪したみたい。

彼の隣に立つエドゥアルド・デ・サンティスはまるで子どもサイズだ。短く刈った白い顎ひげと五十代にしては多すぎるシワのせいで子どもには見えないけれど。

肌の色、年齢、靴のサイズはちがうものの、彼らが漂わせるムードはそっくりだ。握手したまま、目と目でなにかを語り合っている。ふたりとも自信たっぷりの表情だ。

ちがう。自信よりももっと……勝ち誇った表情。なぜ？　彼らの会合の目的は？

わたしはマテオのそばに寄った。「電話を返して」

彼が携帯電話を渡しながら、たずねる。「どうするつもりだ――」

「観光客のふりをするのよ」小声でこたえてから大きな声を出した。「笑って！」

理由はともかく、マテオは言った通りにしてくれた。ハンターと連れの男たちがしっかりとフレームにおさまる位置でわたしに向かってポーズをとった。はたからは、有名な21クラブでのデートの写真を撮っているように見えるだろう。じっさいにはハンターとデ・サンティスがいっしょにいるところを続けざまに撮った。さらにズームして、デ・サンティスのクローズアップなどスナップを四枚撮った。

ハンターが男たちの集団のまんなかで一人ひとりと別れのあいさつを始めた。わたしは頭上の「おもちゃ」に夢中になっているふりをして、上のほうを指さしながら、さらにスナップをたくさん撮った。クーフィーヤをかぶった三人のシャイフたちの姿もしっかりと。

その写真をその場でマイクに送信した。メールとともに——。

この人たちがここに！

男たちに視線を戻すと、まだ話をしている。わたしの視線には誰も気づいていない。ただ、目つきの悪いボディガードはじっとこちらを見ている。

気づかれた。かまうものか。写真はすべてマイク・クィンに送ってしまった。にらみたければ、いくらでもどうぞ！

若いボディガードの刺すような視線を無視して、わたしはマテオと楽しげにしゃべるふりをする。身振り手振りをまじえて思い出を語り合うふりをして笑った。その間もソフィアの夫を目の端で追っている。

男たちがようやく解散して歩き出したので、わたしはマテオに目で合図した。マテオが立ち上がり、お目当ての特大の獲物の前に立ちはだかった。

ハンターは大柄だが、マテオも身長が一八九センチあるので、ふたりは頭ひとつくらいの差しかない。肩幅が広いといってもヴェラザノ・ナローズ橋ほどではない。それでも今風に身体にぴったりとフィットする仕立てのブルーのスーツは彼の肩幅の広さ、すっきりした腹部、たくましい腕をみごとに強調している。

ハンターという名前も絶妙だ。ダークブルーの目は警戒心の強いネコを思わせる表情だ。とても静かに見えるけれど、警戒心を解かず、すぐに反応する――いきなり近づいてきたマテオに対しても。

「ハンター・ロルフ、かな？」

「そういうあなたは？」カンパーナの店で聞いた時と同じだ。どことなくヨーロッパ風のアクセントがある。

「マテオ・アレグロ。ソフィアの友人だ」

「ああ、あなたが……妻から聞いたことがある。コーヒー豆の人か」

わたしも参加しようと近づいてみたが、マテオはわたしに目もくれない。彼はハンターにさらに接近して、男同士の胸がくっつきそうだ。

「そうだ、コーヒー豆だ。きみにききたい。なぜこんなところで密会しているんだ。きみは病院で妻を慰めるべきではないのか！」

マテオが声を荒らげたので、周囲の客がなにごとかとふり向いた。ウェイターもあわててこちらに向かってくる。横柄だったハンターが、いきなり態度を変えた。

「ここではちょっと。あっちに行きましょう」

ハンターがくるりと向きを変えて、さきほど出てきた厨房の戸口からまた中に入っていく。マテオがわたしに目配せした。わたしもふたりに続いて厨房に入り、おおぜいのスタッフのなかを歩いていく。ステンレスで統一された厨房を通り抜けて、業務用の階段をおりる。ラバーでコーティングされた階段は少し歪んでいる。着いたのは、地下の貯蔵スペースだ。慌ただしい厨房のガチャガチャという音や叫び声が上のほうから響く。ハンターは煉瓦で塞がれたアルコーブの前で立ち止まり、フックにかかっている肉用の焼き串を一本外すと、煉瓦と煉瓦の間の小さな割れ目に突き刺した。カチリと音がして解錠された。ハンターは、重さ二トンはありそうな「壁」を内側に押す。

マテオとわたしは秘密の地下室に入った。今日はこれで二度目だ。室内をぱっと見ただけで、ワールド・ダイヤモンド・タワーの金庫室よりもこちらのほうがはるかに居心地がよさそうだとわかった。

金色のランプの淡い光とキャンドルのチラチラと揺れる光で照らされた空間はなんとも魅力的だ。塗装された棚が並び、ワインが納められている。そこには黒々としたビンテージのボトルが山ほど並び、ロマンティックな光を浴びて輝いている。

ハンターは静かで心地よさそうな一角の長いダイニングテーブルへとわたしたちを連れて

いく。磨き上げられた大きなテーブルには、デザートと食後のドリンクがまだ片付けられずに残っている。

マテオとわたしが腰掛け、ハンターは主賓席のところに立っている。腕組みをしてマテオをにらみつけ、マテオもにらみ返す。

まったく。男はなにかにつけて雄鶏みたいに張り合うのね。

これではらちがあかない。

女の知恵でどうにかしなくては……。

46

「ミスター・ロルフ」わたしは礼儀正しい口調で自己紹介をすませてから、穏やかに切り出した。「奥様はとても心配していらっしゃるわ。事情を確かめてほしいと、わたしたちは頼まれたんです。彼女のお父様の身に起きたことに関連して、あなたが今日の午後、どういう用件で訪問したのかを説明してもらえますか」

ハンターはとまどったような驚きの表情だ。まったく違うことを想像していたのだろうか。

「わたしが訪問したことを、どうして彼女が？」

「防犯カメラの映像に残っていました。ソフィアといっしょにわたしも見ました。ガス・カンパーナと一時間あまり一緒でしたね。あなたと会ってから襲われるまで、ガスのところには誰も訪れていない」

ハンターが顎をあげた。「わたしはなにか疑われているんだろうか」かすかに虫が鳴くような音がハンターの言葉をさえぎった。彼がスマートフォンを確認し、ディナージャケットに戻した。「義理の父親とビジネスについて話し合っていた。それだけです」

「ジュエリーのビジネスについて？」

そんなはずはない。マテオと一緒に店で立ち聞きしてしまったハンターたちの口論は耳に焼きついている。彼はガスと話をしたがっていたはず。高価な宝石の件ではなく――。

「価値ある情報だ」と彼は言った。「ガスにとって耳寄りの情報だ。ローマである男に会った……沈没した船に彼も乗っていた」

「ローマで会った男について話をしにいったんですね。沈没したアンドレア・ドーリア号に乗船していた人物。何者ですか？　なぜその人物のことでガスに会う必要が？」

ハンターが両手でテーブルをバンと叩いて身を乗り出し、わたしをにらみつけた。

「なぜソフィアはいまさらそんなことを知りたがるんだ？　彼女に伝えようとした時には耳を貸そうとしなかったのに。もう遅い」

「なにが遅いの？」

ハンターの顔がゆがむ。「あなたには関係ない。このことは妻とだけ話し合う。赤の他人に話すつもりはない」

マテオは自分を「コーヒー豆の人」呼ばわりした相手をゆるす気はなさそうだ。椅子を後ろにぐっと押して立ち上がった。

「赤の他人ではない。きみよりもずっと前からソフィアを知っている。グスタヴォ・カンパーナは名付け親だ。彼のこともよく知っている」

「いや、なにも知らない。なにひとつ」

マテオが両手を拳に握った。「知らない、だと？　それなら教えてもらいたいね」

わたしはふたりの間に飛び込み、マテオを押し戻した。そしてハンターと向き合った。

「長く引き留めるつもりはないわ。ひとつだけ教えて。エドゥアルド・デ・サンティスとはどういう用件で会ったの？」

「エドゥアルド？　なぜ知りたい？」

「もちろん、ビジネス上の関心から。デ・サンティスはこの街では有名人ですもの。ぜひクライアントにしたい――できればケータリングの契約を」

「無理だな」

「そうかしら。あなたも彼とビジネスを？」

彼が片手をぱっとあげた。「どうせ数日以内に報道されるだろうから、言ってもかまわないだろう。ミスター・デ・サンティスと彼に投資している人々からの委託で、大量の宝石用原石を調達する」

「その用途は？」

「ドバイの高級リゾートで使う。ラーズ・パラダイスというリゾートだ。そこのナイトクラブで、宝石をちりばめて太陽をつくりレーザーで光らせる」

「どういう経緯でそのプロジェクトに？　ミスター・デ・サンティスが仲介を？」

ふたたび虫が鳴くような音がした。ハンターが携帯電話を取り出し、画面を確認して眉をひそめた。「もう行かなくては――」

「エドゥアルドとは長いおつきあい？」

ハンターが太い腕を組んだりほどいたりしている。落ち着かないところを見ると、おそらく適当にごまかすつもりなのだろう。

「彼とは半年前にアフリカのサファリで会った。あまり腕がよくなかったから、少々助言をした。それだけのことだ」

確かソフィアはハンターがまっとうではないビジネスをしていると責めていた。「今度はなにを売り歩いているの？　ブラッド・ダイヤモンド？　密輸品のロシアの琥珀？　ヨーロッパの名家から盗まれた先祖代々の宝物？　ミャンマーの輸出禁制品の翡翠？」果たして、それだけなのか。

「デ・サンティスとのビジネスは宝石の原石の調達だけ？」

「そうだ」

「でも、サファリで助言できるほどの腕前なのね。その腕前はアフリカでのサファリ以来、発揮されているのかしら？」

穏やかだった彼の青い目が、いきなり氷のように冷ややかになった。電話がまた虫の音のように鳴ったが、ハンター・ロルフはもうそれを確認しようともしなかった。

「わけのわからない質問にはじゅうぶんこたえた」きっぱりとした声だった。「これで失礼しますよ。妻のもとに行かなくては」

47

隠し扉へと向かうハンターをマテオが追いかけた。

「おい、まだ話は終わっていない！」

「行かせてあげて！」わたしはマテオの腕をひっぱった。「ソフィアには支えが必要よ。ハンターなら、彼女がもたれてもびくともしない。あの肩を彼女に返しましょう」

「わかった」

マテオはまだいきりたった様子で長テーブルの前を行ったり来たりしている。テーブルには男たちのぜいたくなディナーの名残がある。デザートの皿やカップやグラスがそのままだ。テーブルに置きっぱなしのボトルの一本にマテオが目を留めた。ラベルを見るなり仏頂面が消えてにやりと笑みが浮かんだ。

彼は未使用のグラスをふたつ見つけて、ボックス席のほうを指し示した。部屋の反対側のワイン用の棚に挟まれた木製の古いボックス席だ。

これだ。これが、ジミー・ウォーカー市長が禁酒法を破った有名な席だ。犯罪と汚職について語るには、きっとぴったりの場所ね。わたしはそう思いながら、よく磨き込まれたベンチに腰掛けた。

マテオはわたしと向かい合わせに腰掛け、グレンフィディックのボトルからグラスに注ぎ、わたしのグラスに自分のグラスをカチリと合わせた。

二十一年もののシングルモルトを21クラブで味わうと思うだけでくらくらする。かつて上質なカリビアン・ラムを貯蔵するのに使われた樽で熟成したスコッチは、ウッディで、温かく、おそろしく滑らかだ。かすかにバニラ、コーヒー、バナナ、柑橘類の風味。甘い香りが魔法の煙のようにあらわれて味蕾を刺激しては消えていく。

「少なくともソフィアはよろこぶだろう」少し飲んでから、ようやくマテオが言った。「ほんとうに仕事関係の会合だったからな。女と密会していたわけではない」

「そうね。でも〝ローマの男〟については、結局なにもわからなかった。カンパーナ家の歴史と〝沈んだ船〟について事情を知っていそうな人物。ハンターはそんな口ぶりだった。ガスとあなたのお父様が半世紀も隠してきた宝石のことね、きっと。そう思わない？」

「ハンターの言葉を聞いただろう？　ソフィアに話すと言っていた。だからローマの男については、彼女から聞けばいい。その必要があるなら」

「ソフィアの夫は信頼できるのかしら。わたしにはどうもそうは思えない。彼の連れを見ると、どうしてもね、エドゥアルド・デ・サンティスは昔、ミートパッキング・ディストリクトでナイトクラブを経営していた。そこは――」

「わかっている。〈クラブ・タウン・エディ〉のことなら、なにからなにまで知っている」

「知っているの？」

マテオが自分の鼻を軽く押さえてシュッと吸い込む音を立てた。

それはわたしを凍りつかせた。たった一つのジェスチャーで、当時デ・サンティスからもコカインを買っていたことをマテオは伝えた。そのいまわしい事実だけでもデ・サンティスを嫌悪する理由になる。クラブ・タウン・エディは、若かったわたしの結婚生活を崩壊させる原因のひとつだったのだ。

「きみの言う通り、あの男は、かなり質《たち》が悪い」

「自分を起訴した刑事に復讐するほど？」

デ・サンティスとマイクの関係について、マテオに話した。数年前、マイクが率いるＯＤ班は彼の逮捕と起訴に持ち込んだ。あの時はニューヨーク市警が張り込みで撮った写真が山と積まれたなかで暮らしているようなものだった。だから、きょうもひとめで彼だとわかったのだ。

「マイクたちのチームがナイトクラブを閉鎖に追い込み、下っ端の売人たちは収監された」

「しかしエドゥアルド・デ・サンティスは釈放された。確かそうだったな」マテオがテーブルの向こうから身を乗り出す。「やつの暴力沙汰についてはあちこちで聞いた。自分の目で見たこともある。コカイン・パーティーでやつが連れと殴り合いを始めた。パーティーの常連の女の子たちもいた」

マテオはグラスの金色の液体を揺らす。「その一週間後、その時の連れは自宅前で撃たれて死んだ。ハンプトンズの夏の家でな。待ち伏せしていた男にやられた。強盗未遂と警察官たちは言っていたが、まあ、ちがうだろうな。ようするに、デ・サンティスはそういう人物だ。彼ならやれるだろう」

きりきりと胃が痛くなる。それでも、どんなにひどい事実であっても、わたしは情報を必要としていた。

「ハンターはどうかしら？　彼も撃つと思う？」

「スコッチがまわったせいかな。きみの言いたいことがよくわからない」

「エドゥアルド・デ・サンティスはハンターを雇ってパンサーマンをやらせたかもしれない」

マテオは笑い転げてジミーの指定席から落ちそうになった。

「最後まで聞いて。あり得ない話ではないわ。わたしはパンサーマンを見た。長身で筋骨隆々として、ちょうどソフィアの夫のような体型だった。しかも彼は射撃の上級者らしい。現にアフリカでデ・サンティスに助言を与えている」マテオは半信半疑の表情でこちらを見つめている。「ふたりはサファリで出会ったのよ。大物を狙う狩りで。狙う獲物が人間だとしたら、これ以上のビッグゲームはない」

マテオはわたしの言葉をじっくり考えながら、自分のグラスにスコッチのお代わりを注ぐ。わたしはグラスに手で蓋をして断わった。グレンフィディックは琥珀色の至福そのものだけれど、今夜はすでにサウスサイドというカクテル、ピノノワールのボトルの半分、デザート代わりのリキュールまでしっかり味わっている。これ以上飲んだら昨年のニューイヤーズイブのパーティーの記録を抜いてしまう。

マテオはもう一杯味わいながら、後ろの壁にもたれた。

「二杯目を飲んだせいかもしれないが、きみが言っていることがデタラメに思えなくなってきた。可能性はじゅうぶんにあるな」

「どうして考えを変えたの？」

「ハンターとエドゥアルドの取引は何百万ドルという規模のものだ。それだけの金がかかっていれば、殺人未遂くらいはやるかもしれない」

その時、若手のウェイター二人が部屋に入ってきた。こちらに丁寧に頭を下げ、長テーブルの片付けを始めた。それを潮にわたしたちは話を切り上げた。マテオはスコッチを飲み干してグラスをテーブルに置き、わたしが立ち上がるのに手を貸してくれた。

「堅物《カタブツ》刑事のもとに帰る時間だ。ぼくもブルックリンで少し眠るとしよう。おふくろからはまったく応答なしだ。こんな遅くにこっちからもう一度電話しても、動揺させるだけだろう。明日伝えることにするよ」

「それがいいわね。ガスのことも、一晩ぐっすり眠った後のほうがマダムも落ち着いて受け止められるわ、きっと。それに金庫を開けることも、ひどく怖れていらした」

「ガスは病院に運ばれ、不吉なダイヤモンドが出てきた。おふくろの不安はこれで現実のものとなったわけだ」

48

秋の夜の空気はひんやりしているが、酔いを一気に醒ましてくれるほどではない。両膝ががくがくしている——これはかならずしも強いアルコールのせいではない。

いまいましくも残酷なサンダルのせいだ。

五十二丁目は空いていてタクシーは一台も見当たらない。21クラブの前では着飾った常連客たちがタクシー待ちの列をつくっている。

マテオがわたしの腕をとった。「五番街まで歩いて、タクシーを拾おう」

しかしそこまでの道のりは、わたしにとってはエベレストの頂上をめざすようなもの。高下駄を履いた花魁《おいらん》みたいな足取りでよろよろ進み、ついにわたしは残酷なサンダルに負けた。

ハーフタイムというスポーツバーの前まで来たところでぴたりと足が止まった。ここは非番の警察官がよく出入りしている店で、マイクと一緒に来たことがある。

「もう歩けない。タクシーをつかまえてブロックを一周してここに迎えに来て」

「そのヒールの高いのを脱げば歩けるだろう」

「足は確かに歩くためのものでしょうけれど、ニューヨークの街の舗装道路を裸足で歩くなんて、絶対にごめんよ。殺菌消毒してからでないと明日、コーヒーハウスを開店できないわ」

「そんな、おおげさな」

「いいからタクシーをつかまえて」

混み合うバーからどんちゃん騒ぎの音とガンガン鳴り響く音楽が外まであふれてくるので、わたしたちは声を張り上げて会話していた。ふいにマテオが耳元に顔を寄せて、ささやいた。

「キラキラした宝石類をじゃらじゃらつけたままでは危ないだろう？」

「ここは非番の警察官だらけよ。誰もここで強盗しようなんて思わないわ」

その時、タイミングよく中年男性が二人、店から出てきて葉巻に火をつけた。よれよれのスーツで顔が赤い。さらにもうひとり加わって地元のサッカーチームのことで話が盛り上がる。三人目の男がコートの前をあけてズボンを引っ張り上げた際に、ベルトにひっかけた拳銃と首からぶらさがるバッジが見えた。

「ほらね」わたしは声を出さず口だけ動かして伝える。「銃で武装した警察官よ」

マテオはひとつうなずくと、ゆっくりとした足取りで歩き出した。わたしはマイクにメールを打って、さっきのメールに添付した写真を見るようにと念押しもした。

今夜会える？　もっと情報がある。

すぐにマイクから返信が来た。

たいしたものだ。すごい写真だ。麻薬取締局《DEA》顔負けだ。仕事はほぼ片付いた。早く会いたい。

緊張と不安に満ちた長い一日だったけれど、いっぺんにストレスが消えてしまったような気分だ。今回のマイクの言葉はとても温かくて、葉巻の煙がもうもうと立ちこめるなかにどっと酸素が吹き込んできたみたいに心地よく感じる。幸せいっぱいで、アルコールのせいでぼんやりしていた頭も冴えてきた。

そうよ、これでもうよけいな心配などしなくてもいい——。

とつぜん、夜の空気を切り裂くように銃声が続けざまに響いた。

49

パン！　パン！　パン！　パン！

数秒間、それしか聞こえなかった。次から次へと続き、建物に反響した音がさらに重なる。反射的に鉄の街灯柱の陰にうずくまった。

外に出ていた刑事たちもわたしの後ろのほうで歩道に伏せた。伏せると同時に銃を取り出して、銃声のした方向を見て犯人をさがす。

「あそこだ！」

声と同時に刑事が撃った。さらに続けて撃つ。残りの二人も発砲した。あっという間に、前方からと後方からの銃声に挟まれてしまった。

わたしは身体をまるめて両手で耳を覆い、街灯柱の周囲を見まわした。通りの向こう側に組まれた建設用の足場のいちばん上で、白っぽい眩しい光が点滅した。

見えたのは光だけではない。煙も見えた。それで思い出した。サリーが撃たれた日、ＳＷＡＴチームはまちがった建物を襲撃したとマイクから聞いた時のことを。それはとんでもない事実誤認が引き起こした事態だった。いまどきの銃器からは煙は出ない。マイクの言葉を借りれば――。

「煙を出すのは花火である、という認識を持っておくべきだった」

ピシッという金属音がして、我に返った。刑事が撃った弾がわたしの頭上の『路上駐車禁止』の標識に当たった。街灯柱がメトロノームのように揺れて銀色のペンキの破片がパラパラと降り注いだ。

うなり声が聞こえたので振り向くと、刑事が倒れている。標識に当たって跳ね返った弾が命中したのだ。仰向けに倒れて肩を押さえている。

スポーツバーから男たちが次々に飛び出してきた。銃を振り回している者もいる。ひとりが倒れ二人が撃っている光景を見て、彼らは即座に反応した。

「やめて！　やめてちょうだい！　撃たないで！」必死に声を張り上げても、皆、それどころではない。「あれは花火よ。ただの花火！」

誰も聞いていない。あたりは戦場のように騒然としている。いきなりスポーツバーの窓に弾が撃ち込まれて厚板ガラスが割れた。店内で立っていた客たちがいっせいに伏せた。

通りの向かいから聞こえていた音がようやく止んだ。ほぼ同時に、店から私服の刑事が猛然と飛び出してきた。小柄で細身だがいかにも鍛え上げられた体つきのその人物は、アニメのような動きで両腕をバタバタさせてわめいた。

「撃ちかたやめっ！　やめんか！」

銃声が止み、ふいに訪れた静けさのなかで、近づいてくるサイレンの切羽詰まったような音だけが聞こえる——そして、悪態をつく声。小柄な男性がグルグルと円を描くように歩きながら警察官たちをどやしつけている。警察官がひとり、おそるおそる声をかけた。

「あの……マクナルティ警部補……」彼がおずおずと指さしたのは、警部補のズボンのファスナー。盛大に開いている。

唸り声とともに警部補はファスナーをあげて、いっそう激しいいきおいで部下たちにカミナリを落とす。

「ドタバタ喜劇の真似か。そんなにドンパチ派手にやられたら、おちおち小便もできない。いったい誰がお前たちに発砲を命じた？　誰に向かって撃っているのか、しっかりと確かめたのか」

「わたしは最初からすべて見ていました」毅然とした口調でわたしが言った。「銃声のような音は花火です。まちがいありません。通りの向こうのあの建物の足場のいちばん上です」男性がひとり、わたしが立ち上がるのを手助けしてくれた。それ以外は全員、茫然とこちらを見ている。

偉大にして強力なマクナルティ警部補の話はひれ伏して聞け、とでも言うの？　ズボンのファスナーが開いていると知らせることくらいしか、ゆるされないの？

警部補はつかつかとわたしのところまでやってきて、睨みつけた。「それは見まちがいだ。リトル・レディ」

リトル・レディですって？　どういう意味かしら。赤いピンヒールを履いているわたしは彼と同じ目の高さだ。思い切り睨み返してやった。

「見まちがいではありません、警部補」

「ひとつ教えておこう。わたしの部下は亡霊《ファントム》相手に発砲するようなことはしない」

「ごらんの通り、いまはどこからも弾は飛んできていません。そして、わたしは確かに煙を見ました。煙を出すのは花火。そうですよね？」

「酔っ払っているのか？」彼がこちらに身を乗り出してわたしの息をかいだ。

「酔ってなどいません。自分が見たものを見たといっているだけです」

「ここにひとり倒れている」彼が指さした。「そしてあそこの窓には弾が貫通した跡がある。これが花火のしわざか？」

「クレア！　クレア！」

集まった群衆をかきわけてマテオがわたしのところにやってきた。

「大丈夫か？　花火の音を聞いて走ってきた」

「またか！」マクナルティがお手上げだとばかりに両手をあげた。「またもや花火か！」

花火はもう終わったのだと思いたかった。しかし、今夜の爆発騒動はまだ序の口だった。

まず、わたしのスマートフォンが着信を知らせた——マイクからのメールだ。


すまない。少し遅れる。五十二丁目で事件。

同じタイミングでパトカーが到着した。

ひとつ、またひとつサイレンが鳴り止む。さらに覆面パトカーが、わたしとマテオのすぐ脇の縁石のところでゆっくりと停止した。車から二人が降り立つ。ひとりは若いフランコ巡査部長。

もうひとりは彼のボス――そしてわたしと婚約したばかりの人物。

50

「クレアじゃないか」わたしを見つけたマイクが目をまるくしている。が、すぐに冷静な表情になった。「どうやって別件の現場のまんなかに立っているのか、ぜひ知りたい」

「それはかんたん——残酷なサンダルで」

おそろしく高価なピンヒールを見て、マイクが眉をあげた。彼の視線はわたしの脚を這い上がり、どっさり身につけているジュエリーを確認し、ふたたび下におりてフェティッシュなサンダルへと戻る。

「ううむ……」という声をもらした後、ぽつりと言った。「とても……すてきだ」

なぜかフランコがそれを聞いて笑っている。が、わたしの後ろに元夫マテオがぬうっと立っているのを見て、フランコの笑いはぴたりと止まった。

マテオはスキンヘッドの若い警察官をにらみつけている。彼の強力な反対を押し切って娘が交際している相手だ。ただし敵意を抱いているのは、マテオの側だけ。フランコはずっと和解を試みようとしている。しかしマテオが選択しているのは、戦いだ。

「プロレスラーのドウェイン・ジョンソンの物まねか？　なにしにここに来た？　また誤

認逮捕をするつもりか？」

フランコは辛辣な言葉を受け流して、善良そうな笑顔を返す。

「ミスター・アレグロ、ひさしぶりですね」

「できればもっと会いたくないね」

いつのまにかマクナルティ警部補がそばにいる――ますます不機嫌そうだ。

「クレイジー・クィン。なぜのこのこ顔を出した。ジャンキーの死体は転がっていないぞ」

彼が親指をくいと動かしてわたしを指し示す。「それとも、このトラブルメーカー二人がそうなのか？」

「トラブルメーカー!?」

マテオとわたしが同時に叫んだ。

マイクはわたしの脚から渋々視線を外し、ご機嫌斜めの同僚に問いかけた。

「なにが起きた、マクナルティ？」

「なにが起きたのか、教えてやろう。通りの向かいの上方から銃撃が仕掛けられた。どうだ、聞き覚えがあるだろう？」

彼が足場を指さした。すでに数人の警察官がはしごも使わずにすいすいとのぼって手がかりをさがしている。

「――肩を撃たれて倒れた者が一名、搬送用の車両を待っている。この二人の酔いどれ一般人は、これがメイシーズの独立記念日の花火大会だったと言ってきかない！」

マイクが横目でちらっとわたしを見た。黙っていろという意味なのだろう。そうはいかない。

「あれは花火よ、マイク。まちがいない。それに、わたしは酔いどれじゃないわ！」（まっすぐ歩いてみせてもいい。歩けないとしたら、このいまいましいサンダルのせいだ）。

マクナルティ警部補はわたしを完全に無視してマイクのほうを向く。

「なあ、マイク。きみがここにいるっていうのは、どうなんだろう」

マイクが訝《いぶか》しげな表情を浮かべる。「どういう意味だ？」

「噂を聞いている。前回の銃撃で、内部調査課《IAB》がきみの班に注目しているとか。ここにきみがいることで、われわれのチームにあらぬ疑いがかかるのは困る」

「なるほど」マイクが一歩前に出た。マクナルティも負けずに、歩み出る。

雄鶏みたいにいがみ合っている場合じゃないでしょ！

その時、通りを挟んで向こう側から興奮気味の叫びがあがり、にらみ合いが中断した。

「警部補！　上で連発花火M−80を打ち上げた形跡が残っています。使い捨ての携帯電話で着火したようです」

マイクがどうだとばかりににやりとし、マクナルティ警部補が悪態をついた。そしてわたしのほうを向いた——正確に言い当てたリトル・レディのほうを！　わたしは腕を組んで、彼からの謝罪の言葉を待った。乞われるままに、この件についての見解を事細かく伝えるつもりだった。

しかし、そうはならなかった。

「彼女をここから連れ出せ！」マクナルティ警部補の声が轟《とどろ》いた。

「なんですって？」甲高い声が出た。わけがわからない。

マイクがわたしの腕をとった。「クレア、離れたほうがいい」

「どこにも行かない」

「フランコといっしょに行くんだ」マイクが部下のフランコ巡査部長に目で合図した。「自宅まで送り届けてくれ。これだけの宝石をつけているから、正面玄関のドアを入るところまでしっかり付き添ってくれ」

「承知しました」

「でもわたしは目撃者よ！　わたしの供述調書は!?」

抵抗するわたしを、二人の屈強な男が力ずくで覆面パトカーへと引きずっていった。マテオとフランコがそれぞれ片腕をつかんで、残酷なサンダルごとわたしを連れていく。こういう時にかぎって協力するのね。しかしチームスピリットを発揮したのも、わたしをフロントシートに「乗せる」までだった。

「乗っていきませんか、ミスター・アレグロ？」フランコは運転席から声をかけた。「どちらまで行きますか？」

「ブルックリンのレッドフックの倉庫。ここから九マイルある。だがきみの運転で行くくらいなら、歩く」

「どうぞご自由に」

フランコはそうこたえると、ニューヨークの雑踏のなかにマテオを残して車を出した。

51

フランコはゴールドシールドをちらりと見せて非常線を通過し、五番街に折れたところでサイレンを鳴らした。

そのままマンハッタンを二十ブロックほど走行する覆面パトカーのなかで、わたしはサイレンの音に負けまいと怒りをぶちまけた。エスプレッソを軽く五十杯は抽出できるくらいの湯気が頭から噴き出していたはず。

フランコは進行方向に目を向けたまま、無言でわたしの罵詈雑言を受け止めている。たまに「うむ」と言ったり、剃り上げたスキンヘッドを形ばかりうなずいてみせたりするだけだ。

二十五丁目あたりで車は右折し、彼はようやくサイレンを切った。

それですっかり静かになると、わたしの噴火もしだいにおさまってきた。なおも憤慨した表情のわたしに、若い巡査部長は申し訳なさそうな顔を向けた。

「とんだことだったな、コーヒーレディ。運が悪かったと思ってくれ」

「でも、わたしはなにもかも見たのよ。目撃者なのに！」

「マクナルティたちからすると、そうではない。非協力的な目撃者だ」

「どういう意味？　わたしは捜査に全面的に協力するつもりだったわ」

車は南に折れて七番街に入った。フランコは笑いを嚙み殺している。

「なにがおかしいの？」

彼はがっしりした大きな肩をすくめた。「この仕事の場合、協力的というのは……相手の意向を汲むという意味合いがある」

「そうなの？」

フランコがうなずく。

「もっと知りたいわ」

「うむ……もしもあの時マクナルティ警部補に、『警部補さん、わたしはてっきり銃声だと思ったんです。でも、やはり花火の音だなと気づいたんです』と言っていたなら、協力的な証人となった」

「でも実際はそうではなかった。花火だとわかっていた。最初から」

「だから彼はあなたを帰宅させた。われわれの業界では〝証人側の訂正〟という表現を使う」

「なんですって？」

「ある種のテクニックではあるが、効果はある」

「それだけではわからないわ」

「そうだな。たとえば轢《ひ》き逃げ事故が起きたとする。目撃者は四人。三人は黒い車が事故を起こしたのを見たと証言し、一人は青い車だったと言う。それをそのまま報告書に書くと、整合性という点で、すっきりしない。とくに、飲酒運転の黒い車が発見され、被害者の血液がフロントグリルに付着していたという場合には。そこで登場するのが証人側の訂正だ」

「でも、そういう法医学的証拠のある黒い車がすぐに見つからなかったら？　黒い車を見たと証言した三人は、もしかしたら位置関係のせいでそう見えたかもしれない。そして、じつは青い車を見た人物が正しかったとしたら」

フランコは深く息を吸い、ふうっと吐き出した。「彼の証言は検討する対象となるだろう」

そして無視する。フランコ巡査部長の口から聞くまでもない。

「マイクまでわたしをあの場から外そうとするなんて、信じられないわ」

「それに関してはクィン警部補を責めないでほしい。あれは彼の担当の現場ではない。あの場では、売られた喧嘩を買う必要があった。マクナルティ警部補から」

わたしはシートにもたれた。「わたしの証言通りに報告書を書いたら、マクナルティ警部補の部下は自分の目でなにも確かめず、やたらに発砲したということになるでしょうね」

「しかも酔っ払っていた状態で」

「それは、わたしも……今夜は少し飲んでいた。だからといって、混乱して事実を見誤るようなことはなかった。なぜ彼らにそれができなかったのか」

「それは、マクナルティが率いる特殊タスクフォースのメンバー二人が撃たれているからだ」

「いいえ、一人だけよ。それに、弾は標識に当たっている。そのあおりで負傷したのよ。この目で見たわ」

「今夜ではない。十日ほど前だ。警察官を狙った銃撃事件の三人目と四人目の被害者だった」

52

シートの背にもたれて街のビル群を見上げていたわたしは、がばっと身を起こした。摩天楼のように背筋をまっすぐ伸ばしてフランコを見つめた。

「サリーを撃った犯人はマクナルティのチームの二人も狙ったということ？　同一人物であるのはまちがいないの？」

「弾道が一致している。マクナルティの部下のうち一人はその日のうちに退院した。もう一人は短い休暇を取った。どちらも高い位置から正確に狙われている。サリーの場合と同じだ。そしてあの交通警察官は、わたしの代わりに撃たれた。獲物として狙われていると思うと、誰だって神経過敏になる」

「それはそうね。それにしても驚いたわ。ほかに二人も撃たれていたとは。マクナルティのチームもOD班みたいに麻薬に関する犯罪を追っているの？」

フランコが首を横に振って否定する。「まったくちがう領域だ」

「ではどういう犯罪を？」

「彼らは重窃盗犯罪を追うユニットだ。精鋭ぞろいだが正式名称はイケてない」

「どんなふうに？」

「重窃盗・横領・恐喝の捜査に特化したタスクフォース」

「略してSFTIEETF？」

フランコが笑う。「それはないな、コーヒーレディ」

「では略称は？」

「頭文字を並べた略称はない。ニックネームならあるが。われわれがOD班と呼ばれているようなものだ。もともと市の全域をカバーして不法ドラッグ及び処方薬のオーバードーズに関する事件を捜査していたから、そう呼ばれている」

「ええ。業務内容については、わたしもかなりくわしくなったわ」

「そうだろうな。クィン警部補との……」彼がウィンクする。「ピロートークを通じて」

「いまのは聞かなかったことにする。それよりマクナルティ警部補のユニットよ。具体的にどういう仕事なの？」

「彼らが捜査するのは、オフィス、店舗、建築現場などにおいて横領と恐喝をともなう単発あるいは常習的な窃盗だ——なにを、どこでといった内容は問わない。企業内部の人物が関わっている疑いがある窃盗事件を担当する。だからニックネームはインサイド・ジョブ班だ」

「インサイド・ジョブ班……記憶に残りやすい」

「そうか？」

「ようするに、そういう記憶に残りやすいマクナルティの班について、報道されたのを見たおぼえがない。彼らの業務も、偶然にもユニットのメンバー二人が標的にされたことも。というより、二件ともくわしい報道はない」

「さっき説明した通りだ。証人側の訂正が関係している」

「なぜ？」

ふたたびフランコが大きな肩をすくめてみせる。「マクナルティ警部補は、われわれと同じ手法で容疑者を逮捕する——張り込みと覆面捜査だ。捜査する側としてはマスコミと一般市民に知られることが少ないほど、好都合だ」

言いたいことはわかる。その証拠に、ニューヨーク市警の幹部は一般市民に対してけっしてオープンではない。マイクがわたしに対して意図的に情報を伏せるのも毎度のことだ。

「ポリスアカデミーではきっと、巧みに言い逃れる術《すべ》をまっさきに習うんでしょうね」

「まっさきにというわけではない」フランコは愉快そうな表情でちらりとこちらを見た。

わたしはため息をつき、道路沿いの建物をぼんやり眺めた。南へ進むほどに建物のサイズは小さくなる——摩天楼のオフィスから十五階建てのアパートに。右折して西十一丁目に入ると建物はさらに小さく、人間的なサイズになった。

ニューヨーク市警の幹部に欠けているのはこの視点よ。生身の人間のこととして犯罪をとらえてもらわなくては……。

これまでに狙われたのはマイクの班の二人、そしてマクナルティの班の二人。今夜、またもやマクナルティのチームが標的となった。銃ではなかったとしても、連発花火M―80はパニックを引き起こした。彼らは銃を乱射して、直接ではないにしても味方を負傷させている。

「エドゥアルド・デ・サンティスはマクナルティ警部補の班の取り調べを受けたことがあるかしら」

「ないね。一度もない。あの極悪人のファイルは一ページ目から最後まですべて熟読しているからまちがいない」

「彼がマクナルティ警部補の部下を狙う可能性は？」

「デ・サンティスがニューヨーク市警の顔をつぶそうとしているのなら、あるかもしれない。もしそうであれば、今夜その思いを果たしたってわけだ」

「そうかしら……それよりももっと計算された意図があるように見えるわ」

「計算？」

「よくわからないけれど、なにか戦略的な計画があるように感じられる」

「カオスを引き起こして復讐か」

「カオスを引き起こそうというのは、当たっていると思う。でも復讐をもくろんでいるのなら警察官を殺してもいいはず。それなのにケガを負わせているだけ」

「殉教者にしたくない、街のヒーローにしたくないということか。こっちをびびらせるのが目的か。なるほどそういうことか。警察のミスを誘って権威を失墜させる……」

「それならわかる。デ・サンティスがあなたたちの班に恨みを抱いているのは当然ね。彼を刑務所送りにしようとしたんですもの。でも十日前にマクナルティ警部補の部下を狙ったのはなぜ？　そして今夜ふたたび彼らをターゲットにした。なにかあるはず。わたしたちが見逃しているつながりが……」

「そうかもしれない。そうではないかもしれない。こうなったらクイン警部補とマクナルテイが和解して一致協力してくれることを祈るばかりだ」

車がハドソン通りに入り、わが家が近くなってきたところで、それにふさわしい話題を出してみた。「あなたとジョイの父親も、そうなってくれるといいのに」

フランコはうろたえているようだ。「こっちはいつでもどこでも交渉に応じる準備ができている。しかしミスター・アレグロが提示する和解の条件は、おそらく……」彼がスキンヘッドを軽く叩いた。

「なにもそこまでは、と思うけど。マテオはもうタクシーをつかまえているでしょうけど、もう少し強く言えば、この車に乗ったかもしれない。そうすればあなたたち二人は車内で――」

「事実を見よう、コーヒーレディ。彼はわたしを嫌っている」

「あなたに逮捕されているからね。二度も。彼に謝罪した？」

「なにをいまさら、わかっているくせに。誤認逮捕が原因でミスター・アレグロに忌み嫌われているわけじゃない」

フランコの言い分にフロイト的解釈を持ち出すまでもない。これは雄鶏同士の序列争いというよりも、マテオの成熟の問題なのだ。マテオ自身はまだ三十代くらいの感覚で生きている。だから彼にとって娘のジョイはやっと十歳になったかならないか。となると……まだあどけない愛娘のハートを生意気な警察官が盗むなんて、ゆるさない!

フランコはビレッジブレンドと目の鼻の先の駐車場に車を入れ、エンジンを切った。

「さて、クィン警部補の言ったことを思い出そう。しっかりとエスコートせよと命じられた——その宝石類も含めて。建物のなかまできちんと送り届けろと。しっかりと実行しなくてはな」

「せっかくだから、なにかごちそうしましょう。お腹は?」

フランコが目を輝かせた。「手料理をごちそうしてもらえるなら、いつでも腹ぺこだ」

「まあ、うれしい。それに上手だわ。お世辞を言われたらデザートもつけてしまう」

「せっかくならフライド・モッツァレラスティックがあるとうれしいな」

「どうして、あのスティックのことを知っているの?」

「知っているも何も、クィン警部補からどれだけ聞かされたことか。先週、まずいランチに当たるたびに目がどんよりしていたな。そしてここで食べた絶品のモッツァレラスティックについて語り出す。熱々でカリッとした歯ごたえで、しかももっちりして——」

「そうだったの……」

あいにく、パン粉が足りないし、モッツァレラの買い置きもない。そこで頭をフル回転させ、思いついたのがディナーで食べたグリュイエール・チーズ入りベシャメルソースだ。すばらしく美味しい味がまだ舌にはっきりと残っている。フランコに山盛りのフェットチーネ・アルフレッドを提案してみた。

「おお、四つ星レストランのメニューにある料理か。アルフレッドなんて、難しいんだろうな」

「いいえ、全然。とてもかんたんよ。この残酷なサンダルを履いたままでも平気よ」

「そこまでしてもらうのは、申し訳ない。でも……」フランコがにっこりした。「フィアンセになったばかりの人物は、きっとよろこぶだろう。まちがいない」

「そうかしら？　彼はこのサンダルをたいして気に入っていなかったみたい」

「とんでもない。彼のリアクションを見ただろう？」

「リアクション？　うつろな表情で『すてき』と言っただけよ。いちおう礼儀として言ったのかと思ったわ」

フランコが大きな笑い声をあげた。「まず、彼は『すてき』とは言ってない。『とてもすてきだ』と言った。そして視線は脚に釘づけだった。あれは人事的翻訳で、ほんとうはたまらなくいい女だと思った」

「ほんとうに？」

「誓う」

「その人事的翻訳とは？」

彼が肩をすくめた。「警察の新しい上層部の意向で、管理職以上の職員は全員、政治的に正しい言葉遣いのブートキャンプに送り込まれた。このご時世には、警棒で殴ってもクィン警部補の口から〝きみはセクシーに見える〟なんて言葉は出てこない」

53

「ああ、きみはセクシーに見える」

「わたしが？」

フランコを見送ってから三時間後、わたしは寝室のラグの上に立っていた。マイクがそばのランプのスイッチをつけて、もっとよく見ようと両肘をついて上半身を起こした。ほのかな光のなかで、彼の顔に微笑みが広がっていく。アイスブルーの目が大きく見開かれているのは、意外だった。

ほんの数分前まで、彼はわたしの四柱式のベッドでいびきをかいていた。いま彼は光を浴びるわたしを見て、しきりに瞬きしている。田舎道にとつぜん鹿があらわれたみたいに驚いている。わたしは裸ではないけれど、それに近い。

「お願いだ、うごかないで」

「なぜ？」

「頭のなかに映像を焼きつけている……」

自分の頬が赤くなっていくのを感じる。マイクの愛情あふれるまなざしを注がれて、動けない。

バスルームに行くためにテリー生地製のミニ丈のバスローブをはおっていた。それがすっかりはだけてしまっている。両方の耳にはソフィアのみごとなルビーのイヤリングがぶらさがり、足にはアンデルセンの童話の赤い靴のように、ソフィアの竹馬のようなサンダルがストラップで固定されている――これにはわけが……。

数時間前、わたしはフランコとの約束通り、クリーミーなフェットトチーネ・アルフレッドをつくった。彼の分に加えてもう一人分つくって残しておいた。デザートを出すという約束も守って、ビレッジブレンドの「グロブス」をたくさんふるまった――これは隠し味として少量のエスプレッソを加えた魅惑的なチョコレートクッキー（何十年も前にソーホーで話題となったクッキーのレシピを再現し、いまはわたしたちの店で大人気となっている）。

フランコはコーヒーをテイクアウトし、グロブスも少しお土産にして、おやすみなさいの挨拶とともに帰っていった。わたしはキッチンを片付け、居間のソファに腰を落ち着けてマイクを待った。

彼の夜食用のフェットチーネ・アルフレッドは保温してある。もちろん彼に対する心遣いではあるけれど、質問攻めにしたいという下心もある。濃厚なパスタを味わってもらいながら、マクナルティ警部補との因縁についてさぐるつもりだった。

けれども帰宅したマイクはお腹を空かせてはいなかった。話すことにも乗り気ではなかった。

それは当然かもしれない。プロポーズ以来、初めていっしょに過ごす夜だったのだから。ミッドタウンからビレッジに来るとちゅうで彼は花束まで買ってきたのだ。

その花束は結局、花瓶に飾られないままだった。

ちゃんと理由はある。フランコのためにアルフレッドをつくる時に、ソフィアのピンヒールのサンダルは脱いでいた。でもマイクがカギを挿し込む音を聞いた瞬間、もう一度履こうと思いついてしまった。とびきりおしゃれな拷問器具のようなサンダルのストラップを締め、ポーズをとることにした(もちろん、面白半分で)。

わたしの爪先は抵抗したけれど、やるだけの価値はあるかもしれないとなだめすかしてサンダルを履いた。

そしてソファに腰掛けて脚を組んだ。ドアが開き、マイクの広い肩が戸口をふさぐようにあらわれると、わたしは魅力的な笑みを浮かべてみせた。

「フランコはあなたがこのサンダルを気に入ったと言ったわ。ほんとうにそうかしら。どう?」

マイクは無言のままだった。わたしに花を渡し、くちびるにキスして、負傷者を搬送するようにわたしを肩にかついだ。そしてそのまま上階へ。おかげでわたしは脚を使わず楽ちんだった。

自分の両脚で体重を支えることになるのは、それから数時間後、主寝室で目覚めてからだ。ルビーのイヤリングと「とてもすてき」なサンダル以外は、なにも身につけていなかった。

眠気を払おうと目をこすりながら、まだストラップが締まっていることに気づいた……。

というわけで、わたしは寝室のランプのあわい光を浴びて立っていた。そして、婚約したばかりの男性の笑顔が広がっていくのを見ていた。

「フランコは半分だけ正しかったみたい」

「なんだって？」

「あなたは確かにこのサンダルを気に入った。でも警棒で殴る必要はなかった」

「警棒？」

「フランコによれば、あなたは上層部の方針で政治的に正しい話し方の訓練を受けたから、〝きみはセクシーに見える〟なんて言葉は警棒で殴っても出てこないはずって」

マイクが片方の眉をあげて、いたずらっぽい表情を浮かべた。「おもしろそうだな。試してみるか？」

「本気？　あなたを警棒で叩くの？　そんな必要ないわ。いまあなたの口から聞いたもの！」

54

翌日の夜明けは、凍るような寒さだった。わたしはシャワーを浴びた後、心地いいジーンズ、暖かいセーター、いい感じに履き古した（ここが肝心）フラットシューズを手早く身につけた。

マイクはまだぐっすり眠っている。静かに寝室のカーテンを開けると、眠そうなウエストビレッジの通りからやさしい光が射し込んできた。窓を少し開けてみた。ハドソン川から潮の香りのするひんやりとした空気が流れ込む。さわやかな風がすぐ近くのニレの木の枝を揺すり、鮮やかな黄色の葉と低いタウンハウスの赤い煉瓦、それに海のほうの明るい空の色を加えてちょうど三原色になっている。

そこに宿る美しさを胸いっぱいに吸い込んでみた。新しい一日の始まり。なにもかもが静かで平和で心地よい。

これがいつまでも続くことはないだろう。人生とはそんなものだ。でも、静かなる中心を見出すことは、とてもだいじなこと。それをしっかりとつかんでいれば、頑張れる。日々の重圧に耐え、つまずきや後悔に足を取られずにすむ。

窓の下のほうからモーターの音がして、ベーカリーのバンが到着した。さあ、今日も仕事だ。

開店準備をしているバリスタたちにメールで様子をたずねた。すべて順調という心強い返信を読んでいると、見覚えのある覆面パトカーが道を挟んで向かい側に停まった。

フロントシートに座っているのはロリ・ソールズ刑事と彼女の相棒、スー・エレン・バス刑事。ふたりは毎朝カフェイン補給のためにやってくるが、今朝はいやに早い。開店まであと十五分もある。

さすがに、またもや不当逮捕をもくろんでいるわけではないだろう。マイクとわたしは無事に婚約したのだから。

店にいるタッカーにメールを送り、彼女たちの車に無料サービスでドリンクを運ぶように頼んだ。ロリにはカプチーノを、スー・エレンにはトリプル・エスプレッソを。

タッカーからは『了解』と返信が来た。ついでに新しいスーパーヒーローの脚本の読み合わせに店の二階を使ってもいいかと許可を求めてきた。

『ＯＫ』と打ちながら、ソフィアからの未読のメッセージに気づいた。昨夜遅くに届いている……。

父の容態に変化は見られません。深夜をまわりましたが、回復を祈っています……ハンターが来てくれました。ほんとうにありがとうございます。二人で話し合っています。

やっとほんとうの話し合いができます！

二人は話し合っている。ほんとうの話し合い？　なにについて？　結婚生活の問題かしら。それともガスの状況。その原因。ローマの謎の男？　ハンターと、あのデ・サンティスとの取引について？　もしかしたら、そのすべて？

メールやボイスメールで確かめるわけにもいかない。ソフィアから借りた高級ブランドのサンダルとハンドバッグをキャンバス地のトートバッグに入れ、ジュエリーをシルクのスカーフで慎重に包み、キッチンにおりていった。

ごはんをせがむネコたちにキャットフードを出しながらも、確かめたいことは後から後から出てくる（だから心穏やかでいられない）。ジャヴァとフロシーが食べている間にオーブンの予熱をして、ローフパンを六個取り出して材料をそろえた。

はかり知れない価値の資産をソフィアが相続したことを、ハンターはもう知っているだろう。そう思うと、いてもたってもいられない。その心配をぶつけるように、ボウルのなかの卵をまぜた。

ソフィアがハンターに惹かれた理由はよくわかる。世界中を旅し、知識が豊富で、りっぱな体格で金髪というバイキングらしい風貌の持ち主。そのうえ、地球の長い歴史が生み出した輝く宝石への情熱を語り合うことができる相手なのだから。

では、ハンターはどうだろう？　ほんとうに彼女を愛していたの？　それとも彼女を利用しているだけ？

泡立てた卵にメイプルシロップとブラウンシュガーを加え、さらに力を込めて混ぜる。次にバニラ、シナモン、ナツメグ、ベーキングパウダー、重曹、塩を加えて混ぜ、カボチャのピュレを加えて混ぜる。最後に小麦粉を加えて混ぜた。もったりとしたクイックブレッドの生地を型に入れ、カウンターに打ちつけてフラストレーションを解消したら（いい具合に空気も抜ける）、オーブンに入れる。

生地をつくるのに使ったボウルと泡立て器を洗ってから、ベーコンの準備に取りかかる。そのまま焼くのではない。フィアンセになったばかりのマイクのためにつくるのは、特製のコーヒー・ベーコン。味はメイプルエスプレッソ・グレーズと、マスタードとブラウンシュガーを使ったグレーズの二種類。スモーキーで甘く、うっとりするような味わいだ。

ふつうの厚切りのベーコンに複雑なフレーバーをからめていく手順は、とてもかんたんだ。まずはコーヒーをポット一杯分わかす。今朝はこれを皮切りにたくさんコーヒーをいれることになる。アンドレア・ドーリア号のブレンドのコンペに向けて、準備にとりかかるために。

九十分後、パンプキンブレッドが焼きあがった。グレーズド・ベーコンが焼けるジュージューという音を聞きながら、わたしはまだソフィアとハンターについてあれこれ考えていた。そこにマイクの低い声がした。

「すごくいいにおいだ」

「朝食よ。座ってちょうだい。話があるの……」もうこれ以上、自分だけで心配事を抱えていられない。

55

　マイクはくつろいだ足取りでキッチンに入ってきた。シャワーを浴び、ひげを剃り、ほぼ身繕いをした彼は革製のホルスターとスーツの上着を椅子の背にかけた。白いワイシャツをわたしが指さすと、袖をまくりあげてからテーブルに腕を置いた。

　いれたてのコーヒーを彼のカップに注いでいると、いきなり力強い腕で腰を抱えられた。

「コーヒーの前におはようのキスは？」

「キス？　このくちびるのカフェイン含有量はゼロよ」

「確かめてみよう……」さらにぐっと引き寄せられて、わたしはポットを置いた。「ほんとうだ」彼は仮説を確かめた後で同意した。「カフェインはゼロ、だがおそろしく刺激的だ」

「すてき」それが朝のキス、と思ったらちがっていた。

　離れようとするわたしをマイクが引き戻し、自分の膝に乗せてしまった。

「なにをするの！」

「思い出した。正式に婚約したんだったな。だから……」

「だから？」

「きみは〝すてき〟なキス以上のものを得る資格がある」

マイクの瞳がうれしそうにキラッと輝き、わたしの口はふさがれた。彼のくちびると舌のせいで息ができない。左右の硬い手がわたしのセーターのなかに滑り込み、わたしは思わず彼の砂色の髪に指をからませた。

熱いコーヒー、ジュージューと音を立てるベーコン、焼き立てのパンプキンブレッドのアロマがキッチンいっぱいに広がっている。でも彼はまだわたしを欲しがっている——つかのまでも、わたしは正真正銘、世界一幸せな女だと思えた。

「あのサンダルを自分用に一足手に入れようかしら」数分後、彼のくちびるにふさがれたまま、かすれた声で言った。

彼が笑いながらこたえた。「サンダルなんてどうでもいい。サンダルにストラップでくっついている本体こそ価値がある」

「申し訳ないけど、本体はこれから忙しい一日をスタートさせなくてはならないの。あなたもね」

そっと彼の胸を押し返すと、彼は渋々わたしを離した。

わたしはよろよろとカウンターへと歩いていく。このままマイクを引っ張って上に行くか、彼のベルトのバックルを外してキッチンの壁を背に情事に浸りたい（昨夜のカクテルの意味有りげな名前が頭に浮かぶ）という強烈な衝動に耐えた。

彼も誘惑と闘っている。だから、別のもので彼を満たすことにした。皿に盛りつけた、つやつやした甘いグレーズのかかったベーコンで。脂肪たっぷりの肉と競争するつもりはまったくないけれど、この戦術は（フランコの言葉を借りれば）効果的だった。

マイクの関心はすぐにカリカリに焼いた豚の脇腹肉へと移った。たちまち食欲が性的衝動を打ち負かして、キッチンは静かになった。聞こえるのは肉を咀嚼《そしゃく》する音、そして満足げに喉を鳴らす音――これぞ古代から人類が普遍的に奏でてきた音楽――だけ。

朝食後の居眠りをしていたフロシーとジャヴァは、この原始的な音で目をさまし、マイクの足のまわりをクルクルまわり始めた。その姿は飢えた猛獣のよう。小さなピンク色の舌で舌なめずりしながら、ふさふさの尻尾を旗のようにまっすぐに立てておねだりしている。

「マイク、ズボンにコロコロをかけなくては」

「なんだって？」ベーコンですっかりトランス状態になっていた彼がはっとしてきき返した。

パンツの膝下部分が毛だらけになっているのを指さした。

彼は嫌がるどころか、手を下に伸ばしてネコたちを撫でてやる。「ベーコンを少し分けてやるべきかな？」

「いいえ。この子たちはわたしにまかせて」

ガタガタ音を立てるネズミのおもちゃとキャットニップの匂いにつられて、元気いっぱいの二匹は無事居間に移動した。わたしはキッチンのテーブルに戻り、自分用にメイプルとブラウンシュガーのパンプキンブレッドを一枚スライスし、高脂肪のアイリッシュバターをたつぷりとつけた。マイクのお気に入りのバターだ。

新米のフィアンセは焼き立てのパンを味見して目を閉じた。「キャットニップよりずっといい」彼は口いっぱいに頬張ったまま口元をゆがめた。

「あなたの班の人たちのために、アイシングをかけたものを三本用意しておいたわ。そしてサリーにも一本――あなたがお見舞いを欠かさないのは、わかっている。フランと子どもたちの差し入れにしてね」

「きっとよろこぶよ。とてもいい思いつきだ」

「もう一本あるのよ。別の病院に持っていくために」

「別の病院？」もぐもぐと動いていたマイクの口がとまる。「どこだ？　なにかあったのか？」

「話というのは、そのことなの……」

56

最初から順を追って話した。昨日ダイヤモンド・ディストリクトに行き、そこでマテオとソフィア、さらにわたしの娘を受託者とする奇妙な遺産が信託されていたと知ったこと。マテオの名付け親のガスがひとりでいるところを襲われ、それをわたしが発見した経緯も話した。ガスは病院に運ばれたまま意識が戻らず、まだなにも質問できない状態であることも。

そして、先週会った時のガスの発言も伝えた。「パンサーマンの格好をした狙撃犯について、情報を収集すると約束してくれたのよ」

マイクがわたしの様子を観察するように、じっと見つめる。「彼のいまの状態は、そのことと関係していると考えているのか？」

「あなたに言った通り、ガスの顧客は法律を守る側と破る側の両方にいる。ラップアーティストにもナイトクラブのオーナーにもジュエリーをつくる。たとえば――わたしの推測では――エドゥアルド・デ・サンティスのような人にも……」

最後にソフィアの夫ハンター・ロルフについて話した。わたしたちが瀕死のガスを発見する数時間前に、彼がガスに会いに行っていることも。

「その男の写真はあるか?」

「あなたに送信しておいた……」21クラブで撮った写真を自分の携帯電話で見せた。「この人よ。大柄でブロンド。マテオとわたしに対しては、とてもふてぶてしい態度だった」

「よくわかった」マイクはにこやかなまなざしだ。どことなく驚嘆しているような風だ。「容疑者だときみが考える人物について、ブリーフィングしてもらおうか……」

わたしは簡潔に説明した、マイクはまったく表情を変えずに話を聞いていた。おそらく部下のブリーフィングもこんなふうに聞くのだろう──完璧なポーカーフェイスで。驚いたことに、わたしのささやかな「ブリーフィング」のさなかに、彼はスマートフォンを取り出し、わたしには続けろと指示し自分はメールを打ち始めた。もやもやする気持ちを抑え込んで、すべてを話し切った。

「それで? あなたはどう思う?」

「そうだな……」ポーカーフェイスのまま、マイクが口をひらいた。「エドゥアルド・デ・サンティスは現在、監視下に置かれている。きみのおかげだ」

「たまたまよ」

「ちがう。きみの元夫の後方にデ・サンティスがいたのは、確かにたまたまだった。きみはそのチャンスを逃さず、写真を撮ってわたしに送った。きみは過去の事件のデータをもとにデ・サンティス本人であると確信し、彼の同行者も含めて写真に収めた。それはたまたま運がよかったとは言わない。それこそ刑事の仕事だ」

「ありがとう。でもこうして新しい一日が始まってみると、それがどれほどの意味を持つのか、よくわからないわ。昨夜は強制的にフランコの車に乗せられて、その車内で彼を質問攻めにしたわ」

「悪かったな。追い払うのは気乗りしなかったが、マクナルティとは——」

「いいのよ。フランコが理由を説明してくれた——正確には、説明しようとした。横柄な話し方をする警部補と彼のユニットについて聞いたわ。彼らインサイド・ジョブ班とエドゥアルド・デ・サンティスは過去になんの関わり合いもないのね」

「その通りだ」

「仮にデ・サンティスが、自分を刑務所に入れようとしたあなたたちに復讐をもくろんでいるとしたら、なぜマクナルティの部下まで狙うのかしら。かえって捕まるリスクが大きくなるのでは？」

「理由を示す必要はない。確かな事実を示すだけでいい。彼はこの街にいる、根深い恨みを抱いている、スナイパーを雇う金がある、昨夜の花火のショーのそばに彼がいた、跳ね返った弾の破片で負傷者が出た。そして……きみからの写真を見た後、わたしは班にくわしい調査を命じた」

「それで？」わたしは身を乗り出した。マイクの目が鋭く光っている。「なにがわかったの？」

「ここから半ブロック離れた空きビル——きみが苦情を出した、廃墟同然の建物。犯人がサリーを撃つのに使った場所だ。あのビルのオーナーについてわかった」

「パンサーマンがロープを巧みに使っておりてきた、あの建物ね？」

「そうだ。あの建物はダミー会社の所有となっている」

「ダミー？　待って。まさか——」

「あの建物のほんとうの持ち主はエドゥアルド・デ・サンティスだ」

殴りつけられたような衝撃だった。椅子の背によりかかった。「あいつが。やはり、あの男だったのね」

「らしいな。しかし、推測と状況証拠だけでは不十分だ。法廷で通用する証拠が必要だ」

「ハンター・ロルフについてどう思う？　やはり怪しい？」

「彼はデ・サンティスと組んで仕事をしている。彼も現在、張り込みの対象だ」

「それならよかった。あなたも彼に目をつけたのね？」

「目をつけたのは、きみだ。順序立ててりっぱに論証もした。動機を特定し、サファリについての発言から技能を実証し、こちらからの質問に過剰防衛すること、昨夜の未遂事件現場のそばにいたことをあきらかにした」

「でも、それはたったいま話したことばかりよ。なぜ、すでに監視対象となっているの？」

マイクがスマートフォンを持ち上げてみせた。「きみの話を聞いているさいちゅうに命じたからだ」

三十分後、マイクは正面のドアへと向かった。ショルダーホルスターの上からスーツの上着を着ているところに追いついた。

「待って！　忘れている！」

「だいじょうぶだ。パンプキンブレッドの包みはきみから渡されたこの紙袋に入っている。病院のサリーに持っていく分も――最初にそっちに寄る」

「そのことではないわ」

「そうか？　じゃあ、もう一度行ってきますのキスのおねだりかな？」彼が身をかがめた。

「ほら――」

「それもちがう。キスはうれしいけれど」

「降参だ。なにを忘れている？」

彼のチャコールグレーのスーツのズボンを指さした。「下を見て」

「本気か？」彼がいたずらっぽい表情で片方の眉をあげた。「もう一度あれを？」

「いいえ、マイク。もっと下、朝食の時にジャヴァとフロシーがあなたの脛《すね》をのぼろうとして大変だったでしょう。忘れた？」

「しまった、毛か。穿き替えるか？」

「いいえ、警部補。わたしがついていますとも。さあこれで――」粘着テープを装備したローラー式クリーナーを掲げた。「きれいさっぱり取れますとも」

彼はクリーナーを受け取り、紙袋をわたしに預けてせっせとズボンにローラーを転がし始めた。

「下がすんだら、もう一度上でキスをしよう」

「パンツはそのままでね。わたしはここから動くつもりはありませんから」

それはジャヴァとフロシーも同じらしく、ローラーをコロコロ転がす「ゲーム」に参加するつもりだ。

マイクの作業を邪魔しないように、わたしは二匹をしっかり押さえていた。

マイクはネコたちの再犯をおそれて史上最短のキスをすませ、ドアの向こうに飛び出していった——わたしの手に紙袋を残したまま!

「ミャオオオオオオウ」大好きな遊び友だちがパンプキンブレッドも持たずに出ていくのを見て、ジャヴァとフロシーが盛大に不満をあらわした。

「マイク、待って!」ドアの向こうにむかって叫んだ。「忘れ物——」

いきなりドアが少しだけ開いて長い腕が一本、にゅっと突き出した。

ほっとして紙袋を渡すと、わたしのフィアンセはついに行ってしまった。

わたしはため息をひとつついて、ジャヴァとフロシーをじっと見おろした。

「まったく、あなたたちのおかげで大変よ」

二匹はのんきそうにストレッチし、どこ吹く風とばかりにあくびをしている。そして、甘い飼い主をうながして、たくみにキッチンの戸棚へと誘導していく——キャットニップがしまってあるところに。

57

「シッシッ！　どいて！　どきなさい！」

マイクのズボンの裾についた毛を取るのにすったもんだした直後、ふたたびネコの問題がふりかかってきた。

「どいて！　どきなさい！」今度は歩道で、しかもサイズが大きい。わたしはホウキをふりまわして目障りなネコを追っ払っている――大きな、二本足のネコを。

「やめてください！　せっかくこうして――」

「ここはダメよ、パンサーマン。どこかの木にのぼってなさい！」

この一週間でビレッジブレンドの前には少なくとも三種類のパンサーマンが、時刻を問わず出没していた。パンサーマンの扮装をした彼らはポーズをとって写真撮影に応じ、強引に「チップ」をせがんだりして店のお客さまを困らせた。

もう耐えられない！

どうせこのパンサーマンも同じだ。そう思っていると、いきなりパンサーマンが頭のかぶりものをむしり取った。あらわれたのは、浅黒いハンサムな顔。プライドをずたずたにされたような表情だ。

「言っておきますが、ぼくは『ハミルトン』の地方巡業でマルキー・デ・ラファイエットを演じています」ドレッドヘアをさっとひと振りして、きっぱりとした口調で彼が言う。「こんな邪険な扱いを受けるおぼえはない」

再度ホウキでつついてやろうと身構えた時、店の正面のドアからタッカーが飛び出してきてわたしの手をつかんだ。

「やめて、クレア！　これはパンサーマンのなりすましじゃない！　わたしのパンサーマンなんだ」

あ。

そうだった。スーパーヒーローが登場するショーの読み合わせをタッカーが予定しているのだ。でも、ほかの役者は誰も衣装を身につけてこなかった。この人だけよ！

タッカーはなんとかなだめようとするが、わたしにホウキで突かれたパンサーマンは野良猫が毛を逆立てるように気を緩めようとしない。盛りを過ぎた女優みたいにすねている。

「どうせこの作品には、ぼくなんてお呼びじゃないんだ！」

「なにを言う、ウェンデル。バカなことを言うな。芝居にはきみが必要だ」

「なにもぼくがやらなくたって、誰でもいいんじゃないか」

「きみじゃなくちゃ、ダメだ。きみのための役だ」そしてタッカーはおもむろに、脚本のナレーション部分を語り出した。昔のラジオ番組のナレーターみたいなものものしい口調だ。

「ディック・ネルソン、ニューヨーク市主席検事は使命感が強く、犯罪に対し容赦ない態度で臨んでいたことが仇《あだ》となった。誘拐され、撃たれ、深い森のなかに捨てられたネルソンを救ったのがピューマたちであった。彼らはネルソンにスピードと強さ、ネコ科特有のしなやかな動きを授けた。こうしてネルソンはパンサーマンの姿で罪のない人々を守り不正に復讐を与えるようになった」

タッカーが大きなネコの肩に腕をまわした。「ようやくきみの時が訪れた、ウェンデル。これはきみの役だ。きみのなかに眠っている力を百パーセント発揮するんだ」

タッカー・バートンの強い説得——と専用の楽屋の約束——が効いて、パンサーマンはビレッジブレンドの二階で仲間の役者に加わる気持ちになった。

ようやく機嫌を直した役者が行ってしまうと、わたしはアシスタント・マネジャーに詰め寄った。「あの衣装はどういうことなの、タッカー？　ただの脚本の読み合わせではなかったの？　正式なドレスリハーサルとは聞いていないわ」

「ウェンデルはすばらしいパフォーマーですから。どんな役であろうと百五十パーセントの力を注ぐんですよ。しかも彼はメソッド演技をおこなう役者ですからね。精神的負担も半端じゃない。演じる対象の動機を理解するために、二十四時間ぶっ続けでその人物になりきって生きて呼吸するというわけです」

「あの衣装でね。とっくに刑務所の独房にぶちこまれていても不思議ではないわ」

「たしかにウェンデルは少々……エキセントリックかな。でもね、こんな状況で、ほかにパンサーマンを演じてくれる役者がいなくて」

「銃撃事件のこと？」

タッカーはもじゃもじゃの髪の頭を横に振って否定する。「警察の嫌がらせです」

「警察の？」

「われながら捕まるかもしれないと覚悟しましたよ。街のレンタルショップに片っ端から電話してパンサーマンの衣装があるかどうか問い合わせたって罪で。ニューヨーク市警の刑事二人が難しい顔をしてやってきて、なぜあの衣装を欲しがるのかを知りたいと」

「なにもかも説明したのね？」

「もちろんです。そして自分がプロファイリングされていたのだと知りましたよ。レンタルショップは、パンサーマンの衣装を借りたいと言ってきた人物のリストを当局に提出させられていたんです。そのリストにわたしの名前が載ってしまった。テロリストの容疑者のリストに！」

「そんな目に遭っていたなんて」

「ほんとに、さんざんですよ。わたしの後でウェンデルも刑事に尋問されています。タイムズスクエアのパンサーマンもやられたらしい。仮装をしてチップをせびっていたやつです。しかたがないから、脚本からパンサーマンの部分を全部カットするつもりでした。でも、けっきょくコミックの出版社が衣装を提供してくれたんです。彼らはパンサーマンが子ども向けのチャリティイベントに登場して、悪評を打ち砕くことを強く願っています」

ワンダーウーマンを演じる大柄な女性が到着し、キャストが全員そろったところで、タッカーは話をしめくくった。「わたしの出番だ。役者がセリフの行数を数えて、自分のセリフが充分でないと文句を言い出す前に二階に行くとしましょう」

「がんばってね。螺旋階段で足を踏み外さないように。これ以上保険料が上がったら悪夢よ。気をつけて！」

タッカーが行ってしまうと、わたしはホウキをホウキらしく使って歩道を掃いた。ふと顔をあげると、最年少バリスタのナンシーが全速力でこちらに向かって走ってくるのが見えた。背中で金髪の三つ編みがぴょんぴょん跳ねている。

そうね、走るべきね。一時間以上遅刻ですもの。

遅刻を詫びる言葉を期待していたなら――そんなものは期待していない――がっかりさせられただろう。

「彼、います？　来ていますか？」急ブレーキをかけるようにナンシーは足を止めて、たずねた。その拍子に彼女の手から、シートケーキ用の焼き皿にカバーをかけたものが滑り落ちそうになったので、わたしがキャッチした。

「ちょっと落ち着いて。彼とは――？」

「スーパーマン……デイビッドのことです。もういますか？」

「全員そろったとタッカーは言っていたわ。スーパーマンを演じるのがデイビッドなの？　デイビッドの苗字は？」

「デイビッドです。ただのデイビッド。それだけで完璧。彼はアバクロンビー&フィッチ、ヘインズの下着のモデルをしているんです。最新のポスターはあまりにもエロくて露出度が高くて、ニューヨーク州都市交通局《MTA》は地下鉄からすべて撤去する羽目になったほど！」

ミケランジェロのダビデ像がピチピチの小さいブリーフを穿いている姿が頭に浮かんだ。

「デイビッドは、もしかしてイタリア人？」

「いいえ、ちがいます。彼のアクセントって、すごくキュートなの。オーストラリア生まれ――あれ、ニュージーランドだったかしら？　そこから一家でウェールズに移って……」

「スーパーマンはクリプトン星の出身かと思っていたわ」

「まあ、おもしろい」ナンシーはお人形のような目玉をくるんとまわした。「デイビッドはニューヨークに引っ越してきたばかりです。だからアメリカへようこそ、の気持ちを込めてこのブルーベリーケーキを焼いてみました。ブルーベリー・ボーイ・ベイトですね。これをおとりにして彼を釣れるかしら」

「獲物はあっちよ」わたしは二階を指さした。「おとりを届けてらっしゃい」

58

一時間後、タッカーが役者たちに十五分の休憩を与えた。エスターはスーパーヒーローを演じる彼らにコーヒーとペストリーを運び、ナンシーはお目当ての人物に絶品のブルーベリーケーキを分厚くスライスしたものをレースペーパーにのせて出した。

「どうぞ召し上がれ、デイビッド……あなたのために、わたしが焼いたのよ」

頬を赤く染めているバリスタに、正統派ハンサムの下着モデルは歯を見せたさわやかな笑顔でこたえた。「どうもありがとう。見るからにスーパーだ。すごくスーパーだ」

ナンシーは期待に満ちた表情で彼が一口食べるのを待つ。デイビッドは頬張りながら、ポール・ニューマンばりの青い目で彼女にウィンクをしてみせた。

「うん、スーパーおいしいね。ほんとうに、じつにスーパーだ」甘くやわらかいケーキを頬張りながら、彼が優しくささやく。

ナンシーは二階全体をぱあっと明るく照らすほど、まぶしい笑顔を浮かべた。

「気に入ってもらえて、すごくうれしい。もう一切れどうぞ！」

エスターはカートのそばでわたしと並んで立っている。「スーパーマンにとっては、なんでもかんでもスーパー、ですか」

「彼ってなんてスーパーなのかしら。そう思わない？」ナンシーがやってきた。夢中で話す彼女に、デイビッドが食べかけのケーキを笑顔で掲げてみせた。

もちろんナンシーはうれしくて笑いが止まらない。「ブルーベリー・ボーイ・ベイト……鉄板ね」

「あいたたた！」エスターが自分の額をぴしゃりと叩く。「わたしのフェミニスト魂がどん引き」

「あら、どうして？」ナンシーがムキになる。

「ボキャブラリーの選択が、あまりにも……時代遅れで。いまは二十一世紀。なのに『ボーイ・ベイト』？」

デイビッドの完璧な口にさらにケーキが入っていく。そしてまたもやナンシーに向かってウィンク。ナンシーは小さく手を振ってこたえる。

「ボーイ・ベイトのどこがいけないの？」

「どこって、その手に白い手袋をはめてピルボックス帽をかぶって、アイゼンハワーに投票するっていうなら、どうぞご自由に！」

「アイゼンハワー？　あなたのまわりのヘンテコなビート詩人仲間？」

「オイ・ゲバルト（イディッシュ語で「神よ！」の意）」パンプキンブレッドも持たずに。エスターが両手を顔に当てて泣きまねをする。「歴史を知らぬ者はエプロンを巻きつけるしかないのか！」

「見なさいよ、エスター。わたしたち全員エプロンをつけているわよ」

それを聞いてタッカーとわたしは噴き出してしまった。エスターだけはプンプン怒っている。

「まるで壊れた時計そのものよ、ナンシーは。合っているのは、一日にたった二回！」エスターは自分の腕時計をトントンと叩く。アニメ『パワーパフ・ガールズ』のキャラクターつきだ。

ナンシーはめげるどころか、ルームメイトであるエスターに対等に言い返した。「パワーパフの扮装をして飛んでみたら？」

仲裁に入ろうとしたら、タッカーに先を越された。「レディたち！　あ、言っておくけど、レディという言葉にたいした意味はないからね。とにかく穏やかにいこう！」

「なによタッカー！　〝ボーイ・ベイト〟という言葉をゆるせるの？　性差別的で侮辱的だと思わない？」

タッカーはエスターに挑むように両手を腰に当てた。「きみは詩人だろ。新しい言葉をつくったらいいじゃないか」

「わかった。じゃ、〝メイト・ベイト〟？　それなら完璧。性的に中立で、力の誇示とも社会的慣習とも無縁。妻も夫もない。相棒ってことね」

「どうぞお好きなように。とにかくデイビッドにハッピーになってもらえたのだから。それが肝心よ。彼ってほんとうにすてきでしょう？」

エスターはスーパーマンをじろじろと見る。「どうかしら。くちびるにボトックスを打つ男は趣味じゃない」

「デイビッドはボトックスなんか打っていないわ！」

「いいえ。よく見てごらんなさいよ。あれじゃまるでミック・ジャガー。それに肌はエルビス並みに真っ青」

「真っ青？　デイビッドはゴージャスな金色に日焼けしているわ！」

エスターがパチパチとまばたきする。「あなたのゴージャスで真っ青なデイビッドが喉を押さえている――」

「彼は……たぶん、死ぬ場面かなにかを練習しているのよ」ナンシーは自信なさそうな声だ。

「彼はスーパーマンを演じるのよ。スーパーマンが死ぬ設定なんて――」

「椅子から転げ落ちる設定もない！」わたしは叫びながら、倒れ込む俳優のもとに飛んでいった。「九一一番に通報して！　デイビッドはアナフィラキシー・ショックを起こしている」

59

「だいじょうぶよ、きっと無事よ」救急車が去ってから、涙に暮れているナンシーに言葉をかけた。「もう病院に着いているわよ、きっと」

「彼を殺しそうになった。スーパーマンを殺すところだった！」

「しっかりして、ナンシー」エスターがナンシーに片手をまわす。「デイビッドがブルーベリーのアレルギーだなんて、わかるはずがない。救急救命士も言っていた。気管内チューブの挿管が間に合った——」

「うわぁあああああああ！」

「替わるわ」わたしはエスターと交代した。

それからの十分間、最年少のバリスタを慰め、抱きしめ、涙を拭いてやった。ナンシーがようやく落ち着いた頃、タッカーが螺旋階段をのぼってきてわたしたちの向かいの椅子にどさりと腰をおろした。

「スーパーマンがノックアウトされてしまった。なんてこった。ちっちゃくて無垢なブルーベリーにクリプトナイト並みの威力があったとは」

「わたし……わざとやったわけではないの」ナンシーが言う。むせび泣きはしゃっくりになっている。

「わかってる」タッカーは身を乗り出して彼女の手をぽんぽんと優しく叩いた。「彼が床に倒れた時に手首を捻挫さえしていなければ、なにも問題はなかった。しかし、こうなると……」タッカーは芝居がかった表情でため息をつき、椅子の背にもたれた。が、すぐにポンと両膝を叩いた。「くよくよしてもしかたない――デイビッドがいてもいなくても、やるしかない！」

「いつもあなたは言っているでしょう。世界には役者がごまんといるって」わたしは言った。

「役者は、確かにいます。しかし、アクロバットもこなす役者となると――短期間で見つけるのは、そうたやすいことではない」タッカーがカートから、騒動のもととなったボーイ・ベイトを一切れつまんだ。

「どんなアクロバット？」

「舞台上でフライングのパフォーマンスをするんです。スーパーマンは飛んでなんぼですから。飛ばなくては！　デイビッドは経験者ですからね。車の保険のコマーシャルで彼は翼をつけて天使を演じた。その時にロープを使うパフォーマンスのコツを身につけている。それに加えてスーパーマンの体格をしている。たとえギリギリのタイミングでロープのスキルのある代役が見つかったとしても、空気で膨らませたマッスルスーツを着せてスーパーヒーローに仕立て上げるしかないだろうな」

上の空でケーキをかじっていたタッカーが、いきなり目を輝かせた。「おお、これはうまい」

ナンシーが濡れた頰をぬぐう。「賞を獲得したベティ・クロッカーのレシピに、ちょっとだけ工夫して――」

「すごいじゃないか。ほんとうにおいしいよ」

スーパーマンが倒れてから初めてタッカーが笑顔になったので、わたしはほっとした。けれどもナンシーはまだしょげきっている。

「ねえ、ナンシー。どうかしら、いっしょにデイビッドのお見舞いに行かない?」

「行けないわ!」ナンシーが叫ぶ。「だって申し訳なくて。彼はきっと、わたしなんかに二度と会いたくないはず!」

「絶対にそんなことないわ。あなたさえよければ、わたしが様子を見てくるわ。それでどう?」

「ほんとうに?」

「もちろん……」

どちらにしても、そうするつもりだった。デイビッドが運ばれたのは、ガス・カンパーナが入院している病院だったから。そこにはソフィアがいることもわかっている。

わたしは深呼吸をひとつして行動を開始した。高額のジュエリーを返す、パンプキンブレッドを届ける、そして山ほどある疑問のこたえを知るために。

60

猛獣が美女に手なずけられている……。

デイビッドの様子を確かめた後にガスの見舞いにいって、まっさきにそう思った――デイビッドは順調に回復してナンシーのことを少しも責めていなかった（キューピッドに感謝しよう）。

一人目の見舞いで手応えを得て、わたしは前向きな気持ちでガスの病室に入った。するとソファでガスの美しい娘がバイキング並みの大柄な夫の腕に抱かれてもたれていた。

癒やされる森の音がする。窓の桟に置かれた小型の機械から流れている。聞こえるのは、それだけではない。

ハンター・ロルフが妻のダークブロンドの髪を撫でながら、静かに異国の言葉で歌っている。くすぐるようなささやきに、医療用のモニター機器のピンという小さな音が重なる。

「ビッサン・ルル、コカ・キッテレン・フル――」

彼が戸口にいるわたしに気づいた。そのまま歌い続けながら、人さし指を口にそっと当てた。歌い終わると、眠りについた妻の下から腕を抜き、彼女の頭の下に自分のジャケットを枕代わりに置いた。そして毛布の代わりに自分のコートをかぶせた。

ワイシャツ姿の彼がわたしを廊下へと連れ出す。

「すみません。でも彼女を起こしたくなくて。この二十四時間ほとんど寝ていないんです」

「そうですか」

「ミセス・コージー、ですね、昨夜お会いしましたね？」

ハンターは申し訳なさそうに確認する。無理もない。今日のわたしは昨夜とは打って変わってポニーテール、ジーンズ、フラットシューズという姿だ。

「クレアと呼んでください」

彼がうなずき、話し出した。スウェーデン語の軽やかなリズムをかなりはっきり聞き取ることができる。

「昨夜の無作法をお詫びします。あなたがたを信頼していいかどうか、わからなかったもので。ローマの男についてきかれて、防衛的になってしまいました。過剰なまでに。しかし妻から説明を聞きました。とても信頼のおける友人であると。あのクラブであなたたちがわたしを見つけたことを彼女は感謝しています。わたしもです。二人で一晩かけて話をして、多くの誤解を解きました……」

一夜のうちにハンターはまるで別人のようになっている。怒れるライオンから喉をゴロゴロ鳴らす子ネコに。夫は人たらしだとソフィアは言っていた――だから、いくら物腰が穏やかになっても、この宝石ディーラーをかんたんに信用するわけにはいかない。

「またお会いできましたね」言葉少なに言ってから、手に持ったトートバッグを指さした。「差し入れを持ってきました」

「それはありがたい。ソフィアはきっとよろこびます。このところ、毎朝まっさきに『お腹空いた』と言うんですよ、彼女は」

「コーヒーも。ここにもコーヒーはありますが、お勧めできないので」

「ソフィアがよろこびます。あいにくわたしはコーヒーが飲めないものですから。カフェインのアレルギーで」

「そうですか」

彼がうなずく。「じんましんが出ます」

ブルーベリーは？ 確かめてみたかったけれど、それは飲み込んでガスのほうを見た。

「ミスター・カンパーナの容態は？」

「よくありません……」ハンターが深刻な表情で首を横に振る。「検査の結果、毒物を摂取していることが判明して——」

「毒物？」

「ベリリウム塩の大量曝露です。かなり深刻です。しかし希望はある。原因がわかったので、医師たちは適切な治療を開始しました」

「彼はどのように毒を？」

「ベリリウムは金属加工に使用されます。おそらく作業場での事故でしょう。今朝早く、女性刑事二人が病院にわたしたちを訪ねてきました。カンパーナ家の敷地に立ち入りたいとのことで。ソフィアが警備担当者に連絡して通すようにと指示しました。事故の経緯を警察がきっと解明してくれると、わたしは信じています」

「昨日あなたが彼と話した時に、なにか毒物の反応に気づきましたか？」

「いや、まったく。元気そうでした。上機嫌でした。わたしは彼に朗報を伝えたんです」

「そうですか。朗報というのは……昨夜のビジネスの会合となにか関係あるのかしら」

「そうです。祝杯をあげていたんですよ。ソフィアに昨夜伝えました。これからの数年間カンパーナ家のビジネスに何百万ドルも入る契約を締結したんです。これでもうわたしは一家の居候《いそうろう》ではなくなる」

「居候？　ひどいわ。ソフィアがそう言ったの？」

「いいえ、妻ではありません。彼女の父親ですよ。わたしが心から彼の娘を愛していることを信じてくれなかった。成功している一家の事業の利益を狙っているのだろうと疑われていた」

「なぜそんなふうに？」

ハンターが目を伏せる。「しかたない部分もあります。わたしの以前のビジネスと、その手法がソフィアをひどく苦しめた」

「法に触れること？」

「違法ではないが、それでも……倫理的に問題があると思われてもしかたなかった。宝石の原石の調達だけでなく、代々伝えられたジュエリーも扱うものですから。買い手と売り手の仲介者の立場で。たいていのクライアントは女性なので、つとめて人当たりよく接します。説得力も必要ですし、それなりに魅力的であることもだいじです。未亡人、離婚した女性、夫からネグレクトされている女性に価値ある宝石を手放すよう、うながすわけですから」

「そのジュエリーを、本来の価値に比べてほんのわずかの額で手に入れていた――そういうことかしら？」

「ひじょうに裕福な女性たちです。皆さん、自分の意志で手放している」

「あなたに口説き落とされて、ね。言葉巧みに女性から宝石を巻き上げる。ご自分でそう説明している。〝ロマンシング・ストーン〟と言うのよね、確か――」

「ええ。ずいぶん前にその映画を観ましたよ」彼が力なく微笑む。「だが、それはもう過去のことです」

「過去のこと？　やめたの？」

彼が腕を組んだ。「ソフィアはわたしのクライアントからのメールを見たり電話での会話をこっそり聞いたりして、発作的に激しい嫉妬にかられる。わたしが愛しているのは妻だけ、女性たちとのやりとりはごく短期間のビジネスのためだ。いくらそう説明しても、どうしても納得しない。だから……」彼が肩をすくめた。「きっぱり足を洗うと決めました」

「ロマンシング・ストーンをやめたのね？　完全に？」

「完全に。ええそうです。昨夜の三人のシャイフたちからの入金とエドゥアルドを通じて得たコネクションで、これからはカンパーナ家のビジネスに投資ができる。ソフィアといっしょに仕事ができる。もう離ればなれにならずにすむ。別々に出張することもない。ふたりでガスを支え、ファミリー・ビジネスに打ち込む。わたしの資金を使って事業を拡大し利益につなげることができる」

廊下がさわがしくなってソフィアが声をもらした。ハンターは妻の様子を確認し、ドアを少し閉めた。

妻を気遣う彼はとてもやさしく、思いやりに満ちている。優秀な警察官を次々に狙う冷酷なスナイパーとはかけ離れている。

しかしハンターはまちがいなく、エドゥアルド・デ・サンティスの仲間だ。有罪判決をまぬがれたとはいえ、サンティスはドラッグのディーラーとして知られている人物。それにハンターとデ・サンティスはともにサファリに行っている。いかにも思いやりに満ちた風を装うハンターはハスラーであり、動物を狩って命を奪うことができるのだ。スナイパーとして雇われるだけの技量も持ち合わせている。

「もうひとつ、質問していいかしら？」

「どうぞ」

「昨夜、ローマの男性についてあなたに質問したわ。あらためてききます。その人物は何者で、ガスにはなにを話すつもりで――」

「ハンター？　いるの？」ドアの向こうからソフィアが呼んでいる。「お腹空いたわ。なにか食べる物を持ってきてくれたのね！」

61

ハンターとわたしが病室に入ると、ソフィアは昨夜わたしと交換したローヒールのパンプスを履こうとしているところだった。

「きみの友だちのクレアが来てくれた」彼が告げる。「すてきなものを持ってきてくれたよ」

ソフィアがぱっと立ち上がり、わたしをぎゅっときつく抱きしめた。

「ジュエリーも返しにきたわ」わたしも彼女を抱きしめながら言った。「あなたのすてきなハンドバッグとピンヒールのサンダルも――」

「どうぞバッグと靴はそのままお手元に」ソフィアが言う。「その代わりに、あなたの靴をこのまま履かせてもらっていいかしら。いままで履いたなかで最高の履き心地よ！」

わたしはにっこりした。「もちろん。わたしからの贈り物として差し上げます。でもあなたの靴はお返しするわ。だってどう考えてもあなたが損をする――」

「それは無料で受け取ったものなのよ。自宅にあと二足あるわ。バッグも同じ。ファッション業界で仕事をしているから、無料サンプルとお買い得品が山のように手に入るの。どうぞ受け取って。お願い！」

「そこまで言うのなら」わたしは彼女の耳元でささやいた。「婚約したばかりの彼が、きっとよろこぶわ」

「まあ」

わたしがかすかに頬を染めたのを見て、彼女はほほえんだ。「あなたに身につけてもらったルビーも、きっと役に立ったわね」話しながら彼女はシルクのスカーフをひらいてジュエリーを取り出し、イヤリングの片方を持ち上げて照明の光に当てた。「見てちょうだい。赤くて堂々として強いエネルギーを秘めた石のこの輝き。歴史的に見ても、多くの文化でこの石を身につけると自信とパワーが授けられると信じられていたわ。そしてまた、これは情熱の石でもある――宝石の媚薬《びやく》」

「ほんとうに？」

「ルビーの赤い輝きはカップルの情熱を燃え上がらせると言われているわ。情熱の炎は決して消えることなく、刺激に満ちた愛がいつまでも続く……」

ソフィアは細心の注意を払ってネックレスとブレスレットをソファに置いてあるハンドバッグの安全な内ポケットに移す。もどってきた彼女の手には、まだイヤリングがある。それをわたしに贈ると言い出したので、驚いた。

「これはあなたが持っていて、クレア。あなたがつけるとほんとうに映えるわ」彼女がわたしの耳にイヤリングを当てる。「栗色の髪のなかの赤い色まで引き出される」

「すばらしくありがたいことだけど、いくらなんでも――」

「どうぞ、受け取って。婚約のお祝いとして」イヤリングをふたたびスカーフにくるみ、ソフィアはわたしの手に押し付けた。「さあ、座りましょう……」

わたしの手作りのアイシング・パンプキンブレッドと持参した保温ポットから紙コップに注いだコーヒーを味わいながら、ガスの容態について話し合った。ハンターはわたしの冬の夜明け《ウインターーズ・ドーン》ブレンドには口をつけず、フルーツジュースを飲んでいる。パンプキンブレッドはとても気に入ったらしく。続けざまに三切れ食べている。

「パーラと会ってもらえなくて、とても残念だわ」ソフィアは一切れ目を少しずつかじりながら言う。「あのアンビエント・オルゴールを持ってきてくれたのよ。パパに聴いてもらえるようにって。心地よすぎて、わたしは森の音であっという間に眠ってしまうみたい」

「あるいはハンターがあなたのために歌っていた、あの歌のせいね」

うなずくソフィアの顔は、夫への愛で輝いている。「スウェーデンの子守唄よ。ハンターはお母様から教わったの。結婚したばかりの頃、ほとんど毎晩わたしのために歌ってくれたのよ。でも、ずいぶん長いこと聞いていなかった」

「『豊かなギャレー』という歌です」ハンターが加わる。「三つのものについてのかわいらしい歌です。遠くからの放浪者三人、港をめざして航海する三隻の船、三つの贈り物が入った宝箱――」

「そして三人でつくる家族ね。お母さん、お父さん、子ども……」

ソフィアがハンターに向けるまなざしは、ただ歌詞の話をしているのではなさそう。ソフィアは妊娠しているのかもしれない。彼女の顔の輝きと旺盛な食欲は、そういうことなのか。

自分が三人家族になった時のことを思い出した。ジョイをみごもったわたしを、マテオはほんとうにやさしく気遣ってくれた。わたしの食欲を満たすために、彼は何度となく終夜営業の食料品店と近所のデリに買い物にいってくれた。

三人家族でいいこともつらいことも乗り越えてきた。すぐに表情を変える海に翻弄されながら進んでいくようなものだった。マテオとわたしが別れても船は沈まなかった。絆をしっかりと結んで娘を支えた。

ガスのほうを見た。意識がもどらないまま病院のベッドに横たわり、機械とモニターにつながれている。

彼もたった三人の小さな家族でアンドレア・ドーリア号に乗っていた。そこでなにを経験したのだろう。船が沈んだあの悲惨な夜。どれほどおそろしい思いをしただろう。それでもガスは家族を守り抜いた——彼の妻アンジェリカ、そして幼い娘パーラを。

パーラ。

ガスの長女のことを思い浮かべながら、いまになって重要な疑問が湧いた。

ガスが倒れた日、ソフィアはマテオとわたしと一緒に貸金庫を開けるのに立ち会った。なぜパーラはいなかったの?

62

「ソフィア、あなたのお姉さんについてひとつ質問してもいいかしら？」

「もちろん」

「〈アイ・オブ・ザ・キャット〉のことを知ってパーラはどんな反応をしていた？」

「不思議ね。わたしも同じことを考えていた。その話をした時、姉はなぜか驚いていないように見えたわ。でも、あのパーラのことだから。いつだって姉は周囲の予想通りの反応なんてしない……」

パーラ・カンパーナはガスの娘、そして第一子だ。わたしが知るイタリア系アメリカ人の家庭ではどこも長子が特別な地位を占めている。いちばん年かさの子は、たいていもっとも重い責任を負わされる。親の遺言状の執行者に指定されるなど法的な部分でも。

「なぜパーラは金庫室にいなかったのかしら？」

ソフィアが肩をすくめる。「なぜならサル・アーノルドは彼女に通知書を出す命令を受けていなかったから。彼女は受託者の一人として指定されていなかった」

「マテオとあなただけ？　どうして？」

「確実なことは父にきいたほうがいいでしょう。たぶん、パーラが家族の事業にまったく関心がないからではないかしら。姉は大学に入学する時に、わたしの両親がやっているジュエリーの事業とは今後いっさい関わりたくないとはっきり言ったわ。自分の人生を自分だけのものにしたいのだと言った」

「それでも、〈アイ・オブ・ザ・キャット〉は巨額の富をもたらすのだから、それに関する発言権を――そしてかなりの取り分を――要求するとは考えられない？」

ハンターはここまで黙って聞いていたが、その質問を聞いて声を出して笑った。

「なにがそんなにおかしいの？」

彼は首を横に振り、マテオとまったく同じことを口にした。

「あの宝石が巨額の富をもたらす、ですか。あれが実際にもたらすのは大きなトラブルですよ。ローマの男。さっきあなたがきいた男は、これから襲来する嵐の始まりにすぎない」

ハンターがローマでビジネスをしていた時に、白いスーツの年配男性がアプローチしてきたという。年齢の割にキビキビとして敏捷《びんしょう》な人物だった。名前は明かさず、ただ、ガスとともにアンドレア・ドーリア号に乗船していたと自己紹介した。

「彼から送金記録を見せられました。それは船の沈没後、数十年にわたってガスが彼にかなりの金額を支払っていたことを証明するものでした――百万ドルちかい金額を。恐喝して得た金であると彼は率直に認めた。沈みゆく船でなにかを目撃したようです。ガスとカンパーナ家に関係するなにかを。その内容は話そうとはしませんでしたが、最近になってガスから送金を打ち切られたらしく、きっと報いがあるだろうと、そんなふうに言っていました」

「報い？　脅迫の内容について、なにか心当たりは？」そう聞きながら、ふと、思い当たることがあった——もしかしたら、シルヴィオという名の若い見習いに関係しているのではないか。

ソフィアが口をひらいた。「そのこたえは、あきらかじゃない？　ローマのその男は、パパが〈アイ・オブ・ザ・キャット〉を秘かに船から持ち出して、いままでずっと隠してきたことをきっと知っているのよ。男への支払いを打ち切ったのは、貸金庫を開ける時期が訪れたから。開けてしまえば、もう秘密ではなくなる」

わたしが立てた仮説もこれに近い。だからあえて意見は述べなかった。

ただなんとなく、隠された宝石のことだけではなく、もっとおそろしいことで恐喝されていたような気がしてならなかった。「沈みゆく船でなにかを目撃したようです。ガスとカンパーナ家に関係するなにかを」とハンターは言った。

ガスは正当な手段で宝石をあの船に持ち込んでいた。宝石の存在を隠すという後ろ暗い行動を取ったのは船の沈没後だ。脅迫者は沈みゆく船でなにかを「目撃した」と主張している。他人になりすますという程度ではないのではないか。ガスが六十年間も口止め料を払わなければならないほどの犯罪の現場を、その人物に見られたということか。

わたしはハンターのほうを向いた。「白いスーツの男についてガスに知らせた時の、彼の反応は？」

「平然としているように見えたな」ハンターが肩をすくめる。「その人物についてすべて知っていました。そして、すべてまかせておけと言った」

「ガスはあなたが去った後に襲われているとしたら、ガスが毒物を摂取したこととその人物が関係している可能性はあるかしら?」

「いったいなんの話ですか? 義父の身に起きたことは事故ではないと? 誰かに殺されそうになったということですか?」

「証拠はないわ。でも、タイミングがね。あなたは怪しいとは思いませんか? 警察はきっと、ひじょうに疑わしいと判断するでしょうね——」

ちょうどその時、開けっ放しのドアをノックする音がした。わたしたちはそろって音のしたほうを向いた。

つかつかと入ってきたのはロリ・ソールズ刑事とスー・エレン・バス刑事だった。続いて制服警察官も二人。

彼女たちと最後に話したのは、わたしの婚約パーティーだった。あの時はころりとだまされてしまった。でもいまの険しい表情は芝居ではない。そう直感した。

「ああ、刑事さんたち、またいらしてくださったんですね?」ハンターは立ち上がりながら言う。

スー・エレン・バス刑事は早足のまま、手錠を引き出しながらソフィアの夫の後ろにまわった。

「ハンター・ロルフ」ロリ・ソールズ刑事が告げる。「あなたをグスタヴォ・カンパーナ殺人未遂の容疑で逮捕します。あなたには黙秘する権利が――」

ハンターは茫然としている。手錠をかけられても抵抗しようともしない。ひとことも口をきけない。その静寂を、鋭い悲鳴が切り裂いた。苦悶《くもん》に満ちた声だった。それを聞きつけて病院のスタッフが駆け込んできた。

「やめて!」ソフィアが叫ぶ。「彼を連れていかないで! やめて!」

ソフィアはバス刑事に飛びかかっていって、マニキュアをした爪をかぎ爪のように立てて引っ掻こうとする。制服警察官たちが間に割って入り、むせび泣くソフィアを押さえて引き離す。スー・エレン刑事は引っ掻かれないように前後にすばやく身をかわしながらも、ハンターのことはしっかりと押さえていた。

わたしは前に踏み出してソフィアを警察官の手から取り戻し、両腕で抱えた。

「ハンター!」彼女が叫ぶ。

「わたしは潔白だ」彼がきっぱりとこたえる。

スー・エレン刑事は苛立ちを隠さず、ハンターを部屋から外に強引に出す。その後から制服警察官たちが続いた。ロリ・ソールズ刑事はわたしの肩にふれ、わたしの腕のなかで涙にくれているソフィアを首で示した。

「彼女をここから出してほしい。でも家には帰さないで。彼らの家はいま家宅捜索のさいちゅう。あと数時間はかかるわ」

「彼はなんの容疑で逮捕されたの？」

「彼の義父が毒物を摂取した時間帯の少し前に訪問したことをミスター・ロルフは今朝、認めたわ。グスタヴォ・カンパーナがアイスコーヒーを飲んだと思われるグラスからミスター・ロルフの指紋が検出された。毒物が入っていたグラスよ」ロリがわたしの目を見た。「ソファのそばにはもうひとつのグラスが、口をつけられないまま残されていた。それにもミスター・ロルフの指紋がついていた」

ソフィアはあまりにも取り乱していたので、たぶん、このやりとりには気づかなかっただろう。ロリが去ってから、わたしはソフィアを支えて立たせた。

「行きましょう。ここにいてもどうにもならない。わたしの家に行きましょう」

63

病院の外でタクシーを拾おうとするわたしたちを、秋の土砂降りが容赦なく濡らした。ビレッジブレンドに着いた時にはふたりともずぶ濡れの状態だった。それでもソフィアは頑として上階のわたしの住まいに行こうとはしなかった。「ずうずうしいから」と言って。それならとコーヒーハウスのなかでいちばん快適な二階のラウンジに案内した。そこで乾かしながら二人きりで話をしよう。

暖炉の火をかき起こすと、じきにパチパチという音とともに、身も心もからりとさせてくれそうな炎が燃えた。ただただ、ほっとしたい。ぬくもりを感じたかった。

「カフェ・コレットはどうかしら。それともアイリッシュコーヒー？」口に出したとたん、しまったと思った。

「アイリッシュコーヒーをお願い！　サンブーカではとうていこの悲しみは癒やせない」

「でも……やめておいたほうがいいのでは。もしもあなたが……」

「もしもわたしが、なに？」

「ソフィア、もしかしたらあなた、赤ちゃんが？」

「いいえ。でも、あなたには予知能力があるわね。昨夜ハンターといろいろなことを話し合ったなかで、家族をつくろうという話もしたの——父が回復したらね。もしも、回復したら……そして、愛する人が無事、釈放されたら」

「なにごとも前向きに考えましょう」

ソフィアの声に元気はないけれど、気持ちはしっかりしている。ついさっき、それをこの目で確かめた。タクシーに乗り込もうとしながら彼女は携帯電話を取り出し、会社の顧問弁護士たちに連絡をとってハンターの釈放を依頼した。その精神力があれば、きっと無事に切り抜けることができる。

暖炉のそばの肘掛け椅子に掛けて落ち着いたところに、タッカーがやってきた。トレーに焼き菓子を盛った皿、熱々のコーヒーが入ったポット、アイリッシュウィスキー四ショット、新鮮なホイップクリームとブラウンシュガーの入ったボウルを載せて運んできてくれた。

ソフィアは甘いアイシングのかかったプリティ・イン・ピンクというクッキーをかじりながら、わたしの手元を見ている。二人分のガラスのマグにそれぞれブラウンシュガーを少し入れ、ウィスキーを加えて混ぜ、熱いコーヒーを注ぎ、ホイップクリームをたっぷりのせてドリンクを完成させた。

アルコール入りのコーヒーをソフィアがぐっとあおった。

「ああ、おいしい」リラックスした声だ。「クレア、あなたになんとお礼を言ったらいいのか」

「おぼえていないかもしれないけれど、あの日もこんな雨の日だったわ。あなたがニュージャージーまでわたしたち親子に会いに来てくれた日。マテオとわたしが離婚したばかりで、娘のジョイにとってはつらい時期だった。いろいろなことが変わってしまって。そこにあなたが訪ねてきて、あの子に自信を与えてくれた。計り知れない価値のある贈り物をジョイは受け取った。あなたにはいくらお礼を言っても言い足りないわ。だから『ずうずうしいから』なんて言葉は使わないで。いいわね？」

「わかった……」ソフィアは弱々しく微笑み、すぐに顔を曇らせた。「ハンターが殺人犯だなんて、警察はとんでもないわ。子どもを失った時、彼がどれほど嘆き悲しんだことか――見ていられないほど憔悴していた」

「お子さんを亡くした？　ごめんなさい。わたし、知らなくて……」

「ハンターと出会って数カ月後に妊娠したの。父親はあなただと彼に告げて、これでもう二人の関係はおしまいだと思った。ヨーロッパでの彼の評判を知っていたから。でもハンターから結婚しようと言われて、ほんとうに驚いた。エーア島でのごくかんたんな式だったけれど、ラピスよりも青いバルト海に囲まれて、ほんとうに美しかった。それから二人でヨーロッパ中を旅して、とても幸せだった。でも……流産してしまった」

ソフィアが涙をぬぐう。「それでわたしは思い込んでしまったの。ハンターはわたしではなく子どもだけが欲しかったにちがいないって。彼に邪険な態度をとって、よそよそしくした。とても嫉妬深くなってひどい言葉をぶつけた。昨夜まで、そうだった。でもあなたのおかげで、彼はわたしのもとに戻ってきた」

「わたしはなにも」

「いいえ、あなたのおかげ。昨夜、わたしは何度も彼に電話した。メールも送ったわ。百通くらい。それでもハンターは、あなたとマテオに言われるまで帰ってこなかった……」

はっとした。昨夜、わたしとマテオと話している時にハンターは携帯電話の着信に気を取られていた。その後、警察官があつまるバーの前で花火の騒動が起きた。あの時ハンターが急いでどこかに行こうとしたのは、花火と関係があったのではないかとわたしは疑っていた。そうではなかったのだ。いまはっきりした。彼がいそいでいたのは、ソフィアのもとに駆けつけるためだった。それでも……。

ハンターとデ・サンティスはいっしょにビジネスをしている。数百万ドル規模の契約だ。パンサーマン並みの体格で、射撃の上級者であることは本人が認めている。

「ソフィア、話しておきたいことがあるの。あなたには受け入れ難いことだろうから、覚悟して聞いてちょうだい。ハンターが警察に連行されたのは、おそらくガスの毒物の件だけではない。ほかにも容疑がかけられているはず」

「どういうこと?」

「昨夜、ハンターが21クラブにいた目的は、エドゥアルド・デ・サンティスとの商談のためだった。デ・サンティスという人物は、経営するナイトクラブでドラッグを売り、数年前に裁判にかけられているわ。けっきょく有罪にはならなかったけれど、そのことで警察に復讐しているのではないかと考えている人たちがニューヨーク市警にはいる。最近、次々に警察官が銃撃されている一連の事件の背後にデ・サンティスがいるのではないかと。そしてハンターとデ・サンティスがビジネスでつながっている。だとしたら――」

「警察官の銃撃に関与している!? バカげているわ!」ソフィアは激しく首を横に振って否定する。「ハンターは人一倍やさしい人よ。心の底から暴力を嫌っている!」

「それなら、なぜ罪もない動物を撃つの? 昨夜彼から聞いたわ。アフリカのサファリでデ・サンティスと出会ったと――」

「そうよ、フォト・サファリでね! 彼の写真をぜひ見てもらいたいわ。壮大なスケールの作品よ。たとえ明日、宝石調達の仕事をやめても、《ナショナル・ジオグラフィック》誌から声がかかるわ」

「彼は銃を持っている? 過去に所有したことは?」

「いいえ! 彼は銃を嫌悪している。アフリカの危険地帯にいる時ですら携帯しようとしない」

「アフリカでの彼のビジネスは? 先週、あなたたちが店で言い争っているのを、たまたま聞いてしまったの。彼はブラッド・ダイヤモンドに手を染めているようね」

「それは絶対にないわ! 先週わたしが腹を立てたのは、デンマークの女性からの山のようなメールを見たから。しつこく彼につきまとっていた――これまでにそういう女性はたくさんいたわ。もともと、裕福な女性からジュエリーを買い取るビジネスをしていたのよ。先祖代々伝わるジュエリーを買って、もっと高い値で転売するところから彼はビジネスを始めた――」

「その辺のことは彼から聞いたわ」

「わたしの話を聞いて。彼のやり方は、どんどん節度がなくなっていった。ギャンブルや飲酒が深みにはまるようにね。レストランやホテルで出会った女性に取り入って、あっという間に胸元の宝石類を巻き上げた。彼にとって、もはやゲームだった。結婚してからも彼がそのゲームを続けるのがたまらなく嫌だったわ。やめてくれと言うたびに口論になった。ちょうどそれを、聞かれてしまったのね。『ブラッド・ダイヤモンド』という言葉は、彼を侮辱しようとして使ったの。たとえて言うと、マテオが調達して入荷したばかりのコーヒー豆を、あなたがゴミ呼ばわりするようなもの。ハンターの痛いところを突けるとわかっているから。彼が買う先祖代々の宝石は、もしかしたらブラッド・ダイヤモンドのたぐいかもしれない。それでも、このごろは合法的に石を調達しようとしているわ」

新しい事実が明かされるたびに、わたしの身体はこわばっていく。

昨夜わたしが見た――そしてマイク・クィンに伝えた――ハンターの姿からは想像もつかないことばかり。

いた。

64

「夫を救うために、わたしになにができるのかしら？　教えて！」

ソフィアをなぐさめようとして、わたしは自分の良心の痛みを懸命にやわらげようとしていた。

「とにかく、心配しすぎないで。刑事がハンターを尋問すれば、こういう事実はあきらかになるでしょう。家宅捜索からは、有罪につながるようなものはなにも出てこない——銃も、花火も。市内で起きた銃撃事件に関わっていたという証拠はなにも。彼の携帯電話も、メールアカウントもチェックされる。そして無実であるとわかる。警察に対する襲撃だけでなくガスへの襲撃についても容疑は晴れるでしょう。警察はまちがいなくあなたのことも調べているはず。あなたが事業を確実に継承するために、夫と共謀して父親を襲ったのかどうかを——わたしが言おうとしていること、わかるわね？」

「ええ、どれも事実ではない」

「そうね。いまはわたしもそう思う。あきらかにハンターは濡れ衣を着せられている。でも警察がそれを理解するまでには、もう少し時間がかかる。エドゥアルド・デ・サンティスとつながりがあるということで、今後二十四時間尋問するでしょう。デ・サンティスとのビジネスについて徹底的に追及するはず」

「このことを弁護士たちに伝えなくては」

「ぜひ、そうして……」

ソフィアが弁護士に電話で説明する間、わたしは椅子の背にもたれてハンターの無実を証明する方法を考えた（なんとも皮肉ななりゆきだ）。彼女の電話が終わった時にはわたしのほうもこたえが出ていた。

「ソールズ刑事によれば警察はガスが使ったグラスからハンターの指紋を検出している。そのグラスにはアイスコーヒーと毒物が入っていた。いっぽう、ハンターの飲み物は手つかずのままだった――」

「それはハンターがコーヒーを飲めないから。体調が悪くなるの」

「そうね。でも警察はそれを知らない。そのこともあってハンターは連行されてしまった」

「ぶつかってあなたを倒した人物は？　黒いレインコートを着ていた人物」

「あの亡霊《ファントム》ね」

ソフィアがうなずく。「なぜ警察はその人物を容疑者として追跡して捕まえないの？」

「すでに捕まえている可能性はあるわ――そして釈放した可能性も。店の従業員と、密接な取引先も一通り調べているでしょうね。鑑識が検出したのはハンターの指紋。彼には機会があり、近接性があり、動機があった。ガス亡き後はあなたが事業を継いで、夫である彼は利益を得るだろう。そこで確かめておきたいのだけど、あなたの夫がカフェインのアレルギーがあるとガスは知っているの？」

「いいえ。知るはずがない。ハンターはあくまで礼儀としてアイスコーヒーのグラスを受け取ったのだと思う。父の前では緊張しきっていたはず。父のこわい一面をわたしはよく知っているわ」

「つまりハンターのグラスが手つかずのままだったことには、正当な理由がある。有能な弁護士であれば、ガスのグラスにハンターの指紋がついていても、彼がそのなかに毒物を入れた証拠とはならないと主張する。あなたの夫がガスのグラスを手に取った、あるいは動かした理由はいろいろ考えられる。そもそも毒物がグラスに入れられたとは限らない。ほかのところに仕掛けられていたとしたら」

「作業場？」

「いいえ。水出しコーヒー用の瓶。先週うかがった時、冷蔵庫にたくさん並んでいたわ」

ソフィアが二杯目のアイリッシュコーヒーを飲み終えた。「なんだかさっぱりわからない」

「水出しコーヒーは豆の種類と量によって十時間から十二時間かかる。挽いたコーヒーを水に入れて冷蔵庫で抽出する。フレーバーが引き出された後、濾過《ろか》して粉をとりのぞく。あなたのお父様はクオートサイズのメイソンジャーをつかっていた。抽出時間をずらして、それぞれのジャーにラベルを貼って区別してあったわ。抽出を始めたばかりのもの、プロセスの半ばにあるもの、濾過して飲める状態のものもあったわ」

「そのジャーのひとつに毒物が入れられたと考えているのね？」

「ええ。水出しコーヒーは最大一週間保存できる。でもガスはそれよりもずっと速いペースで飲んでいる。だから、毒物を入れたとしたら、ガスが倒れた日の前日、あるいは二日前あたり。とても巧妙だと思う。ガスがじっさいに飲む時には、とっくに姿を消している」

「どうしたらいい？」

「なにか手がかりを見つけて、そこから調べてみましょう。防犯カメラをもう一度チェックする必要があるわ。数日分をさかのぼって見ることができればいいのだけど——」

「七日分は保存されているわ」

「よかった。ガスが毒を摂取した数時間前からさかのぼって数日以内に彼のもとを訪れた人のうち、犯人の可能性のある人物が見つかれば、弁護士に知らせましょう」

ソフィアが携帯電話を操作しようとして、いまいましげに声を出した。「電池切れだわ」

「ビレッジブレンドにはＷｉ‐Ｆｉがある。おたくの防犯システムをなにかのデバイスにつなげられるかしら？」

「だいじょうぶ。パスコードは記憶しているから」

タッカーがやってきた。空のカップとショットグラスを見て、声をかけた。「アイリッシュコーヒーをもう少しいかがですか？」

「ボトルだけ持ってきて」ソフィアはすぐに決まり悪そうな表情で口に手を当てた。「ごめんなさい。こちらのお店は酒類販売の許可証があるところとはちがうのに」

「心配いりません」タッカーがウィンクした。「わたしたちは酒類の販売はしません――家族と友人に無料でサービスすることはあります」

タッカーはソフィアのためにボトルを取りに行き、わたしは自分のオフィスからノートパソコンを持ってきた。

タッカーがもどってきた時には、すでにソフィアはログインしていた。

「さあ、どうぞ。液体のレディースランチを楽しんでください」

タッカーはジェムソンとともに、店のケータリング用の棚にあったタンブラー、水と氷を入れたボウルも持ってきてくれた。ソフィアは水や氷には目もくれず、さっそくワンショット飲み干した。

「ひとことといいですか」タッカーが言う。「わたしの母親はたいへんな飲んべえでした。彼女の母親、グラニー・チェストナットは、いつもこんなふうにたしなめていましたよ。『酒で悲しみを溺れさせようとしても、悲しみは泳ぎが得意なのよ』と」

わたしはアシスタント・マネジャーに向かって片方の眉をあげてみせた。「それはあなたのおばあさまの言葉ではなく、アン・ランダースよ」

「そうそう、おばあちゃんは毎日欠かさず、そのコラムを読んでいた！」

「だいじょうぶよ」ソフィアはフレンチネイルの指でコンピューターのキーを叩こうとしている。「少し飲んだだけ。溺れたりしないわ。わたしの家族を沈没させるわけにはいかない。さあ、始めましょう」

65

「そこで止めて!」

ソフィアが防犯カメラの画像を一時停止した。レインコート姿でフードをかぶった人物が映る——ガスの地所の鉄製の扉から出てきてわたしを倒した亡霊《ファントム》だ。

今回は小さな携帯電話の画面に目を凝らす必要はない。わたしのノートパソコンの十四インチの画面に防犯カメラの録画映像が映っている。悪魔は細部に宿るというが、こうして見ると最初の時には気づかなかった点がいくつも確認できた。

この亡霊《ファントム》のような人物は、扉の高さを参考にしてみると、特に長身というわけではない。肩幅は狭く、レインコートは真っ黒ではなかった。袖の折り返し部分は灰色と黒の花模様だ。ようするに男性ではなく女性、ということ。

一コマ一コマ止めながら、亡霊《ファントム》が扉をつかむところを拡大して見た。不気味な亡霊《ファントム》は爪にピンク色のマニキュアをしているようだ。

「ありがとう」わたしはソフィアに言った。「じゃあ、時間をさかのぼってみましょう」

ソフィアの操作で、ガスが倒れているのをわたしたちが発見した日の二日前までさかのぼった。早送りで見ていくと、配達員が立ち寄り、郵便配達も訪れた。歩道を近所の人たちが行き来する。

それから夕方頃に訪問者が一人。

「パーラだわ」ソフィアが言い、映像を通常の速さにした。「あの髪は絶対に見間違えようがない」

髪だけで見分けている、とも言える。思い切ったピクシーカットが高い頬骨の顔立ちによく似合って魅力的だ。漆黒の髪に灰白色の髪がまじり、コントラストがはっきりしたごま塩頭だ。

六十代の女性にしてはとてもスタイルがいい。いかにもアスリートのような強靭そうな体型だ。太いヒールのブーツを履き、服装はアウトドア調でゆったりしている――チノパン、ヘンリーネックのカットソー、ウインドブレーカーを羽織って前をあけたままだ。カットと素材の質から判断して、オールドネイビーというよりもJ・クルーあるいはパタゴニアのように見える。

パーラは自分のカギで扉を開けて入った。彼女はメイクをする習慣がない。ましてマニキュアとは無縁。ゲートを基準にして身長を目測すると、レインコートを着た亡霊《ファントム》よりもずっと背が高い。

パーラは父親のところに二時間ほどいた。

「今日、病院にお見舞いにきた時間よりも長いわ」ソフィアが言う。「ブルックリン橋のなかに見つかったばかりの核シェルターを探検しに行くといってパーラは急いでいた……」

わたしはうなずいた。パーラは都市考古学の博士なので、驚きではない。仕事柄、ニューヨークの五区のなかでも一風変わった場所に出入りするのだ。

ガスの身に異変が起きる前日の防犯カメラの映像には、配送員、郵便配達、そして近所の人々の姿が映っている。午後二時頃、ガスのもとに訪問者があった。亡霊《ファントム》とほぼ同じ背の高さだ。

キャットアイグラスをかけたおしゃれな中年女性だった。ソフィアはまったく心当たりがないという。わたしはその人物を見ている――先週、扉の前でなかに入ると言いはった人物だ。

さらに見ていくと、ガスはその女性をなかに入れたが滞在時間は長くはない。十五分後、彼女はゲートから飛び出して腹立たしそうな様子でタクシーを止めた。

「この様子から判断して、あなたのお父様との会話は不調に終わったようね」

「いったい何者かしら。ひとつだけはっきりしているのは、メガネがブルガリ製で、宝石で飾られたこのフレームはイタリアだけで販売されているということ。だから彼女はイタリア人、もしくは最近イタリアを訪れている」

「探偵らしくなってきたわね」

ソフィアはウィスキーをさらに一ショット飲み干してわたしの肩をトントンと叩いた。

「見習うべき先生がいますから」

ガスが毒物を摂取した当日の朝の映像に、訪問者が映っている。午後遅くにハンターが現れるまでの、唯一の訪問者だ。

「マテオのお母様！」ソフィアとわたしが叫んだのは同時だった。

66

それに続く映像は、まるでサイレントムービーを見ているようだった。なんとも気がかりな筋書きなのに、なにを喋っているのかがまったくわからず、もどかしくてたまらない。マダムは午前九時に到着した——箱を開ける場に立ち会わないことにしたとわたしに知らせてきたのと、ほぼ同じ頃だ。あの時の電話では、亡き夫が自分になにひとつ言い残していないことに動揺していると話していた。

ガスからの説明をもとめて、おもむいたにちがいない。

扉のところで上機嫌のガスがマダムを迎え、左右の頬へのキスをすませてからふたりそろって敷地のなかにはいっていった。そのまま二時間たってもマダムは出てこなかった。

ガスはマダムに〈アイ・オブ・ザ・キャット〉について真相を語ったのかしら？　宝石を隠す計画にマテオの父親が加わった経緯も？　それ以上のことも？　なぜ脅迫されていたのか。沈みゆくアンドレア・ドーリア号のなかで、なにが起きたのかも。

話の内容はどうであっても、真のミステリは、マダムがガスと別れてから始まった。

ガスはあの中庭を横切って鉄製の扉のところまでマダムを送ってきた。扉の外に出て歩道でハグしてから、マダムが歩き出す。ガスは手を振って見送る。

マダムが歩き出してまもなく、見おぼえのある黒いジャガーがスピードをあげて走ってきた。そして歩道にいるガスのちょうど前で停まった。ガスはなぜか中庭にもどらず、車が停まるのを待っていた。

カメラのアングルが悪い上、ちょうどまぶしく光っているので、運転しているのがU字形の傷痕のあるあの男かどうかわからない。後部座席からあのキャットアイグラスの女性が降りてくるのではと期待した。

わたしの読みははずれた。

ドライバーの後ろのドアがひらいてあらわれたのは、真っ白なスーツを着た老人だった。杖の助けを借りて降り、その杖で車のドアを閉めた。老人は薄笑いを浮かべてガスと向き合った。

ソフィアはその映像を一時停止し、わたしたちは細かい部分までじっくりと観察した。

「スーツは高級品だけど、カットが時代遅れ」ソフィアが言う。「全盛期に購入されたものでしょうね。それから髪の毛が多すぎる。色が黒すぎる。長すぎる。まったく本物らしくない。年齢にそぐわない。顎ひげは汚らしくて、不自然に黒く染めている。あきらかに外見を偽ろうとしている。これはきっと——」

「ローマの脅迫者！」ふたり同時に叫んでいた。

ソフィアは映像をふたたび再生した。

訪問者が扉に向かって二歩進んだ。ガスがすさまじい怒りを爆発させた。威嚇的な身振り手振りにはばまれて、老人はそれ以上前に進めない。

いっぽう、カメラの映像の端のほうにマダムがやっとのことで映っている。振り向いて、ふたりの男のやりとりを目をまるくして見ている。

ガスが世界共通のわいせつなジェスチャーをして鉄製の扉のなかに戻り、男同士の口論は唐突に終わった。ガスはいきおいよく扉を閉めてさっさと歩いていく。白いスーツの男は歩道に締め出された。

そこで終わりになるはずだった。が、そうはならなかった。じっさいのところ、最悪の部分はそこからだったのだ。

マダムとわたしの共通点は好奇心旺盛なところ。好奇心をそそられると、黙って見過ごすことができない。いまわたしは、脅迫者と思われる白いスーツの男のほうへとマダムが近づいていくのを、絶望的な気分で見ている。

マダムと向き合った彼は即座に態度を変えた。薄ら笑いから、相手を魅了しようとする笑顔に切り替えた。優雅な動作で腰をかがめ、マダムの手にキスまでしている。

ふたりは数分間会話し、彼は黒いジャガーを指さして乗るよう勧めた。

おそろしいことにマダムはそれに応じ、彼の助けを借りて後部座席に乗り込んだ。彼は反対側から乗り込み、ジャガーはすぐに走り去った。

わたしは歯ぎしりしながらマテオの言葉を思い出していた。

ヴェンデッタ――復讐。

ぴんと張りつめた空気のなかでわたしのスマートフォンがガタガタと振動したので、ソフィアもわたしもぎょっとしてしまった。

「はい！」

「クレアか、マテオだ」緊迫した声だ。その理由はわかっている。「おふくろのことなんだ。居場所がわからない。今朝、ハウスキーパーが来た時にはもういなかった。メールとボイスメールで連絡しているが、応答なしだ。いったいどうしたんだろう」

神様、助けて。なにが起きたのかを、わたしは知っている――それは、あまりにもおそろしい真実。

67

「マテオ！　ずいぶん遅いわね！」

「遅い？　レッドフックの倉庫からここまで一時間で来たんだぞ。混んだ道を、土砂降りのなかを！」

外が土砂降りであることは、マテオに言われるまでもなく、わかる。この住まいに足を踏み入れたとたん、彼が黄色いレインコートをいきおいよく振って盛大に滴が飛び散った。

「一時間以上かかっているわ。一刻を争う事態なのに」マテオがまき散らす水滴がかからないように、わたしは飛び退いた。「とちゅうで停まった？」

「一度だけ」彼がスピード違反の切符を出した。

「つかまったのね」わたしはキッチンからこたえる。「まさか相手はエマヌエル・フランコ巡査部長ではなかったでしょうね」

「べつのファシスト警官だった」

「ということは、スピード違反は濡れ衣？」

「もちろんスピードオーバーしていた！　ここに来るためにな！　とにかく、今後いっさいあいつの名前を出すのはやめてもらいたいね」マテオは濡れたイヌのように焦げ茶色のもじゃもじゃの髪を振って水をまき散らす。「早いところ防犯カメラの映像を見せてもらおう」

わたしはペーパータオルひとつかみを彼にわたした。「アレグロ湖をモップで拭いたらすぐに」

洪水の後始末をしてからマテオに事の次第を説明した。ガスが毒物を摂取していたこと、ハンターがその容疑者として逮捕されたこと、ソフィアがひどく動揺していることを。ソフィアはすでにわたしの寝室で寝入っている。

マテオが車でここに駆けつけるまでの一時間二十分で、彼女にまともな食事をとらせることに成功した。あれだけの量のウィスキーとたった一枚のプリティ・イン・ピンクのクッキーだけでいいはずがない。なにかおいしくて栄養のあるものを食べさせたかった。ちょうど今朝使ったパンプキン・ピュレが残っていたので、パンプキン・アルフレッドの生地をたっぷりつくった。美しいパステルオレンジのフェットチーネは、バターの風味たっぷりでアルフレッドならではの濃厚でクリーミーな味わいと、秋らしいパンプキンラビオリのようなおいしさだ。しかもセイヨウカボチャより繊維質もビタミンも豊富ときている。

ソフィアはボウルに盛りつけたパスタをうっとりと見つめた後、猛然とかき込んだ。それから上階のバスルームでシャワーを浴び、わたしの服に着替えた。ほっそりしている彼女はジーンズを穿いてベルトをきつくしめた。オーバーサイズのTシャツのすそを無造作にきゅっと結ぶ。なにを身につけてもあかぬけた着こなしにしてしまう。あっという間に雑誌のグラビアに登場するような、自宅でくつろぐ女子のカジュアルファッションが完成した。

わたしが皿を洗い終える頃には、彼女はわたしのベッドでぐっすり眠っていた。両脇にジャヴァとフロシーが丸くなっている光景は、まるでソフィアをしっかりと守っているみたいだ。


ソフィアはノートパソコンにジュエリーショップの防犯システムをリンクさせたままにしていた。使いやすいソフトウェアだったので、わたしはあちこち飛びながら疑問点を確かめ、いくつかスクリーンショットを自分のプリンターに送った。

作業を終えた頃、正面のドアに水浸しの元夫が到着した気配がしたのだった。

雨で濡れたところをモップできれいにしてから、キッチンで録画の映像をマテオに見せた。マダムと謎の白いスーツの男とのやりとりの部分だ。

「ローマの男にちがいない」マテオはカウンターの前を行ったり来たりして落ち着かない。「ハンターがきみに話した脅迫者だ、そう思わないか？」

「ええ、ソフィアもそう考えている。でも名前がわからない。わからないといえば、この車に乗っていたU字形の傷痕のある人相の悪い男も、キャットアイグラスのファッショニスタもね。その女性は亡霊《ファントム》とほぼ同じ背丈なのも怪しいわ」

「亡霊《ファントム》？　それもコミックのキャラクターか？」

「黒いレインコートを着た人物を、そう呼んでいるの。ガスが毒物を摂取した日に、わたしを突き飛ばして倒した人物」

「怪しい女がガスに毒を盛ったときみは考えているのか？」

「その可能性はある。わからないことは他にもたくさんある。それに証拠もない」

マテオが背中をまるめるようにして画面をのぞき込み、目を凝らした。そして、ダメだとばかりに首を横に振る。「車のナンバープレートを読み取れない。アングルが悪い」

「あなたのお母様はいま危険な状態にあると思う？」

「どうだろう。ぼくたちは過剰反応している可能性もある」

それも一理ある。わたし自身、その思いが少しずつ強くなっている。マテオを待つ間に、感情的な反応がしだいにおさまって論理的に考えられるようになっていた。

「白いスーツの男はマダムから情報を得ようとした。だからドライブに誘ってディナーに行っただけなのかもしれない。マダムはガスとこの男から思いもよらない事実を聞いてしまったのかもしれない。とりわけ、あなたの亡きお父様に関わることで動揺するような事実を知らされ、マダムはしばらく街を離れてよく考えてみようと決めたのかもしれない。飛行機に飛び乗って友人を訪ねたのかも——世界中にお友だちがいるから。もしそうなら、じきに連絡がある。そうよね？」

「そうだな。おふくろは衝動的に行動する」

「そこは息子と似ている」

「いきなり旅行に出たりもする。なんの予告もなしに行くなんてことも珍しくない」

「そうね」

「飛行機でヨーロッパかブラジルかバリ島に行った可能性もある」

「だからあと二十四時間、マダムからの連絡を待つか、それともいますぐ警察に連絡するか。あなたはどちらを望む？」

マテオがまたうろうろと歩き出し、コンロの上のパンプキン・アルフレッドの残りに気づいた。フォークをつかんで鍋から直接食べ始めた。

「うむ……うまいな」ガツガツむさぼりながら、上の空でぼそぼそつぶやく。

そんなにお腹が空いているのかしら。

「マテオ。食べることで気を紛らわせたいんだろうけれど、さっさと決断しないと。わたしたちは待つべき？　それとも安全策をとっていま警察に連絡する？」

警察に連絡すると考えるだけでもマテオは嫌でたまらないのだろう。「ファシスト警官」呼ばわりするくらい嫌っているのだ。マイク・クィンをさほど敵視しないのは、これまでのいきさつがあるから。けれどもフランコ巡査部長を始め、マテオを誤認逮捕した警察官たち、スピード違反の切符を切った警察官全員、開発途上国で賄賂を要求するような堕落した権威の手先……いわゆる権力者も全員、マテオにはゆるし難い存在なのだ。

だからこそ、いまマテオ・アレグロは心の底から心配している。彼の次の言葉で、そう痛感した。

「警察に連絡しよう」

ちょうどその時、わたしのスマートフォンに新しいメッセージが届いた。

「エスターが下からメールを送ってきたわ」さっと目を走らせながらこたえた。

「用件は？」

わたしはマテオの目を見つめた。「警察がわたしたちを訪ねてきたようよ」

68

さきほどのプリントアウトをつかみ、ソフィアが目を覚ました時のために走り書きのメモを残した。それからマテオといっしょに全速力で階段をおりた。

そこにいたのはロリ・ソールズ刑事だった、水滴がたくさんついたフレンチドアに近いテーブルに着いている。いつものようにプレスのきいたスラックスとブレザーという姿だ。腰につけている拳銃をブレザーがなんとか隠している。短いブロンドの巻き毛は土砂降りの雨で湿っている。おそろしくいきり立っているのがわかる。

憤懣《ふんまん》やるかたないといった様子で手にしたスマートフォンの画面をスワイプし、合間にアイス・バニララテをごくごく飲んでいる――飲んだからといって、少しも気は鎮まらないらしい。

わたしたちがテーブルに着くか着かないかのタイミングで、ロリが声を漏らした。

「今日わたしたちが逮捕した、あのハンター・ロルフとは何者!?　ホープ・ダイヤモンド（現在スミソニアン博物館のひとつ、国立自然史博物館に所蔵されている宝石）を盗んだ人物？　国家への反逆を企てた人物？　世界のリーダーの殺害を企てた？　いったいなにをしたの？」

マテオは目を白黒させている。「この街の警察官は、自分が何者をどんな理由で逮捕しているのか、せめてそれくらいは知っていると思っていたが――」

わたしはマテオの腕に自分の手を置いて、黙らせた。

「彼の名前は知っているわ」ロリがすかさず返した。「いま知りたいのは、わたしたちが逮捕した人物が横取りされた理由よ」

「横取り？」

「つまり、わたしたちは排除されたのよ、クレア。尋問室での取り調べはさせてもらえない。〝きみたちの仕事に感謝するよ、刑事諸君〟のひとことすらない。スー・エレンは怒りのあまりティンダーで出会った相手とデートに行っちゃったわ。よりによって今回彼女にスワイプされた人物が気の毒！」

ロリの大きな声で、いくつもの頭がこちらを向くのがわかる。「マクナルティがいきなりずんずん入ってきて、引き継いで、わたしたちには出ていけ、って。スー・エレンにねぎらいの言葉のひとつもなく」

「シーッ。声が大きすぎる。マクナルティ警部補のことね？　インサイド・ジョブ班の指揮を執っている人物ね？」

今度はロリがあっけにとられる番だ。「彼を知っているの？」

「会っているわ。彼の〝証人側の訂正〟主義のとばっちりを受けた」

「話して」

ロリに聞かせた。花火が打ち上げられ、バーで飲んでいたマクナルティ警部補と彼の部下たちが店から飛び出してパニックになり、発砲騒動が起きたこと。そして、マイクと話した際にハンターを容疑者として挙げたのは自分であると打ち明けた。

「ハンター・ロルフが警察官を撃った人物だと思っているのね？」

「いいえ、いまは……」状況が彼に不利にはたらいて、警察官銃撃とグスタヴォ・カンパーナへの毒物投与の罪を着せられた経緯を話した。

「あなたがいまさらなんと言っても、マクナルティ警部補は聞く耳をもたないでしょうね。それは確かよ。いまはその両方の犯罪の尋問と捜査はすべて彼の指揮下にある。彼はスー・エレンとわたしがチームに加わるのを望まないから、締め出した」

「マイクはどう？」

「わたしが知る限りでは、あなたの婚約者と彼が率いる班のメンバーは現在の業務を一時的に離れてマクナルティ警部補の指揮下に入るそうよ。警察官銃撃の捜査が終わるまで。今日の午後はクィン警部補とチームは五区全域に散ってパンサーマンの〝手がかり〟をもとに捜査をおこなっている」

「〝手がかり〟という言葉を強調したのはなぜ？」

「なぜなら、いいかげんな手がかりだからよ。マクナルティは自分が指揮している事件をほかの班の誰かが解決して手柄を立てるなんてこと、絶対にさせない。とりわけ、同じ署内の最大のライバルにはね。だから彼はわたしとスー・エレンを、体よく追い払ったのよ。わたしたちがクィン警部補と親しいってことを知っているから。彼はハンター・ロルフが主要容疑者であると確信している。自分たちのチームで自白させようという魂胆なのよ」

「でも自白させることはできない！　ハンターは犯人ではないわ！」

今度はマテオがわたしの腕を押さえた。「落ち着け、声が大きい」

無理だ。これを怒らずにいられるものか！

「どうしてマクナルティ警部補が捜査の責任者なの？　インサイド・ジョブ班が狙われる前にマイクのチームは標的にされている。彼はマクナルティよりも長くこの事件に取り組んでいるのに！」

「確かにその通りよ、クレア。でも、いま市警本部のお気に入りはマクナルティ。あなたのフィアンセではないの」

「その理由は？」わたしはぎゅっと目をつぶった、すでにこたえはわかっている。「マイクが市長と市警本部長の顔を潰したから、そうでしょう？　パンサーマンのスケッチを新聞がすっぱぬいたことでマイクは責められている」

「ええ、きっとそれもある。でもね、なんといってもクィン警部補はワシントンDCで司法省の仕事をしていた。ニューヨークに復帰したといっても、ダウンタウンの官僚もしょせんは人間――癪《しゃく》にさわるんだろうし、そろって記憶力が悪い。市警本部長のオフィスに新しく加わった連中にも健忘症の患者がいるみたい」

「ニューヨーク市警でのマイクのキャリアが危ない、ということ？」

「いいえ、それはないわ。マイク・クィン警部補はサラブレッドですもの。勲章を授与された麻薬取締官として高く評価されている。上層部は自分たちの安泰のためにも、彼を失うなんてリスクは冒さない。でもまあ、彼らがうんざりしているのは確かよ。だからお仕置きのつもりで一時的にマクナルティの指揮下に置いている。市警本部での政治力という点では、マクナルティのほうが上ってことね」

「もういい！　やつらのキャリアがどうなろうと、知ったことか！」マテオが両手をさっとあげた。「そんな話はうんざりだ。おふくろのことを話そうじゃないか！」

「シーッ」ロリとわたしは同時に反応した。

そして、気持ちを切り替えていよいよ本題に入った。

69

十分後、マテオはロリ・ソールズ刑事に心配事を説明し終えた。

「どうだろう？」無精ひげが伸び始めた顎をさすりながら、彼が言う。「四十八時間待ってから捜索願を出すべきというのは知っているが――」

「待つ必要はないわ」ロリがこたえ、ナンシーが店内のペストリーケースから運んできたチョコレート・グロブスに手を伸ばした。ファッジのようなしっとりした味わいのクッキーだ。「行方がわからない人物の身の安全に深刻な懸念がある場合には、ただちに捜索願を出すべきよ」

それから彼女はため息をつき、わたしが手渡したスクリーンショットを再度確認した。

「残念ながら、いま聞いた話とこのプリントアウトでは、行方不明者の捜索のレベルには達していない」

「それはたったいま言ったこととは――」

わたしはまたマテオを押さえた。

「ご心配はもっともだと思う。でも警察官として言わせてもらうと、お母様の身の危険を示すものはほとんどないわ。彼女は愛想よく挨拶し、相手にも好意的に反応している。立派な車に乗るようにと招き入れられ、自分の意思で乗り込んだ。子どもであるなら、ただちに誘拐事件の速報が流されるだろうけれど、彼女は未成年とはほど遠い年齢。耄碌《もうろく》しているのであれば話は変わってくる——でもそうではない。ですよね、アレグロ？」

「コーヒー豆を挽くブレードグラインダー並みに頭が切れる」

「彼女の身の安全を脅かすという脅迫も、彼女から危険を知らせるメッセージも届いていない。マダムのパスポートがなくなっているどうか、確認しましたか？」

マテオは首を横に振る。「なくても不自然ではない。いつも携帯している。思いつきで友だちを訪ねていくために、いつでも飛行機に乗れるようにしている」

「そうなると——もう少し様子を見ましょうと捜査官が提案する理由がさらに増える。けっきょく、まったく事件性がないという可能性もあるし」

「でも事件性があるとしたら？」わたしが言った。「グスタヴォ・カンパーナの殺人未遂の件と関係していたとしたら？」

「どのように？」

白いスーツの男についてわたしたちが知っていることを説明した。「もしもこの脅迫者がガスを殺そうとしていたのなら？」

「クレア、わたし個人としてはあなたの仮説はもっともだと思うし、捜査をおこなう根拠として有効だと思う。けれどもニューヨーク市警としては、カンパーナの件に関して主要容疑者はすでに逮捕ずみ。有罪に持ち込むための法医学的証拠もハンターのきれいな指紋をきちんと包んでリボンで蝶結びにしてちゃんと用意してある。そして二人を知る証人は、グスタヴォとハンターは良好な間柄ではなかったと断言している。ハンターの妻が事業を継承するから、という明快な動機もある。これなら地区検事長は起訴を確信するわ」

「でもハンターは無実よ」

「わたしはあなたをよく知っている。あなたがそこまで言うのなら、真実だろうと思う。でもね、いま責任者を務めているのはマクナルティ。彼が念頭に置いているのは、ハンターがガスに毒を盛ったという仮説だけ。それでハンターを告発して彼に圧力をかけ、エドゥアルド・デ・サンティス――マクナルティ警部補の真の標的――に関する情報を引き出すつもりなのよ」

マテオがため息をつく。「自力でなんとかするしかないのか」

「いいえ。わたしがいる。わたしはあなたを信じる」

「それなら力を貸してくれ」マテオは勢いづいてテーブルの向こうから身を乗り出す。「あの黒いジャガーを追跡してもらいたい」

ロリは残念そうにため息をつく。「ナンバープレートがわかれば、追うのは簡単なんだけど。このスクリーンショットを見た限りでは――」

「交通監視カメラはどうかしら？」わたしがたずねた。

「保管されているデータのなかからあのジャガーを追跡したいと刑事がリクエストしても、

緊急扱いでなければ処理されるのは、少なくとも一日か二日後でしょうね」

「たった一つのカメラだけをチェックしてもらうとしたら?」わたしが提案した。「カンパーナ家の地所のそばの交差点のカメラの、ここに出ている日付と時間のところだけを」わたしは防犯カメラの映像のスクリーンショットを指さした。「数分以内にジャガーが通過するはず。ナンバープレートをズームアップできるかもしれない。ほんのわずかな時間だけカメラの録画映像を確認してもらうだけでいい」

「そういうリクエストも、しかるべき経路で処理されるには、一日や二日はかかると思う」

マテオの顎に力が入り、首の血管がピクピク引きつっている。

「でも、あなたたちはラッキーよ。わたしの友だちが交通局に勤務している。彼女に連絡を取ってみる」ロリはチョコレート・グロブスにまた手を伸ばす。「彼女なら業務外でやってくれるかもしれない。役所内の手続きなんて無視してね」

「それはありがたいわ。ぜひ伝えてちょうだい。一週間コーヒーは無料、ビレッジブレンドのチョコレート・グロブスは食べ放題にするからと」

ロリはスクリーンショットを持って立ち上がり、マテオのがっくりと落ちた肩に片手を置いた。「とにかく、お母様をさがしてみて。お母様のお友だちに電話して、病院を当たって……」

病院という言葉にマテオは顔をしかめ、片手をあげてロリを制止した。

「もういい。よくわかった」

「ごめんなさい」ロリはそう言いながら、もうひとつグロブスをつまんだ。歩きながら食べるつもりらしい。「これは絶品よ、クレア。賄賂にはもってこいね」彼女が励ますような表情でウィンクをした。「また連絡するわ」

「さて、どうするか」マテオが口をひらいた。「きみに電話する前に、おふくろの友人にあちこちメールを送ってみた。病院も当たってみたほうがいいだろうか」

「それはまだ。それよりも防犯カメラの録画映像に映っている人物に確かめてみなくては。この二日間に出てきた疑問にこたえてくれるかもしれない」

「その人物とは——」マテオは言いかけて、ピンときた。「パーラ・カンパーナ」

わたしはうなずいた。「ガスの長女は沈みゆくアンドレア・ドーリア号に乗っていた。脅迫者がなにかを見たと主張している、その時にね。彼に沈黙を守らせるためにガスは六十年間もお金を払い続けたのだから、よほどのことよ」

「しかしパーラは当時わずか四歳だった。なにか憶えていると思うか？」

「それを確かめましょう」

70

「あれよ！」

わたしが指さした先にあるのは、どっしりとした風格をそなえた看板だ。海緑色の背景に白い文字でファッショナブルなトライベッカの番地、そして『アーバン・サルベージ・アンド・アーティファクト・リサイクリング』という社名が書かれている。

マテオはビレッジブレンドのバンを歩道に寄せて停めた。歴史地区となっているこの脇道はいまもベルギーブロックで覆われている。バンのタイヤが大きな縁石にぶつかって大きな音を立てた。

マンハッタンの南側のこのあたりは一世紀前には繊維と綿糸の交易の中心地として栄えた。その後はすっかりさびれてしまい、建物は老朽化して廃墟となり、犯罪が多発する地域となっていた。ところが一九七〇年代になるとアーティストやパーラ・カンパーナのような先駆的な都会人が移り住むようになった。使われないまま荒れ果てていた工場や倉庫が住み心地のいいロフトやアートスタジオとして使われ、新しくトライベッカという名前もついた。これは立地を示すトライアングル・ビロウ・キャナル（キャナル・ストリートの南の三角地帯）をおぼえやすく短く略したものだ。

いまのパーラは売れないアーティストではない。学者としても地位を築き、クーパーユニオンで非常勤で教えている。実業家としてもたいへんな成功を収め、トライステートエリア（ニューヨーク州、ニュージャージー州、コネチカット州を合わせた呼び方）の歴史的環境保存プロジェクトのコンサルタントとしても活躍している。

かつて倉庫だった建物の一階から三階までのスペースがパーラのアートギャラリーだ。ここでは小売も手がけている。おそろしく高い天井、鋳鉄製の柱、曇った日でも光をふんだんに取り入れる厚板ガラスの窓が自慢だ。

広大な空間に入っていくと、まるで巨大な難破船に泳いで入っていくダイバーのような気持ちになる。ここにあるのは、ニューヨークを始め海外の都市景観からパーラによって救い出された物ばかり。思わず目をみはってしまう。

左手に見えるのはベルリンの壁の一部だ。片側は灰色一色、反対側にはカラフルで奔放な落書きがある。すぐ脇のビデオスクリーンで流れている映像は一九八九年、冷戦時代の遺物にベルリンの人々が大きなハンマーを振りおろす姿をとらえている。

右手にはロンドンのアンティークの街灯柱がある。前方にはパリのガーゴイルがいくつも。傷だらけの厚板もある。貼ってあるラベルを見ると、エドガー・アラン・ポーがブルックリンで住んでいた家の玄関のドアと表示されている。もちろん本物だ。アルファベットシティで全壊した建物の一部には、世界的に有名な落書きアーティストによるスーパーヒーローたちの壁画が残っている。

「これまたパンサーマンか」マテオがささやいて指さしたのは、アールデコ様式で描かれた一ダース以上のタイツ姿の男たちだ。「どこまで行ってもきみを追いかけてくる」

「思い出させないで……」

歩道の一部、地下鉄の標識、アンティークの信号機、各種の玄関ドア、照明器具、窓枠。それぞれの窓枠のラベル表示には、セオドア・ルーズベルト、ウォルト・ホイットマン、マドンナ、レディ・ガガなど著名なニューヨーカーの住まいにかつて取り付けられていたという説明がある。

「歴史的ゴミに捧げられた店だな」マテオがささやく。

「格言を知らないの？　ある人にとってのゴミは別の人にとっては宝」

「うなるほど宝物を持っている場合は、特にそうらしいな」マテオが首を少し傾げて示した先には、最新の流行のファッションに身をつつんだカップルがいた。彼らはＳＰＱＲの文字（元老院とローマの市民のこと）が刻まれた古代ローマの紋章のある下水溝の格子の前で、これを彼らのペントハウスの住居に置くべきか、ハンプトンズのビーチハウスに置くべきかを議論している。

カップルの背後の壁には額装された一連の白黒写真が掛かっている。写っているのはこの店だ。打ち捨てられていた麻の倉庫が、時とともにいまのような高級な有名店になっていくさまがわかる。

その隣にはパーラの写真がこれまた時系列的に並んでいる。一九七二年のオリンピックに射撃の代表選手として出場した若きパーラ、一九八〇年代前半のアナーキーな反体制活動家としてのパーラ、そして一九九〇年代に学者としてのキャリアを築くところまでの個人史だ。

フロアの端まで歩いていくと、巨大な正方形に切られて磨かれた石がある。マンハッタン片岩の塊だ。そばで流れているビデオには街の地下のどこかで白いヘルメットをかぶったパーラがツアーの人々に説明している姿が……。

「マンハッタンのスカイラインの下にあるこの岩盤は、今から三億年以上昔に形成されました」彼女がカメラに向かって話す。「それは、地球に存在する自然の物質としてもっとも硬いダイヤモンドの形成に通じるものがあります。地球の核からの熱と地上の山からの圧力が、十五マイルのもろい頁岩《けつがん》をこのように圧倒的に強い石に変えたのです。この街の摩天楼を、この硬い基盤が支えているのです。これがあるからこそ、星に手が届くほどの建物をつくることが可能だった。そして星といえば、ほら、みなさんの周囲も星のようにキラキラ輝いていますね。地下深くで、沈殿物が片岩のなかで結晶化しているのです。都市建設に用いる工業用ライトの光で、雲母、乳石英、ブルーカイヤナイトの結晶がきらめき……」

「いらっしゃいませ」ミニ丈のスカートとアンクルブーツという出で立ちの若い女性だった。きつい顔立ちの彼女はべっこう縁のメガネの位置を直しながら、品定めするようにわたしとマテオをじっと見つめている。

「こんにちは」わたしは丁寧な口調で言った。「ミズ・カンパーナにお目にかかりたくて——」わたしはスクリーンを指さした。そこではパーラがなおもマンハッタンの岩盤の質についてカメラ目線で講義している。「今日はこちらに？」

「あいにくですが、カンパーナ教授は、本日は大変に立て込んでいまして。ご用件はわたくしが承りましょう！」クイズ番組のモデルが一等賞の景品を紹介するみたいなしぐさで、彼女がニューヨークの大きな塊を示す。「〈シストゥ・スクエアド〉をお住まい、あるいはオフィス空間用にと、お考えですか？」

「客ではありません。パーラの家族の友人です。至急、彼女と話をする必要があって来ました」

若い女性は素直には受け取っていないらしく、口をきゅっと結んで警戒感をあらわにする。

「どういうことかしら。ほんとうに至急なら、そしてほんとうに〝友人〟であるなら、メールすればよろしいのでは？」

「直接話をする必要があるので」

「といっても、いまは留守ですから……」彼女が手元のスマートフォンをちらっと見た。

「いまごろは、ウォルドルフ・アストリアで六十一番線プロジェクトのコンサルティングをしていますね——正確に言うと、ウォルドルフ・アストリアの下で」われながらうまいことを言ったという表情で、彼女がにやりとした。「アポイントをお取りしましょうか？」

「いいえ、結構です。秘密のVIP用の通路はよく知っていますから。グランドセントラル駅とウォルドルフをつなぐ通路のことね。歴史家によれば、フランクリン・ルーズベルト大統領が自分のハンディキャップを隠すために使った通路。アンディ・ウォーホルが一九六五年にそこで地下パーティーをひらいたのはご存じ？」

「そうなんですか？」若い娘はあっけにとられている。よく訓練されたサルがシェイクスピアのソネットを暗唱するのを見てしまった、とでもいいたげな表情。

「ええ、そうですとも」いつしかマダムが乗り移っている。なにしろマダムはまさにそのパーティーに参加していたのだから。「アンディもきっとあきれているでしょうよ。大学で数年勉強してトレンディなメガネをかけたくらいでは、長い人生経験とまともなマナーにはとうてい太刀打ちできないわね。ごきげんよう」

マテオがあんぐりと開いた口を閉じる間もなく、わたしは彼を引っ張ってシックな古道具屋のドアの外に出た。なかでは若い娘が唾を飛ばしながらなにやら喚《わめ》いているようだ。

「おふくろと瓜二つに見えたよ」バンに乗り込みながらマテオが洩らした。

「褒め言葉として受け取るわ。あなたのお母様はパーラ・カンパーナよりもはるかにマンハッタンの地質について造詣が深い。マダムからのアドバイスはほんとうに的確だったわ。それをつくづく実感する」

「ほんとうか？　どんなアドバイスだ？」

「ニューヨークで生き抜くことは、ある格言に凝縮されると。この島でなにかを築きたいのであれば、まずはしっかりとした岩盤を見つけよ」

71

アップタウンに向かう車中でマテオがわたしのほうを向いた。

「行き先をもう一度言ってくれ」

「ウォルドルフ・アストリアの下」

「どうやって行けばいいんだ？　掘るのか？」

「またそんなことを」わたしは携帯電話を取り上げた。「ジョイのハイスクール時代の友だちが、いまあのホテルのフロントのアシスタント・マネジャーを務めているわ。彼女にメールで頼んでみる」

「協力してくれるかな」

「絶対にね！　ニュージャージーにいた頃、彼女にパートタイムで働いてもらっていたのよ。彼女がサービス業界に入るというので、すばらしい推薦状を書いたわ。それに彼女は元ガールスカウトよ。わたしたちスカウトの絆は強いの……」

二十分後、マテオとわたしは四十九丁目のウォルドルフのガレージにちかい真鍮《しんちゅう》のドアの前にいた。なんの標識も出ていない謎めいたドアだ。

ジョイの友だちは警備員とともにやってきた。警備員がパスカードを使ってドアを開け、無事なかに入ることができた！　わたしとマテオは警備員に案内されて階段をどんどんおりていく。やがて着いたのは、ぼんやりと灯りに照らされた薄暗い地下二階だった。協力してくれた警備員にそこで礼を述べると彼は上へと戻り、わたしとマテオは影に覆われた広大な地下スペースを歩き出した。

建設資材と足場が散らかり、どこもかしこも薄汚れて埃まみれだ。錆びついた列車の線路が交差し、スペースの中央には列車が見える。フランクリン・D・ルーズベルト大統領のものといわれる有名な装甲列車だ。かつて大統領専用のプルマン寝台車として華々しく活躍した日々とは対照的に、いまは埃をかぶって影のようにひっそりしている。

「わからないな」マテオは当惑した表情でわたしを見る。「わざわざ秘密の線路を用意する必要があるのかな」

「考えてみて。ルーズベルト大統領の時代には、おおかたの国民にとって国内の移動手段といえば列車だった——飛行機ではなく。グランドセントラル駅はここから約千フィート（約三百メートル）の距離。大統領の列車がニューヨークに到着する際には、この線路のおかげで完全にプライバシーを保つことができた。大統領は防弾リムジンごと列車から降りて、頑丈に補強されたエレベーターで地上に出た」

「つまり、第二次世界大戦中のセキュリティ上の都合か」

「ええ。それに広報上の戦術でもあった。足の不自由な大統領が車の乗り降りに手間取るのに注目されたり写真を撮られたりするのを防ぐためにね。国のためにも世界のためにも、強いイメージを保つことが大統領にとってはとても重要だったから」

「どうしていまもこうして秘密にされているんだろう」

「何十年もこの状態のまま、一般には公開されていなかった。どうやらパーラはそれを変えるために雇われたようだけれど……」

長く延びている空間の向こうのほうにある高い足場をわたしは指さした。その上のほうでパーラが動いている。さかんに写真を撮ったりスマートフォンに音声入力でメモを取ったりしている。オーバーオールにヘルメット姿の彼女は、建設現場の作業員としてじゅうぶんに通用しそうな、がっしりとした体格だ。

「パーラ！」マテオが両手を口に当ててメガホンのようにして呼んだ。

「誰？」

「マテオだ——マテオ・アレグロ。話がある」

「ちょっと待っていて！」

見ていると、パーラは作業用ベルトとオーバーオールの深いポケットに道具類をしまい、ロープを使って壁を伝うようにすうっとおりてきた。地面に着くと、いま使ったばかりのロープを素早い動作で地面に落とした。まるで魔法のように。

彼女がロープを丁寧に巻いているのを見ながら、わたしはマテオに身を寄せてささやいた

——。


「見た？　彼女もロープの手品をするのね。パンサーマンみたい」

「ロープの手品じゃないよ。あれはラペリング（懸垂下降）のテクニックで、サウスアフリカン・アプザイルと言うんだ。コーヒーの日陰栽培をおこなう地域ではあの要領で高地から下っていく」

「どんな技術なの？」

「二つ折りにしたロープを木と自分の身体それぞれに巻く。ロープをつかんでいる手を放したりブレーキをかけたりしながら降下していく。山岳地帯でロープが一本しかない場合は、それでなんとかなる」

「なにがなんとかなる？」パーラがやってきた。

「コーヒー・ハンティングのビジネスだ。やあ、パーラ」

「ひさしぶりね、マテオ。何年ぶりかしら」

二人は固い握手を交わし、パーラはわたしに向かってうなずいてみせた。

「クレア、でしょう？　おふたりはよりを戻したの？　わたしはてっきり——」

「離婚したままです。いまはビレッジブレンドでいっしょに働いています。ぜひコーヒーを飲みにいらしてくださいね」

「ありがとう。でも、いまはドリフトウッドに夢中で」

「コーヒーのほうか、それとも流木のほうか？」マテオの笑顔がこわばっている。「たいして変わりはないか」

「クリームと砂糖をたっぷりいれる派よ」彼女が肩をすくめる。「あそことのビジネスはとてもうまみがあるから。彼らのチェーン店に作品を飾る契約を結んでいるの。作品といっても……大部分は……」

「流木？」最後の部分を言ったのはわたしだ。

「ええ、そう」

あたりさわりのない会話のなかで、彼女がここにいる理由も話題に出た。この秘密のプラットフォームのスペースをナイトクラブにしたいという熱心な開発業者がいるという。マテオがあたりを見まわす。「いまは廃墟同然だな。さぞかし費用がかかるだろう」

「それはもう」パーラがうなずく。「ちゃんと用意してあるそうよ。わたしを雇った人物によれば」

「具体的には、どんなお仕事を？」わたしがたずねた。

「実現可能性を調査して報告書にまとめる。さらに、歴史的な価値をきちんと保つことができるというお墨付きを与える」

「うまくいく見込みは？」

「彼らがわたしの指示を守ってくれればね。最終的には、市と州が建設の承認を出すかどうかにかかっている。このプラットフォームを所有しているのはメトロノース鉄道だけれど、かならず市が絡んでくるはず。だからなかなか厄介なのよ——同時進行であちこち根回ししなくてはならない」

わたしはうなずいてから、さりげなく話題を変えた。「パーラ、じつはわたしたちも厄介なことで、こうしてここまであなたに会いに来たんです。あなたのお父様に関わることで」

「ガスに？」

奇妙な反応だった。父親と表現されたくない。まるでそんな調子だ。マダムが思った通り、ガスの正体はシルヴィオだから？

「ご存じかどうか」わたしは続けた。「警察は今日、あなたの妹ソフィアの夫を逮捕しました。ガスのアイスコーヒーに毒を盛ったという容疑で。でもそれは事実ではないとわたしたちは考えています。あなたのお父様に危害を加えようとした人物はほかにいるはず」

「そうなの？　その人物とは？」

「それを突き止めようとして調べていたら、マテオの母親が白いスーツの男に言われるままビンテージの黒いジャガーに乗り込んだことがわかったんです。その男こそ、ガスを六十年も脅迫していた人物にちがいないわ」

「脅迫？　どんな理由で？」

「それはわからない」マテオがこたえた。「男はアンドレア・ドーリア号に乗船していた。沈没した夜、ガスが関わったなにかを目撃している。ひょっとしたら、パーラもなにか見たのではないか、憶えているのではないかと期待してこうして押しかけてきた。せめて謎の男の名前だけでもわかればと」

彼女が腕組みをした。「悪いけど、話せることはなにもないわ」

「防犯カメラにあなたが映っていたわ」わたしはあきらめずに詰め寄った。「ガスが毒を盛られた日の二日前、二時間ほど会っていますね。どういう用件で？」

「呼ばれたのよ。話があるからと――悪い知らせだったわ」

「悪い知らせ？」

「さいきん、ガンと診断されたそうよ。医師によれば余命一年、もしくは二年。だから、いろいろと話し合う必要があって……個人的なことよ」

マテオはショックを受けている。彼の肩に手を置いて、力を込めた。

「まさか、そんなこととは」パーラとマテオに向かって言葉をかけ、パーラに近づいた。けれども、即座にそれを悔やんだ。上背のある彼女と目を合わせるには、思い切り首を伸ばさなければならない。「ガスとの話で、いまのこの状況を解決するための手がかりは出てこなかったかしら。たとえばローマの男について。その男の仲間らしきふたりの人物について

……」

「ごめんなさい、クレア。いま言った通り、これ以上話せることはなにもないのよ」

さきほどと同じ、気になる言い方だ。もっとなにか知っているのに言いたくない、そんなふうに聞こえる。なぜ？　わからない――彼女自身が加担している、というのであれば話は別だが。

マテオも、パーラのつきはなしたような態度に気づいている。

「おふくろが行方不明になっている」相当いらだった口調だ。「無事かどうか心配でたまらない。なにも知らないということか？　脅迫者に連れていかれた可能性がある。それでもおふくろをさがす手がかりになりそうなことは、なにひとつ知らない。そういうことだな」

「そこまでお母様の身を案じるなら、警察に届けるべきよ。申し訳ないけれど予定が押しているの。今夜はイベントがあるから、その準備をしなくては」

マテオがさらに問いつめようとしたところで、パーラのスマートフォンが鳴った。

「手配したウーバーの車が到着したわ。いっしょに上にあがりましょう」

四十九丁目の通りに出ると空気は冷たく、湿気を含んで重たい。黒いジャガーがパーラを待ち受けているのではないかと、少し期待していた。運転席には、あのU字形の傷痕がある男がいるのではないかと。

けれどもパーラのウーバー・カーはトヨタのプリウスだった。運転しているのは口ひげと頬ひげと顎ひげを伸ばしたほっそりとした若者だ。J・クルーのフード付きパーカーを着ている。

「どうする？」バンに乗り込んでからマテオがたずねた。

返事をしようとしたところで、わたしのスマートフォンが振動した。メールを読んでみた。

「ソフィアが目を覚まして、電話の充電をすませたようね。またガスに付き添いたいから病院に送ってほしいそうよ」

72

車が多くて駐車場も見つからないので、病院でマテオとソフィアに降りてもらい、わたしはバンの運転席に移動して付近を十五分間まわって時間をつぶした。

雨はしばらくあがっていたが、また大粒の雨が落ちてきたところでマテオが運転席のドアまで駆けてきた。

「席をずれてくれ!」

「ガスの様子はどう?」助手席へと移りながらきいた。

マテオがドアをバタンと閉めてシートベルトを締めた。「相変わらず進展なしだ。ソフィアは今夜ずっと付き添うそうだ」

「搬送されているかどうか、確認した?」

彼がうなずく。「おふくろはいないようだ。手がかりはなにも——」

「マテオ! 見て!」

思わず指さした。見覚えのある黒いレインコートを着てフードをかぶった女性がいる。ちょうど病院を出てきたところだ——ガス・カンパーナが命がけの闘いをしている、まさにその病院から。

「例の亡霊《ファントム》よ！」

「なぜそう言いきれる？　あんなコートを着た女性ならいくらでもいる」

「車を出して。追い越しざまに顔を確かめられる。キャットアイグラスをかけたファッショニスタなら、マダムの居場所がつきとめられるかもしれない！」

けれども交通量が多く、車の流れは遅い。亡霊《ファントム》はどんどん先に歩いていってしまう。

「降りるわ！　歩いて彼女を追いかける」

「待て！」マテオがわたしの背中をつかむように引き戻して指さす。「あそこでタクシーに乗り込んでいる」

「追いかけるわよ！」

雨が降りしきるなか、車は二番街に向かい、それからまっすぐダウンタウンへと走る。

「近づきすぎないで！」マテオに指示した。「相手に怪しまれないようにしなくては」

十四丁目を過ぎ、十丁目、八丁目、六丁目……。

「どこに向かっているんだ？」

「運がよければ、このままマダムのところに」

一丁目に到達する頃には、雨は小降りになって雲が切れてきた。雨で髪が濡れる心配はない。角でタクシーから降りた亡霊《ファントム》は、とうとうフードをおろした。

てっきり、キャットアイグラスをかけた横柄な中年女性があらわれるものだとばかり思っていた。しかし意外にも、もっと若く、もっと細く、髪はブロンドだ。前に会ったことのある女性だ。マテオも会っている。

「誰だ?」マテオがたずねた。「どこかで見たおぼえがある」

「ガスの店にいた女性スタッフよ。ジュエリーショップでわたしたちを出迎えた若いブロンドの女性。ベビーブルーのミニドレスと巨大な厚底のルブタンを履いていた」

「そうだ。モニカだ!」

「ガスの家の中庭を出たところでわたしを押し倒したのは、きっと彼女よ」

「皆が帰った後で、いったいなにをしていたんだ?」

「おそらく、ガスに毒を盛っていた」

マテオがぐっと顎に力を入れる。「どうする?」

「まず一丁目で曲がって、このまま追いかけて。彼女が歩いてどこに向かうのか確かめましょう……」

マテオがその通りにして半ブロック進んだところで、彼女の姿が消えた。影も形もなくなってしまった。

「ちくしょう、どこに行った!?」

「ビルにすばやく入ったとは考えられない。どこにも入り口はない。もっと進んでみて。彼女が消えたあたりまで……」

さらに半ブロック進んだところで、からくりがわかった。エクストラプレイスと呼ばれる通りが隠れていたのだ。

「これか！」マテオがハンドルをぴしゃっと叩いた。「すっかり忘れていた。この汚い通りを使って仲間といっしょにCBGBの裏口からこっそり忍び込んだものだ」

「そうね。過去形が似合う場所になってしまったわね」

ライブハウスとして名を馳せたCBGBはとうに姿を消し、伝説的なバワリー三百十五番地の住所にいまあるのはメンズファッションを専門とするブランドショップ、ジョン・バルベイトスだ。ジェントリフィケーションの波が押し寄せて、すっかり変わってしまったのだ。

ボヘミアンたちが根城としていた頃の無骨な雰囲気はほとんど消え、がらくたや汚れや奔放な落書きもいまはない。小道の両側に並んでいたロウアー・イーストサイドの安アパートも建て替えられて、ガラスとスチールの豪華なビルになっている。一階には高級レストランが三軒、ミニマリスト志向の家庭用品の店も入っている。

この小道は、あいにく歩行者専用道路だ。

「降りて歩いて追いかけるわ。あなたは駐車してから追いかけて、いいわね？」

「気をつけろよ。アホなことをする前には、ぼくを待て」

「心配しないで。アホなことをする時には、かならずあなたを道連れにする」

73

エクストラプレイスの端まで歩いてカジュアルなシーフードレストランの前でうろうろしているところにマテオがやってきた。レストランのメニューは四種類のロブスターロール、ピール・アンド・イート・シュリンプ、ニューイングランド・クラムチャウダー。

「お腹空いた？」

「モニカが店にいるなら、腹ぺこだ」

「いるわ」厚板ガラスの向こうを指さした。集成材のテーブルに彼女がいる。「あそこに腰掛けたとたん、スマートフォンになにかを打ち込み始めた。奥の席に着いてロブスターロールを二つ注文して、顔を伏せたまま待ってみましょう。怪しい三人のうち誰かが来るかもしれない。脅迫していた男が来るか、仲間のどちらかがあらわれる……」

しかし、そうはならなかった。

おしゃれなロブスター小屋にあらわれたのは、思いもよらぬ人物だった。わたしも、マテオもわけがわからない。

「信じられない」

わたしも同じ思いだった。

ブルージーンズ、デッキシューズ、ポロシャツ、ウインドブレーカーという出で立ちのいかにも裕福な雰囲気の男性がモニカと向かい合わせに席をとった。起業家として成功をおさめ、夢——失われたイタリアの豪華客船の再生——の実現のために投資家の共同事業体までつくってプロジェクトに情熱を注ぐ、あの人物ではないか。

「ビクター・フォンタナ?」わたしは小声でたずねた。

元夫はショックで口をきけない。その表情を見ただけで、やはりそうだと納得した。アンドレア・ドーリア号のコーヒーのコンペの締め切り間際にマテオにエントリーを勧めた人物だ。

「動かずに下を向いて。フォンタナはあなたと会っている。わたしの顔は知られていない……」

マテオが異議を唱える前に、わたしはテーブルの上のトレーをつかんで調味料のバーにゆっくりと歩いていき、セルフサービスの機械からケチャップ、マスタード、カクテルソース、ナプキンを取っていく。立ち聞きする時間をできるだけ稼ぐために、あらゆるものを。

レストランは混み合っていて騒々しいので、モニカとフォンタナの会話はまったく聞こえない。それでも、決定的なやりとりを見ることに成功した。

モニカが黒いレインコートのポケットから小さな茶色い袋を取り出した。袋から彼女が取り出したのは、白いベルベットの箱。その箱をフォンタナに渡す。彼は目を輝かせて箱を開けた。

いったん箱に入った彼の指先がふたたびあらわれた時、マテオが大きく息を呑む音が確かに聞こえた。ふりむくと、ナプキンのディスペンサーの陰からこっそりのぞいている。

「マテオ、なにしているの?」

「シーッ。静かに」

無茶な注文だ。

ビクター・フォンタナはモニカから贈られた宝物に大満足の様子だ。うれしそうにメガネを押し上げた。少年っぽさを演出するためのハリー・ポッターのような丸い小さなフレームのメガネがなくなると、四十代の顔があらわれた。

続いてフォンタナは自分のスマートフォンをタップし、モニカに画面を見せるように持ち上げた。彼女に電子送金したのかもしれない。

モニカは拍手して彼に礼を言う。

フォンタナも彼女に礼を述べた。

彼はおごそかな様子で宝石を高く掲げ、翳《かげ》りゆく日の光に当ててほれぼれとした様子で見入っている。マテオとわたしは自分の目が信じられない。

カンパーナ・ジュエリーのブロンドの店員は、たったいまカンパーナ家の宝をビクター・フォンタナに売ったのだ。値段などつけようのない、あの〈アイ・オブ・ザ・キャット〉を。どうやって保管庫から出すことができたのだろう。

74

フォンタナはあわただしく店を出ていった。それを見届けるまで、マテオとわたしはじっとしていた。彼を、そしてたったいま彼の手に渡ってしまった宝石も、見つける当てはある。

しかしモニカを逃がすわけにはいかない。

殺人未遂、そして重窃盗罪を犯した容疑者にちがいないと、一丁目の通りで彼女をつかまえた。

「バンに乗ってもらって、じっくりと話をしましょう」彼女の片腕をわたしがつかみ、もう一方の腕をマテオがつかんだ。「わたしたちの質問にひとつ残らずこたえてもらうわ。さもなければ、まっすぐ六分署に連れていって一晩泊まった後に正式な尋問を受けてもらう」

モニカは激しく動揺している。興奮した口調で「なにもかも誤解」だと何度も繰り返す。

「わかった」わたしが言い、マテオがバンのドアを勢いよく閉めた。「じゃあ、誤解だとわかるように話して」

「ビクターに売ったのは本物ではないわ！　あれは複製よ！　二カ月前、ビクターはガスに〈アイ・オブ・ザ・キャット〉のレプリカを合成ダイヤモンドでつくってくれと頼みにきたのよ。大金を払うからと言って。でもガスは断わった」

「では、なぜあなたが関わっているの？」

「ビクターが車に向かうのを追いかけて、わたしにつくらせてくれと持ちかけた。彼は同意した。それだけのこと」

マテオが腕組みをした。「有名なカンパーナ・カットを再現して、〈アイ・オブ・ザ・キャット〉と同じものをつくれるというのか。あの世界的に有名な作品の複製を。それをぼくたちに信じろというのか？」

「できるわ！　ガスから教わった技術があるもの。五年間、直接指導を受けてきた。ソフィアがわたしを気に入っていないのは、最初からガスもわかっていた。彼が死んだらソフィアが事業をすべて継いで、わたしを解雇するだろうということも。ガスは、わたしが西海岸で宝石の仕事を始められるだけの力をつけさせようとした。それがわたしの夢なの」

「なぜあなたのことをそこまで？」それ以上追及するのは気が進まなかった。二人の年齢差を思うと、けれど……。「モニカ、あなたとガス・カンパーナとは特別な関係なの？」

「まさか！　特別な関係があったのはわたしの母よ。二十二年前に」

「ということは――」

「ガスはわたしの父です。聞かれる前に言っておきますけど、このことはソフィアとパーラは知らないわ。それはガスとわたしの意志なの。まだ十七歳だったわたしを、ガスは店に迎えてくれた。わたしはとても幸せだった。ガスにかわいがってもらって、たくさん教えてもらって」

「ガスは全員を早退させたから、わたしは自分の荷物を持ってみんなといっしょに出ていくふりをした。でも皆から遅れるようにして、こっそり裏の階段をあがって工房に入ったの。〈アイ・オブ・ザ・キャット〉の複製を完成させるために……」

どうして気づかなかったんだろう?

そういえば、ソフィアといっしょに防犯カメラの録画映像を再生した時は、とてもあせっていた。ガスがスタッフを帰し、従業員が集団で店から出るのを見た。しかし人数は数えていない――モニカが出たかどうかも確認していない。

「あの日、警報音が鳴った時に、自分のせいだと思ったわ。夜間にはモーションセンサーが作動することになっていた。だからわたしがそれを作動させたのだと思い込んだ。逃げたのは、わたしが複製をつくっているのをガスは知らなかったから。彼に怒られたくなかった」

「そしてガスには毒を盛っていない。そう信じろというのか?」マテオが言う。「彼はきみの母親と愛人関係にあり、結婚はしていない。そしてきみの素性を伏せ続けている!」

「わたしはガスに危害を加えたりしない! 絶対に! それに、わたしの父親になったいきさつも、ちっとも気にしていない。母はずっと昔に離婚して不幸だった。ガスは妻を亡くして孤独だった。母は元夫から贈られた宝石の鑑定をしてもらうためにガスのところに行った。そしてふたりは愛し合うようになり、わたしが生まれた」

「でも彼は結婚しようとはしなかったのでしょう？」

「ガスはプロポーズしたわ。けれども母はまた結婚したいとは思わなかった。ニューヨークで暮らしたいとも。母はわたしを連れてカリフォルニアに行った。母が生まれ育った場所に。大学にはまったく興味がなかったし、母がいとなんでいる不動産の事業にも興味はなくて。ガスと母が話し合って、わたしはニューヨークに来てガスの店で見習いになることになった。わたしはガスに感謝している……そして愛している」

「では、誰が彼に毒を盛ったと思う？」

「ハンター・ロルフよ、まちがいない！　今朝早く警察がスタッフの事情聴取に来た時にも、そう話したわ。わたしが店にいた時にハンターが来て、そして出ていったと話した。彼がやってきたのをこの目で見た。ひとつだけわからないのは、どうやって彼が実行したのか」

「というと？」

「ガスはベリリウムを飲まされたのよ」

「どうしてきみがそれを知っているんだ？」

「刑事たちから聞いたわ。敷地内にそれがあるかどうかをきかれた。だからあるとこたえた。あれをまちがって飲むなんて、あり得ない。舌がヒリヒリするし、ひどい味だし。ハンターがガスに飲めと強制した、さもなければ殴るかなにかしてガスを気絶させ、無理矢理、喉に管で流し込んだのか。考えるだけでぞっとする」

わたしは首を横に振って彼女の考えを否定した。「ハンターがガスに毒を盛ったとは思えない」

「でもあの日、彼はあそこにいたのよ。ガスはあの人に会おうとはしないはず。とりわけ最近は彼がソフィアを裏切っていると聞かされて信じていたから」

「ほんとうは裏切っていなかったのよ。ハンターはおたがいの誤解を解いて、こじれた関係を修復したくて訪問したのよ」

「じゃあ、いったい誰がやったの？」

今日あきらかになった事実をすべて思い返してみた。モニカの話も含めて考えてみた。すると、ある結論に達した。悲しかった。けれども、いまはそれを口にすべき時ではない。

「〈アイ・オブ・ザ・キャット〉に話を戻しましょう。あなたももう知っているわね。あれは行方不明にはなってはいなかった。ガスがずっと隠していた。彼が脅迫されていたことも知っているの？」

モニカがうなずく。「ガスはわたしを信用して話してくれたわ。悪いやつをわたしたちの暮らしに寄せつけないために金を渡していたと」

白いスーツを着た男の特徴をくわしく伝えた。「どこかで見たおぼえはない？　彼の名前は？」

「名前は知らない。でも先週、何度かガスをたずねてきた。毎回ふたりはイタリア語で言い争っていた」

「少しでも内容がわかるかしら？」

「全部わかったわ。お金のことで揉めていた。男はガスに『あれを売れ』と要求し、その儲けを分けろと要求していた。『あれ』ってなにとガスにきいたら、〈アイ・オブ・ザ・キャット〉はじつは行方不明になっていないと、初めて知らされたわ。ソフィアが受託者として指名されているのだとガスは教えてくれた。あなたもね、マテオ。それからガスはこう言った。ソフィアもあなたも、わたしたちの誰も、あんな男につきまとわれることのないようにしたい。『やつが金輪際あらわれないように、自分の手で始末をつける』と」

「それは、どういう意味？」

「あの時のガスは怒り狂っていた。平気で殺してしまいそうだった」

「そうでしょうね……そしてそれを企てた」わたしはつぶやいた。「モニカ、その脅迫者の居場所になにか心当たりはない？」

「ちょうど今夜、新しいアンドレア・ドーリア号で〝生存者たち〟のパーティーがある。彼は行くつもりだとガスに話した。ガスも難破船の生存者のひとりだから、同行して欲しいと言っていた。たがいの言い分をなんとか調整して折り合いをつけるべきだとも。ガスはひどい言葉で彼を罵った……イタリア語で」

「ということは新しいアンドレア・ドーリア号はいまニューヨークにいるの？」

マテオが割って入った。

「昨夜到着した。今朝、倉庫から見たよ。ブルックリン・クルーズ・ターミナルの十二番埠頭に停泊している」

モニカがうなずいた。「わたしは〈アイ・オブ・ザ・キャット〉のレプリカをビクターのパーティーにまにあうように完成させたから、彼はとてもよろこんでいたわ。あれはディスプレイされるのよ――きちんと複製と表示して。長年〈アイ・オブ・ザ・キャット〉を見つけようと難破船を捜索する深海ダイバーたちの様子を映したビデオクリップを何本も流すの」

わたしたちとの別れ際、モニカは気になることを言い出した。「もうビクターには話したけれど、あなたたちにも言っておいたほうがよさそう。どうせわかることだから」

「わかることだから？」

「あの男は、もしもガスが折り合いをつけようとしなければ、今夜のパーティーで『真相をぶちまける』と言い切った。きっとその話はベストセラーになる、映画にだってなるだろうと言った。自分はそれで金を手にすると」

マテオが怪訝そうな表情になる。「なにをたくらんでいるんだ？」

「とんでもない騒ぎを起こすつもりなのよ。本当のガス・カンパーナについて、初代アンドレア・ドーリア号が沈没した夜に彼になにがあったのか、驚くべき真相を発表するつもりらしい」

モニカが行ってしまうと、わたしはマテオのほうを向いた。「今夜のパーティーは、マダムを見つけるための最大の手がかりとなるわ。わたしたち、潜り込めるかしら？」

「招待客限定のパーティーだ。マスコミ関係者に船をお披露目するPRイベントだからな。初代アンドレア・ドーリア号の生存者が、船が沈んだ夜を思い出して語ることになっている。フォンタナは市長、ニューヨーク州知事、ニュージャージー州知事、それからVIPをどっさり招いている」

「それでは、潜り込むのはむずかしそうね」

「かんたんさ。ぼくには正式な招待状があるからね。おふくろが行方不明だから出席は取りやめるつもりだった。しかし、あの脅迫者がいるのなら、そしてやつの首根っこをつかまえられるなら、もちろん行くさ」

「よかった」

「モニカになにか言ってたな、ガスについて。なんのことだ？」

「なに？」

「ガスが怒り狂って殺してしまいそうだった——そしてそれを企てたと。ぼそっと言っていただろう。ガスは誰を殺そうとしたんだ？　彼に毒を盛った人物か？」

「ええ、そして彼らは同一人物」

「同一人物だと？」

「脅迫者の存在、毒物の性質、ガスがガンで死期がちかいと宣告されていたこと。すべてを考え合わせれば、まちがいないと思う。ガス・カンパーナは自分で自分に毒を盛った」

元夫は言葉を失っている。

彼の肩に片手を置いた。「悲しいことだけど、それでも手遅れになる前に彼のもとに駆けつけることができた。回復する可能性は残されているわ。それだけを考えましょう。そしてマダムを見つけることに集中しましょう」わたしは腕時計を見た。「パーティーに行かなくては。ぐずぐずしていられないわ。あなたの招待状で同伴者も入れるの？」

「ああ。ただし名前が記載されている。きみは彼女のふりをしなくてはならない」

「彼女？」理解するのに少し時間がかかった。「それは無しよ」

「いや、有りだ」

「なにかほかに方法があるはず。妻は来られないので代わりにビジネス・パートナーを連れてきたと説明すれば？」

「残念ながら譲渡はできない招待状だ。プレスイベントでもあるからな。《トレンド》誌の編集長だからブリアンが招かれた」

「でも――」

「クレア、今夜はきみの協力が必要だ。入場を断わられるなんてことは絶対に避けたい。だからちゃちゃっと化けてくれないか。仲良しの編集長に」

この土壇場で、あまりといえばあまりの注文。わたしは大きく深呼吸した。

「しかたない。あの鼻持ちならないファッショニスタを皆さんがお待ちかねというのであれば、叶えてさしあげましょう」

75

わたしはバンク・ストリートのＨＢスタジオに向かった。ビレッジブレンドのアシスタント・マネジャーはスーパーヒーロー・ショーの監督として、そこでリハーサルをおこなっている。柔らかくてもじゃもじゃとふくらんだ髪のタッカーをさがしているのは、わたしだけではなかった。赤いスチール製のドアの前で声をかけてきたのは、仲良しのスキンヘッドの巡査部長だ。

「おや、コーヒーレディ、こんなところで会えるとは」

「芝居用のスタジオで、どんなご用？」

フランコが大きな肩をすくめた。「時間つぶしだ。マクナルティ警部補は、パンサーマンの衣装を借りようとした人物をすべて再度、事情聴取してこいと命じた」

またもや有能な警察官が無駄遣いされている。ロリ・ソールズによれば、マクナルティ警部補はマイクの班を五区全域にばらまいている……。

「ここならまだいい。クィン警部補は僻地《へきち》にいるからな」

「どこに？」

「スタテン島。マクナルティがクィン警部補に命じたのは、コミック誌を扱う書店のスタッフと客への『聴取を監督すること』だ。ニューヨーク市警のフェイスブックにパンサーマンのクレドを投稿したアホがいる」

「パンサーマンに信条があるの？」

「もちろん。『パンサーマンに次の獲物を問うな。次は自分だと知りたくなければ！』」

「ヘミングウェイを思い出すわ」

「ああ、『誰が為《た》に鐘は鳴る』か」フランコが肩をすくめる。「だが、コミック本の盗用行為の捜査でここに来たわけじゃない。クソみたいな手がかりを追うためだ。もともとパンサーマンは虫が好かない。昔からキャプテン・アメリカ派なんだ」

「ちょっと時間ある？」

「コーヒーレディのために？　もちろんあるに決まっている」

HBスタジオの前をゆっくりと歩きながら、ガスについて知った事実、彼を脅迫していた男、マダムの行方が知れないことをすべて、冷静にフランコに伝えた。彼はどんなふうに協力できるだろうかとたずねた。ニューヨーク市警が少々（非公式に）バックアップしてくれると助かる、とこたえた。

「今夜レッドフックのブルックリン・クルーズ・ターミナルで警備を担当しそうな警察官がわかれば、ありがたいわ。内部から……助力してもらえれば」

「署でそういう調整を担当しているやつがいる」フランコ巡査部長が携帯電話を取り出した。

「彼に連絡を取って、いろいろ検討してみよう」

わたしはフランコに礼を述べ、彼はその日最後の「聴取」に向かった。行き先はパンサーマン・スペシャルを提供しているアイリッシュ・パブ。青いものを身につけていれば、一ショットの価格で二ショット飲めるそうだ。

数分後、がらんとしたHBスタジオでタッカーを見つけた。目につきにくいロープでスーパーマンが吊るされている。

「くねくねしないでポーズを決める！」タッカーの指示が飛ぶ。

わたしのアシスタントマネジャーは完璧なスーパーマンを見つけたらしい。俳優はこちらに背中を向けているけれど、筋骨隆々の体格は目を引く。

ナンシーはきっとよろこぶわね。そう思いながら見ていると、スーパーマンが空中に浮かんだまま、いったん身体の力を抜き、それからバランスを取って静止した。

タッカーの「アクション」という合図で、スーパーマンは両腕を突き出し両脚をまっすぐ伸ばす。舞台係の助けを借りながらも、なんとかスーパーヒーローらしく練習場の上を飛ぶことに成功した。

「すばらしい！」タッカーが興奮して拍手する。「これでうまくいく！」

「だろう？」上のほうからスーパーマンがこたえる。「多い時でも百五十ポンド（約六十八キロ）だから太いロープはいらない。こっちのほうがいい――」

「まあ！」つい、声が出てしまった。「そこにいるのはパンチ？」

スーパーマンがこちらに目を凝らす。

「おや、そこにいるのはCCかな。いまコンタクトを外しているんで！」

まさしくパンチだった。彼はタッカーの恋人で、キャバレーのドラァグ・シンガーとしても女性を演じる役者としても活躍している。ビッグアップルで指折りの存在だ。その彼がみごとにスーパーマンになり切っている。

「ずいぶん身体が大きくなったわね」

パンチが笑い声をあげ、紐を引いた。すると、みるみるうちにマン・オブ・スティールと呼ばれるほどのスーパーマンの筋肉がだらりとしたビニールに変わった。

「空気を入れてふくらますスーツですよ」パンチが説明する。「装着して空気を注入して風船みたいに膨らませれば、あっという間にミスター・ユニバースになれる。出会い系アプリのプロフィールにも使える便利なスーツなんだ！」

タッカーが指を鳴らした。「口を慎んだほうがいいぞ。いいか、きみには決まった相手がいる！」

パートナーに小言を言ってから、タッカーがわたしのほうを向いた。

「で、ご用は、クレア？　なんだか顔がひきつっているな。なにかあったんですか？」

「力を貸して。今夜、どうしてもブリアン・ソマーに変身しなくてはならないの。緊急事態なのよ」

タッカーは目をキラッと輝かせ、両手のひらをこすり合わせた。「この天才舞台芸術家にまかせなさい！　下にロッカーがある。そこにぎっしり詰まっていますよ、いいものがいっぱい」

「わたしも協力したい」パンチが上のほうから叫ぶ。「わたしのマーク・ジェイコブスを使って。ぴったりだと思う——詰め物はいらないね」

「完璧だ！」タッカーが声を張り上げた。

「それからジャッキー・Oを演じる時に使うブルガリの薄い色つきのメガネもね」

「いいね！」タッカーはわたしの肩に両手を置いてドアへとうながす。「ブロンドのウィッグもある。あれならブリアンのけばけばしいたてがみより遥かにステキだ。さっそく取りかかろう——」

「おーい！」パンチはまだ天井から宙づりのまま叫んでいる。「こっちはどうなる？　筋肉はなくなっちゃったし、このまま忘れられる運命？」

「バカなことを言うんじゃない」タッカーはあわててパンチをおろしてやった。「空気で膨らんだ筋肉があってもなくても、きみは永遠にわたしのスーパーマンだ」

76

「初めて見た時のことは忘れられないね……非の打ち所のないダイヤモンドのように燦然と光り輝いていた。純白で汚れない姿だった……」

ガス・カンパーナの言葉がよみがえった。わたしたちを乗せたリムジンがブルックリンの低層のタウンハウスが連なるあたりを抜けると、美しい船があらわれた。新しいアンドレア・ドーリア号だ。

銀色に発光しているようなその船はマテオのコーヒー倉庫から目と鼻の先の、レッドフックの波止場に停泊している。嵐が通り過ぎた後、秋の夜の空気は澄み切って、とても冷たい。

「まるでダイヤモンドの輝きだ」

ヴェルサーチのタキシードを着ているマテオの視線は船ではなく、わたしに注がれている。

「やめて。恥ずかしい」

奇跡の大変身を遂げたわたしを励ますように彼はウィンクして、仕立てのいいカフスを整えた。

「すごい光景ね」彼の注意を目的地にもどす。「船にあれだけスポットライトがついていたら、宇宙からでもきっと見えるわね」

イタリアのクルーズ船のレプリカはオリジナルの三分の二の大きさとはいえ、間近で見ると、巨大だ。黒く輝く船体と白く輝く船楼がターミナルの建物の上にそびえ、上甲板の強烈なスポットライトから空に向けて光の柱がまっすぐ伸びている。

「ビクター・フォンタナという男は、船をつくる方法を心得ている」マテオが言う。

「そして、それを見せびらかす方法を……」

すでにターミナルから、はなやいだ雰囲気に包まれている。プロセッコの噴水が威勢よく音を立て、フルートグラスに注がれて泡立つイタリアのスパークリングワインがゲストにふるまわれ、メトロポリタン・オペラのソプラノ歌手はプッチーニの『ラ・ボエーム』から「ムゼッタのワルツ」を披露している（フルオーケストラをバックに）。

ゲストたちはゆっくりと移動していく。マテオとわたしはガラス張りのターミナルを進んでタラップの入り口に着いた。屋根付きの幅の広いタラップはパーティー用の照明ではなやかに照らされている。

エキセントリックブルーの細身のスーツを着た若者にマテオが招待状を示す。

「ようこそ、ミスター・アレグロ、そして……」彼が招待状を確認してから呼びかけた。

「ミズ・ブリアン・ソマー」

青いスーツの若者は不審なものでも見るような表情だ。どうぞわたしのブロンドのウィッグがずり落ちていませんように。彼の鋭い視線がイヤリングに移る。ソフィアから譲られたルビーのイヤリングだ。とたんに若者はうやうやしい微笑みを浮かべ、わたしたちを通そうとした。が、その時、マテオが人さし指をぴんと立てた。

「妻は《トレンド》誌の編集長として、初代アンドレア・ドーリア号の生存者のひとりに焦点をあてた特集記事を計画している。わたしはその男性と面識があるが、名前を聞きそびれた。イタリア人で高齢で、おそらく白いタキシードを着ているのではないかな。ローマから駆けつけていると思うんだが」

係員が首を横に振る。「生存者の方はＶＩＰのゲストとして別の入り口からお通ししています」

「そうか、ありがとう」

マテオがわたしの腕を取り、タラップへと引っ張っていく。

「少なくとも、これであの謎の男を待つ必要はない。できれば別の入り口とやらの場所が知りたい」

なだらかな勾配のタラップをのぼりながら、懲りずに残酷なサンダルを履いてきたことを、悔やみ始めていた。

しっかりしなさい、クレア。自分に言い聞かせた。これはマテオのお母様のため……。

そこでマテオのレクチャーが始まった。「パーティー会場に着いたら、できるだけ話をしないことだ。話しかけられた時だけだな。もしもブリアンの知り合いが近づいてきたら、つんとして口をきかずに挨拶してエアキスする。相手はきみのドレスやらなにやらを褒め讃えるだろう。返事はしなくていい。ポーズを決めてみせるんだ」

最良のアドバイスとは思えなかったけれど、マテオにとっては妻なのだから、わたしよりはくわしいはず。だからその通りにすることにした。しかもそのタイミングでスマートフォンに朗報が届いた。

「警察の応援が来ているわ」わたしは小声で伝えて携帯電話をバッグにしまった。「たったひとりだけど、いまこの船に警察バッジを所持している仲間がいる。わたしが呼べば、その刑事が駆けつけてくれる」

「クレイジーなスー・エレン刑事ではなく、相棒のロリ・ソールズ刑事であることを期待するよ。いや、おふくろの居場所を突き止めるのに力を貸してくれるのであれば、相手が誰であってもいい」

その言葉、忘れないでね……。

船に足を踏み入れると、きらびやかなロビーに女性接客係が待機していた。全員、見分けがつかないほどそっくりだ。そのうちのひとりに案内されてイベント会場の上甲板にあがっていく。裕福そうなゲストがひしめくなかに加わり、はきはきとした若い接客係から船のアメニティについて説明を聞いた。

目に入るものが、なにもかもエレガントだ。

イタリア産の大理石、真鍮の輝き、磨かれた木の甲板とドアと縁飾りに囲まれていると、外洋を航行する船ではなく陸上の豪華ホテルにいるような錯覚に陥る。

目につく壁にはすべて原画が飾られている。パブリックスペースのあらゆるコーナーにディスプレイされている彫刻にも目を奪われる。

笑いさざめく声、グラスを合わせる音、ラウンジでピアニストが軽やかに奏でる音楽が耳に入り、リド・プリマ・クラッセ——プールのあるファーストクラスのリドデッキ——に近づいているのだとわかった(アンドレア・ドーリア号では英語は第二外国語なので、イタリア語の集中訓練コースに入ったようなものだ)。

バーとビュッフェの向こうには広々としたボールルームがある。その向こうの甲板は開放的ですばらしい眺めだ。空には満月がのぼり、星とともに輝いている。

マンハッタンのスカイラインは燃え立つように明るく、ブルックリン橋を渡る車のヘッドライトがちらちら揺れる。もっと先には自由の女神が金色のたいまつを高く掲げ、大西洋の暗く冷たい水が水平線に呑み込まれる手前に見える光の帯はヴェラザノ・ナローズ橋の灯りだ。

ボールルームに入ったとたん、怖れていた瞬間が訪れた。

「ブリアン！　来ていたのね！」

押しの強そうな中年の女性だ。髪はプラチナブロンド、肌は日焼けサロンで焼いた羊皮紙のような品のいい小麦色、スミレ色の目はおそらく色つきのコンタクト。ジュエリーだらけの両腕をわたしに巻きつけた。

「まあ、とても素敵。会うのはサントロペ以来ね！」

いえ、わたしはあなたに会っていませんけど——一度も！　ええと、どうするんだったかしら。

彼女の暑苦しいハグに素早いエアキスでこたえ、ブルガリのメガネの大きな丸い色つきのレンズ以外、相手からなにも見えませんようにと祈った。

彼女の息はトニックとジュニパーベリーの匂いがする。

どうりでおおげさだと思った。ベロンベロンに酔っ払っている！

ようやく彼女がわたしから身体を離して少し後ろにさがり、口元をゆがめるようにして笑顔をつくった。

「新作の香りね、すばらしいわ——」

フィネスのリバイタライジングシャンプーの匂いじゃないかしら。

「それからその大きく開いた胸元——とっても粋だわ！」

わたしはポーズをとった。

「あなたに——あら！　見て！　アリアナよ。挨拶してこなくちゃ。声が聞けてうれしかった。またね」

そんな言葉を残して彼女は、かつてインターネットの世界のクイーンと呼ばれた女性のほうに飛んでいった。アールデコ様式のバーではかつてのクイーンがカクテル片手にケーブルニュースのスターやニューヨーク・ワンのキャスターと談笑している。

「やるじゃないか」マテオがわたしの手をぎゅっと握った。

元夫からの賛辞（皮肉）を嚙みしめる間もなく、目の前に今宵のホストがあらわれた。すばらしくチャーミングで、桁外《けた》れにお金持ちの男性だ。

「ひさしぶり」と言ってマテオとの握手をさっさとすませ、ビクター・フォンタナは笑顔でわたしの手をとった。

「ミズ・ソマー、洗練の極致にある女性とお目にかかれて光栄です」

「こちらこそ、ミスター・フォンタナ」ブリアンの気取った物言いに似せてみる。「これは芸術品と呼ぶにふさわしい船だわ！」

「今世紀のスタイルとテイストにかけては第一人者のあなたから、そのような言葉をいただけるとは、じつにうれしいですね」

フォンタナがよどみなくこたえ、じっとこちらを見つめた。その強いまなざしは、ほんの一瞬、わたしのデコルテを、そして全身をとらえた。マテオから見せられた動画に映っていた少年ぽい一途な起業家のまなざしではなく、まぎれもなくヨーロッパを代表する色男の目だ。

今宵はハリー・ポッターのようなメガネはかけていない。「サーファー野郎」のようなさらさらした髪は後ろに流し、ウォールストリート流にかっちりと固めている。

ことさら背が高いわけでもなくスリムな体つきなのに、海緑色のスーツと珊瑚色のネクタイで装ったフォンタナの存在感は圧倒的だ。知性と自信にあふれた雰囲気をかもしだしているけれど、こうして間近に見ると、彼のアクアマリン色の目は決して人懐っこいものではない。獲物を狙う肉食獣みたいに光っている。

ニューヨーク市長夫妻が到着し、フォンタナの観察はそこまでとなった。マテオがわたしと腕を組み、ふたたび歩き出した。

混み合うバーを通り過ぎ、ボールルームを横切り、屋根のない開放的なリドデッキに来た。歩きながら、例のローマの男がいないかとさがしていた。外の気温は摂氏十度で空気が冷たいけれど、スペースヒーターがうまく配置されているのでゲストは快適に過ごせる。デッキの船尾側の端にはイルミネーションで飾られたプールがあり、青く透明な水がなみなみとたたえられている。プールサイドでマテオとわたしは戦略を立て、二手に分かれて念入りにさがすことにした。マテオはバー付近を徹底的にさがし、わたしはビュッフェの「調査」を引き受けた。たがいにスマートフォンで連絡を取り合うと決めた。

ビュッフェに用意されたチキンカチャトラ（赤だけではなく白も！）の魅惑的なにおいで、はしたないほど唾液腺が刺激されている。が、けっきょく高級ビュッフェには行き着くことができなかった。マテオと別れた直後、とんでもない組み合わせのカップルを見つけてしまい、ショックのあまりその場で凍りついた。

バーのそばのハイテーブルにいたのはエドゥアルド・デ・サンティス。彼と酒を飲んで笑い声をあげている人物の顔は、見間違えようがない——ガスの長女、パーラ・カンパーナ。

77

パーラがデ・サンティスと親しそうにしているのを見て、全身がわなわな震えた。ショックのあまり、立っていられなかった。混乱した頭を整理しなくては。

バーのハイテーブルがちょうど空いたので、クッション付きのスツールを確保した。通りかかったボーイからプロセッコの入ったフルートグラスをひとつ手に取り、一息で飲み干した。そして一つひとつ整理していく。

パーラはオリンピックに出場したことのある射撃の名手。南アフリカでおこなわれているロープを使ったラペリングができる。アスリートである。パンチは空気を入れて膨らませるスーツを着てスーパーヒーローに化けた。あれを使えば、どんな体型にでもなれる……。

パーラは警察官を次々に銃で狙った犯人？　パンサーマンの正体はパーラ？

そんなバカな。いや、ひょっとしたら当たっているかも。いま彼女とデ・サンティスの様子を見れば、すべてつじつまが合ってくる。

でも、殺意は？

パーラはとっつきにくいし人当たりがいいとは言えないけれど、警察官を撃つ冷血な人間には思えない。

どんな動機があるの？　昔、アナーキーな反体制活動家だった頃のような政治的動機？　それともお金？

パーラは成功しているように見える。しかしニューヨークのような都市では、野心的な人間は決して満足するということはない。ハンターを疑った時に想定したことがパーラに当てはまるなら、デ・サンティスの指示にしたがうだろう。

その時、思い出した。六十一番線！

パーラは秘密の駅の復元のことを話していた。相当の資金を準備している人々がいると。ビレッジブレンドの近所の廃墟と同じように、六十一番線プロジェクトの背後にデ・サンティスがいる可能性があるかもしれない。審査対策としてダミー会社と他の投資家を利用していることも考えられる。

パーラとデ・サンティスは見るからに親密そうだ。ひょっとして、ふたりの関係は……？

恋人同士？

そこにあらわれた人物の顔を見て、考えがとぎれた。

あのカーラとは、すぐにはわからないくらいだ。さいきんビレッジブレンドの常連に加わったロースクールの学生だ。しかし、勤勉な大学院生というイメージとはかけはなれている。パーティー会場にいるカーラは大胆な黒いレースのミニドレス姿。メッシュがふんだんにあしらわれているので、透けて見える部分のほうが多い。とび色の髪はアップにして、耳のあたりには後れ毛風にカールした数本が揺れている。眉にはマスカラ、つけまつげもしっかり。

ハンター・ロルフをさがしにいった21クラブでもカーラを見かけた。パトロンさがしをしているのではないかと気になっていた。それは取り越し苦労ではなかったようだ。世間知らずの若い学生が見つけたパトロンは、エドゥアルド・デ・サンティス。

昨夜、21クラブで出会ったにちがいない！

胃がキリキリするのを感じながら、薄い色のついたブルガリのメガネ越しに彼らをじっくりと観察した。

デ・サンティスはカーラにべたべたキスしながら、身体をやたらにさわる。

「もう！　さわらないで！」行儀悪く動き回る手をカーラが押し戻す。

デ・サンティスはむくれた顔をしてパーラと話の続きを始めた。十分たっても話は続いている。カーラは退屈してスマートフォンのアプリでゲームを始めた。得点するたびにはしゃいで声をあげる。

わたしはスマートフォンでマテオに連絡した。

ビレッジブレンドの顧客があなたの旧友デ・サンティスと同席している。彼女がひとりになったところで、情報を聞き出すことができるかもしれない。彼が警察官銃撃にかかわっているかどうか。

撃ったのはパーラかもしれない、とは書かなかった。マテオがどう反応するか予想がつかない。だから自分の胸にしまっておこう。いまのところは。

マテオからはすぐに了解と返信があった。そうこうするうちに船のスチュワードたちが演壇を出して、巨大なＬＥＤスクリーンを用意した。これまで見たことがないほどの大きさだ。続いて登場したのは、これまた見覚えのある顔だ。ダークスーツにオープンネックのシャツという格好で、肌はオリーブ色。まだ若く、がっちりした体格だ。21クラブでエドゥアルド・デ・サンティスとシャイフたちのボディガードを務めていた人物だ。

昨夜、21クラブで彼は射るような視線をわたしに向けた。あれで絶対に顔をおぼえられたはず。変装していてよかったと、今夜初めてしみじみと思った。

数分後、ビクター・フォンタナはそのボディガードと短いやりとりをしてから演壇の前に立ち、静まりかえったゲストたちを見おろした。演壇の右側にボディガードが立ち、タカのような鋭い視線をパーティーの出席者に向けている。

彼はエドゥアルド・デ・サンティスのボディガードではなかったの？　それともシャイフたち？　いまはそのどちらでもなさそうだ。こうしてビクター・フォンタナのボディガードを務めている。

「今宵、皆様には、沈没した初代アンドレア・ドーリア号の生存者をご紹介いたしましょう。それにさきだって、あるすばらしい写真をごらんいただきます。誰が撮ったものかはあきらかになっていませんが、この写真にまつわる話をしたいと思います」

照明が暗くなり、巨大なスクリーンいっぱいに写真が映し出された。

灰色の空を背景にした初代アンドレア・ドーリア号をとらえた写真だ。赤い竜骨、黒い船体、白い上部構造の汽船が三角波の立つ海を航行している。ジブラルタルの切り立った岩の前を過ぎ、船は外洋に出ようとしている。

「十年前、わたしはこの写真に強く惹かれ、一九五三年に撮影されたこの写真のネガをオークションで入札し、競り落としました。焼き付けた写真をオフィスと自宅に飾り、飽くことなく眺めていました。なにがこんなにも自分を虜にするのだろうかと不思議でした」

フォンタナが続ける。「ある時知ったのですが、古代ギリシャとローマの人々はこのジブラルタルの岩山をヘラクレスの柱とみなしていたそうです。世界の果てを示す柱であると。その先はまったく未知の領域ということです。だからこそ船がジブラルタルを通過して外洋に出ていくことは最大のリスクを意味しました。皆様の多くもよくご存じでしょうが、人生という航海において最大級のリスクを取ろうとすれば、最大級の気力、勇気、度胸を求められるのです」

フォンタナはスクリーンに顔を向け、じっと写真を見つめる。

「この写真の、この凍結された一瞬に、わたしは自分だけのアンドレア・ドーリア号を見ているのだと気づきました。確かに大きくてりっぱな船にはちがいない。しかし、それ以上に、その美しさ、アート、デザイン、ふるまわれる料理も含め、ひとことで言うとアンドレア・ドーリア号はわたしたちの文化が生み出した最高傑作を象徴するものだ。わたしはそう思ったのです。その船がこうして未知の未来へと進んでいく姿は、人類が未知の世界に向かっていく姿と重なります。しかもこの船は計り知れない価値の宝をのせている。それは人間を価値あるものとする、かけがえのない伝統、発見、創造性なのです」

フォンタナが聴衆に視線をもどす。

「アンドレア・ドーリア号のない世界はひどく貧しい場所に感じ、新しくつくり直したいうわけです。改良を加えて完成したばかりの新しいアンドレア・ドーリア号は、明朝、初のテスト航海で海に出ます。そして数カ月以内にお客さまの予約を開始します」

彼は最後に、顔をくしゃくしゃにして人なつこい笑顔を見せた。

「いや、そうはいっても初代の船のレガシーよりも悲劇的な歴史に惹かれたのだろうとよく言われるのですが、それはまったくの誤解です。さて、わたし自身の未来ですが――」

とつぜんスクリーンの画像が切り替わり、そこに映し出されたのは、ニュージャージー州レイクハーストで爆発炎上して墜落するツェッペリン飛行船ヒンデンブルク号の白黒写真だった。

「しまった！」フォンタナがあわてて声をあげた。「どうしてこれがここにまぎれこんだ？」

パーティー出席者からどっと笑い声があがった。

「ただのジョークではありません」彼が続ける。「わたしの次のプロジェクトは、このヒンデンブルク号の再建であると、ここで発表してしまいましょう！」

なんてこと。いっせいに熱狂的な拍手が起きた。たいていの男は卓上サイズの模型をつくれば満足する。この人はどれだけリッチなの⁉

ちょうどその時マテオがかたわらにやってきた。顔が青ざめている。

「ガスでぱんぱんに膨らんで派手に爆発した飛行船どころじゃない」彼がわたしに耳打ちした。「まずいことになった。たったいま知ったんだが……」

「なに？」

「ブリアンだ。ほんもののほうだ。じきにぼくの元妻となる人物がこのパーティーに来ている」

78

「ブリアンがここに!? 街を離れているのではなかったの？」

マテオが目を伏せる。「そうだと思っていた。しかし別居してからは、彼女の出張のくわしい予定まではつかんでいない」

「どうやって入場したのかしら？ わたしがもう入っているのに」

「新しい財布と一緒なんだ、男やもめのメディア王だ。フォンタナよりもリッチな男さ。彼に同行するVIP連中といっしょに彼女も入場した」

それを聞いたとたん、この巨大なオーシャン・ライナーがとんでもなく小さくなった気がする。マテオの手を引っ張って隣のスツールに座らせた。

「パーティーの出席者は、たった数百人よ」声をひそめても、どうしてもきつい口調になる。「それに会場となっているスペース以外は一般の立ち入りが禁じられている。このリドデッキの広さに二人のブリアン・ソマーは多すぎよ！」

「本気か？ マンハッタン島の広さでも、二人は多すぎる——彼女がって意味だ」

「どうする？」

「さっきのプールのところに行ったらどうだ。ちょうど、あのでかいスクリーンに隠れて見えない。フォンタナのスピーチが始まった時に照明は暗くなっているし、きっとこのままだろう」

「それが、あなたの案なの？　わたしに隠れていろと？」

「歩き回るわけにはいかないだろう。かならず見つかる。真っ黒に日焼けして酔っ払ったセレブがさっききみに抱きついてきただろ。彼女が本物のブリアンに出くわしたら……だがすぐに本人が騒ぎ出すことはないだろう。〝偽物〟の正体をつきとめるまではな」

「暗いところでいつまでじっとしていればいいのかしら。わたしはマダムを助けたいのに。ここにはローマの男をさがしに来たのよ——」

「どうせブリアンのことだから、〝しかるべき〟人々に自分の姿を見せたら長居はしないだろう。その後は新しい恋人が彼女を独占するだろう。すごい年寄りだ。たぶんジュリアス・シーザーとも個人的に知り合いにちがいない」

「わかった。行くわ。島流しの刑を解く時には連絡して」

腹が立ってしかたないけれど、リドデッキの端まで歩いていった。

まだあの脅迫者も見つけていないのに。これじゃマダムの行方を突き止められない。

フルートグラスのプロセッコをもう一杯飲んだ。それで少し気持ちが落ち着き、プールの照明が当たらないテーブルに着いた。携帯電話を握りしめ、やわらかに光るプールの青い水面からあがる水蒸気をぼんやりと眺めた。

数分が過ぎた頃、暗がりから人があらわれた。パーラだった。こちらに近づいてくる。心臓が破裂しそうなほど、鼓動が激しくなった。が、いまはブリアンに変装しているのだと思い出した。わたしだとばれる可能性はまずない。耳に携帯電話を当ててうつむき加減になり、会話に没頭しているふりをして小さな声で適当につぶやいた。すぐ脇を彼女が通り過ぎていく。

パーラはそのまま、デッキの手すりにもたれた。わたしとの距離は十五フィート（約五メートル）足らずだ。手に持ったカクテルのグラスの中身は半分ほどに減っている。彼女はそのまま都会の風景に見入っている——そこへ、どこからともなくあらわれたのは、キャットアイグラスをかけた女だった。高飛車なファッショニスタだ。

彼女はパーラに向かって早口のイタリア語で話しかけた。「やっぱりここにいた。あなたの父親面しているあの男の枕元にはいないだろうと思った」

パーラがぱっと彼女のほうを向いた。「口を慎みなさい、ドナテラ」こちらは英語だ。

「そちらこそ。あなたはカンパーナ一族の人間よ。おたがい身内同士。そしてカンパーナという名前を盗んだ一家のなかで、あなたは唯一カンパーナの血を引く者。それなのに、なぜ協力できないの？　わたしも弟も、カンパーナ家の〈アイ・オブ・ザ・キャット〉を取り戻そうとしているのに」

パーラがイタリア語に切り替えてこたえた。きつい口調だ。「もう言ったはず。わたしはその件には無関係よ。わたしは受託者に指定されていない。あのダイヤモンドが欲しいのなら、弁護士を雇ってソフィアとマテオを法廷に出廷させればいいでしょう」

カンパーナ一族のドナテラ――たったいま、そうと知った――は、バッグからタバコを出して純銀製のライターで火をつけた。「方法はそれだけではない。皆にとって、もっとかんたんな方法がある。あなたは協力できるはずなのに」

「そのつもりはない」

「それは、あなたが真実を知らないから――」

「いいえ。すべてを知っている」押し殺した声だけれど、激しい口調だ。「わたしの生物学上の父親は、母親を虐待する獣のように凶暴な人物だった。彼のイタリアの一族――あなたの身内――はそれをいっさい止めようとしなかった。そしてあの船のなかで彼はわたしたちを殺そうとした。わたしの母はたったひとりで立ち向かって自分とわたしを救った――」

「どうやって、そのすべてを知ったの？」

「母は臨終の際になにもかも話してくれた。虐待を受けていたことも、モンスターのような夫を嫌っていたことも。若い見習い宝石職人と恋に落ちて、船の事故ですべてが変わったのだと告白した」

ドナテラは憎々しげに言い返す。「見習いだったくせに、あなたの父親が遺したものを盗んだのよ。身元を示すだいじな財産を。それでも憎いと思わないなんて、あり得ない」

「シルヴィオ・アレグロに憎しみを抱いたことなど、一度もない。彼はとても優しくて、わたしと母に愛情を注いでくれた。彼が世話をしてくれたからこそ、わたしと母はアメリカで新しい人生を築くことができた。生物学上の父親は彼の足元にもおよばない」

「そんな悠長なことは言ってられないのよ。カンパーナ一族の側につくか、それともわたしたちを敵にまわすか、そのどちらかしかない。わたしたちを敵にまわせば、無傷ではいられないと思いなさい。あなたの妹もね……」

ドナテラはタバコを深く吸って、一気にパーラの顔めがけて吐き出した。

パーラは素早く反応し、強烈な平手打ちを相手に食らわせた。吸いかけのタバコが口から飛び出し、キャットアイグラスのフレームがゆがんだ。

「一度しか言わないから、よく聞きなさい。ソフィアに手を出すことはいっさいゆるさない。ガスと名乗っている人物に近づくことも」

「あの男にはなにもしていない！」

「それはよかった」凄みのある声だ。「ほんとうは毒を飲ませた、とわかったら、この手すりの向こうに放り投げる。弟もとっつかまえて動物みたいに皮を剝いでやる」

「ブルーノとわたしはカンパーナ一族の血を受け継ぐ最後の生き残りよ——あなたもね。本物のグスタヴォの兄弟の孫。あなたと血がつながった身内よ。わたしたちは〈アイ・オブ・ザ・キャット〉を所有する正当な権利がある」

「あなたがどんな権利を主張しても、わたしには関係ない」パーラはきっぱりと言った。

「イタリアのカンパーナ一族と関わるつもりはない。よく聞いておきなさい。関わるつもりはいっさいない」

「どうして？　人殺しをした母親のせい？　わたしもブルーノもジーノ・ベネデットから聞いている。あの船でなにが起きたのかをね。彼もあそこにいた。なにもかも見ていたのよ。あなたの母親は獰猛なけだものみたいだったそうよ。あなたの実の父親に襲いかかって、浸水してくる海水に頭を押しつけた」

パーラがグラスを持っていないほうの腕をふりあげた。ドナテラが後ろに退く。

「それ以上ひとことでも言ったら殺すわよ。もう終わったことよ。なにもかも。フィニート！」

パーラは向きを変え、光と音楽があふれるほうへと大股で歩いていった。わたしの背後では、カンパーナ家の血を受け継ぐ女が最後の脅し文句を吐いた。「見てなさい。かならず取り返してみせる！」

ドナテラ・カンパーナは新しいタバコに火をつけ、歩き出した。遠くから聞こえてくるピアノの和音とともに彼女の低い笑い声がはっきりと聞こえた。

たったいま目撃した光景にまだ動揺がおさまらないけれど、頭はフル回転している。

ドナテラはジーノ・ベネデットという名前を口にした。それはローマの脅迫者にちがいない。沈みゆくアンドレア・ドーリア号のなかで起きた犯罪について知っていると言った男だ。いま、その犯罪の内容があきらかになった――殺人。

ドナテラ・カンパーナという女と弟のブルーノは、マダムの失踪に関わっているにちがいない。同時に、マテオの警告の言葉がよみがえる。

ヴェンデッタ——復讐。

マテオにメールで、確かな手がかりをつかんだからリドデッキに来てほしいと伝えた。そして椅子から立ち上がった。バーに向かうドナテラを追いかけようと歩き出した。足元をプールの青く冷たい光がぼんやり照らす。いきなり何者かが前に立ちふさがった——そして通してくれない。

視線を上げると、ブロンドの髪と怒り狂っている顔があった。マテオと別居中のファッショニスタ、ブリアン・ソマー本人だ。

79

ブリアンの表情は、まさにプライスレス。

鏡を見ているみたいに、目の前に自分がいるのだから無理もない。ただし少しばかり背が足りない。残酷なサンダルのピンヒールを履いてもまだ足りない。しかしこうして間近で本物を見ると、タッカーとパンチはほんとうにたいしたものだと思う。劇場で鍛えたプロの技で、みごとにわたしを変身させてくれた。

ブリアン（本物）は両手を腰に当て、上から下まで舐め回すようにわたしを見る。そのまなざしはプールの冷ややかな照明よりも格段に冷たい。

「なんなの、これは」彼女が押し殺した声で言う。「コーラ・テイラー＝チェースから、豊胸手術したてなのねと言われ、マーク・ジェイコブスのドレスはその胸をすばらしく引き立てていたのにどうしたのときかれて、アルコールを飲みすぎてとうとう妄想が起きたかと思った。そうしたらマテオがこそこそ動きまわっているのを見つけた。なにかあるなとピンときたわ。誰なの!?」ほとんど命令だ。

わたしはすでにスマートフォンの緊急ボタンを押していた。わたしのバックアップとして、いまこの船に乗り込んでいる警察官に直通のボタンだ。

「どうしてリドデッキのプールサイドにいるの、ブリアン？」警察官の耳に届いてほしい部分を、ことさら強調した。「もめごとを起こしに来たの？」

「ちょっと」わたしの声を聞いてブリアンが叫んだ。「このみっともないウィッグをかぶっているのはクレア・コージー？」彼女が両手をふりあげた。「ああ、そりゃそうよね。あなたとマテオはお笑いコンビみたいに息がぴったり、だものね。いつもいっしょに街中を走り回るのがお似合いよ！」

わたしは奥歯をぐっと嚙み締めてこらえた。落ち着け、クレア。この船から放り出されたくはないわよね。育ててくれたおばあちゃんの言葉を思い出すのよ。手を出す前に十数えなさい……。

ブリーは細い腕を組んだ。「どうしてこんな平凡な女にマテオは未練たらたらなのかしら。さっぱりわからない」

いち、に……。

「ま、マテオ・アレグロはけっきょく、あなたと同類の負け犬ってことね。格好はつけていても、ふたりともただの接客係。チップで生計を立てている。自分たちより上の人間からおこぼれをもらって……」

さん――いや、もうがまんならない！

「黙りなさい、魔女。あとひとことでも無礼な口をきいたら、そのくちびるが腫れ上がることになるわよ。ボトックスの百倍くらいね」

「警備員を呼んだわ」彼女は携帯電話を振りかざす。

「彼ほどの男性を手放すなんて、あなたはどうかしている。はっきりいってマテオほどの人はそうはいない。あなたなんかにはもったいないわ。いい歳してイーストサイドでお金目当てに色目をつかっているような女にはね。マテオが完璧だとは言わない。まちがいもたくさん犯す。彼の最大の過ちのひとつは、浅はかで見かけ倒しで、キャリアも社会的地位もお先真っ暗なのに必死でしがみつこうとしているおばさん吸血鬼と結婚の誓いをたててしまったこと――」

ブリアンは金切り声をあげてわたしに突進してきた。

「そのウィッグを取りなさい！」絶叫しながらわたしのかつらをつかもうとする。「泥とネズミ色をまぜたような茶色の髪を出しなさいよ。根元から引っこ抜いてやるから！」

思ったよりも腕っぷしが強い――ピラティスで鍛えた成果か。しかしストリートファイターというわけではない。彼女がわたしのウィッグをつかみ、こっちは相手の髪をつかんだ。

ブリアンが吠えた。それを聞きながら、彼女の髪をつかむ手にさらに力を込めた。

平手打ちが飛んできた。が、パンチから借りたジャッキー・Oのメガネに当たっただけで、メガネは豪華なプールに落ちた。

その時、残酷なサンダルのヒールがスツールの脚にからんで片膝を突いて倒れてしまった。それでも髪をつかんだまま離さなかったので、ブリアンがこちらに倒れ込み、わたしの脚につまずき、でんぐり返しをしてそのままプールにころがり落ちた。

すごい水しぶき。そう思った瞬間、細かな水の粒が降り注いだ。握りしめた手には、まだ毛の束が残っている。見れば、ブリアンがサロンで髪に装着していたエクステだった。

水面からブリアンの頭が出た。しきりに口からぺっぺと吐き出し、それから大声で叫んだ

——


「警備員はどこ？　助けて！　助けに来て！」

足音がしたのでふりむくと、すでにマテオが到着していた。彼のすぐ後ろにはバックアップの警察官、その後ろにはスチュワード二人もいる。

「なにごとだ？」フランコ巡査部長が静かにたずねた。低くてドスのきいた声だ。そしてブリアンに視線を向ける。「泳ぐには少々寒いだろう」

フランコは、今夜は制服姿だ。広い肩幅のせいで青い制服がいっそう大きく見える。二人のスチュワードは警察官が対応しているのでほっとした表情だ。

フランコ巡査部長はブリアンに手を貸して引き上げ、プールの縁に座らせた。さらにテーブルの白いテーブルクロスをつかんで彼女にかけてやる。

マテオとわたしは並んで立っている。ブリアンは濡れた髪を手で後ろにやり、夫のマテオのほうを見た。「二人でわたしに恥をかかせて、さぞうれしいでしょうね」

「自分で大恥かいているだけでしょう。こんなすばらしい男性を手放した時に」すかさずわたしは言い返し、彼女のエクステを潮風に吹かれるまま手放した。

小さな人だかりができている。ブリアンは怒りで身体を震わせ、周囲のことなどまったく目に入っていない。

「マテオがすばらしい男性?」彼女がははは と笑う。「なんにもないくせに。ただの肉体労働者……現場であくせく働くだけ。おまけに地球の反対側の、なんの価値もない農民たちを援助して損して——ニューヨークでもっとも愚かなビジネスマンよ」ブリアンは濡れた頭を横に振る。「もうたくさん。いまのわたしにはまっとうな男性がついている。わたしにふさわしい待遇を提供できる人よ。帝国を築いた人だもの。彼の妻となったら、その経営に参加するわ!」

「わかった、もういい」フランコ巡査部長の厳しい声が飛ぶ。「この暴力沙汰といがみあいはどういうことですか。なにか問題でも?」

「あの女が」ブリアンがわたしを指さす。「彼女が問題よ。わたしのアイデンティティを盗んだ罪で逮捕して」

フランコがちらっとわたしを見た。もしかして、ウィンクした?

それから困惑した顔つきでスキンヘッドをポリポリ掻く。「しかし、わたしはあの女性を知っているんだが。彼女はブリアン・ソマー。《トレンド》誌の編集長だ」

「ちがうわ。わたしがブリアン・ソマー。こっちが本物よ!」

「身分証明書をお持ちですか?」

「スマートフォンしか持っていないし、いまはこのプールの底に沈んでいる。でもわたしの連れにきいてもらえば――」

「背の高い男ですか？　年配の？　白髪の？　ボディガードが同行している人物？」

「そう、その人」

「彼は十五分前に船を出ました。インスタグラムのモデルといっしょに」

ブリアンの身体がびくっとするのが見えた。「そんなはずないわ！」

「でも、心配いりません。ブリアン・ソマーの夫がここにいる」フランコがマテオと目を合わせた。「さてミスター・アレグロ。あなたはどう判定しますか？」

マテオはいっさいためらわなかった。

「あっちの――ずぶ濡れの――」

「ほら見なさい！」ブリアンが叫んだ。

「彼女が偽物だ」

「聞こえたね」フランコがスチュワードたちに声をかける。「不正に入場したこの人魚を連れ出そう」

フランコ巡査部長とスチュワード二人はブリアンの罵詈雑言を浴びながら連行していった。

「ありがとう」マテオだ。「あんなふうにぼくを守ってくれて」

「いつから見ていたの？　仲裁してくれればよかったのに」

「そうしたら、せっかくの女同士の戦いが見られないじゃないか」

むっとした表情でにらむと、マテオはわたしが肩に負った傷を守るように片腕をまわした。

痛いっ！

「やっぱりきみとは息が合うな」マテオなりに気をつかっているようだ。「さて、パーティーに戻って、おふくろをさらった憎いやつを見つけよう」

80

ともかく化粧室で身なりを整えた。女同士の戦いでメイクははがれ、ウィッグははずれ、片方のつけまつげは取れかけて大きく開いた胸元に落っこちそうだ。

変装を修復している間、マテオはドナテラ・カンパーナをマークしているはずだった。が、化粧室を出ると、マテオがぽつんと立っていた。

「彼女はもういない。入り口であのスチュワードを問いつめたら、船を出てタクシーに乗っていったそうだ」

「なんですって！」

「落ち着け。それより脈のありそうな手がかりを見つけた。ローマの男はここにいる。名前もわかった」

教えて！　とわたしが言う前に、マテオは脇に一歩ずれてスタンド式のボードを指さした。そこにはアンドレア・ドーリア号の生存者のうち、今夜の出席者の名前と写真がアルファベット順に並んでいる。パーラ・カンパーナはそのひとりだ。彼女の写真のすぐ上に、まちがいなくローマの男の写真がある。

「ジーノ・ベネデット」写真の下の名前を声に出して読んだ。やっぱりね。「船の一等船室のスチュワードだったと書いてあるわ」（そうだったのね！）

「あとは彼を見つけるだけだな」

その時、マテオの肩越しに見えた光景に、思わず目を疑った。「いま振り返らないで。あなたのすぐ後ろに彼がいる」

もちろんマテオはすぐに振り返ったが、問題はなかった。ベネデットは思った通り白いタキシードを着てビクター・フォンタナとの会話で盛り上がっている。ジェスチャーをまじえて話しながら、混み合うボールルームのなかを彼らは肩を並べて歩いていく。

ふたりが握手をかわす。フォンタナは演壇へと向かい、ベネデットは後方に下がった。船主が演壇にあがると、照明が暗くなった。

「やつに電話しろ、いそげ！」マテオがせかす。「絶好のチャンスだ」

電話をつかむと、いまかけようとしている相手からメールが届いていた。

ここを出なければならない。署で緊急事態。クィン警部補が全員招集をかけた。幸運を祈る！

バックアップを失ったと伝えると、マテオの口からは後から後から罵倒の言葉が飛び出した。ブリアンとはちがってこちらは五カ国語だ。バーにいた女性に聞こえたらしく、笑っている。たぶん国連の通訳者なのだろう。

「落ち着いて、マテオ、聞かれているわよ」

「落ち着けだと？　あいつはぼくたちを見捨てたんだぞ。これからって時に」

「警察署の緊急事態なのよ」

「緊急事態？　ドーナッツ工場が閉鎖か？」

「こうなったら、わたしたちで警察の分までカバーしましょう。いいわね？」

「どうやって？　バッジもなければ銃もない」

フォンタナのスピーチが始まり、船の建造の光景が紹介される。全員の目が演壇に向いている。

「ベネデットを見張っていて。絶対に目を離さないで。すぐに戻るから」

「こんな時にどこに行く？」

「ビュッフェに」

もう何時間も、なにも口にしていない。しかし料理が並ぶテーブルに走ったのは、空腹を満たすためではない。正直に言うと、テーブルの前に立った時には脳よりも胃袋の命令にしたがってしまいそうだった。

大部分はイタリアンだ。初代アンドレア・ドーリア号のメニューに載っていたものもいくつかあるけれど、それ以外は現代風の料理ばかり。

極上のチキンカチャトラはさきほどと同じいいにおいだ。チキンマルサラと仔牛のマルサラ、ポークとともにことこと煮たレッドソースのパスタ、パンチェッタ入りの白いカルボナーラなどパスタ数種。

カッティングボードのコーナーにはイタリア風ポークロースト、串刺しの多彩な肉、ポルトベロ（キノコの一種）――ステーキのようにグリルして熱々のセモリナロールにのせてある。チキンロリポップに添えるための多彩なディップはどれもおいしそう。それ以外にもたくさんの料理が並び、デザートは見て見ぬふりをしたいくらいだった。こんな機会はもうないのかと思うと、残念でならない。

悲しいけれど、お目当てのものはたったひとつだけ。それを見つけて、いちばん大きくて重いものを選んだ。そしてマテオのもとに大急ぎでもどった。

「ほら」彼に完熟バナナを一本そっと渡した。「これで武器を携帯できる」

「すばらしいね。ゴリラの攻撃をかわすのであれば、準備万端整ったわけだ」

新しいアンドレア・ドーリア号ができあがるまでのタイムラプス動画が始まって数分後、ベネデットは男性用化粧室に入った。出てくる彼を、マテオとわたしは待ち伏せした。出てきたベネデットの前にわたしが立ち、マテオは背後から近づいてバナナの先端を彼の背に押しつけた。

「音を立てるな、ミスター・ベネデット。さもなければこの銃が火を噴くぞ」

ベネデットのかつらはサイズが大きすぎるし、髪の色は濃すぎるし長さは長すぎる。顔にはファンデーションを厚く塗りたくっている。それでも、こころなしか彼は青ざめたように見える。

「強盗か？　なにが狙いだ？」かすかにイタリア語のアクセントはあるけれど、流暢《りゅうちょう》な英語だ。

「ブランシュ・ドレフェス・アレグロ・デュボワになにをした」

「そんな名前は――」

マテオが男の背にさらにバナナを強く押しつけた。「嘘をつくな。おまえが彼女を黒いジャガーに誘い込むところが防犯カメラに映っている」

マテオは背後から覆い被さるようにしてベネデットに耳打ちした。「イタリアの法律は知らないが、アメリカでは誘拐は死刑に相当する犯罪だ。どういう意味かわかるか、ミスター・ベネデット？ガス室、電気椅子、薬物注射。それも決して手際よくおこなわれるわけじゃない」

「わかった、降参だ！　彼女の居場所も、誰といっしょにいるかも知っている」

「おまえの共犯者か？」

彼がうなずく。「二人だ。きょうだい二人組。名前はカンパーナ――」

「ドナテラとブルーノね」

「そうだ」ベネデットの頭はハドソン川に浮かぶ救命ボートのように激しく上下する。「いますぐに連れていくことはできる。それを望むなら」
マテオはにやりとしたが、目は少しも笑っていない。「行こう」

81

「なんだと」ジーノ・ベネデットが大きな声を出した。「どういう警官《ポリッツィア》だ。タクシーを使うのか」

「おまえの共犯者に、われわれのことを気づかれてはまずい」マテオはフランコ巡査部長の〝警察官の声〟をたくみに真似ている。

「どうも怪しいな」

「それより心配したらどうだ。すぐ後ろにわれわれのバックアップがいる」マテオはジャケットの内側からバナナを少し突き出してみせた。「忘れるな。こっちには武器がある」

マテオにうながされてベネデットはタクシーの運転手にくわしい住所を伝えた。

「どこに行くつもり？」わたしがたずねた。

「さほど遠くはない。彼らはブルックリンにいる。キャロルガーデンの家に」

「個人の家？」

「借家だ。エアビーアンドビーで借りた。カンパーナ家の人間は高級ホテルに滞在できるほど金はない」

ドナテラの高価な服、純銀製のライター、ブランド物のメガネが頭に浮かぶ。「それは事実とはちがうわ。ドナテラは女王みたいに着飾っていた」

「すべてクレジットカードで購入している。フィレンツェのカンパーナ家はすっかり没落した。昔は一流のジュエリーを扱っていたが、いまや無知な観光客に中国製の安物を売りつける商売だ。流行を取り入れているから見映えだけはいい」

「フィレンツェのカンパーナ家がそんなありさまなら、ガスからの支払いがとぎれた後、なぜ彼らのところに？」

「ええ、行きましたよ、シニョーラ。〈アイ・オブ・ザ・キャット〉がじつは海底に沈んではいなかったという情報と引き換えに、ドナテラかブルーノから金をもらおうと思ってね。思ったようななりゆきにはならなかったが、彼らとある取り決めをした」

「あの二人が〈アイ・オブ・ザ・キャット〉を手に入れるのに手を貸して、分け前を受け取る……」

彼がうなずく。

「ローマ在住なのに、英語がとても流暢ね」

彼は細い肩をすくめる。「大昔にイタリアン・ラインで働いていた。英語は必須だった」

「その後は？」

「アンドレア・ドーリア号の後は、あなたたちがガスと呼ぶあの男が金を送ってきた。黙っている代償として――」

「口止め料ね」

「なんとでも。大金だった。だから働かなくなった。一時期は女性たちを楽しませた。積極的な観光客、孤独な主婦、退屈している金持ちの娘たち。英語はどんどん上達した。わたしはすっかり人気者となって、じきに女性がわたしを楽しませてくれるようになった」

「楽しませるとは、具体的にどういうこと？」

「贈り物やら、謝礼やら、金のカフスボタンやら、ダイヤモンドがついたスティックピンやら。ロレックスもね。ひと月分の家賃という場合もある。ささやかな敬意のあらわれとして――」

「驚いたな。この男はジゴロだ、クレア！」

「すみません《スクーザミ》、生き方と言って欲しい！　自分に合っているだけだ。つねに顧客満足を念頭に置いている」

「ではなぜミセス・デュボワを拘束した？」マテオが追及する。

「計画の一環として」ベネデットが白状した。「カンパーナ家のきょうだいと三人で立てた計画だ。ガスにとってあの女性は特別な存在であるとわかっているから、〈アイ・オブ・ザ・キャット〉と交換する予定だった。しかしガスが病院に運ばれて計画が頓挫した」

「どんな手を考えていたんだ？」

「ブルーノの情報では、あの女性の息子はソフィア・カンパーナとともに〈アイ・オブ・ザ・キャット〉を相続したという。その息子に身代金を要求する手紙を送ろうと――」

「誘拐した女の指一本、あるいは片耳を封筒に同封か？」マテオが怒鳴りつける。「南米の残忍な誘拐犯レベルだ」

「吐き気がする《ケ・スキーホー》、われわれは野蛮人ではない！　わたしはあの美しいご婦人の髪の毛一本にすら触れていない。彼女がもっと若ければ恋愛の対象だっただろう。愛し合いたい《シ・ファーレ・ラモーレ》！　残念ながらブランシェは、わたしのような男盛りには年齢が少々高い」

マテオがベネデットを見据える。「どうみても八十歳にはなっているだろう。なにを考えている。妄想か？」

彼が肩をすくめる。「女は若いほうがいい」好色そうな目線がこちらに向く――正確には、わたしの胸元からのぞく割れ目に。「こちらの美しい女性《ベラドンナ》みたいに」

わたしがディナーを食べていたなら、ここですべて吐き出していただろう。ただもうひたすら、タクシーから降りたかった。さいわい、目的地に到着した。

タクシーはスピードを上げて走り去った。一方通行の通りの両側には三階建てと四階建ての煉瓦と砂岩のタウンハウスが連なっている。閑静な一角だ。数ブロック先はビストロ、バー、ベーカリー、銀行、ブティックが立ち並ぶにぎやかなコート・ストリートだが、ここユニオン・ストリートはダイヤモンドつきのネクタイピンが落ちる音さえ聞こえそうなほどしんとしている。

ベネデットを先頭にコンクリートの階段をのぼっていった。ドアの前で彼が呼び鈴に手を伸ばすと、マテオがそれを押しとどめた。

「内側からドアを操作してもらわないと入れない」ベネデットが言う。

マテオが首を横に振る。「サプライズってやつが必要だ」彼はそう言うと、頑丈そうなドアを観察する。とくに鉛枠ガラスがはまっている部分を。

ベネデットが薄ら笑いを浮かべる。「だから言った通りに——」

最後まで言い終わらないうちにマテオはベネデットの白いパンツの両側のポケットに手を突っ込んで引っ張り出した。裏返しになって外に出たポケットからコインがこぼれて地面に散らばる。

マテオはまず片方のポケットを力ずくでパンツ本体からはずし、次いで反対側も取ってしまった。

「なにをする！　オーダーメイドのパンツだ！」

「心配するな。きっと誰かが新しいパンツで楽しませてくれるさ」

マテオはポケットふたつを右手にはめた。急ごしらえのグローブでボクサーのように思い切りガラスを叩く。一撃目でガラスにひびが入り、さらにもう一撃して粉々に割れた。空いた穴から手を入れて内側からドアノブをまわした。

壁紙を貼った玄関ホールから続く短い廊下には三つのドアが面している。ベネデットは二番と表示されたドアの前で足を止めた。

「なかに銃はあるか？」マテオがたずねた。

「どっちでもいいだろう。こっちにも銃はあるんだ」

マテオはベネデットのやせ細った首をつかんだ。「こたえになっていない」

「銃を見たことはない」息ができなくて苦しそうだ。「しかしブルーノは持っているかもしれない」

「ノックしろ」マテオが命じる。「それからブルーノを戸口に呼べ」

彼はノックした。少し間を置いて、くぐもった声がした。「誰だ？」

「わたしだ。知らせたいことがある」

覗き穴の向こうを影が横切った。マテオとわたしは視界に入らないように脇に退いていた。

「ジーノ！　どうした？」

ブルーノがカギを開ける音がする。

ほんの少し開いた隙間めがけてマテオは突進し、ドアを内側に思い切り蹴った。

82

ドアがブルーノ・カンパーナの頭に当たって跳ね返り、彼は白いカーペット敷きの床にいきおいよく倒れた。

マテオは室内に突入してさらに二発目を浴びせようとした。しかし頬にU字形の傷痕があるブルーノがしゃれたパジャマ姿で伸びたまま頭の傷をかばっているのを見て、動きを止めた。

銃を持っている様子はない。

「母さん！　母さん！」マテオが呼ぶ。「いるのか？」

開けっ放しの戸口に立ったままのベネデットは、あんぐりと口を開けている。

「母さんって言ったのか!?　マンマ・ミーア！」

メインルームの脇に簡易キッチンがついている。わたしはマテオを押しのけて飛び込んでいこうとしたが、蛍光灯の光を後ろから浴びたシルエットが目に入った。

「マテオ！　銃よ！」

ドナテラ・カンパーナが優雅なネグリジェ姿でキッチンから駆け出してきた。片腕を前方に伸ばし、マニキュアをした手できゃしゃな銀のピストルを握っている。マテオはその場でぴたりと動きを止めた。ドナテラは彼をにらみつけ、額に狙いを定めた。

そこへキッチンからもう一人飛び出してきた――マダムだ！

マテオの母親は誘拐犯の頭からボウル一杯のレッドソースをすさまじい音とともにぶちまけた。ドナテラが真っ白いカーペットに倒れ込むのとほぼ同時に、ピストルが落ちた。そしてにゅるにゅるしたパスタとソースも。

うわっ！　この部屋の前払いの保証金は全額あきらめるしかないわね！

「あなたのまずい料理はもううんざり。二度とごめんですからね」マダムはせいせいした様子で両手を拭った。

マテオはピストルを拾い上げ、U字形の傷痕のある男に狙いをつけた。「両手を頭の上にあげてこちらに見せるんだ、ブルーノ」

彼は顔をしかめながらもしたがった。マテオはカーテンを引いたままの窓からタッセルをむしり取ってジゴロのベネデットに放った。

「彼を縛れ」

マダムがこちらに走ってきた。三人で固く抱き合って涙を流した。

「あなたたち二人が助けに来てくれるとわかっていたわ」マダムだ。「でも、それにしてもいやに時間がかかったわね」

ドナテラが動いているのを見てマテオは彼女を引きずって弟の隣に移動させた。縛られたブルーノはうめき声をあげて壁に自分の頭を何度も打ちつける。

「ブルーノ！　やめて！　やめてちょうだい！」ドナテラは弟を守るように抱きしめながら、わたしを非難するようににらみつける。

「宝石の事業が傾き出してブルーノは造船所で働くようになったわ。そこでスチール管が彼の頰に当たった。その事故以来、弟は偏頭痛に苦しんでいる」ドナテラはマテオを憎々しげに見つめる。「そのブルーノに、またこんなケガを負わせるなんて！」

「おふくろの誘拐に手を貸した男だ。ドアをぶつけられただけですんでさいわいだったと思え」

「ブランシュ！」ジーノ・ベネデットが悲痛な声をあげる。「素敵な会話をたくさんしたのに。こんなに強くて勇ましい息子がいるなんて、ひとことも教えてくれなかった。しかも〈アイ・オブ・ザ・キャット〉の受託者となると、とんでもない金持ちだ」

ベネデットがマテオのほうを向いた。「最愛の母君を救出するのにわたしが手を尽くしたからといって、礼などいらない、シニョール」抜け抜けとそんなことを言い出した。「しかし、ささやかな謝礼をする楽しみは奪いたくない。感謝の気持ちをあらわしたいだろうからな」

マテオが怒りを爆発させる前に、わたしが口をひらいた。

「やっと全員そろったわね。誘拐のいきさつをしっかりと聞かせてもらうわよ。重要なことだから」まずはベネデットを見据えた。「とりわけ、あなた」

彼はしらばっくれた風情で肩をすくめる。「なんでもどうぞ、ベラドンナ」

「ガスのもとで働く若い女性から聞いたわ。ある秘密をネタに六十年ものあいだガスをゆすっていたそうね。黙っている代償として金を払わせた。それほどの重大な秘密だった。アンドレア・ドーリア号の船上であなたはなにかを目撃したと、彼女は言っていた。それをばらしたら大騒動になる、だから今夜のパーティーで明かすつもりだった。本にすればベストセラー、ハリウッドに売り込めば映画になると計算していた」

ベネデットはそわそわして、しきりにカラーをいじっている。

わたしにはもう、わかっていた。今夜パーティー会場でドナテラが話しているのを聞いてしまっていたから。それでも、マテオとマダムが立ち会うこの場で、この男の口から言わせる必要がある。

「ねえ」少し声をやわらげてみた。「秘密というのは、〈アイ・オブ・ザ・キャット〉が秘かに保管されていた、ということだけではないわよね。この際、第三者がいる前ではっきり証言してもらいたい」

ベネデットは頑《かたく》なに首を横に振る。

マテオがまたもやにやりとして、手に持ったスマートフォンを揺らしてみせる。目はまったく笑っていない。

「言ってしまえ。ベネデット。どんな秘密だ？　さいわいおふくろは無事だった。なんの危害もくわえられていない。おまえが白状すれば、見逃してやるかもしれない。白状しなければ、死ぬまで連邦刑務所かもしれないな」

ベネデットは顔をあげてブルーノのほうを見た。しかしブルーノは周囲の状況がよくわかっていないようだ。ジゴロは、弟を抱きしめているドナテラに視線を向けた。

「話してしまいなさい」彼女が命じた。「ガスは昏睡《こんすい》状態よ。いまさらどうにもならない。話したらここから出ていってくれるというなら、そうしなさい。それでも売ることはできる。真実なのだし、あなたがそれを目撃したのは事実なのだから」

「わかった」ベネデットがうなずきながらこたえた。「ではほんとうのことを――」

ベネデットが次の言葉を口にする前に、奇妙な、意味不明の音を聞いた。爆発音ではない。どちらかというと、鈍いドンという音が外の廊下から聞こえた。

ジーノ・ベネデットの身体が強い衝撃を受けたように痙攣《けいれん》を起こした。

白いタキシードが、あっという間に真っ赤な血で染まっていく。その恐ろしい光景を、わたしはぼうぜんと見ていた。ローマの男は声も出さずフロアに倒れ込んだ。すでに息絶えていた。

「みんな、伏せて！」自分も身を伏せながら、わたしは叫んだ。

マテオはあっけにとられているマダムを引っ張って椅子の後ろに飛び込んだ。

縛られたままのブルーノは共謀者の最期を見たショックで暴れ出した。ドナテラは衝撃のあまり目をかっと見開いている。動こうにも動けないらしく、弟の身体に回した両腕にぎゅっと力を込める。

あたりが異様に静まりかえった。たっぷり五秒間、もはや自分の息の音しか聞こえない。頑丈そうなガラス製のコーヒーテーブルの下に身を隠していたけれど、ここではいつ撃たれてもおかしくない。きっと撃たれる。

さようなら、マイク。いまどこにいるかわからないけれど、あなたを愛している……。

しかし次に聞こえたのは銃声ではなく、ポンという大きな音だった。そしてシューッという音が延々と続いたかと思うと、開け放したドアの向こうから煙を吐く小型の缶が転がり込んできた。さらに、くぐもったような声で奇妙な言葉が聞こえた。

「レッカー・ドゥクス」

有毒ガスで窒息するのだと覚悟した。

なぜか花束の香りがした——そして真っ暗に。

83

気がつくと口のなかに嫌な味がした。頭が痛い。目を開けたら、不快さはかえってひどくなった。見えたのはカビが生えて蜘蛛の巣だらけの天井、そのまんなかに裸電球がひとつだけ。やたらに明るいので、思わずまばたきを繰り返す。

「クレア！　目が覚めたのね！」マダムがいそいでやってきた。

わたしは身を起こした。が、たちまち吐き気に襲われた。

〝レッカー・ドゥクス〟

くぐもった声の不可解な言葉を聞いた直後、得体の知れないガスで失神してしまった。声に出して言ってみた。

「甘い夢」

「え？」

「アフリカーンス語で、そう言うのよ。ケープタウンのそばで育ったお友だちから教わったわ」

「ここは南アフリカ、ではないですよね？」

「ええ。ここはまだニューヨークのはず。どこかのアパートの地下のワンルームに放り込まれたらしいわ。カギをかけて閉じ込められているの。外に通じるドアはあれひとつ。ドアの外には銃を持った人物が見張っているわ」

わたしは立ち上がった。足の下にはマットレスとはちがう柔らかい感触がある。新聞を確かめると、古新聞をおんぼろのベッドフレームに積んだ上に寝かされていたのだ。新聞を確かめると、ニューヨークの新聞だ。ソファ代わりに使われていたらしい。それを囲むように置かれた椅子は形がバラバラで壊れている。周囲にはビールの空き缶、ワインのボトル、タバコの吸い殻などが散乱している。不良少年たちがパーティーをひらいて騒いだ跡なのか。

窓は二つ。どちらもガラスに真っ黒いスプレーを吹きつけてある。一つの窓のガラスは割れて握りこぶしほどの大きさの穴から外側の鉄格子が見える。

残酷なサンダルを履いたままなので歩くとぐらつくけれど、窓辺に行って確かめることにした。フロアは穴がぼこぼこあいて、平らではない。ピンヒールでは歩きにくくてしかたない。ついにサンダルを脱いだ。

窓の外は暗い中庭、枯葉、枯れた雑草、ビールの空き缶が何本も。

この窓から出るのは無理ね。マダムによれば、たったひとつのドアは銃を持った男に見張られている。これ以外に出口はない。ここでわたしたちが叫んだら、まちがいなく彼の耳に届いてしまう——きっと手荒な手段で、わたしたちをおとなしくさせるだろう。

じゃあ、どうする?

マダムは銀髪の頭を横に振る。「一週間に二度も誘拐されるとはね。リンドバーグの赤ん坊みたいな気分よ……」

「教えてください、そもそもなぜベネデットの車に乗り込んだのか。彼が悪いやつだと知らなかったんですか？」

「もちろん、知っていたわ！　あの小柄な男がガスをゆすっていたのは知っていた。それを止めさせたかったのよ」

「さっぱりわからない……」

「わたしはね、金庫室であなたたちと合流する代わりに、ガスに会いにいったのよ。真実を打ち明けてもらおうと思って。彼は話してくれたわ」

「ガスはマダムに告白したんですか？」

「彼は、亡くなった男性になりすまし、その男性の妻を自分の妻とした。わたしたちがガス・カンパーナとして知っている人物は、じつはそうではない。彼のほんとうの名前は――」

「シルヴィオ・アレグロ」わたしが最後まで言い切った。

マダムがうなずく。「ほんとうのことよ。あのニューヨークの波止場にアンジェリカとパーラとともに降り立った若者――グスタヴォ・カンパーナの服を着て――はわたしの亡き夫の従兄弟だった」

「ええ。それにしても、なぜ六十年間も偽者になりすましていたのかしら」

「愛のためよ」

マダムが説明してくれた。若い見習いだったシルヴィオは、自分の雇い主の妻と恋に落ちた。彼女は夫から虐待され嘆き哀しんでいた。当初、シルヴィオとアンジェリカはプラトニックな関係だった。しかし、やさしくて穏やかな見習い職人に、若い女性はすぐに情熱を燃え上がらせた。

いっぽう、シルヴィオは激しい憤りと理不尽さに苦しんでいた。

「本物のグスタヴォ・カンパーナは沈没する船のなかで、妻と幼いわが子を特別室に閉じ込め、溺れさせようともくろみ、逆に殺されたのよ」

「けれども殺したのはシルヴィオではなかった。グスタヴォ・カンパーナは自分の妻に殺された」

「そう、妻だった！」マダムはびっくりしたように、わたしを見ている。「どうしてそう思ったの？」

「思ったのではなくて、事実を知ったんです……」新アンドレア・ドーリア号でのささやかな覆面捜査をおこなったのだとマダムに打ち明けていると（リドデッキで少々立ち聞きしたことも）、わくわくする匂いが鼻孔をくすぐった。

「コーヒーの匂いがするわ」マダムがささやいた。

わたしは裸足のままぴょんと飛び上がった。ただのコーヒーではない。あれはわたしがつくったビレッジブレンド・ファイヤーサイドロースト！

いそいでまた窓辺に駆け寄り、小さな穴から思い切り空気を吸い込んだ。

「ここがどこなのかわかったわ。ビレッジブレンドのそばの無人の建物よ！」

「地区の理事会であなたが苦情を申し立てた、廃墟同然の建物？」

「そうです」

パンサーマンがサリーを撃つのに使った建物だ。マイクによれば、じっさいの所有者はエドゥアルド・デ・サンティス。

「なぜわたしたちをここに運んだのかしら。わけがわからないわ……」

これがエドゥアルド・デ・サンティスのしわざであるなら、ブルックリンで気絶させてわざわざウエストビレッジまで運び、彼が所有する建物の地下に閉じ込める意味とは？　考えるまでもない。意味なんてない。まったくない！

そこではっとした。そうか。彼に濡れ衣を着せるため！

それをマダムに言えば、ショックを受けるだろう。わたしたちはほんのいっとき生かされているだけ。まもなく撃ち殺されるはず。そしてここでわたしたちの死体が発見されれば、エドゥアルド・デ・サンティスにかかる嫌疑はますます深まるだろう。犯人はそこまで巧みに計算している。

「なにか方法はあるかしら」

「ここで待っていて……」

わたしはつま先立ちでドアにちかづいて、覗き穴から見てみた。

弱い照明で照らされた薄暗い廊下が見える。警備の男が一人いるだけだ。耳にワイヤレスのイヤホンをして手元のスマートフォンを見ながらしゃべるのに夢中になっている。スクリーンの光が顔をあかるく照らす。

あの男！

21クラブでエドゥアルド・デ・サンティスに同行していたボディガードだ。オリーブ色の肌で冷酷なまなざしだった。けれどもほんとうにデ・サンティスに雇われているのかどうかはわからない。新アンドレア・ドーリア号ではビクター・フォンタナにぴったり張り付いていた。

「わたしの息子はどこに連れて行かれたのかしら。あの子が無事でいるといいのだけど」

「彼はきっと無事です。ジーノ・ベネデットを撃ち、わたしたちを誘拐した犯人はマテオに生きていてもらわなくては困るから」

「なぜ？」

「カンパーナ家のきょうだいと同じ理由です。彼らがライオンズ社の金庫室に入るにはマテオが必要だから。マテオなら貸金庫のカギを開けて〈アイ・オブ・ザ・キャット〉を取り出し、彼らに渡すことができる。わたしたちが人質にとられていれば、マテオはきっと言われた通りにするでしょう。マテオが断われば、わたしたちは殺される……」

どちらにしても犯人はわたしたちを殺害してここに放置し、警察に発見させるつもりだ。けれども、それをマダムに言っても心配させるだけだ。黙っておくことにした。

「彼らの正体は？」マダムがたずねた。

「ビクター・フォンタナ、彼のボディガード、少数精鋭の宝石泥棒たち。彼らはエドゥアルド・デ・サンティスをまんまと欺いた。彼はすべての罪をなすりつけられるでしょうね。そして彼は申し開きをする機会すら与えられない。それくらいフォンタナは狡猾なんです。彼は警察がデ・サンティスの死体を見つけるようにお膳立てするはずです。交通事故か突然の出火で死体となって発見され、ついでに複数の犯罪を実行したという証拠も見つかる。フォンタナは結束の固い共犯者とともに素知らぬ顔で出航する」

わたしは両膝を突いてゴミをあさり始めた。

「なにをしているの、クレア？」

「脱出するために使えるものはないかと――あった！」

誰かが捨てた汚れた使い捨てライターを見つけて手に取った。いまこの瞬間、六十カラットのダイヤモンドよりもはるかに価値のある宝物だ。

「まさに諺《ことわざ》どおり」思わずつぶやいた。

「諺？」

「ある人のゴミは別の人にとっての宝！」

84

使い捨てライターの着火部分についた泥を何度か払うと、火がついた。

「次は？」マダムがたずねる。

「あのベッドのフレームを移しましょう。音を立てずに……」

マダムとわたしは金属製のベッドフレームを移動してドアに立てかけた。監視の男が入ろうとすればフロアに倒れてバリケードとなり、相手がなかに入るのに手間取る。そのわずかな時間を利用して脱出をはかる。

「それから？」マダムがささやく。

「あの窓の外で火を燃やします。煙は中庭にまわるから、周囲の建物の誰かが必ず九一一番に通報をするはず……」

先週、「あれは火事よ！」とエスターが言っていたのを思い出した、ナンシーが屋外で調理しようとしてしくじったことを責めていた。どうかこの界隈の人たちも同じように反応してくれますように。

「うまくいけば、消防隊がやってくるのに見張りの男が気づいてさっさと逃げ出すでしょう。

ここにいて捕まるなんてごめんでしょうから」

マダムはわくわくした面持ちでうなずく。「プランができたわね!」

ふたりで手早く、音を立てないように新聞紙を引き裂いてまるめ、割れた窓から外に落とした。煉瓦造りの建物の脇の地面には、あっというまに焚きつけの山ができあがった。

さっきの使い捨てライターを着火して一枚の紙に火を移し、それを焚きつけの山の上に落とした。無事に焚き火になった。炎があがり、マダムとわたしは煙が部屋に入らないように紙で扇《あお》いだ。

わたしはさらに焚きつけを加えた。炎がますます大きくなる。わたしたちがむせて咳《せ》き込み出した頃、複数のサイレンが聞こえた。その直後、銃で武装した見張りの男がなかに入ろうとする音がした。思わず身を硬くして、わたしはドア越しに叫んだ。

「消防隊と警察が来るわ! こっちには武器があるから、そうかんたんに殺せやしないわよ!」

ドアの外の見張りに向かってわたしは威嚇し、マダムは窓を割って「助けて! 助けてちょうだい!」と声を張り上げている。

計画はうまくいった。数分のうちに消防隊員二人がわたしたちの叫び声を聞きつけて駆けつけ、ドアを壊した。

残忍そうな目の見張りの男は、案の定、すでに逃げていた。逃げられてもかまわない。彼が何者かわかっているし、どこで見つけられるのかもわかる。

いまこの瞬間なによりも重要なのはマテオ・アレグロを見つけること!

85

マダムを片腕で抱きかかえ、わたしはビレッジブレンドの正面のドアを押し開けた。ちょうどエスター・ベストは閉店作業と戸締まりにかかろうとしていた。

「あら、ボス！　どうしたんですか、ひどい格好！」

「ひどいにおいでしょ」

「ええ」エスターは鼻をつまむ。「火事の焼け残り品セールのにおい」

そばの椅子にマダムを座らせた。「いま何時？」

「十二時五十分です。ラストオーダーは五分前でした。お客様はあとひとりだけです」

「クレア！」ロリ・ソールズ刑事が飛んできた。「一時間も前からずっとあなたに連絡を取り続けていたわ。ここに来ればマテオのお母さんについてなにかわかると思って――」

「誘拐されたのよ、二度も」マダムが息苦しそうにこたえて、わたしの手をトントンと叩く。

「でもクレアは二度とも救い出してくれた」

ロリはあっけにとられている。「ということは、黒いジャガーを借りた人物を知っているのね？」

「ブルーノ・カンパーナとドナテラ・カンパーナ」

「そして彼らの滞在先は？」

「エアビーアンドビーで借りたブルックリンのアパート。まちがいない」

「彼らを逮捕すればいいってことね？」

「鑑識班も必要よ。ジーノ・ベネデットというイタリア人がそこで殺されたから。殺したのはカンパーナ姓の二人ではない。証拠にまどわされないでね。わたしは目撃者として彼らの無実を証言できる——無実であるのは殺人に関してだけ」

「順を追って説明して」ロリが叫んだ。「こんな夜更けにわざわざベッドから出てきたんですからね」

「その甲斐あって手柄を立てられるわ」

「どういうこと？」

「ダイヤモンド・ディストリクトに行きましょう。そのとちゅうで説明するから」

「でも、ちょうど連絡が入ったわ。全員に招集がかかっている。ワシントンハイツで大混乱、バッテリー・パークでも。ミッドタウンではなにも起きていない」

「そう、まさにそれこそが計画通り」

「計画？」

「くわしいことは車のなかで……」

ダイヤモンド・ディストリクトはビレッジブレンドから三マイル（約五キロ）の距離だ――「通常」であれば車で三十分かかる。

ソールズ刑事は二十分以内で到着すると決めた。

午前零時をまわって交通量は少ない。ロリはそれを理由に、バス、タクシー、自動車、目に入った歩行者をすり抜けていく。赤信号もいくつか突破した。ただし、サイレンは鳴らさない。

「もう一度話して、いまの状況をどう解釈すればいいのかを」ロリが言う。「どうしてサイレンを鳴らしてはいけないのかも」

「いままさに宝石強盗がおこなわれている。その黒幕はビクター・フォンタナ。彼の手下がわたしの元夫をさらって人質にした。そしてライオンズ・グローバル・セキュリティの地下の金庫室にある〈アイ・オブ・ザ・キャット〉を盗み出すためにマテオを連れていく。おそらく実行犯は複数のはず――あそこは宝の山だから、まとめてごっそり盗むでしょうね。たぶん内部に共犯者がいる」

ロリは納得がいかない表情だ。「それと、今夜ニューヨーク市警が警戒態勢を発令したのと、どう関係しているの？」

「パンサーマンが実行した銃撃事件の背後にいるのはエドゥアルド・デ・サンティスにちがいない。誰もがそう考えるように、真犯人は誘導している。マイクもマクナルティも、彼らの部下もそう思い込んだ」

「たったいまアップタウンとダウンタウンで起きている〝発砲事件〟も、そのため？」

「そう。現場はアップタウンとダウンタウン。ミッドタウンではない。ダイヤモンド・ディストリクトの付近ではないということ。ライオンズ・グローバル・セキュリティの金庫室は年中無休で出入りができる。こんな夜更け、しかも警察はここから離れた場所で厳しい警戒態勢を敷いている。その隙をついてセキュリティシステムを解除し、警備員にガスをかがせ、数十億ドルとはいわないまでも数百万ドル相当の価値のある宝石や貴金属を持って立ち去るのは、あんがいたやすいでしょうね」

「なぜ通報してはいけないの？　ライオンズ・グローバル・セキュリティにも異変を知らせるべきではないの？」

「強盗たちはマテオを人質にしている。おそらく、彼に銃をつきつけている。セキュリティシステムを稼働させて犯人たちを閉じ込めれば、彼らはマテオを盾にして銃撃し突破しようとするでしょうね。マテオは死ぬかもしれない」

「つまり、そっと相手に接近するだけ？」

「まあ、そうね……」渋々こたえた。

ロリの反応は鋭い。「なんの戦略もないってことね」

「ええ、わかっている。でもあなたが設定している到着予定時刻どおりなら、戦略を練る時間はあと五分ある……」

四分後、まだ戦略はできていない。

「着いたわよ」

五番街のワールド・ダイヤモンド・タワーのメインエントランスの前でロリが車を停めた。

ロビーのライトは薄暗く、よくも悪くも動きは感じられない。

「特に異変はなさそう」ロリが言う。

「このブロックを一周しましょう。駐車場の入り口をさがして……」

次に停まったのは、金属製の大きな扉が見える位置だ。狙い通り十分後、扉が上がって照明で明るく照らされた搬出口があらわれた。壁にはライオンズ・グローバル・セキュリティのネコの足のようなロゴが見える。そこに停まっているのは、パネルバン一台と黒いＳＵＶ一台のみ。ＳＵＶを先頭に二台が通りに出てきたので、バンの車体のロゴに目を凝らした――ビレッジブレンド・コーヒー。

「そうか。あれは犯人の車よ！」反射的に叫んでいた。「あのバンを追って！」

ロリがアクセルを踏み込んだ。

「どうしてビレッジブレンドのコーヒーバンを追いかけるの？」

「あれはうちの店のバンではないわ！　そう見せかけているだけ」

「どうして？」

「コーヒーを満載した配送用のバンがいても不審に思われない場所に行くため」

「それは？」

た！

「オーシャン・ライナー！」

ようやくすべての辻褄《つじつま》が合った……。

ビクター・フォンタナはアンドレア・ドーリア号のコーヒーのコンペに参加するようビレッジブレンドを誘った。一般公募のコンペの申し込み期限ぎりぎりに。それはビレッジブレンドが、レッドフックに倉庫を持つ唯一のコーヒーロースターだから。そしてモニカを通じてフォンタナはマテオと本物の〈アイ・オブ・ザ・キャット〉との関わりをすべて知ってい

「彼らの行き先は十二番埠頭。ブルックリン・クルーズ・ターミナルよ」わたしはロリに言った。

彼女はハンドルを握りながら、疑うような目でこちらを見る。「なぜそう断言できるの？」

「あれ以上のカモフラージュはないわ。早朝に出航するオーシャン・ライナーへのコーヒーの配送。ただしバンに積んだコーヒーの袋の下には、ライオンズ・グローバル・セキュリティの金庫室から奪った何十億ドルもの金銀財宝が詰め込まれている。マテオを使ってまんまと金庫室に侵入して、あとはやりたい放題。手当たり次第、強奪したにちがいないわ」

「おそらく、マテオはまだ無事ね」ロリがその根拠を語る。「狡猾な犯人ならマテオに運転させるはず。万が一警察に停められても彼の免許証を見せれば、並の警察官ならビレッジブレンドの共同経営者か、法律違反はないだろうと思うわ。そしてあっさり行かせてしまう」

「サリーが撃たれた日もそうだった。非常線を突破した女性に対して、警察官はノーマーク

だった」

「なんですって？」

「彼らの落ち度ではないの。目撃したわたしの証言をもとに、パトロールの警察官はパンサーマンの扮装をした体格のいい男性に目を光らせていた。だから南アフリカ出身でミニスカート姿の、目のくりくりしたかわいらしいロースクールの学生を怪しまなかった。彼女のバックパックに空気を抜いたパンサーマンの衣装と分解したスナイパーライフルが詰まっているとも知らずに」

「クレア、いま犯罪が進行中だと思うと気が気じゃないわ。援軍が必要よ」

「信頼のおける援軍がね。マクナルティ警部補にも彼の部下にも来てほしくない。犯人逮捕に必要なのはマイク・クィン、フランコ巡査部長、そしてOD班の全員よ」

86

その頃、マイクの班はマクナルティ警部補の指示でロウアー・マンハッタンにいた。バッテリー・パーク周辺で市民をパニックに陥れた「花火」について調べるために。けっきょく今回も「花火」だった。遠隔操作で打ち上げて警察を攪乱《かくらん》し、注意を引きつけるために。わたしはその手口に気づいた。ロリが怪しいバンと慎重に距離を置いて追跡する車内で、マイクにすべてを伝えた。

「エドゥアルド・デ・サンティスはまんまと嵌められた。OD班が標的にされたのも、そのためよ。パンサーマンは、あくまでも警察官を混乱させて注意をそらすため。いまミッドタウンが静かなのは、宝石泥棒がワールド・ダイヤモンド・タワーの金庫室で強盗をはたらく間、警察にはよそに行っていてほしいから……」

マイクとは警察無線ではなく電話で話した。犯人たちに警察無線が傍受されている可能性があるからだ。

「ライオンズ・グローバル・セキュリティで警報音が鳴らないのはなぜだ？」マイクがきいた。「強盗に遭ったことは、もう発覚しているだろう」

「マダムとわたしはなにかのガスで気絶させられたわ。同じもので警備員もやられた可能性がある。絶対に内部に強盗の協力者がいるはずよ。その人物がセキュリティシステムを解除したのよ、きっと」

「なるほど。だからマクナルティ警部補が率いるインサイド・ジョブ班が狙われたというわけか。彼らを銃撃して翻弄し、インサイド・ジョブとしては空前絶後の規模の強盗をまんまとやりおおせた……」

マイクは状況をすべて理解し、行動計画を告げた。

「OD班をブルックリン・ターミナルに急行させる。現在位置から考えて、きみたちが追っているビレッジブレンドのバンよりもずっと速く到着するだろう。彼らに、ターミナルの入り口で通常のセキュリティチェックに見せかけて、わなをしかける」

「くれぐれも気をつけてね。マテオが人質になっているの。いざとなれば、殺されてしまうかもしれない」

そこで雑音が入って電話が切れ、マイクの返事を聞くことはできなかった。

マイクが部下とともにターミナルで待機するところを想像する間も、ビレッジブレンドのバンとSUVはダウンタウンをゆうゆうと走行している。少しも急いでいない。自分たちはなにもやましいところはない、急いで駆けつける必要などないと言いたげなペースだ。

三十分後、二台は市庁舎方面に向かっていた。その時、無線を通じてマクナルティ警部補のしわがれた大きな声がした。

「現在地を報告せよ、ソールズ刑事、至急だ……」

ロリがうめいた。「自分の署の警視にだって報告なんかしないのに。マクナルティ警部補が居場所を知りたがっているなんて。返事をしなければ正式な職務離脱となる」

「ソールズ刑事、現在地を報告せよ、至急だ……」

無線の声を無視して彼女はちらりと横目でわたしを見た。「あなたの仮説がすべて当たっていることを期待するわ」

わたしも……。

数分後、わたしたちの車がブルックリン橋を走行していると、不思議なことが起きた。ヴェッキオ橋を守る伝説のネコの魔法にかかったように、いっさいの迷いが消えてしまった。すべてが解決したような安心感に包まれた。

もしかしたら……それは警察無線を通じて警察官が応援をもとめる声のせいだったかもしれない。

「緊急配備、ミッドタウン。六番街と四十八丁目の角。ライオンズ・グローバル・セキュリティに強盗――」

「あなたの言った通りだった！」ハンドルを握るロリの手に力が入る。表情も毅然としている。「強盗と警察官銃撃の犯人たちを逮捕してやる！」

橋を渡ってブルックリン側に着くとバンはクルーズ・ターミナルへと向かった。ここからなら、ほんの数分で到着する。しかし意外にもSUVは方向を変えて、もっと奥のレッドフックの工業地域へと向かった。わたしにはおなじみの地域だ。

「急いで決めて！　追うのはＳＵＶ？　それともバン？」ロリだ。

「マイクがターミナルでバンを待ち構えている。だからあのＳＵＶを追って。彼らの行き先は見当がついている。たぶん、マテオはバンには乗っていない。こっちの車のなかよ」

87

レッドフックは静まり返っている。ロリはヘッドライトを消してシャッターが閉まった自動車ガラス店の前に車を停めた。追跡してきたSUVは半ブロック先で停まった。マテオのコーヒー用倉庫のゲートの前だ。

街灯の淡い光のなかで、車からマテオが降りてゲートを開けるための暗証コードを打ち込むのが見えた。

「いますぐ逃げ出せばいい」ロリが小声で言う。「このあたりなら隠れる場所はいくらでもある」

「彼は逃げない。マダムとわたしが無事だとまだ知らないから。わたしたちを守るためなら、要求にすべてしたがうと思う」

唐突に警察無線の音がして、わたしたちはびくっとした。

「ソールズ刑事、現在地を報告せよ、至急だ……」

ロリは音量を絞ってマクナルティ警部補の声を消した。「クィン警部補に電話して。バックアップが必要だと伝えて」

二台が分かれた時に知らせようと、マイクに電話をかけてみたがつながらなかった。今回も彼は電話に出ない。いまは間が悪いということだ。ビレッジブレンドと書かれたバンはそろそろターミナルに到着しているだろう。なにが起きてもおかしくない。ことによっては銃撃戦も。

必死の思いでメールを打って送信した。

強盗のSUVはレッドフックのコーヒー倉庫に。援軍を送って、大至急。

すでにマテオは倉庫の警報装置を解除して建物のガレージの大きなドアを開けた。SUVはなかに入っていき、その背後でスチール製のドアがおりた。

「援軍を待っている間、どうする？」ロリがたずねた。

「なかに入る」

ロリはぎょっとしている。「なにを言い出すの。バックアップを待たなくては」

「時間がない。マテオの動きを見ていたわ。彼はゲートの警報装置をリセットしていない――」

「だから？」

「だから、彼らは出る際にマテオにカギを開けさせるつもりがない。その時にはマテオは車に乗っていないということ」ロリがその意味を呑み込むのを待った。「マテオを殺すつもりなのよ。あの見張りもマダムとわたしを殺すはずだった」

「SUVはスモークガラスでなかは見えなかった。相手の人数もわからないのよ！」

わたしは小首を傾げた。「最大で何人乗れる？」

「あの車種なら定員八人」

わたしはごくりと唾を飲み込んだ。

「もう一度クィン警部補に電話してみて」ロリが言い張る。

わたしはドアをいきおいよく開けた。「あなたがかけて。わたしは行く」

「わかった！」ロリがお手上げとばかりに両手をあげた。「二人で行きましょう。わたしが先頭に立つ。忘れないでね、わたしは刑事だから」

二人で車を降りて影の部分をつたいながら倉庫に近づいた。月が雲に隠れた隙にゲートをすり抜けて駐車場を横切った。そのまま足を止めることなく倉庫の壁にしがみついた。

ぐらつくピンヒールとパーティードレスのままなので、一瞬、フランスのレジスタンスの映画のヒロインみたいな気分になった。ロリが銃を引き抜き、たちまち現実に引き戻された。

「ほら」彼女から冷たくて固いものを渡された。「催涙スプレーよ。やわなタイプではないからね。それを使えば馬一頭だってころっと倒せる」

ロリに使い方を教わってから、シリンダー型の催涙スプレーをブラに忍ばせた。

「これでよし。なかのレイアウトはわかっているわね。作戦は？」

「正面のドアから入ってマテオのオフィスに忍び込む。これなら相手に気づかれずに侵入できるわ」

「彼らがマテオのオフィスにいなければ、の話だけど」ロリらしい辛口の返事だ。

建物に入ると、運よくオフィスは暗かった。なかには誰もいない。汚れた衣類とマテオが飲み干したワインボトルの空き瓶が散らかっている。ボトルの数はずいぶん増えている。

「声がする」ロリがささやいた。

「ええ、聞こえる。まだガレージにいるのね」

ドアの陰から廊下をのぞいてみた。がらんとしている。

「なかのレイアウトを教えて」

「左側に窓つきのドアがある。そのなかは厳重に温度と湿度が管理されて密閉されているスペース。そこにコーヒー豆が保管されている。右側のドアはバスルーム。廊下の突き当たりのドアの向こうはガレージと屋内の積み降ろし用スペース」

ガレージから複数の声が響いてきたので、わたしたちはぴたっと口を閉じた。

「ここで待っていて」ロリが言う。「相手が何人いるのか確かめてくる。先手を打つ方法を考えるわ」

ロリ・ソールズ刑事は銃を構えてオフィスを出ると、空調が制御された部屋へと慎重に近づいていく。窓からなかをのぞこうとした瞬間、ドアがいきおいよく開いて彼女に激突して大きな音を立てた。ロリの身体がバウンドして逆側の壁に当たって跳ね返り、フロアに転がった。

部屋からライオンズ・グローバル・セキュリティの警備員が飛び出してきた。拳をふりあげ、戦う体勢だ。しかしロリはすでにノックアウトされている。

彼は凄みのある唸り声をもらして、空調が制御された部屋のドアをそっと閉めた。そして意識のないソールズ刑事の顔をのぞき込む。その表情はとても穏やかだ。

太い首、広い肩、いかにも腕っぷしの強そうなこの人物はパンサーマンを演じるにはうってつけだ。見ていると、彼は手袋をはめた両手でロリの銃を持ち上げてクリップを引き抜いた。ニューヨーク市警のシールドを見てぶつぶつと悪態をつき、さらにロリのベルトからスペアのカートリッジも抜く。

弾倉が空になった銃を、彼はぴくりとも動かない刑事の脇に落とした。そしてクリップだけを持って向きを変え、まっすぐこちらにやってきた。

88

わたしは暗いオフィスのなかへと必死に移動してデスクの下に飛び込んだ。しかしライオンズ社の警備員はオフィスには見向きもしないで、そのまま正面のドアへと向かっていった。ドアを開ける音。それから長い静寂。警察に包囲されていないかどうか、確かめているのだ。動きながら唸り声をもらしている。遠くでかすかにカタカタという音がした。警備員がロリの弾薬を駐車場に放ったのだ。

どういうこと？　なぜそんなことを？

ドアが閉まり、彼は大きな足音を立てて廊下を歩いてきた。またもやオフィスは素通りだ。このチャンスを逃してはならない。重いものはないかと思って目に留まったのは、モエ・エ・シャンドン・ネクター・アンペリアルの美しいマグナムボトルだった。

両手でシャンパンの巨大なボトルをつかみ、ドアから廊下をのぞいた。警備員はロリの傍らで身体を折るようにして腰を曲げ、またもや唸りながらロリのポケットのなかをさぐり、中味をフロアにまき散らしながら、欲しいものだけを自分の懐に入れる。

こんなことを黙って見ているわけにはいかない。わたしのなかでスイッチが入った。ゆるすものかという憤りから、いや、橋の守り神のネコの魂が乗り移っていたのかもしれない！ともかく、わたしはためらわなかった。

残酷なサンダルを蹴飛ばすようにして脱ぎ捨てると、ネコのように音を立てずに五歩進んで警備員の真後ろに立った。彼はまだ、倒れているロリに覆いかぶさるように身をかがめている。彼の後頭部めがけて、怒りのエネルギーをすべて注ぎ込んでボトルを振りおろした！

あれだけ唸っていた男が、声ひとつあげずに静かにリノリウムの床に倒れた。雄牛が崩れ落ちるように。

驚いたことにボトルはびくともしなかった。ヒビひとつ入っていない。手の震えでコルクがポンと飛ぶのではないかとヒヤヒヤしながら、ボトルを床に置いた。それから両膝を突いてロリの様子を確かめた。

息はある。呼吸が苦しそうなのは、たぶん、鼻の骨が折れているせい。見る間に紫色に変色していく。彼女の容態については、それ以上はわからない。とにかく、目を覚ます気配はない。

拳銃に手を伸ばしかけて、クリップが外されているのを思い出した。

クリップを駐車場に放り捨てたのは、なぜ？

そのこたえを教えてくれたのは、ガレージから聞こえてきた声だった――聞き覚えのある声だ。声の主を確かめるため、懸命に耳を澄ませた。

「ダイヤモンドは地球上の自然物のなかでもっとも硬い、ミスター・アレグロ。しかし酸素らない……」

話は延々と続く。わたしは空調が制御された部屋をのぞいてみた。農作物用の麻袋に入ったコーヒーが保管されている。その数はいつもの通りだ。けれども、いつもとは違う不吉な光景が広がっていた。工業用の大きなサイズの酸素ボンベがそこここに置かれ、バルブが開けられてシューシューと音がしている。

空調の制御盤を確認した。生豆は窒素のなかで保管されているはずだが、その窒素が純酸素に置き換えられている——火花ひとつでこの建物全体が吹き飛ぶのにじゅうぶんな数値だ。ライオンズ社の警備員があわてるのも無理はない。一回でも発砲したらガスに引火するおそれがある。そうしたらマテオの倉庫は吹き飛んでしまう。ヒンデンブルクのように——。

待って。いまわたし、ヒンデンブルクって言わなかった？

その瞬間、マテオのガレージから聞こえてくる声の主がわかった。ほんの数時間前に、破滅的な運命をたどった飛行船について語っていた人物だ。

わたしが立てた「仮説」は、もはや仮のものではない。

ビクター・フォンタナはほんとうに、すべての黒幕だった！

「だからね、ミスター・アレグロ」フォンタナが続ける。「きみの〈アイ・オブ・ザ・キャット〉みたいに大きく貴重で歴史が刻まれたダイヤモンドだって、一瞬で消えてしまう。だが心配するには及ばない。そんなことにはならないからだ。〈アイ・オブ・ザ・キャット〉

はいまやわたしのもの。しかし、永遠に失われたということにしておく必要がある」

ボロボロになったマーク・ジェイコブスのワンピースに隠した携帯電話が振動している。マイクからのメールだ。

ギャングと盗品は確保。マテオはいない！　そちらに向かう。到着予定は十五分後。

メールを返信した。

倉庫にいます。いそいで！　ロリがやられた。手当てが必要。銃は絶対禁止！！！　ここは爆弾同然、爆発する！

いそいで携帯電話をしまい、弾の入っていない拳銃をそこに残した。頼りになるシャンパンボトルをつかんでバットのように構え、足音を立てずにガレージの戸口にちかづいていった。

89

「その〈アイ・オブ・ザ・キャット〉を持っていっておまえの船のでかい煙突にでも突っ込んでおけ、フォンタナ」マテオの声だ。「この宝石の悪運でおまえの新しいアンドレア・ドーリア号も沈むといい！」

半分開いているドアの陰からのぞいた。

これこそ囚《とら》われの聴衆！

マテオは搬入スペースの中央部分で、スチール製の収納ケースを積んだ上に座らされている。ケースの一つひとつにライオンズ・グローバル・セキュリティのネコの足のロゴがついている。マテオは両手を背中側で縛られているが、足は縛られていない。

彼の周囲にもケースが積まれている。中味があふれているものもあり、ザラザラとしたコンクリートの上にこぼれたダイヤモンドがキラキラ光っている。

エドゥアルド・デ・サンティスがマテオにもたれている。そうでもしていないと身を起こしていられないのだ。タキシード姿のまま、意識がもうろうとしている。例の「甘い夢」をかがされたのだろうか。

ほんとうにそうかもしれない。なぜならフォンタナの傍らには、南アフリカ出身で「ロースクールの学生」で「甘い夢を見がちな《レッカー・ドウクス》」娘、カーラが立っているから。マニキュアをした指で、飛び出しナイフを巧みにクルクルとまわしている。もちろん、刃が出ている。

二人ともこちらに背を向けている。けれども、わたしに気づいた人物がいる——マテオだ。彼の目元がほっとゆるむのが見えた。わたしが救出にきたと知って、犯人たちの注意を自分に引きつけることにしたようだ。

「デ・サンティスをだました手口はわかっている」マテオは挑発するような口調だ。「しかし、なぜぼくをカモに選んだ？」

フォンタナが腕組みをする。「きみのことは、じきに元妻となる女性から聞いた。パーティーにいた女はブリアンではないとわかっていたが、だまされたふりをした。隙をみて彼女とおまえの母親を誘拐するつもりだったからな——そのほうがきみの協力を取りつけやすい」

マテオがフォンタナに毒づいたが、彼は笑い飛ばす。「たしかにフェアなやり方ではない。しかし最近のきみはトラブル続き、だろう？　租税先取特権。第三世界での慈善同然の取引で大赤字。今度は厄介な離婚だ。なにもかも失う瀬戸際に立たされている。そんな絶望的な人間ほど操作しやすいものはない」

フォンタナはそこで話を中断し、ポケットからハリー・ポッターのようなメガネを取り出してシルクのハンカチできれいに拭った。

「エドゥアルド・デ・サンティスを嵌めるのはかんたんだった」フォンタナが続ける。「有罪すれすれの判決。いかがわしいダミー会社。それに建物やらなにやら、彼に濡れ衣を着せるのに好都合なものにめぐまれていた。きみと同じでデ・サンティスも金を必要としていた。だから宝石強盗の話に乗ってきた。まんまと利用されるのにも気づかずにな。きみは彼のようにかんたんにはいかなかった――根が正直な人間はやりにくい。しかしカーラなら、きっときみを落とせるだろうと思った」

「楽しみにしていたのに。老いぼれのデ・サンティスなんかより、ずっと楽しめたのに」カーラは思わせぶりな調子だ。

「すまんな、カーラ。だが老いぼれを見張っておいてもらう必要があった」

「この倉庫とコーヒーのビジネスも必要だったんだろ」マテオがぴしゃりと言う。

「だから儲け話のチャンスで釣った。すべては計画通りに運んだ。警察の捜査が一段落したら、強盗も警察官銃撃もデ・サンティスが陰で糸を引いていたという結論が出るだろう。そしてきみもグルだった、と」

「天才的なプランだ。しかしデ・サンティスとは何年も口をきいていない仲だ！」

フォンタナがにやついた表情を消して、すごみをきかせた。「証拠を山ほど残しておくから警察はそんなことは気にしない。ここでこの金属のケースが見つかれば、きみが金庫室の中身を運んだと警察は考える。警察官銃撃に使われた銃も見つかるだろう。質の悪いダイヤモンドはあえて残していくから、それも警察によって発見される」

フォンタナがマテオのほうに宝石類を蹴飛ばし、あたりに散らばった。

「警察は、きみとデ・サンティスが宝石をコーヒーの袋に詰めて海外に発送するつもりだったと判断するだろう。しかし悲惨な事故で二人とも命を落とす——酸素に引火するとすさまじい火災になるからな。この倉庫は全焼し、盗まれたダイヤモンドは煙となる。価値のある本物のダイヤモンドは、もちろんここには残っていない……それはいただいていく」

わたしは腕時計に目をやった。まだ二、三分しか経っていない。応援部隊はまだしばらくは到着しない！

「この二人を、もう殺してもいい？」カーラは赤いくちびるを舐める。

「彼女の血が騒ぐんだ、アレグロ」フォンタナはねっとりとした視線をカーラに向け、露出度の高いパーティードレスを着ている彼女を惚れ惚れと眺める。

見つめ合う二人の意味深な表情は雄弁だ。まず、フォンタナとカーラは恋人同士にちがいない。そして、フォンタナがこうしてマテオにくわしくいきさつを説いて聞かせているのは、肉食獣が獲物を殺す前にもてあそぶのと同じ。マテオをいたぶって楽しんでいるのだ。

「このカーラはな、代々ガイドとトラッカーを務めるアフリカーナ人の家系に生まれた」フォンタナが誇らしげに言う。「彼女は十歳ですでに大物を狩って仕留めるハンターだった。ブラッド・スポーツで育ったジャングル・クイーンというわけだ。なにより、彼女の性に合っている。だからアフリカのサファリのガイドとして引っ張りだこの存在だった。ますます活躍が期待できただろう。ところが、カーラがガイドを務めていた裕福なアメリカ人ツーリストが、誤って保護対象のライオンを殺してしまった。彼女はアフリカで収監されるのを逃れて、わたしのこの腕のなかに飛び込んできた」

フォンタナは若い女性の肩に手を滑らせる。

「彼女のパンサーマンは完璧だった。狙撃の名手だからな。負傷させても殺しはしない。警察は奇抜な格好をした大柄な男しか眼中になかったから、バックパックを背負ったかわいい女の子はすいすい脱出できた。分解したライフルをそのバックパックに詰めてな。彼女は近所のコーヒーショップでは聡明なロースクールの新入生として、まんまと周囲に溶け込んでいった……」

フォンタナが話すいっぽう、カーラは縛られている二人の男の後ろへと移動した。パーティー用のヘアスタイルは乱れ、目を爛々と輝かせながら、細長いナイフを片手でクルクル回している。

「愚かな警察官たちはまんまとひっかかった」彼女は自慢げに語る。「今夜、ビクターが連中の注意をそらすために仕掛けた計画も夢みたいに大成功した」

「夢、そうだな……このへんでわれらの獲物には眠りについてもらおう」フォンタナがまたマテオと向き合う。「ここで銃を使うことはできないからな。カーラに頼るとしよう。彼女は獲物を仕留めた際の戦利品として、頭をきれいな状態で手に入れる方法を心得ている。耳の後ろをひと刺しする。脳に達するまで。それで息の根を止める。ミスター・アレグロのためにその技を披露してくれ」

カーラがナイフの刃をエドゥアルド・デ・サンティスの頭蓋骨に突き刺した瞬間、わたしはくちびるを嚙んで悲鳴をこらえた。彼がフロアにずるずると倒れ、散らばったダイヤモンドがみるみるうちに血の海に染まっていく。

マテオは恐怖で目が虚ろになっている。わたしは少し隙間の空いたドアの陰に隠れたまま、あまりの衝撃で手足が冷たくなって感覚がない。

「話ができておもしろかったよ、アレグロ。自分の業績を自慢するような機会はめったにない。だが、どうやら時間が来たようだ」彼が腕時計を確認してカーラに向かってうなずいてみせる。「われわれは予定通りに事を運ぶ必要があるものでね。時間だ……」

どうしよう、マテオも殺されてしまう！　どうにかしなくては！

フォンタナとカーラに襲いかかるのは無謀だ。距離がありすぎる。彼らのところに着くまでにカーラかフォンタナに気づかれる。彼女はひと突きでマテオを殺して、あっという間にわたしのことも仕留めるだろう。

カーラはいま殺したばかりのデ・サンティスのジャケットで刃をぬぐってきれいにしている。いまここに弾を込めた銃、花火、それも打ち上げ花火でもあれば、フォンタナとカーラをあわてさせ、彼らが混乱している隙にマテオを逃がすことができる。しかし、そんなものを使ったらこの倉庫は一瞬にして炎に包まれるかもしれない。手元にあるのは、ぬるくなったシャンパンだけなんて。

いいや。もしかしたらシャンパンこそが……。

ケータリングをしていた時の経験から、シャンパンについて二つほど学んだ。まず、中身は強烈な圧力で炭酸化されているので、決してシャンパンのボトルを振ってはならない。第二に、温まっているシャンパンを決して開けてはならない。

元夫を救うために、その二つを実行すると決めた。

よく振ってからボトルの先端に巻かれた紙を剝がした。とちゅうで爪が割れた。カーラがマテオの背後にまわる。わたしはコルクを抜いた。

ポン。期待通りのすさまじい音だった。銃声みたいな音が洞穴のような空間のガレージ内に反響する。どこで発生したものかは、まったくわからない。コルクはずっと先の壁の高窓に小さな穴をあけて外に飛び出していった。ガラスが割れる音がカオスに拍車をかけた。騒ぎをさらに煽るために、わたしはマクナルティ警部補の声を思い出して、ドスをきかせた。

「動くな、おまえら！　ニューヨーク市警だ！　おまえたちを逮捕する！」

カーラはすっかりあわてて凶器を捨て、それを蹴ってから割れた窓のほうを向いた。

フォンタナもそちらを向く――その隙にマテオはケースを積んだ上から飛び降りて億万長者に頭突きを食らわせた。フォンタナとマテオはそろって倒れ込む。

カーラはSWATチームか催涙ガスが割れた窓から飛び込んでくると考えたらしい。わたしが潜んでいるドアに向かって駆けてきた。

ボトルからはまだスパークリングワインが激しく噴き出している。それを彼女の顔に浴びせ、さらに催涙スプレーを噴射した。

「これはサリーの仕返しの分よ。よくもあんなことをしてくれたわね！」

ワインと催涙ガスで攻撃されてもカーラは参るどころか、闘争心をむきだしにしてかかってきた。けれども彼女は視界がきかない。わたしは一発叩かれてしまったけれど、二発目は脇に避《よ》けてかわし、彼女の足をすくった。

カーラは廊下で顔からばたんと倒れ、伸びてしまった。彼女に手錠をかけたのは、フランコ巡査部長だった。笑顔だ。

よかった、やっと来てくれた！

「伏せていろ」拘束されてうめいているカーラに向かってフランコが警告した。「さもないとコーヒーレディをけしかけてもっとやらせるぞ」

さらに警察官たちがオフィスのドアから出てきた。そのうちの二人が放心状態のロリの介助をして救急車へと連れていった。わたしはおおいそぎで搬入スペースに戻ってマテオの様子を見にいった。

彼は立っていた。まだ両手を縛られたまま、フォンタナを蹴り続けている。宝石強盗はきゃんきゃん悲鳴をあげた。ガレージのドアがあがり、マイクが班の部下を全員引き連れて飛び込んできた。

マテオをフォンタナから引き離したのはマイクだった。

「落ち着け！　フォンタナは生かしておく必要がある」

マダムは無事だとマテオに伝えて安心させよう。しかし、手首を縛っていたロープをマイクが切ったとたん、マテオは自分を苦しめた男に飛びかかり、胸ポケットに荒々しく手をつっこんで〈アイ・オブ・ザ・キャット〉を取り出した。そして宝石泥棒フォンタナを殴り、彼の少年ぽさを演出する鼻持ちならないメガネは粉々に砕けた。

「誘拐した分だ。おふくろを――そしてパートナーをな！」

マイクとわたしが駆けつけても、まだマテオはひどく動揺している。ショックのあまり茫然としているのか、フロアの一点をじっと見つめている。

彼の視線の先にあるのは、空になったシャンパンのマグナムボトル。

「マテオ？　だいじょうぶ？」

「きっとだいじょうぶだ、クレア」マテオは心を落ち着けるようにわたしの肩に片方の腕をかけた。「ぼくのネクターー・アンペリアルを、これ以上きみが無駄遣いしないでくれれば」

「心配いらない、アレグロ」マイクがわたしにウィンクしながら言う。「さんざんな一夜を過ごしたきみに、わたしが一杯おごろう」

エピローグ

圧力がないところにダイヤモンドは生まれない。

トーマス・カーライル

数週間後、ガス・カンパーナの退院パーティーがビレッジブレンドでおこなわれた。彼の娘たち三人はそろって出席し、ハンター・ロルフ、サル・アーノルド弁護士、ジュエリーショップのスタッフも全員が顔をそろえた。退院を祝うためのカノーリ・カップケーキ、水出しコーヒーも用意し、タッカーとパンチによる楽しいデュエット、そして……大量のシャンパンも！

その夜、ガスはマダムをエスコートした。試練を乗り越えた後、二人の距離は一気に縮まった。すでにガスはマダムに、自分は彼女の亡き夫と同じくアレグロ一族の人間であると打ち明けていた。

自殺未遂の影響だけでなく、ガンにゆっくりと命を奪われて衰弱しているガスは暖かい暖炉のそばで主役を務めた。せめてこの数時間だけは過去のつらいことも、現在のやっかいな問題も忘れ、命あることを祝福し希望を語り合った。

なぜ毒を飲んだのかという謎は、あっけないほどかんたんに解き明かされた。ガスは家族への愛のために生きてきた。その家族を守るために、彼は殺しを決意したのだ。殺す相手は、他者ではない。

肉食獣から愛する者たちを守るために、ガスは自殺を選んだ。

だが奇跡的に一命を取り留めた。そしてガスを苦しめていた者がこの世を去ったいま、ようやく安らかな日々を送ろうという気持ちになったのだ。残された一年、いやもっと長いかもしれない。そのなかで傷は癒え、傷つけたことはゆるされ、家族が和解するのを自分の目で確かめられる。そして新しい家族が増えることも。彼はきっとソフィアの子どもと対面するまで生きるだろう。彼とアンジェリカとの初孫の命は、すでに宿っている。

それ以外の宝物はどうなったか?

これまで六十年にわたって一族を引き裂いてきた〈アイ・オブ・ザ・キャット〉は、それからの数カ月で今度はみごとに彼らを結びつけた。ダイヤモンド・ディストリクトの強盗が失敗に終わり、〈アイ・オブ・ザ・キャット〉の存在は世界中に知れ渡った。マテオとハンターが予想した通り、さっそく各方面から手が伸びてきて争奪戦が始まった。

まっさきに名乗りをあげたのは、イタリアのカンパーナ一族だ。それに続いてサメが群がるように「利害関係者」が加わった。アメリカ国務省、イタリア政府、スミソニアン協会、フィレンツェのウフィツィ美術館、そして内国歳入庁のお友だちまで巻き込んだものの、驚くほど短期間で決着がついた――法的な基準にしたがって。

込み入った内容の取り決めに心から満足する者はいなかったが、それがベストの方法だったのだと思う。独占的な所有権を主張できる者はいなかったので、宝石の分割が決定した。

といっても〈アイ・オブ・ザ・キャット〉そのものが分割されたわけではない――こんな貴重な宝石にそんなことはあり得ない。

歴史的価値があり独特のカンパーナ・カットをほどこされたブルーダイヤモンドはスミソニアンがかなりの高額で購入した。まもなくホープ・ダイヤモンドと同じホールで展示されることになるだろう。

〈アイ・オブ・ザ・キャット〉の有名なセッティングはフィレンツェのウフィツィ美術館に寄贈された。外された石の代わりに人工ダイヤモンドが嵌められ、正式なセレモニーがおこなわれてソフィアがそれを贈呈した。その式典で彼女はフィレンツェの正式な市民となった（ソフィアはそれをなによりよろこんだ）。

また、ソフィアは窮状に喘いでいたドナテラ・カンパーナとブルーノ・カンパーナに小切手を贈った――同じカンパーナ一族として。マダムはドナテラとブルーノを告発しなかったので、彼らは誘拐と恐喝の罪での訴追をまぬがれた。マダムのはからいとソフィアの小切手により、血縁がありながら長いこと断絶していた者同士をつなぐ橋ができた。

ドナテラと弟のブルーノは自分たちの分け前を受け取り、そして執拗な脅迫者ジーノ・ベネデットに悪辣な陰謀をもちかけられて乗ってしまった自分たちの過ちを認めた。

もう脅迫におびえることもない。イタリアのカンパーナ一族との和解も実現した。シルヴィオは死ぬまでガス・カンパーナとして生きることができる。そしてひとにぎりの身近な人々をのぞいて、秘密を墓場まで持っていくことができる。

むろんパーラは何年も前から真実を知っていた。彼女の母親が臨終間際に長女のパーラと司祭に打ち明けたのだ（ガスがわたしたちにそのことを明かした）。アンジェリカ・カンパーナは沈みゆくアンドレア・ドーリア号の船上で、自分と幼い娘の命を守るためにやむなく夫を殺害した。

溺れた死体の身元証明書と服を交換するようにシルヴィオを説得したのは、アンジェリカだった。シルヴィオがアンジェリカに思いをつのらせていたように、彼女も彼への愛をひそかに育んでいた。ジブラルタルを越えた先で、未知の新しい世界で、いっしょになる道がひらけた——こうして彼はアメリカで彼女の夫となった。

ふたりの新しい庭のたったひとつのトゲがジーノ・ベネデットだった。しかも生涯つきまとうトゲとなった。黙っている代償として金を要求されたシルヴィオは、口止め料を支払う方法を思いついた。それは、伝説的な〈アイ・オブ・ザ・キャット〉は失われたと公表することだった。

彼が相談をもちかけたのは、人気のコーヒー店ビレッジブレンドを経営する従兄弟のアントニオ・アレグロだ。アントニオはシルヴィオに、信頼のおける友サル・アーノルドの祖父エイブ・ゴールドマンを紹介した。エイブ・ゴールドマンは保険会社のためにひそかに〈アイ・オブ・ザ・キャット〉を鑑定し、コーヒーダイヤモンドのうち八個を売ってその代金をシルヴィオとアンジェリカに渡した。二人がジュエリーの事業を始める資金として、そしてベネデットへの一回目の支払いにあてるために——ここから彼への支払いは延々と続くことになる。

残りの八個（失われた十六個のうちの八個）のコーヒーダイヤモンドは、力を貸してくれたアントニオに感謝を込めて贈られた。シルヴィオはそれをアントニオの美しく若い妻ブランシュのためにブローチにした。ブランシュは（後に）それをマイケル・ライアン・フランシス・クィンに、わたしのエンゲージリングのためにと贈った。

ようやく、すべての物語があきらかになった。なんという物語なのだろう。ガスの娘ソフィアは、両親についての真実を冷静に受け止め、思いもよらない身内の存在も受け入れた（アレグロ家の人々に加えて）。その人物はもっと身近にいた——異母姉妹のモニカだ。

ソフィアはモニカが相続の手続きから排除されることを望まず、モニカが少額の財産を受け取れるようにとりはからった。さらに、ガスの事業の運営全般を引き継いだソフィアはモニカのひそかな夢を知り、西海岸のロサンゼルスを本拠地とするカンパーナ・ジュエリーデザインスタジオの立ち上げをまかせた。そこでモニカは才能を発揮できる。

そして財産の大部分については、アントニオとガスの望み通りになり、二本の信託が設定された——わたしの娘ジョイと、ソフィアとハンターのもとに生まれてくる子どものために。

そう、〈アイ・オブ・ザ・キャット〉は一族をひとつにしたばかりか、このカップルをふたたび強く結びつけたのだ。

こうした成り行きはマテオの懐を潤す結果とはならなかったけれど、さいわい内国歳入庁の滞納金を免除されたので、ビレッジブレンドの事業への投資はそれでまかなうことができる。彼としてはこの結果にたいへん満足しているようだ――そして生き生きしている。〈アイ・オブ・ザ・キャット〉の決着がついたのとほぼ同じ頃、ブリアン・ソマーとの離婚が成立した。マテオはふたたび未開のジャングルを好きなだけ探検できる――二十一世紀の出会いの場、ティンダーでスワイプする――立場となった。

こうしたさなかに退院したガスのパーティーも、あと少しでおひらきとなる。わたしはフレンチ窓の近くで物思いにふけっていた。荒々しい過去、手探りの未来……。

頭のてっぺんにそっとキスされて気づいた。婚約者となったばかりの人物がようやく到着した。

「カノーリ・カップケーキがまだ残っているうちに間に合ってよかったわ」

マイクはおいしいカップケーキを二つたいらげて椅子の背にもたれ、いれたての熱いアメリカーノを味わった。

「クレイジーな二週間だった。なにより、あのエドゥアルド・デ・サンティスがカモにされて嵌められたという事実が衝撃的だった。あの男に関しては、有罪にできなかったケースが山積みだからな。くわしい件数を数えるのはあきらめた」

わたしは肩をすくめた。「どれだけ狡猾でも、目の前にあれだけのカラット数のダイヤモンドをぶらさげられたら、目が眩《くら》むのね」

「そういうことだ。どうやらビクター・フォンタナは最初からクラブ・タウン・エディを嵌めるつもりで合弁事業に誘ったようだ。きみの元夫を嵌めたように」

「それだけ周到な計画を練るとは、よほど頭がいいのね」

「そうでもないさ」マイクが微笑んだ。「完璧な計画にパンサーマンみたいなクレア・コージーが襲いかかるところまでは、計算していなかった」

「マスクもマントもつけずにね」

「銃も持たずに」マイクがすかさずつけ加える。「しかし、きみの武器はエレガントな上に最強だったな。あのシャンパンのマグナムボトルは」

「なにもかもうまくいったわ」

コーヒーのことも……。

フォンタナの逮捕後、アンドレア・ドーリア号を運営する合弁事業の新しいトップはコーヒーのコンペの話などなかったかのように、さっさと有名なイタリアのコーヒー・ブランドを採用した。これにはがっかりさせられたけれど、もともと嫌な予感がしていたのを思い出した。

それなら、この災難を逆手に取ってやろう。

いちかばちかやってみることにして、アンドレア・ドーリア号で使われるスーパーオートマティック・エスプレッソ＝カプチーノ・マシンと同じものを導入しているホテルチェーンに、わたしの新作ナイト・アンド・デイ・ブレンドを売り込んだ。

さいわい好評で、そこから評判がひろまり、わたしの新しいブレンドはホスピタリティ業界でひっぱりだことなった。試飲会をやってもやっても追いつかないほどで、新しいお客さまへの納品はさらに綱渡りの状態だ。

とうとうマテオがレッドフックの倉庫を拡張すると宣言した。資金を投じて豆の焙煎用の施設を整える、と。新しい挑戦をわたしは心待ちにしている。

「そうだな」マイクが続ける。「きみがいなければ、きみの元亭主は死んでいただろうし、倉庫は全焼していたな」

「わたしだけではないわ。ロリ・ソールズ刑事が命がけで助けてくれた」

「ああ、ロリはよくやった。ニューヨーク市警もな」

「彼女が勲章を授与されたセレモニーに行けなくて残念だったわ。その前にタッカーと約束していたから。スーパーヒーローの派手なショーにケータリングすると……」

わたしはよろこんでケータリングした。ショーはヒットし、わたしたちの料理も大好評だった。とりわけナンシーが提案した〝コミックブック・カルボナーラ〟は評判がよかった。人気の劇画に登場するレシピを参考に、ベーコン、クリーム、ガーリック、パスタで食欲を刺激するおいしさだ。ある〝スーパーモデル〟はこれにたいへん心をうごかされ、ナンシーがつくったブルーベリー・クリプトナイトでひどい目に遭った件も水に流してくれた。そればかりか、彼が登場する最新の下着の広告ページにサインしたものを額装して彼女にプレゼントした。

パンサーマンのコミックの版元は、銃撃事件の犯人が熱狂的なファンのしわざではなく、キャラクターが汚されずにすんだとよろこんだ。そして、ガンと闘う子どもたちのために特別なパンサーマン病棟を建設する資金を出すと発表した。

それだけのお金を彼らは手にしていたのだ。

パンサーマンがらみの銃撃事件の黒幕が、桁はずれの金持ちビクター・フォンタナだとわかった瞬間、コミックの版元は財力のあるハリウッドのパートナーたちと組んで「財産が損なわれる可能性があった非道な目的」で著作権が侵害されたと提訴した。

タッカーに言わせれば、「警察官数人を銃撃するのと、メディアの巨人のフランチャイズに手を出すのとは、異次元の問題だ！」

《ニューヨーク・ポスト》は揶揄《やゆ》するような調子でこう報じた。ビクター・フォンタナがパンサーマンのキャラクターを盗んだ代償は、彼のほかの犯罪すべてを合わせたものより多大なものとなるだろう、と。

彼のほかの犯罪。

インターポールは加盟国において同様の手口の不審な強盗事件を洗い直そうと動き出した。主要容疑者が死亡し財産の大部分が失われ、そのまま捜査終了となっていたケースについて、ビクター・フォンタナとの関わりをさぐるための再調査が始まった。

警察官銃撃の実行犯でパンサーマンになりすましていたカーラは司法取引に前向きだったが、そういう話は出なかった。保釈が認められることなく彼女はライカーズ島刑務所に収監された。警察官数人の殺人未遂とエドゥアルド・デ・サンティスの計画殺人の罪を犯した彼女を待っているのは、複数回分の終身刑だ。

奇跡が起きてカーラがすべての刑を免れたとしても、インターポールからは逃れられない。彼女はさらに複数の告発をつきつけられるだろう。それはフォンタナも同じ――これはロリ・ソールズと彼女の相棒の活躍に期待しよう。相棒の刑事は、トライステートエリアから海外へと手がかりを逆にたどっていく任務を一時的に命じられている。

「ロリが勲章を授与されたセレモニーの様子を聞かせて」

「すばらしかった。市警本部長と市長がじきじきに彼女に祝福を伝えた」

「ロリはよろこんだでしょうね」

「ロリの夫もだ。しかし誰よりも感激していたのは、彼女の相棒のスー・エレンだ」

「祝っていないのはただひとり、マクナルティ警部補だけでしょうね」

マイクが低い声でこたえる。「彼も昇進した。水平方向への昇進だ。インサイド・ジョブ班を離れて、新しく結成された校外班に異動だ」

「なにを捜査するの？　不登校？」

「公立学校の組織から不可解にも物資が消えている。教育委員会がニューヨーク市警に接触してきた。マクナルティはそれを担当する。彼がいなくなるのはすこしも寂しくはないが、サリーを失うのはつらい」

「サリーはきっと、退職後にフランと過ごすのを楽しみにしているでしょうね」

「そうだな。しかしそうなると、班の誰かをサブリーダーに昇進させなくてはならない」

「心づもりはあるの？」

「スキンヘッドの巡査部長を――いまは休暇でワシントンDCに行ったきりだが」

「休むのは当然の権利ですもの。それにDCに行ったきりなのは、記念碑や記念館に通うためではないわ。ジョイからメールが届いたのよ。それはもう、楽しそう」

「気をつけたほうがいいぞ。昇進すればフランコの給料もあがる。さっそく婚約指輪を買いにいくかもしれない」

それを聞いてわたしは自分の婚約指輪を見つめた。マテオとソフィアはこのコーヒーダイヤモンドはこのままにしておくようにといって聞かなかった。その気持ちがうれしかった。ガスも同意してくれた。自分の命と娘の幸せ、そして〈アイ・オブ・ザ・キャット〉そのものを守ってくれたのだからあたりまえだと言って。

マダムにとってあのブローチが宝物だったように、わたしもこの指輪のキラキラと輝く宝石を生涯の宝とするだろう。けれどもわたしの人生のほんとうの宝は、身につけられるものではない。ともに生きる仲間、家族となった人々、誇りを与えてくれる仕事、よろこびを与えてくれる娘のなかに輝いている。マイクがわたしの手をとり、今夜はいっしょだと甘くささやく。スウェーデンの子守唄が聞こえたような気がする。ハンターがソフィアに歌って聞かせるあの歌。いまは歌詞も知っている。満ち足りた心地で、そっと口ずさんでみた……。

この豊かなギャレーには大事な宝物が三つある。

一つめは信頼。二つめは希望。

三つめは愛。

1

クレアのカノーリクリーム・カップケーキ

つくり方はかんたんなのに、マテオが思わず「はしたないほど悩ましい音」を立ててしまうほどおいしいカップケーキ。まずはゴールデン・カップケーキを焼いて、それを完全に冷ましてからクレアのお手製カノーリクリーム・フロスティングをたっぷり載せる。

フロスティングしたカップケーキはそのままでもおいしいけれど、クレアのようにイタリア風カノーリに仕上げるのもお勧めだ。チョコレートを細かくおろして散らしたり、ミントチョコレートチップで飾ったり、砕いたピスタチオを載せたりしてもいい。砂糖漬けのチェリーをまるごと一粒、あるいは半分を載せれば、とても華やかなカーニバルの雰囲気を味わえる。どうぞ楽しく召し上がれ！

全レシピ１カップは米国の１カップ（約240ml）として記載

ゴールデン・カップケーキ

このカップケーキをつくろうとしているクレアに、なぜ市販のカップケーキミックスを使わないのか、そのほうが楽ではないかとマイク・クィンはたずねた。そのほうが楽、などとクレアは考えたこともなかった。ボウルや道具も使い、材料を混ぜるのはどちらも同じだ。カップケーキを一から作っても、手間は知れている。でき上がった小さくて柔らかなケーキを頬張ったマイクは、以後二度と箱入りのケーキミックスのことは口にしなかった。

1 クレアのカノーリクリーム・カップケーキ

【材料】 カップケーキ12個分

セルフライジング・フラワー……1カップ(消費期限を確認)
グラニュー糖……½カップ
重曹……小さじ¼
無塩バター……大さじ8(室温に戻しておく)
卵……特大2個(室温に戻しておく)
ホールミルク……½カップ
ピュアバニラエクストラクト……小さじ2

＊クレアのクッキングメモ
このレシピは手早くかんたんにカップケーキをつくるためのレシピです。今回使うセルフライジング・フラワーには、ベーキングパウダーと塩が配合ずみで、おまけに低タンパク質。うまくつくるには中力粉で代用せずに、かならずリストの材料を使いましょう。セルフライジング・フラワーは必ず消費期限を確認して、新鮮なものを。古いとうまくふくらまない場合があり、がっかりしてしまいますから。

←【つくり方】につづく

【つくり方】

1 生地をつくる

まずオーブンを180度に予熱する。大きなボウルにセルフライジング・フラワー、グラニュー糖、重曹を入れる（ふわふわの食感のカップケーキにするために、ふるいにかけるのを忘れずに）。室温で柔らかくしておいたバターと、卵を加えたら、電動ミキサーで手早く混ぜる。さらにホールミルクとピュアバニラエクストラクトを加えてぴったり2分間混ぜる。

2 焼く

カップケーキ型に紙のライナーを入れてノンスティック・スプレーをしておく。そこに生地を注ぐ（型の半分くらいの高さまで）。180度のオーブンで18~22分焼く。焼き過ぎるとカップケーキが固くなってしまうので注意しよう。焼き上がりのめやすは、カップケーキのてっぺんを軽く押して弾力が感じられるかどうか。また、楊枝を中心部まで刺して粘ついた生地がついてこなければ焼き上がり（湿ったケーキのかけらなら問題ないが、べとついた生地が楊枝についたらオーブンで数分焼いてもう一度試してみよう）。焼き上がったら型ごと5分冷ましてから、丁寧に型から外してラックの上で冷ます。

1 クレアのカノーリクリーム・カップケーキ

カノーリクリーム・フロスティング

カノーリはイタリアの伝統的なお菓子。このフロスティングは、つくりたてのカノーリに詰めた甘いクリームをイメージしている。ただし、敢えてリコッタチーズは使わない。イタリアでは伝統的にリコッタチーズを使うが、アメリカのベーカリーはマスカルポーネチーズを使う。じつはイタリアのリコッタはアメリカのリコッタに比べて水分が少なく甘みが強い。アメリカのリコッタでその食感を実現するには、チーズクロスで巻いてボウルに吊って一晩冷蔵庫で水切りをしなくてはならないので、とても手がかかってしまう！　マスカルポーネを使えば手間なしなので、クレアはそちらを選ぶことにした。

1 クレアのカノーリクリーム・カップケーキ

【材料】 3カップ分(カップケーキ24個分)

マスカルポーネチーズ
……8オンス(室温で柔らかくしておく)
無塩バター……大さじ6(室温で柔らかくしておく)
粉砂糖……3½カップ
ピュアバニラエクストラクト……小さじ1
テーブルソルト……小さじ⅛
お好みでシナモン……小さじ¼(良質なもの)
お好みでレモンゼストまたはオレンジゼストまたはミックス……小さじ½
ホールミルク……大さじ1~2
(ハーフ・アンド・ハーフまたはライトクリーム)

【つくり方】

大きなボウルにチーズとバターを入れ、電動ミキサーでふわふわになるまで混ぜる。粉砂糖1カップ、バニラ、塩、お好みでシナモンとレモンやオレンジのゼストを加えてよく混ぜる。ボウルの表面についたものはこそげてまとめ、残りの粉砂糖を少しずつ加えながら混ぜると滑らかなフロスティングになる。少しもったりし過ぎていると感じるなら、ホールミルクかハーフ・アンド・ハーフ、あるいはクリームを大さじ1~2杯加えるとよい。逆にサラサラし過ぎているようなら、粉砂糖を少し追加するとよい。

2

忘れ難いクレアのフライド・モッツァレラ・スティック

胸にぐっと突き刺さる料理がある。クレアはマイクのために、熱々でカリッとしてなかはトロトロのこの一品をつくった。以来マイクはこの味が忘れられず、OD 班の部下たちに感動を語って聞かせた。そこでエマヌエル・フランコ巡査部長はクレアにリクエストしてみたのだが、あいにくモッツァレラを切らしていたため、彼女はフェットチーネ・アルフレッドをたっぷりごちそうした。

【材料】16本分

小麦粉……½カップ

卵……大2個(牛乳大さじ1とともに溶いておく)

パン粉……¾

イタリアンシーズニングを混ぜたパン粉……¾カップ

パルメザンチーズまたはペコリーノロマーノ(粉)……¾カップ

シーソルト(粗挽き)……小さじ¼

ホールミルク・モッツァレラチーズ……1ポンド

(＊)クレアのクッキングメモ参照

植物油……2カップ

←【つくり方】につづく

【つくり方】

1　衣をつける準備

浅いボウルまたはパイ皿を3枚使うとよい。1枚目には小麦粉、2枚目には牛乳とともに溶いた卵、3枚目にはパン粉2種類にパルメザンチーズ（またはペコリーノロマーノ）とシーソルトを混ぜて用意する。モッツァレラのブロックから長さ約3インチ【8センチ】、幅1/2インチ【約1センチ】のスティックを16本カットする。

2　衣をつけて冷凍

チーズスティックに小麦粉をまぶす。次に卵液にくぐらせる。余分な水分を落としてからパン粉をまぶし、よく押さえて衣をチーズスティックに密着させる。トレーまたは焼き皿にワックスペーパーまたはパーチメントシートを敷き、衣をつけたスティックを載せる。すべて衣をつけて並べたらラップで覆い、2時間以上冷凍する。冷凍時間は最大48時間。

3 **揚げる**

大きなフライパンに植物油を入れて中火にかける。冷凍しておいたチーズスティックを少量ずつ揚げる。たくさん入れてしまうと、ぶつかったりくっついたりしてしまう。スティックがきつね色になるまで約1分、揚げる。油から取り出す際には、チーズスティックがもろくなっているので穴あきのおたまなどを使う。ペーパータオルに置いて油を切り、熱々を召し上がれ。

＊クレアのクッキングメモ

モッツァレラのストリングチーズを使ってもよい(その場合は半分にカット)。ただしこれにはスキムミルクのモッツァレラが使われているので、ホールミルクのブロックをカットして使うのに比べてクリーミーさ、ねっとりとしたコク、風味が少々物足りなくなる。

3

ブルーベリー・メイト・ベイト

アンドレア・ドーリア号が大西洋に沈没する2年前の1954年、シカゴの15歳の少女レニー・パウエルが「ピルズバリーレシピ＆ベーキング・コンテスト/賞金10万ドル」（現在は「ピルズバリー・ベイクオフ」と呼ばれている）に応募してブルーベリー・バックルのレシピを出した。レニーのおいしいブルーベリー・ケーキは、若者部門で第2位の成績に終わった。が、異性のハートをつかむパワーがある魅力的なケーキの人気は60年経っても衰えていない。

初期の『ピルズバリーのベイクオフ・デザートクックブック』に「ブルーベリー・ボーイ・ベイト」として登場して以来、このケーキはさまざまにアレンジされてきた。クレア・コージーの一番若手のバリスタ、ナンシーもスーパーマンの心をつかむための「おとり」に使おうと工夫を凝らした。残念ながらナンシーの期待通りにはいかなかったけれど、ケーキはすばらしくおいしくできた！

このレシピはレニーのオリジナルに少しアレンジを加え、バリスタのエスター・ベストが新たに「メイト・ベイト」と名づけた。21世紀的な感覚にふさわしい名前であるとエスターは太鼓判を押している。

【材料】13インチ×9インチの焼き皿1枚分

グラニュー糖……1カップ
ライトブラウンシュガー……½カップ
中力粉……2⅓カップ
無塩バター……220グラム(室温に戻しておく)
ホールミルク……1カップ
卵……大3個(黄身と白身に分ける)
ベーキングパウダー……小さじ3
テーブルソルト……小さじ1
ブルーベリー生または冷凍(解凍しない状態)……1カップ

←【つくり方】につづく

【つくり方】

1 生地づくり

最初にオーブンを180度に予熱する。13インチ×9インチの焼き皿にパーチメントシートを敷く。大きなボウルにグラニュー糖、ライトブラウンシュガー、中力粉を入れて混ぜる。柔らかくしておいたバターをペストリー・ブレンダーまたはナイフ2本で少量ずつカットしてボウルに加える。きれいに洗った手でボウルの中身をこねると、エンドウ豆くらいの大きさくらいの粒になってくる。カップ1杯分をトッピング用として取り除いておく。

2 生地を完成させる

ボウルに残ったものにホールミルク、黄身、ベーキングパウダー、塩を加える。電動ミキサーの低速で3分間、混ぜる。別のボウルで卵の白身をしっかりと混ぜる。光沢が出たりぱさついたりしたら混ぜ過ぎなので注意しよう。泡立てた白身を生地にそっと混ぜ込む（白身と生地が完全に混ざるように。混ぜ過ぎてせっかくふわふわにした白身をつぶしてしまわないように注意）。

3 焼く

用意しておいた焼き皿に生地を均等に入れる。ブルーベリーに中力粉（材料外）をまぶしたら（焼いている間に果汁が滲みるのを防ぐため）生地の表面全体に載せ、先ほど取り除いておいたトッピング用の生地1カップを散らす。180度で40~50分焼く。

4 カットする

四角にカットして、プレーンでコーヒーのおともにしても、あるいはホイップクリームやアイスクリームをトッピングして特別なデザートにしても。これを「おとり」にして、片思いの相手の心をうまく射止められますように。ナンシー、エスター、タッカー、クレア、そしてビレッジブレンドの皆も、成功を祈っています！

コージーブックス

コクと深《ふか》みの名推理《めいすいり》⑯
沈没船《ちんぼつせん》のコーヒーダイヤモンド

著者　クレオ・コイル
訳者　小川敏子《おがわとしこ》

2018年　10月20日　初版第1刷発行

発行人　成瀬雅人
発行所　株式会社　原書房
〒160-0022 東京都新宿区新宿1-25-13
電話・代表　03-3354-0685
振替・00150-6-151594
http://www.harashobo.co.jp
ブックデザイン　atmosphere ltd.
印刷所　中央精版印刷株式会社

落丁・乱丁本はお取り替えいたします。
定価は、カバーに表示してあります。
 ISBN978-4-562-06086-3 Printed in Japan